图书馆精选文丛

# 文学江湖

王鼎钧 著

Simplified Chinese Copyright © 2021 by SDX Joint Publishing Company.
All Rights Reserved.

本作品简体中文版权由生活·读书·新知三联书店所有。
未经许可，不得翻印。

#### 图书在版编目（CIP）数据

文学江湖／王鼎钧著．—北京：生活·读书·新知三联书店，2021.1
（图书馆精选文丛）
ISBN 978-7-108-07013-5

Ⅰ.①文… Ⅱ.①王… Ⅲ.①回忆录-中国-当代
Ⅳ.①I251

中国版本图书馆CIP数据核字（2020）第219427号

| | |
|---|---|
| 责任编辑 | 饶淑荣 |
| 装帧设计 | 刘　洋 |
| 责任印制 | 卢　岳 |
| 出版发行 | 生活·讀書·新知 三联书店 |
| | （北京市东城区美术馆东街22号 100010） |
| 网　　址 | www.sdxjpc.com |
| 图　　字 | 01-2017-7035 |
| 经　　销 | 新华书店 |
| 印　　刷 | 北京市松源印刷有限公司 |
| 版　　次 | 2021年1月北京第1版 |
| | 2021年1月北京第1次印刷 |
| 开　　本 | 880毫米×1230毫米 1/32 印张22.5 |
| 字　　数 | 305千字 |
| 印　　数 | 0,001-6,000册 |
| 定　　价 | 69.00元 |

（印装查询：01064002715；邮购查询：01084010542）

# 目 录

代自序
有关《文学江湖》的问答　1

## 十 年 灯

用笔杆急叩台湾之门 ………… 3
匪谍是怎样做成的 ………… 23
我从瞭望哨看见什么 ………… 36
投身广播　见证一页古早史 ………… 51
张道藩创办小说研究组 ………… 73
小说组的讲座们 ………… 97
胡适从我心头走过 ………… 118
广播文学先行一步 ………… 131

反共文学观潮记 ………… 157

特务的显性骚扰 ………… 177

我与《公论报》的一段因缘 ………… 199

难追难摹的张道藩 ………… 216

走进广播事业的鼎盛繁荣 ………… 236

# 十年乱花

我从胡适面前走过 ………… 263

魏景蒙　一半是名士　一半是斗士 ………… 275

方块文章　画地为牢 ………… 299

艺术洗礼　现代文学的潮流 ………… 320

霓虹灯下的读者 ………… 343

我能为文艺青年做什么 ………… 366

特务的隐性困扰 ………… 387

省籍情结　拆不完的篱笆 ………… 409

张道藩的生前身后是是非非 ………… 430

冷战时期的心理疲倦 ………… 453

在这交会时互放的亮光 ………… 476

## 十年一线天

你死我活办电视 ............ 501
乡土文学的旋涡 ............ 524
与特务共舞 ............ 541
我和军营的再生缘 ............ 565
我与学校的已了缘 ............ 582
我与文学的未了缘（上）............ 604
我与文学的未了缘（下）............ 622
明日隔山岳　世事两茫茫 ............ 640

王鼎钧台湾时期文学生活大事记 ............ 661

# 代自序　有关《文学江湖》的问答

**敬答"九九读书会"诸位文友**

你的第四卷回忆录一度打算名叫《文学红尘》,最后改成《文学江湖》,通常书名都有作者的寓意,《文学江湖》是什么意思?

我觉得文学也是红尘的一个样相,所以我记述所见所闻所思所为,取名《文学红尘》。后来知道这个书名早被好几位作家用过,就放弃了。

"红尘"是今日的观照,"江湖"是当日的情景,依我个人感受,文学在江湖之中。文学也是一个小江湖,缺少典雅高贵,没有名山象牙塔,处处"身不由己",而且危机四伏,我每次读到杜甫的"水深江湖阔,无使蛟龙得",至今犹有余悸。

你把自己的历史分割成四大段，每段一本，这个布局是"横断"的，可是每一时段的历史经验又记述始末，采取纵贯的写法，为什么采取这样的结构？

这个结构是自然形成的，大时代三次割断我的生活史，每一时段内我都换了环境，换了想法，换了身份，甚或换了名字，一切重新开始。"大限"一到，一切又戛然而止。举个例子来说，我小时候交往的朋友，到十八岁不再见面（抗战流亡），十八岁以后交的朋友，到二十一岁断了联系（内战流徙），二十一岁交的朋友，到五十二岁又大半缘尽了（移民出国），所以"我只有新朋友，没有老朋友"，这是我的不幸。

当然我也知道藕断丝连，但细若游丝，怎载得动许多因果流转，既然"四世为人"，我的回忆录分成四个段落，写起来也是节省篇幅的一个办法。

你把十八岁以前的家庭生活写了一本《昨天的云》，你把流亡学生的生活写了一本《怒目少年》，你把内战的遭遇写了一本《关山夺路》，你在台湾生活了三十年，青壮时期都在台湾度过，这段岁月经验丰富，阅历复杂，为什么也只写一本？材料怎样取舍？重心如何安排？

确实很费踌躇。我的素材一定得经放大和照明，我也只能再写一本，篇幅要和前三本相近，这两个前提似乎冲突，最后我决定只写文学生活，家庭、职业、交游、宗教信仰都忍痛割爱了吧，所以这本书的名字叫做《文学江湖》。

**敬答名作家姚嘉为女士**

您的回忆录不但记录了您个人的步履，更反映了几十年来中国人的颠沛流离，家国之难，还不时回到现在的时空环境。书中许多细节，让人如临其境，请问这些资料是如何来的？（靠记忆？当年写的日记？买书？到图书馆收集资料？海外找这些资料困难吗？）

五十年代我在台湾，多次奉命写自传，由七岁写到"现在"，到过哪些地方，接触过哪些人，做什么事，读过哪些书报杂志，都要写明白。为什么要一写再写呢，他们要前后核对，如果你今年写的和五年前写的内容有差异，其中必有一次是说谎，那就要追查。因此我常常背诵自己的经历，比我祷告的次数还要多。

至于台湾的这一部分，本来想回去找资料，因健康问题久未成行。后来一看，也用不着了，我抗战八年一本书，内战四年一本书，台湾生活三十年也是一本书而已，材料哪里用得完？我自己记忆犹新，也有一点笔记，一点剪报，也可以在纽约就地查找，各大图书馆之外，还可以上网搜索。台北国家图书馆的"当代文学史料"网站尤其详尽可靠。

还有，我舍得买书，前后买了五六百本，看见书名就邮购，隔皮猜瓜，寻找跟我有关的人和事，了解当时的大背景，查对年月人名地名，有时一本书中只有三行五行对我有用，有些书白买了。

我写回忆录不是写我自己,我是借着自己写出当年的能见度,我的写法是以自己为圆心,延伸半径,画一圆周,人在江湖,时移势易,一个"圆"画完,接着再画一个,全部回忆录是用许多"圆"串成的。

写是苦还是乐?是享受吗?不写时是什么感觉?写不下去时,怎么办?

写作是"若苦能甘",这四个字出于鹿桥的《人子》,我曾央人刻过一方图章。写作是提供别人享受,自己下厨,别人吃菜,"巧为拙者奴"。我做别的事情内心都有矛盾,像陶渊明"冰炭满怀抱",只有写作时五行相生,五味调和,年轻时也屡次有机会向别的方向发展,都放弃了。我是付过"重价"的,现在如果不写,对天地君亲师都难交代。

咱们华人有位家喻户晓的人物,活到百岁,据说常在祈祷的时候问神:"你把我留在世界上,到底要我为您做什么?"我劫后余生,该死不死,如果由我来回答这个问题,我会说留下我来写文章,写回忆录回馈社会。我写文章尽心、尽力、尽性、尽意,我追求尽人之性、尽物之性、尽己之性。走尽天涯,洗尽铅华,拣尽寒枝,歌尽桃花。漏声有尽,我言有穷而意无尽。

说个比喻,我写作像电动刮胡刀的刀片,不必取下来磨,它一面工作一面自己保持锋利。当然,现在不行了,动脉硬化,头脑昏沉,有些文章"应该"写,可是写不出来,那也就算了。

## 敬答评论家蒋行之先生

写回忆录,要怎么样才不会折损回忆,或者尽量省着用?NABOKOV 说他最珍惜的回忆轻易不敢写的,写到小说里就用掉了,以后想起来好像别人的事,再也不能附身,等于是死亡前先死一次。然而花总不可能一晚开足的,势必一次次回顾,特别是那么久远的回忆。如何在写作时保持回忆的新鲜?

用天主教的"告解"作比喻吧,说出来就解脱了。天主教徒向神父告解,我向读者大众告解。写回忆录是为了忘记，一面写一面好像有个自焚的过程。

用画油画作比喻吧，颜料一点一点涂上去，一面画一面修改，一幅画是否"新鲜"，这不是因素。

还有，怎么样才能正心诚意？我丝毫不怀疑先生的真诚，这正是先生作为大家的要素之一。然而人总是要作态，被自己感动了，希望自己能换个样子——写作时如何扬弃这些人之常情？面对年轻的自己而不宠溺，不见外，不吹毛求疵——您是怎么做到的？

我很想以当年的我表现当年，那样我写少年得有少年的视角，少年的情怀，少年的口吻，写青年中年亦同。我做不到，也许伟大的小说家可以做到。我只能以今日之我"诠释"昔日之我，这就有了"后设"的成分。

"历史是个小姑娘，任人打扮。"要紧的是真有那个"小姑娘"。至于"打扮"，你总不能让她光着身子亮相，事实总要寓于语言文字之中，一落言诠，便和真谛有了距离。我们看小姑娘的打扮，可知她父母的修养、品位、识见还有"居心"，而生喜悦或厌恶，小姑娘总是无罪的。

当时的局面有太多棋步是您不知道的，重新拼凑的过程您也曾提及，但如何从拼凑历史的所得汲取养分而又不磨灭、干扰原先的认知？

您所说的"重新拼凑的过程"，就是我说的"一面画一面修改"。我在《关山夺路》中已显示许多"原先的认知"大受干扰。坦白地说，内战结束前夕，我的人格已经破碎，台湾三十年并未重建完成。

**敬答纽约华文文学欣赏会会友**

你跟同时代别人出版的回忆文学如何保持区隔？

有句老话："不得不同，不敢苟同；不得不异，不敢立异。"我们好比共同住在一栋大楼里，每个人有自己的房间，房间又可分为客厅和寝室，或同或异，大约如此。

恕我直言，今天谈台湾旧事，早有意见领袖定下口径，有人缺少亲身经验，或者有亲身经验而不能自己思考，就跟着说。我倒是立志在他们之外，我广泛参考他们的书，只取时间、地点、人物姓名，我必须能写他们没看到的、没想到的、没写出来的，如果其中有别人的说法，我一定使读者知道那些话另有来源。

说到这里趁机会补充一句：有些话我在台北说过写过，有些事我出国以后写过说过，这些材料早有人辗转使用，不加引号。我深深了解某些写作的人像干燥的海绵吸收水珠一样对待别人的警句、创意、秘辛，这些东西我当然可以使用它，本来就是我的。我已出版的散文集里也有几篇"回忆文学"，那些内容我就不再重复了。

你在《关山夺路》新书发表会上说，你写回忆录一定实话实说，那时你用感慨的语气设问:"到了今天,为什么还要说谎呢,是为名?为利?为情?为义?还是因为自己不争气?"写远事、说实话易,写近事、说实话难,台湾生活环境复杂,忌讳很多,你是否把所有的秘密都说出来了?

台湾的事确实难写,这得有点儿不计毁誉的精神才成。

我没有机会接触政治秘密,我写的那些事件,大都是和许多人一起的共同经历,只是有些事情别人遗忘了、忽略了,或是有意歪曲了,现在由我说出来,反倒像是一件新鲜事儿了,可能引起争议。

我说出来的话都是实话。叙事,我有客观上的诚实;议论,我有主观上的诚实。有一些话没说出来,那叫"剪裁",并非说谎。《文学江湖》顾名思义,我只写出我的文学生活,凡是有写作经验的人都知道,我只能写出我认为有流传价值、对读者们有启发性的东西。

还有技术上的原因。一是超过预定的篇幅,实在容纳不下，还有我叙述一件事情，总要赋予某种形式。内容选择形式，形式也选择内容，倒也并非削足适履，而是碟子只有那么大，里面的菜又要摆出个样子来，有些东西只好拿掉，那些拿掉的东西也都对我个人很有意义，无奈我不能把文学作品弄成我个人的纪念册是不是？

可以说，我的回忆录并非画图，也非塑像，我的这本书好比浮雕，该露的能露的都露出来了。塑像最大的角度是三百六十度，任何人写的回忆录最多是一百八十度，我没有超过，也不应该超过。

最后我说个笑话助兴吧，有一对年老的夫妻，结婚六十年了，一向感情很好。有一天老两口谈心，老先生对老太太说，"有一个问题我从来没有问过你，现在咱们年纪都这么大了，没有关系了，可以谈谈了。"什么事呢，他问老太太："你年轻的时候，你还不认识我的时候，也有男孩子追过你吧？"老太太脸上飞起一朵红云，柔声细语："我十六岁的时候，有个男孩写信给我，还到学校门口等我，要请我吃冰。"老先生一听，伸手就给老太太一个耳光，"好啊，到了今天你心里还记着他！"老太太掩面大哭，老先生站起身来怒气冲冲而去，儿媳妇孙媳妇围上来给老太太擦眼泪，连声问这是怎么了，老太太的回答是："不能说啊！不能说啊！不能说的事到死都不能说啊！"

十年灯

## 用笔杆急叩台湾之门

台湾省文献委员会编纂的《重修台湾省通志》，卷一"大事志"有这么一条：

> 一九四九年五月三十一日，上海抗拒"共匪"之国军部队，近已完成保卫任务，一部撤退来台。

这里记载的"一部"，其中有一个人是我，我这"一粟"由此倾入台湾这个大米仓。

这年我二十四岁。

我本来在上海军械总库当差，国共内战，争夺上海，五月二十六日上海易手。"末日"之前，五月二十四日，我带着父亲寻路，夜间挤上一条船，只见甲板上坐满了军人，谁也不知道这条船开到哪里去，天空灰白色的云层很厚，不见日月星辰，所幸海上没下雨，风浪也很小。

日日夜夜，好不容易看见右方有水气饱满的绿色山丘，前面有颜色单调的陈旧仓库，船停在水中等待进港，有人摇着舢板来卖大多数人都没见过的水果，说我们听不懂的话，使用我们没见过的钱。

这是台湾！这是基隆！原来这条船的目的地是台湾。依当时局势，它可能开往广州或者海南岛，这两个地方已是朝不保夕，所有撤出华东华南的人都渴求奔向台湾，台湾限制入境，多少有办法的人来不了，我们竟无意中得之，似幻似真，如同梦境。

这才知道船上载满军火，台湾欢迎军火，我们是沾了光。这才发现"上校爷爷"住在舱里，他是军械总库的副总库长。这才发现我们兰陵王氏家族落难的子弟（总有二十几个人吧？）也挤在甲板上人堆里，论辈分，兄弟叔伯爷爷都有。他们从家乡辗转逃到上海，上校爷爷安插他们在军械库当兵吃粮，最后关头又通知他们上船。

　　这些族中子弟都是大地主之家的少爷，奉父母之命早婚，中共搞土改清除地主，大家纷纷逃亡，有人带着太太孩子。由一九四五逃到一九四九，离开上海是最后一步，他必须和眷属分手，这一去何年重逢？有人叮嘱妻子"你等我两年"，意思可能是两年以后我一定回来，也可能是两年以后你可以另外嫁人，妻子断然回答："我等你二十年！"那时候认为二十年就是天长地久了，谁料这一去就是三十多年。

　　没有人通知或者暗示我可以上船，我能脱身是个奇迹。那时我受到的打击太多，感觉近乎麻木，对上校爷爷的差别对待没有什么反应。多年后回想当初，天津失守，我做了共军的俘虏，一个多月以后逃到上海，我还穿着解放军的破军服，给人多大想象的空间！在那种情况下，上校爷爷还安排我到分库去占一个上尉的缺额，那是多大的担当（上校爷爷万岁！），最后上海也得撤退，那时国军已经知道中共的间谍厉害,倘若我带着一颗自杀炸弹上船,与满船军火同归于尽,那还了得。上校爷爷作了他该作的考量。

好了,俱往矣!由沈阳经秦皇岛到上海,上校爷爷是我的福星,我感激他。回望大海,上海到基隆的路程四一九海里(七七六公里),台湾海峡的宽度一三〇公里,幸亏世上还有这个台湾!

基隆多雨,我们上岸那天是好日子,军方在码头上摆好一行办公桌,为这批官兵办理入境登记,每个人的姓名、年龄、籍贯、职级都写在十行纸上。我趁机会向他们讨了几张十行纸,他们一张一张地给,我一张一张地讨。登记后有人把队伍带走,惟有我们军械库的人仍然留在码头上,据解释,这是因为船上军火还没交卸。

人群散尽,我回头一看,码头的另一端,竟然站着我的妹妹。

多少人读过《关山夺路》之后问我,"你和妹妹弟弟分散后又怎样团聚的?"他们听见基隆码头这一幕,无不啧啧称奇。妹妹和弟弟原在流亡中学读书,共军渡江东南溃败时,单一之、王逊卿两位老师带领他们奔到上海(单一之、王逊卿万岁!),防守上海的汤恩伯将军安排他们登上开往台湾的船(汤恩伯万岁!),他们比我早五天离开上海,船到基隆停留,准备开往澎湖。他们在基隆的那几天,妹妹天天到军用码头守候,盼望我和父亲也能撤到基隆。多年后,我回想那不可能的重逢,心情激动,可是我当时神经麻木,相对默然,只能旁听她和父亲絮絮对谈。

有一件事情必须做,我坐在水泥地上写稿子,希望在茫茫虚空中抓到一根生命线。基隆码头很清静,我随身有一支自来水钢笔,里面还有墨水,办理入境登记的时候,我向他们讨来的几张十行纸,正好派上用场。我完全不能写抒情文,喜怒哀乐心如刀绞,我必须把它当做病灶,密封死裹。我也不能写对台湾的第一印象,我看风景人物都模糊飘动,好像眼晕瞳花。我整天近乎眩晕,基隆那些日子每天上午晴朗，午后阵雨，怎么我看亚热带五月的阳光是灰色的，而且带着寒气。回想起来，我那时是个病人，可是我居然写出来到台湾以后第一篇稿子。我已忘记写了些什么，写完，随手化了个笔名，去找邮局，那时邮局有个小小的窗口，窗台下摆着一张桌子，一瓶浆糊。我用十行纸糊制信封，把稿子寄给台北《中央日报》副刊，发信地址写的是基隆码头，没钱买邮票，注明"万不得已，拜托欠资寄送"。我把信投进去，像个小偷一样逃出来。

过了几天，这篇文章登出来了，没想到这么快！我看见那片铅字，这才觉得自己确实由海里爬到岸上。好了，台湾"四季如春"，冻不死人，我能"煮字疗饥"，饿不死人，苟全性命，与人无争，气不死人。后来我打听谁是中央副刊的主编，有人告诉我他叫耿修业（耿修业万岁！）。

一九五〇年八月参加暑期青年文艺研习会，耿先生来演讲，我们问他怎样选稿，他说处理来稿有两大原则，"快登或者快退"。他说每天大约收到一百篇文章，由三个人审阅，当天晚上选出优先采用的文章立刻发排，第三天就可以见报，再选出几篇长长短短的文章列为备用，以备适应版面的需要。第二天又会收到大约一百篇文章，头一天剩下的稿子已经没有机会，助理人员马上退回，作者早日收到退稿可以早日另作安排。

后来知道，协助耿主编看稿的两个人是孙如陵和李荆荪，他们三位新闻从业的资历很深，学问和道德修业很高，这样三位高水准的人经营副刊，那年代再无第二家报纸可以做到。后来我做了新闻界的新兵，跟他们又结了许多因缘。

为了投稿，我得想一想我对台湾了解多少。历史老师讲甲午战争讲得很详细，国文老师教"台湾糖，甜津津，甜在嘴里痛在心"，教得很认真，这些材料人人知道，副刊主编大概没兴趣。

山东乡贤王培荀在他的《乡园忆旧录》里说，台湾玉山的山顶上全是白玉，那些玉是裸露的，并不藏在石头里，山中有恶溪、毒兽、生番，人不能近,没法开采。这又说得太离谱了,主编会朝字纸篓里丢。

《随园诗话》引咏台湾诗:"少寒多暖不霜天,木叶长青花久妍。真个四时皆是夏,荷花度腊菊迎年。"诗虽然平常,人家说台湾四季如春,他说台湾四季皆夏,有点新鲜,可以入眼。

中国大陆有一首民谣:"台湾的水,向西流,花不香,鸟不鸣,男无义,女无情。"惹得多少台湾人怒容满面,"外省人歧视台湾人",这是一个重要的证据。但是我说,这首民谣并未在民间流行,它是李鸿章写在奏折里安慰慈禧太后的。甲午战败,割让台湾,李鸿章很难过,慈禧心里的滋味又岂能好受?所以李鸿章故意贬低台湾的价值,君王专制时代臣子如此进言,乃是尽忠,大家也谅解他言不由衷。我装做很博学的样子提出假设,这首民谣恐怕是李鸿章的幕僚捏造出来的吧?怎么没从别处看到同样的记载呢?我料定主编不会去查考,果然,文章在中华副刊登出来了。

二表姊常常笑我"一肚子没有用的知识",现在有用了,可以换钱。

上海军械总库撤销,我一度到台北军械总库就食,那时台北军械总库设在台北市信义路一段,离台北宾馆很近。后来库址迁移,原地盖了大楼,《青年日报》就在那座大楼里。

台北总库出了一个名人,他在总库做经理组长,后来因渎职下狱,国防部军法局长包启黄冤杀了他,他的太太在百龄桥上拦住蒋介石总统的座车告状,蒋氏枪决了包启黄。包是中将,又是红人,这样一位将领既未通敌谋叛,也非临阵退却,仅因操守问题处死,前所未有,轰动社会。后来知道包启黄的罪名是贪污,而贪污仅是表面文章,其中另有隐情,生出许多内幕报道。

台北总库也产生(或几乎产生)一位作家,他的名字叫王曰元,那时他的阶级是上尉,仪表英俊。宝岛姑娘陈素卿和外省青年张白帆殉情,各报以巨大篇幅追踪报道,《中央日报》以全版刊登读者投书，王曰元写了一篇大约三千字的文章，题目很长："无情何必生斯世？有好终须累此生！"《中央日报》连文带题处理成一个"顶天立地"的边栏，十分醒目，读过的人都叫好。我和他因此有共同语言。

总库长于敬濂少将，我和他有一面之缘。当局下令裁汰老弱病残及"不适任"官兵，我在不适任之列，人事部门通知我去领遣散证明书，我趁机会申请正名，希望把我的本名王鼎钧写在证明书上，这样我就可以再也不必冒充王鹤霄。承办人教我去请示总库长。

于敬濂将军很谦和，他答应了我的请求。证明书共有两联，承办人在发给我的那一联填写王鼎钧，在存根联填写王鹤霄，又在存根旁边写了三个小字：王鼎钧，加上括弧，好在遣散证明书没有"籍贯"一栏，省去许多斟酌。我凭遣散证明书领到国民身份证。

那时退役制度尚未建立，对待离营士兵简直就是驱逐，允许带走两套旧军服，发给老台币五百六十元（依名作家罗兰记述，彼时炒米粉一客老台币七百元）。那时撤退来台的军队多半席地而卧，士兵离营时可以把席子卷起来背着，那一张席子使我心酸，异乡人倒毙路旁，好心人收尸，就是用一张草席把尸体裹起来。

我是军中的文官，又不是台北总库编制以内的人员，除了一张证明书，什么也没有。我一点也不介意，只觉得一身轻松，有了这张证明书我可以办国民身份证，有了身份证就有了生存的基本保障，以前种种譬如昨日死。

那时候，妹妹和弟弟度过"山东流亡学生澎湖冤案"的恐怖，可以安心读书，父亲蒙兰陵另一位族长王一然先生援引，到台中县政府就食，全家"草草粗定"。一然先生也是祖父级人物，做过河北完县最后一任县长，我们称他为"县长爷爷"，背后笑他犯了地名，"完县"，真的玩完了！他很有族长的威严和责任感，凭他一点残余的人事关系，处处照顾本乡本族落难的人。

上校爷爷，县长爷爷，兰陵宗法社会的完美典型，兰陵王氏族谱应该有他俩的"大传"。

我在台北专心投稿。我到衡阳路成都路几家书店文具店买稿纸，店员瞠目以对，可见当时投稿的人很少。那时候台北各报副刊篇幅很小，副刊上的文章大半来自翻译的"罗曼史"和中国历史掌故，有人表示不满，称翻译为"抄外国书"，称历史掌故为"抄中国书"。

当台湾尚未参加国际版权公约，翻译家可以自由使用外文原材，以美国杂志上的"小幽默"最受欢迎，多产者为陈澄之，他是"华北新闻"著名的翻译快手，在资讯闭塞的年代，他能看到多种外文报刊。台大文学院院长钱歌川，也曾以"味橄"为笔名，经常客串。

那时"小幽默"偶尔还有种族歧视的意味，例如说，一个犹太人到纽约市中央火车站买票，他对售票员说"春田城"。美国有好多个州都有春田城，售票员问他哪一个春田城?犹太人忽然反问:"哪一个最便宜?"

有些"小幽默"流露反共思想。例如说,东欧某共产国家有一个老百姓养了一只鹦鹉,"鹦鹉能言",常常学他说话。有一天这只鹦鹉不见了,他急忙向警察局备案:"本人今日走失鹦鹉一头,以后该鹦鹉在外一切言论,本人概不负责任。"

我很喜欢这些小幽默,年轻时的我缺乏幽默感,需要补课。

古人留下的掌故轶闻很多,这种材料取之不尽,那时许多读者的趣味保守,贪恋"温故",即使以前看过了,再看一遍也无妨。我不能"抄外国书",可以"抄中国书",每天坐在省立图书馆东翻西检,图书馆设在新公园里,门前一条大马路就叫馆前街,直通台北火车站,旁边就是中央日报社。现在听说新公园改称二二八公园,省立图书馆也搬走了,唉!《中央日报》也停刊了。

那时别人"抄中国书",大都是从书中选出一件事情加以注释评点，我能把好几件相似或相连的事情组合在一起，可以说后来居上。例如以"太阳"为主题，抄下夏日可畏、冬日可爱，野人献曝，日近长安远，再加上大文豪歌德的遗言："打开门板，多放些阳光进来！"中西兼顾，很丰富也很灵活，全文只有五六百字，我能做到密中有疏，并不呆板拥挤。

我还能配合新闻。胡适的一句话也成新闻，他说当年有人拿他的名字做对联，上联是"胡适胡适"，下联是"方还方还"，方还是浙江省政府秘书长。我立刻来一篇"小谈人名对"，我说有人用"徐来徐来"对"胡适胡适"，徐来是电影女明星，比"方还"有趣。我说还有人用"胡适之"对"孙行者"，用"马星野"对"牛天文"。我还能继续延伸，提出明代的王绂是"九龙山人"，陶渊明自称"五柳先生"，宋人郑侠别号"一拂居士"。

一九五一年"联合版"创刊，《联合报》的前身。副刊编辑牟力非为我写的掌故开了一个小专栏,名叫"饮苦茶斋笔记",斋名出自张恨水的诗:"爱抟黄土种名花,也爱当垆煮苦茶。"中华副刊也给我开了一个小专栏,名叫"切豆腐干室随笔"。那时两报副刊和我通信都用"副刊编辑室"署名,没有私人联系。

一九四九年,台北各报副刊的稿费都是每千字新台币十元,拿当时的物价比量,这个标准很高,据《台湾报业演进四十年》(陈国祥、祝萍合著),日报每月订费新台币七元五角。我到中华路吃一个山东大馒头,喝一碗稀饭,配一小碟咸水煮花生米,只要一元五角,我凭一千字可以混三天。我买纯良墨水一瓶,一元五角。杨道淮《流亡学生日记》,一九四九年十二月出版,书中记载副食费每人每天菜金新台币三角二分。周啸虹《三十功名尘与土》(尔雅),提到少尉月薪五十四元。《重修台湾省通志》,一九四九年六月公教人员调整待遇,雇员每月新台币五十元。我不厌其烦记下当年的物价和待遇,为的是证明各报在流离动荡之秋,财政拮据之中，依然这样重视副刊。

我投稿很勤，从未接到退稿。前后化用了五十几个笔名（鲁迅用过一百三十几个笔名），如果同一个名字出现的次数太多，就会有人误会主编搞小圈子。我从未拜访任何一位主编，主编也像新闻版编辑一样，选稿，发稿，不对外连络。报馆也没办过作家联谊会，那时台湾还没这个风气。

作家的笔名都有寓意。潘佛彬笔名潘人木，吴引漱笔名水束文，都用拆字法。彭品光笔名澎湃，用谐音法，他是海军出身。骆仁逸笔名依洛，他跟哥哥来台湾，嫂嫂对他很照顾，长嫂比母，精神上依附嫂嫂，他嫂嫂的名字里有个"洛"字。王林渡笔名姜贵，"姜桂之性，老而愈辣。"黄守诚先叫归人，当然是怀乡，后叫犁芹，自己说要像老牛一样在台湾耕种（第一个皈依本土的外省作家？），王庆麟笔名痖弦，我偶然发现出处，某一本诗话里说，诗的最高境界是"痖"，最好的诗你说不出好在哪里。我的笔名里也有我的心情，我的思考，我的解脱,我的暗示,不能一一写在这里。

笔名产生文坛趣谈。耿修业笔名茹茵,读者以为是女作家,他是用笔名"纪念一个亲人",背后或有回肠荡气的故事。冯放民笔名凤兮,也有人以为是女作家,其实出自"凤兮凤兮,何德之衰!"一片阳刚。孙如陵笔名仲父,据说是"中副"的谐音;父亲的弟弟也叫仲父,有人抱怨读他的文章还得比他矮一辈。姚朋笔名彭歌,林海音敏感,认为是"朋哥"的谐音;王世正笔名石振歌,专栏作家应未迟(袁暌九)揭露,那是"世正哥"的谐音,女作家提起两人直呼姚朋、王世正,认为彭歌、石振歌"那是他太太专用的称呼"。至于鲁迅,人皆不知涵义,有人开了个玩笑,认为应该是"俄国人"Russian。

那时台北街头很难找到零售报纸的地方,各报在热闹的地方竖立阅报栏,张贴当天报纸。西门町圆环的阅报栏阵容浩大,《新生报》、《中华日报》、《中央日报》、《扫荡报》、《民族报》、《全民日报》

——在列,偶然看见《中国时报》的前身《征信新闻》,仅有四开一张。那个年代,台北市民真爱看报,也真舍不得买报,每天早上,看牌前面挤满了人。我总是先看副刊,找我投去的稿子,有时候副刊上留下一个方形的黑洞,我总是到火车站前的阅报栏查证,看是谁的文章被人挖走,不止一次,居然那是我的文章,我受到鼓励。

刚刚创刊的《民族报》版面比较简陋,想是财力不足,但是新闻和言论都向前冲刺,朝气蓬勃。我读来过瘾,不觉技痒,写了一篇文章指陈军法的缺点,两千多字,对我来说,那篇文章太长了,应该很难见报,谁知《民族报》用它做第一版左下方的边栏,那个位置本来属于政论家的重要评述,怎么轮到我!这个鼓励对我太大了。后来知道《民族报》的总编辑是叶楚英,那篇文章也许是他发下去的吧?我那时不懂事,没有抓住机会去拜识他。

不止如此,那时上校爷爷罢官,我到集集镇去探望他,先坐纵贯铁路火车到二水,改乘运输木材的小火车，入山渐深，森林如绿色隧道，密云之下霏霏有湿意，想起"山色空濛雨亦奇"。集集车站用木材建造，别出心裁。下车后宪兵盘查，发现我没有差假证，带我到办公室接受队长询问。队长辞色严厉，命令我把口袋里的东西全掏出来摆在桌子上，他一一检视，其中有一张《中央日报》副刊的稿费单。"稿子是你写的吗？"我说是。"里面写的是什么事情？"我照实回答。他依稿费单上的日期找到报纸，仔细阅读那篇文章，立即表情放松，语气和善。"你记住，以后出门一定要带差假证！"让我过关。他好像认为"给《中央日报》写文章的人不会变坏"？那时《中央日报》受读者大众信任，可以想见。想不到我写这篇文章的时候，《中央日报》已经因为"没有销路没有广告"停刊了！

且说那时，密集的鼓励更坚定了我要做作家的决心。今天回想，并非我的文章如何出色，而是冥冥之中自有天意。一个不会赌博的年轻人，初次坐上牌桌，往往手气顺极了，这一把通吃，下一把又是通吃，资深的旁观者点头嗟叹：赌神菩萨要收徒弟了！自此以后，这个年轻人就要迷上牌九，无怨无悔。世界三千六百行，有贵有贱，有逸有劳，有穷有达，每一行都有传人，千年万年，连绵不绝，都有这样类似的接榫。

一九四九这一年，耿修业主编《中央日报》副刊，孙陵主编《民族报》副刊，凤兮（冯放民）接编《新生报》副刊，稍后又有徐蔚忱接编《中华日报》副刊，大将就位，副刊左右文学发展的态势形成。各副刊的内容风格逐渐蜕变，出现女作家的绵绵情思和反共文学的金鼓杀伐，彼此轮唱。那一年，这些副刊养活我，补助我一家。

## 匪谍是怎样做成的

一九四九年五月踏上台湾宝岛,七月,澎湖即发生"山东流亡学校烟台联合中学匪谍组织"冤案,那是对我的当头棒喝,也是对所有外省人一个下马威。当年中共席卷大陆,人心浮动,蒋介石自称"我无死所",国民政府能在台湾立定脚跟,靠两件大案杀开一条血路,一件"二二八"事件慑服了本省人,另一件烟台联合中学冤案慑服了外省人。就这个意义来说,两案可以相提并论。

烟台联中冤案尤其使山东人痛苦,历经五十年代、六十年代进入七十年代,山东人一律"失语",和本省人之于"二二八"相同。我的弟弟和妹妹都是那"八千子弟"中的一分子,我们也从不忍拿这段历史做谈话的材料。有一位山东籍的小说家对我说过,他几次想把冤案经过写成小说,只是念及"身家性命"无法落笔,"每一次想起来就觉得自己很无耻。"他的心情也是我的心情。

编剧家赵琦彬曾是澎湖上岸的流亡学生,他去世后,编剧家张永祥写文章悼念,谈到当年在澎湖被迫入伍,常有同学半夜失踪,"早晨起床时只见鞋子",那些强迫入伍后不甘心认命的学生,班长半夜把他装进麻袋丢进大海。这是我最早读到的记述。小说家张放也是澎湖留下的活口,他的长篇小说《海兮》以山东流亡学生在澎湖的遭遇为背景,奔放沉痛,"除了人名地名以外都是真的",意到笔到,我很佩服。然后我读到周绍贤《澎湖冤案始末》,傅维宁《一桩待雪的冤案》,李春序《傅文沉冤待雪读后》,直到《烟台联中师生罹难纪要》,张敏之夫人回忆录《十字架上的校长》,连人名地名都齐备了。

可怜往事从头说:内战开打,山东成为战场,国军共军进行"拉锯战",山东流亡学生两万多人逃出故乡。国军节节溃败,大局土崩瓦解,山东学生一万多人奔到广州。山东省政府主席秦德纯出面交涉,把这些青年交给澎湖防卫司令李振清收容,双方约定,让十六岁以下的孩子继续读书,十七岁以上的孩子受文武合一的教育,天下有事投入战场,天下无事升班升学。当时,国民政府教育部和在台湾澎湖当家做主的陈诚都批准这样安排。

一九四九年六月,学生分两批运往澎湖,八所中学师生近八千人登轮,八校合推烟台联中校长张敏之为总代表。七月十三日,澎湖防卫司令部违反约定,把年满十六岁的学生连同年龄未满十六岁但身高合乎"标准"的学生,一律编入步兵团。学生举手呼喊"要读书不要当兵",士兵上前举起刺刀刺伤了两人,司令台前一片鲜血;另有士兵开枪射击,几个学生当场中弹。三十年后,我读到当年一位流亡学生的追述,他说枪声响起时,广场中几千学生对着国旗跪下来。这位作者使用"汴桥"作笔名，使我想起"汴水流，泗水流，……恨到归时方始休！"可怜的孩子，他们舍死忘生追赶这面国旗，国旗只是身不由己的一块布。

编兵一幕，澎湖防守司令李振清站在司令台上监督进行。流亡学校的总代表张敏之当面抗争，李振清怒斥他要鼓动学生造反。李振清虽然是个大老粗，到底行军打仗升到将军，总学会了几手兵不厌诈，他居然对学生说："你们都是我花钱买来当兵的！一个兵三块银元！"他这句话本来想分化学生和校长的关系，殊不知把张敏之校长逼上十字架，当时学生六神无主，容易轻信谣言，这就是群众的弱点，英雄的悲哀。自来操纵群众玩弄群众的人，才可以得到现实利益！为他们真诚服务却要忧谗畏讥。张敏之是个烈士，"烈士殉名"，他为了证明人格清白，粉身碎骨都不顾，只有与李振清公开决裂，决裂到底。

张敏之身陷澎湖，托人带信给台北的秦德纯，揭发澎湖防卫司令部违反约定。咳，张校长虽然与中共斗争多年，竟不知道如何隐藏夹带一封密函，带信使者在澎湖码头上船的时候，卫兵从他口袋里搜出信来，没收了。张敏之又派烟台联合中学的另一位校长邹鉴到台北求救，邹校长虽然也有与中共斗争的经验，沿途竟没有和"假想敌"捉迷藏，车到台中就被捕了。

最后，张敏之以他惊人的毅力，促使山东省政府派大员视察流亡学生安置的情形，教育厅长徐轶千是个好样的，他"胆敢"会同教育部人士来到澎湖。李振清矢口否认强迫未成年的学生入伍，徐厅长请李振清集合编入军伍的学生见面，李无法拒绝，但是他的部下把大部分幼年兵带到海边拾贝壳。徐轶千告诉参加大集合的学生，"凡是年龄未满十六岁的学生站出来，回到学校去读书！"队伍中虽然还有幼年兵，谁也不敢出头乱动。张敏之动了感情，他问学生：你们不是哭着喊着要读书吗？现在为什么不站出来？徐厅长在这里，教育部的长官也在这里，你们怕什么？这是你们最后的机会，你们错过了这个机会,再也没有下一次了!行列中有十几个孩子受到鼓励,这才冒险出列。李振清的谎言拆穿了。后来办案人员对张敏之罗织罪名,把这件事说成煽动学生意图制造暴乱,张校长有一把折扇,他在扇上亲笔题字,写的是"穷则独扇其身,达则兼扇天下",这两句题词也成了"煽动"的证据。

徐轶千对张敏之说:"救出来一个算一个,事已至此,我们也没有别的办法了!"澎湖防卫司令部认为此事难以善了,于是着手"做案",这个"做"字是肃谍专家的内部术语,他们常说某一个案子"做"得漂亮,某一个案子没有"做"好。做案如做文章,先要立意,那就是烟台联中有一个庞大的匪谍组织,鼓动山东流亡学生破坏建军。立意之后搜集材料,搜集材料由下层着手,下层人员容易屈服。那时候办"匪谍"大案都是自下而上,一层一层株连。

做案如作文,有了材料便要布局。办案人员逮捕了一百多个学生（有数字说涉案师生共一百零五人），疲劳审问，从中选出可用的讯息，使这些讯息发酵、变质、走样，成为情节。办案人员锁定其中五个学生，按照各人的才能、仪表、性格，强迫他们分担角色，那作文成绩优良的，负责为中共作文字宣传；那强壮率直的，参与中共指挥的暴动；那文弱的，首先觉悟悔改自动招供，于是这五个学生都成了烟台新民主主义青年团的分团长，他们的供词就成了其他学生成为匪谍的证明。

每一个分团当然都有团员，五个分团长自己思量谁可以做他的团员，如果实在想不出来，办案人员手中有"情报资料"，可以提供名单，证据呢，那时办"匪谍"，只要有人在办案人员写好的供词上摁下指纹，就是铁证如山。这么大的一个组织，单凭五个中学生当然玩不转，他们必然有领导，于是张敏之成了中共胶东区执行委员，邹鉴成了中共烟台区市党部委员兼烟台新民主主义青年团主任。

办案人员何以能够心想事成呢？惟一的法术是

酷刑,所以审判"匪谍"一定要用军事法庭秘密进行。澎湖军方办案人员花了四十天工夫,使用九种酷刑,像神创造天地一样,他说要有什么就有了什么。最后全案移送台北保安司令部,判定两位校长(张敏之、邹鉴)五名学生(刘永祥、张世能、谭茂基、明同乐、王光耀)共同意图以非法方式颠覆政府,各处死刑及褫夺公权终身。时为一九四九年十二月十一日,张敏之四十三岁,邹鉴三十八岁。同案还有六十多名学生押回澎湖,当局以"新生队"名义管训,这些学生每人拿着一张油印的誓词照本宣读,声明脱离他从未加入过的中共组织,宣誓仪式拍成新闻片,全省各大戏院放映,一生在矮檐下低头。当时保安司令是陈诚,副司令是彭孟缉。

那时候,军营是一个特殊的社会,五千多名入伍的学生从此与世隔绝。还有两千四百多名学生(女生和十六岁以下的孩子),李振清总算为他们成立了一所子弟学校,继续施教,我的弟弟和妹妹幸在其中。下一步，教育部在台中员林成立实验中学，使这些学生离开澎湖。

我是后知后觉，六十年代才零零碎碎拼凑出整个案情。我也曾是流亡学生，高堂老母寿终时不知我流落何处，我常常思念澎湖这一群流亡学生的生死祸福，如同亲身感受。有一天我忽然触类旁通，"烟台联中匪谍案"不是司法产品，它是艺术产品，所有的材料都是"真"的，这些材料结构而成的东西却是"假"的，因为"假"，所以能达到邪恶的目的，因为"真"，所以"读者"坠入其中不觉得假。狱成三年之后，江苏籍的"国大代表"谈明华先生有机会面见蒋介石总统，他义薄云天，代替他所了解、所佩服的张敏之申冤，蒋派张公度调查，张公度调阅案卷，结论是一切合法，没有破绽！酷刑之下，人人甘愿配合办案人员的构想，给自己捏造一个身份，这些人再互相证明对方的身份，有了身份自然有行为，各人再捏造行为，并互相证明别人的行为，彼此交错缠绕形成紧密的结构，这个结构有内在的逻辑，互补互依，自给自足。

今天谈论当年的"白色恐怖"应该分成两个层次：有人真的触犯了当时的禁令和法律，虽然那禁令法律是不民主不正当的，当时执法者和他们的上司还可以采取"纯法律观点"原谅自己；另外一个层次，像张敏之和邹鉴，他们并未触法（即使是恶法!），他们是教育家，为国家教育保护下一代，他们是国民党党员，尽力实现党的理想，那些国民政府的大员、国民党的权要，居然把这样的人杀了！虽有家属的申诉状，山东大老裴鸣宇的辩冤书，监察委员崔唯吾的保证书，一概置之不顾，他对自己的良心和子孙如何交代？我一直不能理解。难道他们是把这样的案子当做艺术品来欣赏？艺术欣赏的态度是不求甚解，别有会心，批准死刑犹如在节目单上圈选一个戏码，完全没有"绕室彷徨、掷笔三叹"的必要。

多年以后，我偶然结识一个从火烧岛放出来的受难者，从他手中看见军法机关发给他的文书，他的姓名性别年龄位置之下，赫然有一个项目是"罪名"，并不是"罪行"！罪名罪名，他犯的罪仅是一个名词而已！实在太"幽默"了。

可怜往事从头说：那时逃到台湾的"外省人"，多半因追随国民党，与中共有长年对抗的经验，多半反对国共合作、国共和谈，多半对国民党的党务和政绩有一肚子批评责难，他们甚至怀疑"领袖"是否英明。这些人来到台湾以忠贞自命，以反共先知自傲，烟台联中冤案重挫这些外省人的气焰，他们从此知道自己几斤几两俯首帖耳。流亡学校的校长和教师受审时，也曾慷慨陈述自己对"党国"的贡献表明心迹，办案人员反问：像程潜和张治中那样的党国元老都投共了，你这一点前程算什么？据说，办案人员指着被告站立的地方告诉他们，全国只有一个人不会站在这里。（除了"最高领袖"以外，人人都可能因叛党叛国受审。）那时土崩瓦解，众叛亲离，他们已完全失去信心。

如果他们当时以杀人为策略，真相大白、局势大好时应该接着以平反为策略，他们又没有这般魄力智慧，坚决拒绝还受害人清白。说到平反，冤案发生时，山东省主席秦德纯贵为"国防部次长"，邹鉴的亲戚张厉生是国民党中枢大老，都不敢出面过问，保安司令部"最后审判"时，同意两位山东籍的"立法委员"听审观察，两"立委"不敢出席。人人都怕那个"自下而上"的办案方式，军法当局可以运用这个方式"祸延"任何跟他作对的人。独有一位老先生裴鸣宇，他是山东籍"国大代表"，曾经是山东省参议会的议长，他老人家始终奔走陈情，提出二十六项对被告有利的证据，指出判决书十四项错误，虽然案子还是这样判定了，还是执行了，还是多亏裴老的努力留下重要的文献，使天下后世知道冤案之所以为冤，也给最后迟来作平反创造了必要的条件。裴老是山东的好父老，孙中山先生的好信徒。

本案"平反"，已是四十七年以后，多蒙新一代"立委"高惠宇、葛雨琴接过正义火炬，更难得民进党"立委"谢聪敏、范巽绿慷慨参与，谢委员以致力为"二二八"受害人争公道受人景仰，胸襟广阔，推己及人。在这几位"立委"以前，也曾有侠肝义胆多次努力，得到的答复是："为国家留些颜面！"这句话表示他们承认当年暗无天日，仍然没有勇气面对光明。只为国家留颜面，不为国家留心肝，所谓国家颜面成了无情的面具，如果用这块面具做挡箭牌，一任其伤痕累累，正好应了什么人说的一句话：爱国是政治无赖汉最后的堡垒。

## 我从瞭望哨看见什么

"瞭望哨"是《扫荡报》副刊的名称,《扫荡报》是国军创办的日报。抗战时期以报道战地新闻创造了巅峰,抗战胜利改名《和平日报》,台湾成立分社。一九四九年从大陆撤退,总社迁台北,七月恢复《扫荡报》原名。我经常写一些散文向"瞭望哨"投稿,自己觉得很受欢迎。

一九五〇年一月某日,我有一篇文章在"瞭望哨"发表,使用笔名"黄皋"。文章刊出时末尾多了一行小字,加上括号,写的是"黄皋兄请来编辑部一谈"。幸亏我看副刊一向仔细,没有错过这一条重要的讯息。

《扫荡报》编辑部设在昆明街,楼上办公室,楼下排字房。在那里我第一次见到"瞭望哨"的主编萧铁先生，他心直口快，他说他想建议报社增加一名人手，专门校对副刊，同时参与副刊编务，做他的助手；如果我有兴趣，他可以推荐。乍听之下，我几乎不相信自己的耳朵，萧老编完全不知道我的底细，那年代"匪谍就在你身边"，他竟敢拉拔我进报馆。那时我漂流失业，天无绝人之路！可是我没有工作经验，他很轻松地说："你一个小时就可以学会。"

说来像传奇的情节，就这样，萧老编把我带进新闻界（他的年龄跟我差不多，抗战时期就跟熊佛西手下编文学杂志了）。这年我二十五岁，我的人生开始有了轨道。《扫荡报》是军报，一般报社的任职文件用聘书，《扫荡报》用"派令"，总社长萧赞育将军署名。派令记载，我的上班日期为二月一日，月薪新台币每月一百六十元。《扫荡报》是穷报，但我没有"待遇菲薄"的感觉，那时物价也低，记得"纯良"墨水一瓶，一元五角，"惊奇"

墨水一瓶，两元五角，笔记簿一本，八角。五月十七日舟山撤退，蒋公犒赏官兵，每人五元。长白师范学院结束，每人发给膳食费，每天一元六角。弟弟妹妹在澎湖读书，我寄零用钱给他们，每月每人二十元。夜晚睡在编辑部的地板上，没有房租开支，还可以看守公家的文具财物，大受欢迎。

果如萧老编所说，校对使用的那几个符号，我马上学会了；然后他教我怎样发稿，什么几号字、几分条、几批、几行、边栏、头题……他告诉我，编副刊，技术并不重要，构想才重要，构想来自思想，思想最重要。

那时各报副刊的"桌面"很小，端出来两种"主菜"，一种是西洋幽默小品，一种是中国历史掌故。"瞭望哨"不登这两种文章，萧主编说，"这不是文学"。他认为大报一定要有文学副刊，文学副刊要反映当时人的意念心灵，一道一道菜都是热炒，不上卤味和罐头，即使有少数文章水准差一点，也算是对文学人才的培养。皇天在上，天生他一对眼睛,简直是为了发现我,"瞭望哨"以军中一般官兵为主要读者,当时作家以军中生活做题材的文章,大都以高姿态俯视士兵,他们笔下的人物或憨态可掬,或愚忠可怜,那种近乎开心的笔调,你说是幽默,大兵们看来是歧视,我从来不犯这种毛病。

进了《扫荡报》,才知道副刊严重缺稿,邮差每天送来几封信,徒劳你望穿秋水;发稿计算字数,常常需要我临时赶写一千字或五百字凑足,我总能在排字房等待中完成,同事们大为惊奇,我开始受到他们的注意。

还记得当年"瞭望哨"发稿,我跟萧铁主编有如下的对话。他交给我一篇稿子,告诉我,"这篇文章是抄来的!"那作者当然没一个字一个字照抄,那时逃难,谁也没带着藏书,这位投稿的人读过一些文章,记得大致内容,自己重写一遍,他以为渡海出来的人少,大陆和台湾之间从此断裂,别人很难发觉。既然是抄来的,副刊还登不登呢?主编最后裁决："咱们缺稿，登他一次。"

有时他交给我一篇稿子，告诉我："骗子！他来骗稿费！"那些文章总是称赞自己的仁风义举，或者夸耀在工作岗位上有了不起的贡献，或者如何受到某一位大人物的礼遇而沾沾自喜。怎么知道它说谎呢？"千万不要欺骗读者，读者有第六感。"既然如此，副刊还登不登呢？"咱们缺稿，让他骗一次。"

有时候，萧主编也拿出一些文章，先称赞一番再交给我，罗兰的散文，尹雪曼、骆仁逸（依洛）的小说，他都评为"上品"，他的语气总是十分夸张，或是精华，或是垃圾。那时候还有王聿均、符节合、余西兰、高莫野、傅漫飞、蓝婉秋，都受到萧老编的称赞。

进了《扫荡报》，这才认识《新生报》副刊主编冯放民（凤兮），《民族报》副刊主编孙陵，并且有机缘听到他们谈话。那时各副刊都闹稿荒，那些有名的作家，从大陆逃到台湾，惊魂未定，惟恐中共马上解放台湾，清算斗争，多写一篇文章就多一个罪状，竭力避免曝光。

恰巧此时发生了一件事。一九五〇年五月，"中国文艺协会"开成立大会，张道藩主持，事先发函邀请文坛名宿梁实秋、钱歌川，两人没有回音。那时前辈小说家王平陵协助张道公筹备会务，他仗着道公和梁实秋、钱歌川都是朋友，就替他们在签到簿上签名，增加大会的光彩，采访记者根据签到簿写新闻，都把梁和钱两人的大名放在前面。第二天，这两位名教授看到报纸，马上写信给报馆郑重声明："本人并非文协会员，从未参加该会。"报馆"来函照登"，作家们笑谈文协开张没查黄历。

一九五一年一月，国民党办理党员总登记，资料显示，那时台湾地区共有党员二十五万多人，前来登记者只有两万多人，低于十分之一。前辈报人雷啸岑在他的回忆录里透露，那时很多名人逃到香港，国民党在香港办了一份报纸《香港时报》，国民党赠送《香港时报》给这些名人看，有两个人拒不接受,报社派人再送一次,说明是赠阅不是推销,对方依然拒收,雷公说,这两个人以前跟国民党关系密切,现在惟恐再跟"中央"沾边儿。

几位老编也谈到本省作家是文坛将来的希望,但是现在,《扫荡报》是军报,从未接到本省作家的稿子,《中华日报》是党报,也跟本省作家结缘不多,《新生报》是省报,跟本省作家有历史渊源,承他们不弃,但很少采用。冯老编说,文章上副刊,总要"辞气顺畅、内容生动",否则怎么发得下去?我问:"是否可以开一个周刊,专门做本省作家的园地?"冯老编毫不客气:"那怎么行?你拿他们当中学生?"

那时台湾推行汉字教育未久,报社找排字工人很难,《扫荡报》排字房的人马是从大陆上带来的"忠贞之士",都是宝贝,也都是大爷,他们给校对立下规矩。

那时校对工作的程序是这样:排字房先把文章一篇一篇拣成铅字,印一张初校"小样"送给我校对，我用红笔把错字挑出来，错字改正以后，再印一张"二校"的小样，我再校一遍。排字房通知我，校对应该在"初校"的时候发现所有的错字，"二校"时，校样上应该只有工厂"漏改"的字，不能有"漏校"的字。两校之后，工厂拼版，印出"大样"，校对看大样的时候，只看文章转接有无错位，应该不再修改任何一个字。

我完全照办，可是有一天，改正错字的工友来找我，把我校过的二校校样往办公桌上一摔，"你改得太多。"我告诉他，初校的校样没仔细改，留下这么多错字，他说，"二校还有这么多错字，我们工厂来不及做，影响出报的时间，谁负责任！"他的意思是由我"吃下"那些错字。排字房的习气如此，所以《扫荡报》各版错字特别多，编辑部束手无策。

一个月后，我见习期满，独立作业，排字房又通知我，他们只对原稿负责，原稿如有错误，由编辑负责，编辑发稿之后，不能临时修改原稿，即使改一个字,他们也断然拒绝。

第一天,我多发了一篇五百字的短稿,我希望这篇短稿拣字以后存在排字房里,准备拼版时机动使用。拣字的工友擅作主张,把这篇五百字的短文抽出来丢掉,拼版的时候我到处寻找,哪里还找得到?

有一天,拼版的工友站在楼梯口大叫:"副刊的稿子发多了,版面没法拼起来!"我赶紧下楼,多出多少字呢?多出一行!那就删掉一行吧,时间紧迫,匆匆忙忙删了一句,第二天看报,删断了文气。从此以后,我发稿时一个字一个字计算清楚,十个字一行,每一篇文章要排几行,拼版时要在第几行转折,我用米达尺在报纸上画线,务要做到一行不多、一行也不少。

我在《扫荡报》副刊工作的时候,接连发生重大新闻,参谋次长吴石伏法,韩战发生,美国第七舰队保卫台湾。吴石官拜中将,在参谋本部主管作战,握有军事的最高机密,这样一个人居然是中共卧底的高级间谍。这条新闻占了各报头版的头条，《扫荡报》号称军方的报纸，居然单独把它漏掉了！原来跑军事新闻的那位记者根本不知道吴石被捕，没有盯住案情的发展。那位记者严重失职，依然每天高视阔步，屹立不摇。

《扫荡报》漏了吴石伏法，"中国广播公司"台湾广播电台漏了韩战爆发，新闻界的两大轶闻，都要从萧铁说起。那时我跟广播还没有任何关系，萧主编在台湾台新闻科兼差，偶尔带些印象回来。韩战爆发，他根据外国通讯社的报道写了一条新闻，把稿子交给新闻科长，那科长是台湾本位论者，他说："韩国打仗，跟我们台湾有什么关系！"拿起新闻稿揉成纸团，丢进字纸篓。他下班走后，萧老编把纸团捡回来装在口袋里，第二天节目部开会追究责任，萧从口袋里掏出纸团，满座哗然。不久那位新闻科长另外找到工作。三十五年以后我在美国遇见他，他居然还没离开新闻媒体。现在我从网上查台湾省文献汇编的台湾大事记，也没查到韩战发生这一条。

　　排字工友对编辑部怀有"集体的敌意"，彼此常有龃龉。排字房设在楼下，幽暗闷热，到处都是铅锈，工友像在矿坑里挖煤的工人，脱光上衣，满手满脸黑灰。排字房跟楼上编辑部是两个世界，他们的情感或者可以用"阶级对立"来解释？有一位工友考上师范，对我忽然表示善意，把我弄糊涂了。事后回想，他将来要做"知识分子"了，他要上"我们"这条船了，他开始在"我们"中间建立人事关系，他改变了立场。

　　他离职前找我聊天，告诉我，如果拼版时多出一行两行，不必删稿，只要"抽条"。那时活字版用六号铅字排文章，工友在两行铅字之间嵌进两片薄薄的铅条，每一片的厚度是六号铅字的八分之一，这两片铅条可以抽掉一片，抽掉八片就可以多出一行空间。有时候，拼版也会缺少一行两行，出现空白，这时可以"加条"，也就是把两行铅字之间的铅条增加一片，每增加八片就填满一行。

他说，副刊编辑要准备一些极短的补白稿，每篇只有五行十行，一篇一篇预先拣字校对打印小样，拼版的时候紧急使用。那时排字房有一项规矩，编辑当天发稿的字数不能超过当天的需要，如果超出了，他们退回来，或者干脆丢掉，我怎么能预先储存？他笑了一笑说："从明天起，你带一包香烟进排字房，你把香烟往拼版台上一丢，什么话也不用说。"

这番指点真是暗夜明灯，那时候，"新乐园"牌香烟两元一包，每天一包香烟，每月要支出六十元，我在《扫荡报》的薪水才一百六十元。没关系，我还有稿费收入可以支持，为了对得起萧老编，我决心把工作做好。可惜那位排字工友离职以后《扫荡报》就停刊了。我没有福气享受改变后的工作环境，排字房也没有福气每天抽一包免费的香烟。

后来知道，《扫荡报》的后台是黄埔同学会，停刊前，报社托人向同学会会长陈诚进言："《扫荡报》有十八年历史，停掉了可惜。"据说陈诚的回答很轻松："中国大陆有五千年历史文化，不是也丢掉了吗！"

最后关头，报社有人提出救亡之道，大量发展社会新闻，也就是犯罪新闻，其中以男女风化事件占最大比例，后来称为黄色新闻。犯罪新闻可以争取读者，增加销路，也就可以吸引广告，开辟财源。

《扫荡报》同仁何以有此先见之明？这得再提一次张白帆、陈素卿殉情案。

起初，新闻报道说，外省青年张白帆和本省少女陈素卿热恋，女方家长因省籍偏见反对他们结合，两人约定殉情，结果男主角自杀未遂，女主角死了，留下一封缠绵悱恻的绝命书，报纸披露案情，发表遗书，引起社会极大的同情。台大校长傅斯年发起为女主角铸立铜像，表彰他们坚贞的爱情，各方纷纷响应。

很不幸，后来警方发现事实并非如此，浪漫的佳话破灭,男主角进了监狱,傅斯年校长大呼"上当了!上当了!"妇女界怒斥男主角负心,社会大众等待法院审判的结果。

这年四月一日,《扫荡报》发了一条愚人节新闻,殉情案男主角已遭法院判死,今日中午公开执行。这条新闻很短,也没有标题,夹在"本市简讯"一组新闻当中,居然引得台北市民聚集在刑场"马场町"旁边等着看热闹。撰发这条新闻的副社长说,他想试试《扫荡报》究竟有没有读者,结果发现犯罪新闻的巨大潜力。怎奈《扫荡报》董事会都是有为有守之人(或者昔日能够有为、今日只能有守之人),尊重传统价值,拒绝走向低俗。菊花抱香死,报业史可能留下一缕芬芳?

后来许多报纸在困境中挣扎,大都以黄色新闻做开路机拓建坦途。当初渲染张白帆、陈素卿殉情案,正值本省人外省人的隔阂日渐加深,各界希望殉情案能像"罗密欧和朱丽叶"的爱情悲剧那样,感天动地,化解仇恨,所以连傅斯年这样的大贤都肯出面。后来报刊刻意发展社会新闻，动机就复杂了。

《扫荡报》的另一契机是，当年王惕吾要办联合版，曾邀《扫荡报》参加，不知何故，《扫荡报》选择了一九五〇年七月停刊。惕老的回忆录和几种报业史没提这一笔，当时董事会会议的议程交给我用钢版誊写，"讨论事项"中有这一条，应是确有其事。一九五一年九月，《民族报》、《全民日报》、《经济时报》的联合版出现，后来成为国际知名的大报，《扫荡报》旧人见了面都嗟叹不已。

《扫荡报》停刊后，报社使用原有的设备开办印刷厂，一再亏累，改成"扫荡出版社"，更难存续。最后，副社长程晓华念一副对联给我听，上联"扫地出门"，下联"荡然无存"，横批"消而化之"（总社长萧赞育将军字化之）。据说对联的作者是总主笔许君武。

## 投身广播　见证一页古早史

我应该是在一九五〇年九月进入"中国广播公司"所辖的台湾广播电台工作,我说"应该",因为我申请退休的时候,人事室查不到我的到职年月,要我自己填写,我没有用心推算,显然写错了。记得那年中秋,福利社发给每人一个月饼,我刚刚进来,福利名册上还没有我的名字,我的顶头上司资料室主任蒋颐替我争取到一份。中秋节总该在阳历的九月。几个月后,我调任编撰,迎头重任是参与制作蒋公复职周年的庆祝节目,蒋氏一九四九年一月引退,一九五〇年复位,一九五一年三月一周年,据此推算,我一九五一年一月或二月已经在编撰科了。

中秋福利只有"一个"月饼，可见那时台湾广播电台很穷。我们坐藤椅，用桌面有坑洞的桌子，领到有臭味的浆糊、有缺口的米达尺，后来调到楼上写稿，脚下踏着有弹性有声响的地板。伙食房长桌长凳，铝制的盘子凸凹不平，生了灰色的锈。男女合厕，日本人遗留的习俗，男生出入眼观鼻、鼻观心。上午有卫生纸可用，用完了，下午不再补充，因为总经理只有上午来办公。有一次某"立法委员"来发表广播演说，内急出恭，无法善后，只好掏出手帕来草草了事。

台湾广播电台的前身是日本"台北放送局"，抗战胜利由"中国广播公司"接收，"中国广播公司"前身是中央广播事业管理处，这个"中央"是国民党中央党部，"中广"公司是国民党的党营事业。那时撤退来台的"中央机关"都穷，"引退"后的蒋公住在阳明山（那时还叫草山），连纱窗纱门都没装，魏景蒙去见他，他一面跟魏讲话一面用手掌打蚊子（后来魏先生做"中广"总经理，常要我记录他口述的资料,其中有这一段秘闻)。"中广"公司从南京撤到台北,副总经理吴道一主持其事,他说那时没钱交电费,没钱发薪水,他想辞职,没人收他的辞呈。他依照国民党中央党部的口头指示,变卖带出来的发电机,渡过难关。

当时播音必须照文稿说话,文稿播出之后送资料室永久保管(电台由南京带来很多旧日剪报,上面有播音员播出之后的签字)。有一次外面倾盆大雨,播音员却要播报天气"晴",那时台湾气象局每四小时发布气象报告一次,没有雷达,没有电脑,气象预报总有些阴差阳错,播音员明知预报失准,他不能更改。还有一次,采访记者赶写新闻,写到"女士"二字,"士"下面一横拉得太长,播音员播出来的是女"土",电台不能处罚。

广播如此依赖文稿,电台又没有雇佣很多写手,编播人员只有到资料室找报纸杂志上登过的东西,填塞节目内容,资料室必须增添人手,我才有机会到电台工作。那时候我们都没有著作权观念,别人发表的作品拿来就用，后来保护著作权运动兴起，政府修正著作权法，成立著作权人协会，广播电台还是觉醒最晚配合最少的地方。

"中国广播公司"在南京成立时辖有电台三十九座，除了台湾六座、东北四座以外，都是中央广播事业管理处建造的，创业艰难，功不可没，所以管理处长吴道一虽然交出实权，改任公司副总经理，仍然终身受人尊敬。南京撤退时，许多机关首长只能带出几个左右亲信，若想搬运物资，员工反抗，码头工人拒绝装卸。吴道一能够拆运机器，连图书唱片剪报资料都能装箱上船。

当年广播任务简单，据"中广"公司海外组组长陈恩成博士一份报告说，当年各地建立电台，一律派工程师做台长，工程师建厂房，装机器，竖天线，雇两个年轻的女孩子，买一批唱片，订几份报纸杂志，就可以开播，对工程的投资高，对节目的投资低。我记得他强调中国广播事事都可以移用西洋现成的东西，惟有播出内容必须自己设计，语言风格必须自己形成，节目人才必须自己培养。后来"中广"庆祝成立四十周年，出版了吴道一著《中广四十年》一书，保存许多珍贵史料。书中记述，当年电台组织仅有技术、传音、事务三科，可以说为轻视"节目"提供证明。

你看轻节目，社会就看轻你。资深广播记者潘启元说，抗战胜利后他在南京中央广播电台跑新闻，申请加入南京记者公会，几番力争，公会勉强同意，他是全国广播记者加入记者公会的第一人。民本广播电台台长胡炯心说，内政部职业分类，广播列入"娱乐"，他这才知道自己是个跑马卖艺的。

来到台湾，广播突然十分重要。台湾使用日文五十年，马上改读中文，确有困难，听广播比较容易，政府想借广播普及知识，宣达政令，凝聚共识，此其一。中国大陆和台湾之间，一切交流的管道俱已严密封锁，惟有电波可以穿越海峡，深入内地，政府想借广播进行对大陆宣传，此其二。世界各重要国家都有专门机构收听外国广播，以便立即了解局势变化，国民政府想借广播打破孤立，争取友邦了解，此其三。有此三者，广播任务重大，层次提高，必须多方罗致节目人才，王大空、崔小萍、杨仲揆、王玫、白茜如、徐谦，还有我和骆仁逸，都在这种情势下分别就位。节目人员身价增高，导致节目和工程两大部门的长期摩擦。

台湾台的台长是工程师姚善辉，下设工程科、总务科、节目科，节目科之外又有播音科、新闻科，还有一个资料室，事实上播音和新闻都是节目工作，资料是为节目服务的，可是单从名称看不出组织系统来。我进电台的时候，省籍名人翁炳荣统率节目部门，增设编撰科。一九五一年三月翁赴日本，邱楠接任，公司给他的名义是节目总编导，统摄新闻编撰、播音资料各科。不久台湾广播电台撤销，业务由"中国广播公司"直营，分设工程部、节目部、总务部，原台长姚善辉任工程部主任，原节目总编导邱楠任节目部主任。节目科升格为部，空间扩大，层级增多，下面设编审组、新闻组、播音组、资料组，眉目就清楚了。

那时无线电广播是新闻事业的尖端，却也是工程设备的幼年，但是对于我，一切都非常新奇。发音室冷气昼夜开放，为了使声音合乎标准，室内铺着很厚的地毯，挂着沉重的帷幕，窗子用整片玻璃镶成，内外两层，里面一层微微倾斜，减少回音，伺候声音像伺候皇后。那时录音机的机件复杂而笨重，用钢针把声音刻在蜡片上，一次一张。后来使用钢丝录音，必须由工程人员操作，节目人员使用录音机，必须工程部门批准，太尊贵了，可是它居然能保存声音反复重现，人定胜天，本是二次大战中研发的秘密武器，岂可视为等闲！唱片还是胶质，速度七十八转，有些沙声，硬脆易碎，怕压怕碰怕摔，那可是进口的奢侈品，送人一张唱片已是厚礼，电台唱片整箱整柜，工友经常捧着厚厚一叠上楼下楼。最不可思议的是，我每天写的文字都会变成声音，四方各地都有人专心收听，怎么可能？居然可能！

那时"中国广播公司"有全国知名的工程师冯简，据说机器故障播音中断的时候，他能坐在家中用电话指挥修复，无须亲临检查。南京时代有名的男播音员梁栖，方面大耳，音质沉厚，播送政论文稿以声服人，走出发音室的时候满身大汗。重庆时代的女播音员刘若熙，美人迟暮，改调编辑，当年号称"重庆之莺"，与日本的"东京玫瑰"争鸣。想那一九二八年，全国没多少人见过收音机，中央广播事业管理处（"中广"公司的前身）训练了一批收音员，他们带着收音机前往各省，每天收听新闻节目和中央要人的演讲，记录缮印，送到当地报馆发表，同时也制作壁报供大众阅览，当年的收音员，还有几位在"中广"公司担任行政工作。这些都是国民党光辉岁月中遗留的人物，后进置身其间，很能感受到历史的厚度。

资料室从南京带来一批图书，话剧剧本占很大的比例，曹禺、洪琛、郭沫若、陈白尘、李健吾、丁西林都有，出版日期都在抗战胜利以前。这些人是左翼作家，这些书是禁书，"中广"把它们运到台湾，也算是一批文物。那些著名的剧本，像曹禺的《日出》、《雷雨》等等，有人用铅笔勾点批注，哪个角色由哪个人演，哪个地方加入分场的音乐，分明是电台导播的作业，敢情中央广播事业管理处所辖的"中央广播电台"在节目中使用了这些剧本！我仿佛看见一群播音员挤在麦克风前伸长了脖子，共同使用一本书播出节目，那时节目制作如此因陋就简！今天严厉禁止的，正是昨天向各国播送的，"中央"的文化政策如此捉襟见肘！算得上是一个重大发现。

那时"中广"公司总经理董显光，国际宣传的教父，英美新闻界外交界的老朋友，为"中广"争取许多美援。他惯用英文批签呈，无为而治，一律OK，我从他的批示中第一次看到这个符号。有一次节目部签办一件事，送工程部会签，工程部提出相反的意见，董总批示 OK。节目部只好和工程部联名再签，问总经理究竟 OK 了谁的意见，批示下来仍是OK。他娴熟国际社交礼仪，每天服装整齐，见了女同事就鞠躬，对我而言，新奇！

那时"中广"公司董事长是张道藩，党国要人，领导国民政府的文艺运动。他的作风不同，那时宣传政策由中央宣传部掌握，他轻易不说什么，倒是对行政事务的细节很注意监督。记得当年到新公园游览的人，往往沿着那条水泥小径误入电台，总务部特地在电台入口处左右竖立两根方形的柱子，示意这是电台的大门，又在右边柱子上制作"中国广播公司"大字招牌。张道公看见建造费用的账单，认为贵得离了谱，把负责人叫来"骂"了一顿。他私人写信从来不用公家的邮票，办私事也不坐公家的座车，对我而言也是新奇。

那时台湾电台的待遇很低，我调到编撰科以后，资料室添补新手，有一位小姐应征，她听见月薪只有两百二十元，变色而去，临别留言："苏俄用农奴工奴，你们这里用文奴！"王大空任广播记者，工作表现优异，言谈诙谐有趣，有时却也愤然自语:"中广!你有本事就饿死我!"只有我很满足,薪水加上稿费,我可以把弟弟妹妹零用金增加到每月五十元,一面计划如何迎养寄居台中的父亲。

那时兰陵王氏子弟多人从上海随上校爷爷撤退来台,分散在联勤各单位当兵,放假的日子,他们想到台北市逛逛大街,没钱买车票,没钱吃午饭,希望我接待。我到上海的那个把月,他们没人请我喝过一杯开水,我追慕上校爷爷县长爷爷的风范,不计前嫌,他们来找我,我奉上新台币二十元,天热可以吃红豆冰,口渴可以喝黑松汽水,饿了可以吃山东大馒头。那几年,我怎么也存不下一块钱。

台湾电台的外观优雅,看资料,这栋建筑由日本人栗山俊一设计,采用日本三十年代流行的"帝国冠帽式建筑",想当初是一栋漂亮的建筑。它位于公园一角,那占地七百一十五亩的绿地热带树林、露天音乐台、拱桥池塘(后来又有满园杜鹃花),仿佛是它的庭院。我们在楼上写稿,那时办公室尚未禁烟,同事作家骆仁逸常常把手臂伸到窗外"弹"掉烟灰,他说"我拿整座公园当烟灰缸"。日本把电台、法院、银行、外交宾馆都设在总督府周围,据说是表示对广播十分重视,电台虽在闹市中心,有了公园,也就闹中取静,躲掉多少尘嚣。"陈素卿殉情案"的男主角本是这家广播电台的编辑,殉情案发生后,女主角在感人至深的"遗书"中说,她常坐在公园喷水池边长椅上偷看男主角上班,我们读了遗书,也曾结伴来到新公园,坐在陈素卿坐过的地方瞻望这座小楼,那时我曾设想,谁能在这座小楼里办公真是一种幸福。我怎能知道它内部的诡谲骚动与外观的宁静幽雅恰成反比。

  我听到老前辈讲古,抗战胜利,台湾光复,"中广"公司接收了这座电台,可是没办好产权转移。有人提醒经办人:现在实行宪政,有一天国民党不再执政,若是产权有问题,你就不能再使用这座房子了!那人听了大笑,他说怎么会有那一天!

他万万没想到，后来本土意识高涨，还没等到政党轮替，房产就还给市政府了。

我由资料员调成编撰，座位靠近玻璃窗，凭窗下望，可以看见一条水泥小径由"总统府"前的大道分支，通往公园的出入口，看见少男少女一对对恋人手牵手走过，看见新婚夫妇抱着小孩相互扶持走过，看见中年夫妻彼此保持三英尺的距离、孩子跟在后面走过。日复一日，听见仪仗队在"总统府"前奏乐降旗，年复一年，双十"国庆"，听见蒋公在"总统府"前、公园旁边的广场阅兵。"双十节"本来放假，"中广"伺候"总统"的阅兵实况和"国庆"文告，节目工程的骨干人员照样上班，而且精神特别紧张。阅兵的时段内，公司大门外站着宪兵，楼上办公室站着穿中山装的内卫，玻璃窗关紧，我们都不可走近窗口。公司楼顶平台上由防空部队据守，架好高射机关枪。新奇之中隐隐有一丝恐惧。

这是一片新天新地，我可以脱去一层皮，换上一张脸,小心谨慎做个新人。

一九五一年我调任"编撰"以后,"中国广播公司"尽力做政治宣传,当时的说法是"巩固领导中心","唤起同舟一命的危机感",抗拒共产主义的扩张。节目内容时时宣扬蒋公的伟大英明,国民党的历史光荣,时时抨击共产党革命谋略之诡异,统治手法之狠辣。一九五三年,"中广"秉承"中央党部"旨意,负责制作全国电台联播节目,每天晚上八点到八点半播出(星期天延长到九点),"中广"发音,二十一家公营和民营电台同时转播,加紧"意志集中,力量集中"。

政治宣传节目的收听率很低,制作节目的人没有社会声望,节目的内容敏感,差之毫厘,失之千里,一言丧身,一字倾家,制作节目的风险很高,工作当前,人人缩手。他们欺我年轻新进,把这样重要的使命交给我这个资历最浅、待遇最低的人,我那时还有大头兵思想,任务分派下来,冒险犯难要去完成,听天由命也要去完成。我背后没有大官,左右没有帮派,袋中没有文凭,脑子里没有天才,每天以"傻小子"的姿态横冲直撞,跻入节目部的"三张王牌",与王玫、王大空并列。

这个工作我做了许多年,积累了许多"没有用的经验",但是经验可以转化,我的写作倒也因此有些长进。那时党方官方认为宣传就是"自外打进",就是重复灌输,每一个政治主题都有陈腔滥调,可以反复使用,我曾告诉朋友:"只要学会五百句话就可以吃宣传饭。"那时每逢节日庆典,县市首长都要发表"告全县同胞书",都在庆祝大会上演讲,秘书从档案里找出旧稿,稍加斟酌,县长拿去照念一遍。那时第二次世界大战结束未久,他们脑子里还存着戈培尔的一句话:"谎言千遍成真理",他们没提防"真理千遍成空言"。

我那时年轻,不甘墨守成规,竟以在"小说组"修习所得,认为节目的宗旨不能变、技术可以变,主体不能变、角度可以变,内容不能变、修辞可以变。我拿政治节目做我的练习簿,小心实验。

蒋公"河山并寿日月同光"不能改变,"万寿无疆"不敢更换,每年此日我看会场和大街,看这四个字的大标语,它们的字体和颜色也年年照旧,远洋轮船沿着人家走过的航道行驶最安全。除此以外,我一个字一个字地改,一句话一句话地改,逢到植树节、青年节、体育节,我更可以放手放胆。我本来食古不化,小说组的同学给我起了个绰号叫"鼎公",几年下来,我的作文渐渐化难为易,化古为今,化单调为多样,化严肃为平易。

　　大约是主办政治宣传的缘故,我常常看到"限阅"的文件。限阅是机密和公开之间的一个分类,这些文件可以给许多人看,但是并非所有的人都可以看,那年代新书难寻,报道评论千篇一律,这些文件别有洞天,对我的进境也有帮助。一九五二年十月我读到一篇"奇文",蒋公主张用"爱"反共,他的训词里面有这样的警句:"爱是永远不会为恨所掩盖的,而且也只有爱,终于可以使恨得以消灭。"他说:"我们今日要召回我们民族的灵魂,提振我们爱的精神，以伦理为出发点，启发一般国民的父子之亲，兄弟之爱，推而至于邻里乡土之情，民族国家之爱，以提高国民对国对家对人对己的责任。"面对中国大陆，他宣示"我们要用爱去使他们觉醒，用爱去使他们坚定，用爱去使他们团结，让爱去交流，让爱去凝固，让爱结成整个民族的一体"。

我大吃一惊。一九五二年，正是蒋公"寒夜饮冰水、点滴在心头"的时候，正是他的心腹股肱高喊"对敌人仁慈就是对同志残忍"的时候，正是"仇匪恨匪"渐成军中教育主轴的时候，蒋公他老人家居然还有这个境界，这表示蒋公心中确有基督信仰（当然他并非"只有"基督信仰）。恰巧"广播杂志"催我写稿，我马上写了一篇《爱的宣传》表示响应，并加诠释。我说反共"要把人民受宰制的痛苦和大多数干部受裹胁驱策的痛苦联在一起，想办法一齐解除，这就是爱，这就是悲天悯人"。我二十几岁能有这般见解，分明也出自基督教的熏陶。总编辑匡文炳看了我的文稿,沉吟有顷,他把训词原件要去查验了,然后发排。十一月六日杂志出版,我打开一看,我的"回声"居然放在第一页社论的位置。

我觉得蒋公这篇训词非常重要,今天国民党力倡台湾和大陆和解共生,当年"爱"的训词更在意识形态上提供了基础。可是这篇训词当时无人转载,无人响应,后来无人引用,各种版本的蒋公言论集都没有收入,"爱的训词"究竟何时何地对何等人所发?我问过研究蒋公思想言行的专家,他也说不出话来。这篇训词竟然成了我的奇遇。

还有一些"无用的经验"终归无用,而今成了茶余酒后的笑谈,也算是"无用之用"了。

五十年代(还可以加上六十、七十年代),台湾的重大庆典都在十月:十月十日,"国庆"。十月二十五日,台湾光复节。十月三十一日,蒋公诞辰。每一个日子都要高质量宣传,节前有酝酿,节后有余波,整个十月都在锣鼓喧天的气氛中。可是中华人民共和国的国庆偏偏定在十月一日，这一定是毛主席的杰作，他真是斗争天才。十月一日这天（甚至前一天），台湾媒体不能有任何喜乐庆贺的表示，广播节目不可祝寿庆生，不可开张剪彩，不可花落花开，不可否极泰来，快乐幸福的歌曲一律抽除，连气象报告播出"长江下游天气晴朗、台湾海峡乌云密布"，治安机关也要查究。这等于迎门一掌，黑巾蒙头，台湾十月庆典的光环都缩小了，光度也减弱了，节目气氛在技术上仍然可以做到兴奋热烈，工作人员在心理上总有戒慎恐惧强颜欢笑的感觉，这种感觉又必然影响节目中的真诚。

　　局促于大陆十一庆典的阴影之下，台湾媒体十月的禁忌特别多，衰老、死亡、病危、破产、高楼倒坍、孤岛漂流、王朝覆灭、大家庭的专制腐化等等题材一律不可刊出或播出。尤其是蒋公诞辰这天，副刊的连载小说必须重新审视，删去一切可供穿凿附会的意象、形容词或局部情节，如果事关小说的结构和未来发展无法删除，那就"续稿未到暂停一天"。副刊插图不许出现弧形和直线交叉,据说因为它好像是共产党的镰刀斧头,插图也不许有圆脸光头的人像,据说因为可能是毛泽东的造型。

每年"双十节",蒋公发表"国庆"文告,"中广"公司照例要现场录音并向全台全球播出。有一年录音效果不佳,两个小段落听不清楚,上下大为紧张。检讨原因,五十年代初期,麦克风的性能没有现在这样好,录音人员限于安全规定,必须和"总统"保持一定的距离,不能随时调整麦克风的角度。为了避免以后再发生同样的状况,"中广"特地引进一种新型麦克风,你可以称它为伏地式麦克风,一根长长的管子,下面装了脚架,麦克风可以穿越障碍,伸到离"总统"最近的地方,录音人员虽然站在较远的地方,仍然可以操控。工程部到现场装设摆放这些器材,当然经过安全人员的检查和许可,但是蒋公望见了,他很不高兴,责问"这是什么东西"!他大概觉得这玩意儿太像一挺轻机枪吧,于是侍卫立即走过来拆除没收,事后再由总经理魏景蒙出面派人领回来。

一九六〇年,蒋公做满两任,他事先公开表示不再竞选连任。那时陈诚是"副总统",国民党副总裁,还兼任"行政院长",似乎是当然的接班人,胡适之、梅贻琦、蒋梦麟、王世杰纷纷站在陈诚一边,胡适还公开说:"陈先生可以做'总统'",陈诚也没有任何谦虚的表示。谁知蒋氏仍然做了第三任"总统",他也仍然提名陈诚做"副总统"。选举揭晓的那天,"总统"照例发表演说由"中广"转播,"副总统"照例对"中广"记者发表简短谈话。播出之前,有关工作人员照例试听录音,陈诚第一句话竟是"今天本人当选'中华民国第三届总统'",中间少说了一个"副"字。从心理学角度看,陈诚的口误非常有趣,可是那天我们工作人员傻了眼,这怎么办!你必须播出"副总统"的谈话,可是绝对不能要求他再录一次。还是"中广"的名记者洪缙曾和资深工程师黄式贤本事大,两人闭门工作了两个小时,反复试验,好歹把错误掩饰过去。

有一年,某某电台报道"国民大会"开会的消息,有一句话是"美轮美奂的大会堂中间悬挂着'总统'的肖像",句子太长,播音时断句换气,说成了"悬挂着'总统'",引起惊扰。那时我代理编撰科长,一向注意长句之害,这一次更叮嘱撰稿同仁:"总统"之前切忌有任何动词。可是报馆的同业未能吸取教训,新闻稿说"全体同胞跟着'总统'走",那时还是活字平版印刷,同一部首的字容易拣错,加上校对疏忽,结果印成"踢着'总统'走"……

我在二〇〇七年写这篇文章,想到"经验总是没有用的",因为走出去的脚步不会退回来,以前种种以后不再发生。谢天谢地,大江东去,经验如果还有用处,那就是"古今多少事、尽付笑谈中"。

## 张道藩创办小说研究组

一九四九年中国大陆"天翻地覆",我由上海乘船,基隆登岸,台北居住,虽然踏上土地,我的感受却像是上了另一条船,这条船漏水,罗盘失灵,四周都是惊涛骇浪。

那时我读到一个故事,汪洋大海中,一艘轮船快要沉没了,船上有一位科学家,他远洋航行作调查研究,他赶紧把此行研究的结论封在"海漂"专用的瓶子里,丢进海中。船沉以后可能无人生还,可能没有几个人知道有这么一条船,他希望天涯海角有人捞起瓶子,享有他的成果。

受文学潮流影响,那时我们都崇拜小说,尤其是写实主义的长篇小说。长篇小说字数多,讯息量大，反映大时代需要这种"大块文章"。那时批评家说，如果你看见一条河，你把它写下来，你要使读到文字的人真的看到那条河，跟你所看到的一模一样。那时创作者说，小说家不忍他的经历被"时间的流沙"掩埋，他要使那景象永远受后人谛视。如此这般正是我的愿望、我的野心，我在崩盘幻灭之中能够抓住的人生意义。

可是小说是怎样写成的呢？那时我没听见任何人讨论这个问题，我从未看到传授小说写作技巧的书，甚至没看过一篇自述创作心得的散文。那时前辈作家把"方法"当做不传之秘，"江湖一点诀，休与旁人说。"我开始读小说，常言道"会看的看门道，不会看的看热闹"，我只看见热闹，没看见门道。

天无绝人之路，"中国文艺协会"开办的"小说创作研究组"招考学员，我赶快报名。小说组的大学长程盘铭每天写日记，保存了一些重要的记忆，一九五一年二月十一日，文协对报名参加小说组的人举行笔试，试场设在南海路国语实验小学，共一二〇人应考。我记得应考人要写一篇自传，还要"列举小说名著十篇并略述其艺术价值"（出手与众不同，没教我们略述思想主题）。我记得还有一道题目也很特殊，测验考生的听写能力，考试委员念了朱自清的一段《背影》，我跟着记录下来。

依程盘铭日记，笔试录取五十六人，二月二十五日进行口试，试场借用"中广"公司台湾电台会客室和发音室，每一个应试者经过两位考试委员问话。轮到我，先是蒋碧薇，张道公的爱人，我只记得她的神态娴雅柔和。世事难料，她后来和张道藩分手，口述《我与道藩》一书爆料，态度相当强悍。后是李辰冬，他问我："如果你在一篇作品中写几个人物，你能不能把自己的心分裂了、分给每一个人物？"我的回答是不能，那时当然不能，那是利用小说口诛笔伐的时代，我读到的小说没有几本做得到冤亲平等。

三月一日放榜，正取三十名，我总算挤了进

去。小说组借用公园路台北市女子师范附属小学上课，李辰冬为教务主任，赵友培为总务主任，他俩都是台湾师范学院教授，抗战时期追随张道公做文化运动工作，直到台湾，张氏创办小说组，李、赵是实际上的负责人。三月十二日、星期一报到，同学们互相自我介绍，推举张云家为班长，程盘铭为副班长（正式名称好像是总干事和副总干事）。三月十五日在台湾电台会议室举行开学典礼，张道藩主持，记得来宾很少，用今天的话来说这是"低调处理"。

　　开课典礼没有多少事可以记述，倒是开课之前、三月十二日那天，开课前的预备集会，赵友培出场讲话，有"新生训练"的意味。他首先说，小说组的正式名称是"中国文艺协会文艺创作研习部小说组"，全名太长，简称"小说组"。他用声明的语气说，小说组不是文协的附属组织，前来参加研习创作的人可以不是文协会员，结业以后也不必参加文协做会员，为什么要用文协的名义办呢，他说因为经费是以"中国文艺协会"的名义筹措的。"文艺创作研习部"的架构很大,"小说组"仅是其中一个门类,以后可能继续办戏剧组、诗歌组、绘画组。他这番话澄清了某一些人的疑虑。

既是"文艺创作研习部",当然强调"创作"。他说,以前这一类活动总是谈文学的主义流派,作品的思想意识,先生讲,学生听,发讲义,记笔记,参加学习的人得到很多文学知识,对创作的帮助很小。现在创作第一,不谈主义,不发讲义,直接阅读作品吸收技巧、领略风格、体会意境,按时交出作品给大家看,欢迎批评,不怕修改。这一套做法,当时确是创举,许多人将信将疑,后来夏济安教授从美国爱荷华大学归来,对我们演说"国际写作班"办理的情形,恰和小说组心同理同,大家才认可小说组的做法。

赵公还有警句,他说小说组教大家怎样写小说,并非要大家一定写反共小说,"不管你提倡什么小说,都得先有小说!"我那时还不了解他的话,小说千古事，反共只在一时，有人想把千秋大业交给我们。只听得他说，"每一堂课，我们要求讲座从小说创作的层面发挥，如果讲座没能完全做到，我们希望大家从小说创作的角度领受。"我立时通体舒泰，耳聪目明，自从我懂得"寻找"以来，第一次找到我要找的东西。

最后他说，我们不是师生关系，我们是朋友关系。他给大家定位，站着授课的人叫讲座，坐着听课的人叫学员，学员交出作品，讲座指导改进，学员质疑问难，讲座教学相长，同学间切磋启发，互为师友，"学员皆讲座，讲座亦学员。"这番话说得非常中听。

关于小说组的课程，我箱中保存了一份"本组课程概要"，学长程盘铭的日记里也逐日记下受教的情形。课程分成五个单元，"中外小说名著研究"取法前贤，"人生哲学及文艺思潮"探源求本，"创作心理和创作经验"反身观照，"基本训练"规矩方圆，"艺术欣赏指导"触类旁通，"作品批改"

切磋琢磨,"讨论座谈"脑力激荡,"分组指导"师生交流。授课时间共二百五十个小时,其中"基本训练"、"讨论座谈"占去一百六十小时,那时,这是小说组的创意和特色。

讲座阵容"极一时之选",国民党眼中的"泰山",如高明、李曼瑰、罗家伦、张其昀、陶希圣、罗刚、陈雪屏固然承先启后,一向居高临下俯视国民党文化活动的"北斗",如胡秋原、王玉川、何容、齐如山、梁实秋、沈刚伯也有教无类。今天拿"本组课程概要"和程盘铭的日记两相对比,只有任卓宣没来讲课。

国民政府失去大陆,撤到台湾,国民党检讨失败的原因,认为远因是思想战、宣传战先输给了中共,近因才是政治军事,所以任命反共理论家任卓宣为"宣传部"副部长,任氏也很想有一番作为。那时我结识了任卓宣一位老部下,他告诉我,任先生倡议国民党要走群众路线,提出方案,要把文艺作家组织起来。这位老部下愤愤不平地说:"谁料这个工作给张道藩抢去了!"今天回想,任先生历经沧桑,国民党的事应该看个清楚明白,从一九三九年起,张道藩就是国民党文艺工作的专业领导人,他怎么会抢你的工作,党中央又怎会把组织文艺作家的工作交给你做。

今天检点旧时课程,并未邀请当时的小说作家前来传灯。我猜,设计课程的人拉高了层次,只给我们"第一手"的东西。那时台湾当令的小说作家穆穆、王蓝、孟瑶、魏希文,应该列为"二手",这些人都是文协要角,李辰冬、赵友培的朋友,取舍之间破除了情面。那时新的文学传统尚未形成,不但白先勇、林海音、七等生、陈映真还没有"出头天",钟肇政、杨念慈、朱西宁、司马中原、彭歌也"初试啼声"。三年后,张爱玲才拿出《秧歌》,五年后,姜贵才拿出《旋风》。青黄不接,我们似乎是承接传统的种子,倘若如此,我们应该惭愧。

正式上课以后,发现政大教授王梦鸥也是重要人物，他的学术声望高，张道藩特别请他出山，补李赵二人之不足。他住在木栅，来往奔波，"基本训练"循循善诱，"分组指导"因材施教，那正是我最渴求的课程。那时我们称张道藩为"道公"，称李辰冬为"李公"，称赵友培为"赵公"，称王梦鸥为"梦老"，今天重温最初的称谓，发现我们不知不觉对他们四位作了区分。那年梦老四十五岁，李公四十六岁，赵公三十八岁，即便是道公，也不过五十五岁，他们有精力有热情，小说组六个月的教育，他们十分投入，每逢上课开讲，李公赵公一定在座细听，随手笔记。以后小说组又办第二期，上课的时间减少了一半，不但道公很少参与，赵公李公和梦老也未能与他们朝夕相伴。

  不消说，我用心听讲，勤苦学习。梦老曾经告诉他的学生他如何"发现"了我，他说他讲课的时候，看见后排有一个剃光头的大脑袋，两眼发直，皱着眉头倾听，不停地写笔记，他借故把笔记要来看，既抓住要点也顾到特殊的细节。这个"剃光头的大脑袋"就是我！朋辈之间传为笑谈，我则觉得很温暖。结业以后，梦老继续对我有很多照顾。

小说组举行过几次讨论会，其中一次以"小说中的口语"为主题，同学们推我草拟大纲。恰巧我对这个问题有了解、有思考，也恰巧那次讨论会由道公主持，他当场对赵公说："以后每一次讨论会都要有这样一份大纲。"他注意到有我这么一个青年，以后发展出一些因缘。现在我手中还有一份"大纲"的原件。

我也曾连续缺课一个多月，幸而没有开除。那时我在"中国广播公司"节目部资料室上班，公司没有单身宿舍，特准我夜晚睡在办公桌上。节目部，小说组上课的女师附小，"总统府"，三个地方距离很近，有一天，大批军警从天而降，封锁附近的街道，把走路的人、买东西的人都抓起来。这地段是台北市闹区，入网的人很多，当年这叫"抄把子"，用意在震慑人心，有时也凑巧抓到罪犯。军方对抓来的人略加讯问，中年人和老年人提出身份证，或者由他们的家人送来身份证，立时释放，青年壮丁下落不明，这就是有名的"抓壮丁"。半夜查户口，由家中抓出来的叫"家丁"；顺手牵羊，把正在田里耕种抓来的叫"田丁"；突击包抄，从路上抓来的叫"路丁"，我们资料室有一位同事就这样"失踪"了！多亏公司有位老先生知道门径，他拿着"中广"公司的公文，前往可能关押的处所一一寻找，终于把这位同事保出来。

我那时心中还有许多"余悸"，三年怕草绳，不敢出门。节目部有大锅伙食，吃饭没有问题；胡子头发只有任它生长，行径怪异，招惹治安机关调查，有些同事以为我家中出了重大变故。等我冷静下来，恢复学习，出门第一件事是理发，那理发师悄悄问我"有什么冤屈"，他以为我是刚从牢狱里放出来的犯人。小说组的同学也用离心离德的眼神看我，那时候，若有人突然缺席，事先没请假，事后无说明，"被捕"是最合理的推断。以讹传讹，小道消息在空气中荡漾很久。

这件事，耽误学习事小，它影响我的思想，我开始往"自由主义"倾斜。有人说，如果一个自由主义者在马路上遇见强盗遭受洗劫，他会马上变成保守主义者。（反过来说，一个保守主义者如果无缘无故挨了警察一棍，他会马上变成自由主义者？）后来我读甘地传，甘地在火车上挨了英国人一个耳光，从此发愤推行印度的独立运动。这些说法也许太强调历史发展的偶然因素了吧，不过我当时的心情确是如此。

一九五一年九月三十日小说组举行结业考试，考试成绩有三个第一名：廖清秀"写作"第一名，他在结业前提出长篇小说《恩仇血泪记》；贾玉环"全勤"第一名，她在一百多里外的杨梅中学教书，每天坐火车来台北听课，没有请过一天假，从未迟到早退；我是"笔记"第一名。

依程盘铭日记，小说组的结业典礼延迟到十二月十六日举行，张道公主持。我记得张道公越来越忙，大家等他抽出时间。那天来宾官式发言，无甚

可记,倒是"文协"二把手陈纪滢(大家尊称纪老)几句话余音袅袅,他的意思是:

> 文学创作好比跑道,起跑的人多,到达终点的人少。有些人,文学是他的洋娃娃,长大了就丢。有些人,文学是他的绣花枕头,起床了就推开。有些作家是候鸟,文学好比大户人家的屋梁,做个窝过春天,文学好比长满芦苇的池塘,歇歇脚住一宿。有些作家好比三春的蝴蝶,留在游客的照相簿上,不留在文学史上。不必羡慕他们,不必批评他们,问题不在他们是什么,而在我们自己是什么。

小说组第一期录取学员三十人,中途退出者三人,开课后要求"插队"研究者三人,结业时参加大考者二十八人。台湾省籍的同学男生一人,女生一人,那位女同学未提出作品,那位男同学在结业前完成一部十四万字的长篇小说,于是成为我们的明星。这位男同学就是廖清秀。

廖清秀面庞清秀，平时很少和别人交谈，座谈会上也没听见他发言，长篇出手，一鸣惊人。小说的名字叫《恩仇血泪记》，以日本统治台湾的恶法苛政为背景，反映台湾同胞的困苦岁月，今天看资料，都说它是台湾作家用国语写成的第一部长篇小说，誉为"台湾小说家中文创作的开路先锋"，在文学史上有特殊的意义。

《恩仇血泪记》经赵友培推荐，得到中华文艺奖金小说奖，当时为了避"师生"之嫌，商请葛贤宁写推荐理由，审查会上赵教授未发一言，顺利通过。依"文奖会"作业惯例，得奖小说要出版成书，《恩仇血泪记》却一直存在文奖会的档案里。后来我请赵公催促，赵说他早跟张道公谈过，道公的反应是："咳，这个人麻烦。"我说廖清秀为人一如其名，哪会给人添麻烦？赵公说，"廖清秀无论有多麻烦，他又岂能麻烦到道公头上？分明是有人进谗！"文奖会也有人事矛盾，大人物都有"听小话"的习惯，"小话"使一桩美事虎头蛇尾，直到文奖会结束了，廖清秀这才取回原稿，自费印行。

今天谈论五十年代反共文学的方家们没人提到骆仁逸，他也参加了小说组，后来用笔名"依洛"完成长篇《归队》，写国军官兵在反共战斗中的挫折，描述国军被俘官兵逃出解放区回到国军阵营的故事。当时小说家处理正面反共的主题，似乎只有他做到如此真实细致，贴近人心。他也得到中华文艺奖小说奖。

想起骆仁逸说来话长。我和他差不多同时来到台湾，都有一段时间流浪台北街头，我俩都常有文章在中央副刊发表，偶然在新公园那棵伞盖形的大树下相识。我劝他给《扫荡报》副刊写稿，介绍他和副刊主编萧铁见面，不久《扫荡报》停刊，员工遣散，留下我一人看守印刷厂，有时候我俩就睡在排字房的拼版台上。后来萧老编把我和老骆都介绍进"中广"公司，一先一后紧紧衔接。

那时"中广"公司节目部的新闻组、编审组合在一个大办公室里上班，中间用甘蔗板隔开。我和骆仁逸都未成家，台北市民也还没有什么夜生活，下班以后守在昏黄的电灯光里看书。骆仁逸把《归队》的原稿交给我看，我读了放声大哭，我正是被俘以后又逃出来的军官，读他的描述深受震撼，悲从中来。这一哭惊动了坐在甘蔗板后面的一位老者，他走过来慰问察看，他因此也读了那部小说。后来知道他在节目部担任安全工作，负责查察同仁言行，我和仁逸两个小青年结伴而来，他当然很关心，在他的考量下，我这一把眼泪暂时保证了我和骆仁逸的忠贞。

那时编审组长由王健民担任，他读过《归队》，认为它的语言浅白生动，娓娓动听，就广播编审的观点看不可多得。他等不及小说出版，便用原稿在"小说选播"节目中播出，时在一九五二年三月。它可能是中国第一部以原稿播出的小说，你可以称它是第一部专为广播而创作的小说。在它之前，"中广"播出钮先钟翻译的《一九八四年》，应是中国第一部专为广播而翻译的小说。

一九五三年，《归队》由拔提书店出版单行本，那时出书的机会极少，证明骆仁逸已有相当的人脉。他赠我一册，并在扉页上写下一句话："这本书有你这样一个读者我就值得了。"我前后写了三篇书评送报刊发表，并非所有的反共小说都能走红，即使写得相当好，《归队》并未引起文坛的注意。

施鲁生，笔名师范，他在一九五〇年出版长篇小说《没走完的路》，叙述一个年轻人自学校到社会的冲击和适应，小说组的同学们纷称他为"施兄"（师兄）。

师范与金文、鲁钝、辛鱼、黄杨五位作家合资创办《野风》半月刊，位列《野风》五君子之首。《野风》于一九五〇年十一月创刊，由创刊号到第四十一期，可称为"师范时期"，那时内战未歇，政论家以"危疑震撼"形容台湾政局，文艺多愤怒慷慨之词，批评家以"逼迫热辣"形容当时文风。

《野风》独能"着重内心抒发、个人情感及生活经验",如暑热中一阵清风,成为文艺青年的最爱,在文学杂志中销路第一,今日研讨五十年代台湾文学的论著纷纷高举《野风》,叹为难能可贵。

师范之外要数吴引漱(水束文),一九五〇年十二月出版长篇小说《紫色的爱》,以内战时期上海的学潮为背景。那时大学生有人向往共产党,有人拥护国民党,两派人马剑拔弩张,所谓紫色的爱,就是共产党信徒和国民党信徒在斗争中产生了爱情,红蓝溶合成紫色。

包乔龄、陈玉川、程盘铭也都发表过小说,程盘铭、陈玉川、李仲山都曾在小说组的晚会上朗诵自己写的小说,程盘铭的作品叫《结婚费》,他上台表演,不看文稿,有声音表情、面部表情和肢体动作,介乎相声和戏剧之间,大受老师们赞赏。

王复古同学以"烟酒上人"笔名写武侠小说,一九六一年改名"慕容美"。那时武侠小说盛行,人民大众的口头禅:"先看武侠小,后看世界大。"无武侠不成副刊,有叫座的武侠才拉得到订户,名将周至柔有两大轶事,下围棋和读武侠,上行下效,围棋难学,武侠易读。那时我们把武侠小说看得轻,我笑王复古是小说组的"窑变"。

后来武侠小说价值提高,批评家叶洪生谈侠论剑,称王复古为"诗情画意派"的王牌,他说王复古的作品充满诗情画意,饱富生命力与人情味,擅长以对话推动故事情节,从这些评语可以看出正规文艺教育的痕迹。

小说组结业后,同学们有几次集体创作。最早的一次由包乔龄发动,他约几位同学喝茶,记得有褚绪、张炳华、罗德湛、骆仁逸在座。他提议大家分工合作写一本"理想小说",以小说的形式想象反攻胜利了,大陆光复了,中国社会出现哪些变化,海峡两岸会发生什么样的故事。那时崇尚写实,大家斤斤计较已经发生的事,不顾可能发生的事,何况不会发生的事?老包的构想冲破了条条框框。

这种题材脱离生活经验,或者说过分延伸生活经验,我们根本拿不动,可是消息上了报纸,"七青年作家写理想小说",蒋经国看到新闻,约我们七人到"总统府"见面。那时八字还没一撇,老包召开紧急会议,问计于我,我建议他提出"写作计划",每人写一个短篇,每篇小说一个主题,分工合作,表现中国大陆的破坏和重建。当时议定七个主题是:军事、政治、经济、司法、教育、家庭、宗教,我分到的主题是司法。

那时"介寿馆"人迹罕到,墙外行人汽车不准逗留,不准站在马路上对着大门观望照相。堂奥深深,连汗毛都会竖起来,入馆手续多,所幸没有搜身。蒋经国态度谦和,他说人生必须有理想,可惜今天的人丧失了理想,文学作品能帮助人建立理想,我们要写"理想小说"引起他的注意,"有没有我可以帮忙的地方?"

我们在老包催促下一一交卷,那一次,老包表现了组织才能，后来小说组办第二期，李公赵公退居二线，老包担纲。那次写作我们失败了（当然我们得到磨练），技巧幼稚，见解也陈腐，例如司法，我还猜想国民政府采取报复主义，我不知道报复主义使社会动荡，如果国民政府有机会重整山河，他最需要的是安定。几年以后，政府公布了一条消息，光复大陆以后土地由现耕农继续拥有，不再归还原来的地主，那些费尽心思保存着土地所有权状的难民哭了，我恍然大悟。

王梦鸥教授带动了最大的一次集体写作，他建议《畅流》半月刊的主编吴裕民开了一个专栏，刊载用唐宋传奇改写而成的新式白话小说，每月一篇，一年为期，这十二个执笔人竟然都是我们小说组的同学！我已经不能说出全部的名单，记得第一期学员有师范（施鲁生）、水束文（吴引漱）、罗盘（罗德湛）、程扶锌（楚茹），第二期学员有蔡文甫、刘非烈、舒畅。那时我们没见过影印机，买书借书都不容易，有些原材得从梦老的藏书里剪下来用，我们用过之后再贴回去。梦老提示我们怎样写，再指导我们怎样修改，我们对小说素材的发育、扩充、放大、照明，这才有更进一步的认识。

　　改写那一系列的传奇故事，梦老分给我碾玉的崔宁，现在想想他含有深意。他在写给我的信里说，玉匠崔宁看似鲁钝，其实别有一番专注与执著，他在他愿意投入的工作中必定既精且能。梦老说，我的性格有近似崔宁之处，对崔宁这个人物的了解体会应该比别人深刻，适合写这个故事。梦老的信大意如此，他老人家是在随机施教。但我那时刚刚走出军队，军队教人的时候总是耳提面命，棒喝锥刺，不需要自己有悟性。我竟回信要求换一个故事，结果我写了入山求仙的杜子春。多年以后，名导演李行把崔宁的故事拍成电影，我看了李行诠释的崔宁，想起梦鸥老师诠释的崔宁，有感于他老人家的深心厚爱，潸然泪下。我写了一篇极其抒情的影评，我的"变体"影评，比我的变体杜子春写得好。

那年代，侨务委员会为了推行海外华侨的文教工作，常找赵友培做事，赵公建议他们出一套小册子，用连环图画的方式向侨胞说明某些事实的真相。制作这一套小册子要先有文字稿，撰写文字稿的人要用画面思考，必须特别约稿，他从小说组内选出十个作者来。侨委会欣然同意，委员长还郑重其事请我们吃了一顿饭。由于工作上没有横的联系，我现在对十位撰稿人的印象模糊，只清楚记得有李鑫矩。毫无疑问，"用画面思考"是对我们的新启示、新训练。后来侨委会人事变动，也不知这套书出版了没有。

有几位同学不再创作，仍在文学的世界里徜徉。程盘铭提倡侦探推理小说，那时这是小说的新品种，他耕松了土壤。他后来研究福尔摩斯，有专门著述和长久影响。罗德湛（罗盘）起初写当代小说批评，后来兴趣转向古典文学研究，《水浒传》、《西游记》、《三国演义》不在话下，并顺利进入"红学"之林。程扶锌（楚茹）翻译英美的小说，杨思谌转入儿童文学。

小说组第一期学员还有多位才俊,他们在学界、军界、外交界发展,跻入一时名流。他们多半另有大志,只是初到台湾,进小说组停停看看,然后"袖手"。我跟他们没有交往,他们是"在另一张桌子上打麻将的人"。第二期小说组的学员本来生疏,其中有几位志趣相投,职业接近,像舒畅、刘非烈、蔡文甫,后来反倒成了朋友。

## 小说组的讲座们

小说组聘当时许多位"权威级"的人物授课，今天旧事重提，我首先想起"立法委员"胡秋原。

胡秋公了解共产党，了解俄国文学，行文如长江大河，可读性又甚高，我们靠他来纠正对"立法委员"的刻板印象。他那天的讲题是"共产党人心理分析"。

五十年代，共产党员是台湾小说的热门人物，我们学习小说写作，当然想了解共产党员是什么样的人。那时，胡秋原是论说这个议题的第一人，受他启发，我后来花费多年工夫研讨小说中共党干部的造型。

胡秋原说共产党人有"宗教心理"，遵守教条，排斥自由,宣扬全体主义,同归一宗,使用巫术、图腾、咒语,身体动作单调重复,产生交感作用。

他说共产党人有"会党心理",尊奉老头子,党同伐异,说话使用特别的"切口",有自己制定的纪律。

他说共产党人有"军队心理",有组织纲领,有间谍特务,散播谣言,搜集情报,制造分化。

综合起来,他称共产党人的心理是"变态心理"。

我一听,马上明白了,可是紧接着也糊涂了,国民党以台湾为根据地生聚教训,虽然使用的名词不同,究其实际,也在灌输发扬胡秋原所说的三种心理,我们塑造人物的时候,如何对共产党人和国民党人加以区分呢?我举手发问,那时候,我的言词一定不够清楚周到,似乎引起他的误会(他也许把我当做故意挑衅的职业学生了吧),只见他两臂交叉,抱在胸前,神情十分戒备:"依你说,应该怎么办?"

我赶紧表明我并不知道应该怎么办，我只是正在追求知识。他把手臂放下来，语气依然凌厉："我下面的话不代表任何人，连我的老婆也不代表，我只代表我自己。反共，一切要和共产党相反，处处学共产党，一定斗不过共产党。"

我依然糊涂，但是不敢再问。后来知道，他的这番议论和自由主义相同，但是他反对人家把他列入自由主义一伙，他大概也知道（或者预料）当局对自由主义者猜防甚深，只可独来独往，切忌呼朋引类。

后来我花了一些工夫探讨"中共干部的造型"，大约五年后，我有些心得，吕天行来为《自由青年》半月刊约稿，我写出来请他发表。这件事我也算是起了个大早，可是无人注意。再过几年，我修改了，补充了，请吴东权在他主编的《新文艺》月刊上再刊一次。"断岸千尺，水流无声。"我没听到任何回响。台湾把反共定为文艺政策，怎么文艺界这样懒得思考问题？我觉得奇怪。

后来我知道胡氏使用"中性"的分析，他指出行为的特征，抽去价值判断。如此，不论哪一国的国旗都是"图腾"，不论哪一党的党纲都是"教条"。如此，海盗首领和海军上将并没有多大分别。后来成名的反共小说，如《旋风》，如《秧歌》，如《尹县长》，都采取近乎中性的写法，以致某些国民党人读了，以为是对共产党的颂扬。

三民主义理论大师张铁君来给我们讲"辩证法"，他分析了辩证法和"唯物辩证法"两者的差异。

那时，研究三民主义的学者派别分歧，有所谓唯物论的三民主义，唯心论的三民主义，唯生论的三民主义，心物合一论的三民主义。张铁君教授用儒家观点看三民主义，认为三民主义是中国固有文化的发展，独得蒋介石总统欣赏，孙中山先生当年说过，他的革命出自尧舜禹汤文武周公的一贯道统，蒋氏以继承这个道统自命。

张铁君讲辩证法，你当然不能请他"就小说创作的层面发挥",我听了,却能"从小说创作的角度吸收"。听唯物辩证法,我忽然明白为什么有那么多小说家左倾。

依唯物辩证法,人和人之间有矛盾(共产党员说,没有矛盾也可以制造矛盾)。有矛盾就有斗争,人有斗争历史才有进步,所以共产党人反对妥协。拿这一套来构思小说,制造矛盾就有了情节,双方拒绝妥协,情节就可以继续发展。

依唯物辩证法,人和人的矛盾会一步一步扩大,双方的冲突一步一步升高,即使有暂时的缓和,因为根本矛盾仍在,也只是酿造下一次更大的冲突。最后量变质变,到达"临界点",所有的矛盾同时爆发,同时解决。拿这一套来构思小说,自然有高潮、最高潮。

人间的矛盾冲突在哪里?在"阶级","阶级斗争"凿开浑沌,发现题材,茅盾、巴金提供范本。我后来知道,大多数作家或"准作家",他们最大最优先的考虑是,作品如何写得成,如何写得好,其他都是次要，人人都是本位主义，作家并不例外。我们一向接受的那些思想，"巧为拙者奴"只宜写散文，"万物静观皆自得"只宜写诗，"温柔敦厚"怎样产生小说？尤其是波澜壮阔、摇荡心旌的长篇小说。难怪当年小说作家纷纷靠左，他们多半是原则依附技术，形式决定内容，更何况遵守这一条路线写作，作品容易发表，发表后有人叫好。这条路走下去，以后就"人在江湖身不由己"了。

空口无凭，天外飞来旁证，葛贤宁来讲小说，治安机关接到密报，他在小说组宣传唯物辩证法。国民党领教过中共群众运动的厉害，最怕集会结社，小说组是党国要人张道藩创办，而且由赵友培、李辰冬这样可靠的人经手，学员只有三十来个人，多年后得知，情报机构仍然派人参加学习，而且不止一个机构插手。"告密"引来调查，赵友培应付有方，遮挡过去，葛贤宁愤怒痛苦，形诸文字，他和赵友培的关系出现裂痕，对小说组的同学也有了分别心。

那时我发现,评论家对别人的作品指出缺点的时候,要能同时替作家提出更好的设计,空谈作品"不应该"怎样怎样,只有增加写作的困难,引起作家反感。你提出来的设计,名作家可能拒绝接受,正在成长的新作家一定乐意吸收,你只能在表现方法上帮助新作家一直成长,希望他将来不会离你的愿望太远。后来文协办了一份刊物,叫做《笔汇》,我在上面对批评家提出建议,周弃子写了一篇文章,把我大大地嘲笑一番。周是诗人,旧体诗写得极好,他应该知道我的想法在古人的《诗话》中早有先例。

我也知道当时没有人能够采行我的建议,幸而"江山代有才人出",后来现代主义帮助作家跳出唯物辩证的怪圈。不过"否定之否定不等于原肯定",现代小说对反共、对鼓励民心士气并无贡献。

一九五一年,张道藩虽然还没做"立法院长",

早已是个大忙人,他形容自己的生活除了忙,还有"乱"。难得他来小说组讲过两堂课,参加过两次座谈,还带着小说组的学员游阳明山,那时阳明山还是禁区,没有开放游览。

道公讲课难免有党腔官话,可是他在某次座谈的时候,显示他对艺术有高深的了解。那天小说家王平陵发言,他说学习写作不可摹仿大师经典,"取法乎上,仅得乎中,取法乎中,仅得乎下",怎样"得乎上"呢,他说要"取法乎下"。

什么是"取法乎下"?他没有说,那时以我的了解能力,"下"就是民谣小调,神话传说,野叟的笑谈,儿童的直觉,甚至包括幼稚的新手所写未入流的廉价读物,作家可以从其中得到新意。胡适在他的《白话文学史》里说,文学有生老病死,生于民间,死于文士之手。道公起立发言,他的说法不同,他说如果取法乎下,这个"下"就是人生和自然。人生和自然怎么会是"下"呢,那时的说法,作家从人生和自然取材,那是未经加工的粗坯,还没烧成瓷器。

他这句话费我思索,由"下"到"上",由粗坯到瓷器,中间怎样连接起来?许多年后,我忽然把道公的"取法乎下"和古人的"师造化、法自然"合成一个系统,所谓自然,并非仅仅风景写生,所谓人生,并非仅仅悲欢离合,人生和自然之上、之后,有创作的大意匠、总法则,"天地有大美而不言",作家艺术家从天地万物的形式美中体会艺术的奥秘,这才是古人标示的诗外、物外、象外。作家跟那些经典大师比肩创造,他不是望门投止,而是升堂入室;他不再因人成事,而是自立门户;他不戴前人的面具,而有自己的貌相,这才是"上"。

我把"取法人生自然"拉高到宗教的层次,作过几次演讲,在演讲中不断整理补充,七十岁后才写成正式的论述。对文学,我只有想法,没有研究,用佛家的说法,有顿悟而无渐修,许多"灵感"被人久借不还,我对道公"取法乎下"的发挥却未见知音。

国学大师、红学大师潘重规来跟我们讲《红楼梦》，我们听说过他在黄季刚门下受教的故事，慕名已久。他讲话乡音很重，段落长，节奏平，听讲的人容易疲劳。他这一席话材料多，格局大，热情高，如同一桶水往瓶子里倒，瓶子满了还是尽情倾泻。

他的"红学"应该属于索隐派，他说《红楼梦》是用隐语写成的一部隐书，借儿女之情暗寓亡国的隐痛，贾宝玉代表传国玺，林黛玉代表明朝，薛宝钗代表清朝，林薛争夺宝玉，代表明清争夺政权，最后林输了，薛赢了，也就是明亡清兴，改朝换代。

我受胡适之考证派影响，对索隐派并不相信，可是那天我被潘重规搜罗的"证据"吓倒，他说《红楼梦》里有人称贾宝玉为"宝皇帝"，梦中鬼神也怕贾宝玉，说什么"天下官管天下民"，他说刘姥姥游大观园,指着"省亲别墅"牌坊,竟说那四个大字是玉皇宝殿。

《红楼梦》的作者自己承认他使用隐语写书,像甄士隐(真事隐),贾雨村言(假语村言),千红一窟(哭),万艳同杯(悲),三春去后诸芳尽(三女子迎春、探春、惜春)。潘重规说,这些隐语摆在明处,为的是指示我们还有许多隐语藏在暗处,等待研究《红楼梦》的人找出来。他除了内证还有"外证",他举中共文宣为例,国共内战末期,福建还在国军手中,某一家戏院上演京戏,贴出海报,四出戏是"女起解,捉放,黄金台,汾河湾",戏码中暗藏解放军的标语"解放台湾"。

我耳朵听《红楼梦》,心中想文字狱,专政下的文人都该读索隐派的红学。难怪皇帝以为"维止"是砍掉雍正的脑袋,"一把心肠论浊清"是污辱大清王朝,也许那个主考官、那个诗人真有那种机心。姜贵的长篇小说《重阳》,结尾处出现两个共产党人,"一个矮胖女人紧靠着一个细高的男人走,远远看去很像个英文的 d 字。"姜贵告诉我,他这样安排为的是暗示两人走上死路,die。这多么像是索隐派手法!

一九五一年前后,台湾治安机关患了严重的文字敏感症,好像仓颉造字的时候就通共附匪了。他们太聪明,写作的人也不可迟钝,你得训练自己和他一样聪明。那几年,我把文章写好以后总要冷藏一下,然后假设自己是检查员,把文字中的象征、暗喻、影射、双关、歧义一一杀死,反复肃清,这才放心交稿。那时,我认为处处反抗政府和处处附和政府都不能产生有价值的作品,作家无须闯了大祸才是第一流,"清风不识字,何必乱翻书",到底比"马鸣风萧萧,落日照大旗"低一档。

梁实秋教授讲"对莎士比亚的认识",名角大戏,无人缺课。梁先生沉稳中有潇洒,可以想见当年"秋郎"丰神。

听了这堂课,我对莎士比亚有如下的认识:莎翁能为剧中每一个人物设想,每一个人物都能站在自己的立场上充分发挥,所以他的戏"好看"。李辰冬主持口试的时候,提到作者把自己的心分裂了,分给作品中的各个人物,我这才明白他的意思。第二天,我开始读朱生豪译的莎剧,一个月内读完全集,眼界大开。

梁教授告诉我们,莎士比亚的时代舞台条件简陋,表演受各种限制。想必是这个缘故,许多事得由演员说个明白。莎翁台词冗长,剧中人表白动机,补述因果,描写风景,辩论思想,这些在现代戏剧中都是大忌,却是学习小说散文的奇遇,我喜欢莎剧台词中的比喻,曾经把全集所有的比喻摘抄出来,反复揣摩,功力大进。

正因为莎士比亚能为剧中每一个人设想,所以剧中人说的话未必代表莎翁本人的思想,我们引用哈姆雷特的台词而注明"莎士比亚说",恐怕是错了,莎剧中的名言警句都可以作如是观。我们写小说也可以这样办,林黛玉尚性灵,薛宝钗重实际,两人各说各话，都不替曹雪芹代言，写散文就另当别论。我学写小说无成，专心散文，但小说的残梦未醒，常常在散文中行使小说家的这项特权。

师大教授李辰冬，他是一位忠厚的读书人，也许因为忠厚，他的口才平常。他担任小说组的教务主任，天天跟那些大牌讲座周旋，那时家庭电话稀少，彼此沟通要写信或是拜访，写信要起承转合，拜访要挤公共汽车，工作挺辛苦。

那时（一九五一）谈到青年文艺教育，人人要问："拿什么做教材？"当年谈文学必称鲁迅，谈小说必称巴金、茅盾、老舍，国民政府撤到台湾以后，把这些人的书都禁了，家中有一本《子夜》都是犯罪，你怎么教？张道藩筹办小说创作研究组，先和李辰冬、赵友培商量这个问题，李公主张"学西洋"，他说三十年代的作家当年学西洋，我们今天可以直接学西洋，我们不跟徒弟学，我们跟师傅学，徒弟能学到的，我们应该都能学到，他们没学到的，我们也能学到。他这一番话成为小说组的课程标准，并且影响国民党当时的文化政策。

小说组开课以后，这里那里有人写文章质疑：作家是可以训练而成的吗？我当时觉得奇怪，办小说组增加文学人口，文艺界人士应该乐观其成才是。文协无人回应外界的批评，李公胸无城府，有话直说，他表示文艺创作是可以学习的，莫泊桑就是福楼拜的学生，"李侯有佳句，往往似阴铿。"即使是李白也有个模仿的阶段。六个月后，小说组结业，小说作家兼专栏作家凤兮讥诮我们："三十个莫泊桑出炉了，福楼拜在哪里？"他这篇文章出乎大家意料之外，因为他的女朋友也是小说组学员，是我们的五个女同学之一。凤兮主编新生副刊，常常照顾青年作家，他一出手，我们做人好不为难。

作家也需要训练吗？小说作家黎中天曾当面问我，那时他为"自由中国之声"对大陆广播写稿，也在"中广"公司节目部上班。我问他，音乐绘画舞蹈戏剧都要经过一个训练的阶段，为什么你单单对文学怀疑？那时，中央副刊的孙如陵主编私下说了一句公道话："教育是提供一种可能，而非制造必然。"后来，这个问题跟大学的文学课程挂钩，争论了二十年，最后出现高潮，即所谓大学文学教育论战。

李辰冬有两句话一直在我心中发酵。谈到文学的定义，他说文学是"意象用文字来表现"，他把"意象"放在前面，甚为独特。谈到文学的思想主题，他引用了一句话："艺术最大的奥秘在于隐藏。"这两句话在我心中合而为一。

什么是意象？那时没听到明晰的界说，有人只用一个"象"字，有人不用意象而用"形相"。我长年琢磨，"意象"应该不等于"象"，它是"意"加上"象"：意在内，象在外；意抽象，象具体；意是感受，象是表现方式。诗人的感受是：打击虽然严酷，人格依然坚持，诗人写出来的却是"菊残犹有傲霜枝"。"艺术最大的奥秘在于隐藏"，也就是"意"隐藏在"象"里。有一年看电影《梵谷传》,梵谷自述创作心路,他说"我拆掉了感觉和表现之间的高墙",一语道破,豁然大悟,感觉就是"意",表现就是"象",梵谷说拆掉高墙,我称之为"象中见意,寓意于象"。这时我才知道什么是文学作品。

不过这个"隐藏"那时也的确难倒了我。

政大教授王梦鸥,他教我们写小说的各种技巧,单是景物描写就花了十个小时,包括实习。那时我勉强有议论叙述的能力,完全没有描写的能力,我必须越过这个门槛,才算迈进文学的大门。依梦老指示,描写风景要用几分诗心诗才,我因此重温唐诗宋词,首先学会的,就是诗词中组合实物的方法,例如"鸡声茅店月,人迹板桥霜",例如"古藤老树昏鸦,小桥流水平沙",梦老称之为"布景法"。

梦老另一重任是主持分组指导,我正好分在他那一组,记得同组者有程盘铭、施鲁生、罗德湛……人数少，议题集中，注意力也集中，留下很多亲切的回忆。我的追求偏重表现技巧，梦老在抗战时期曾经参加戏剧工作，戏剧极其重视效果，没有"得失寸心知"那回事，因之戏剧集表现技巧之大成，没有"行云流水"那回事，梦老所掌握者丰矣厚矣。梦老常说，戏剧用霸道的方法，小说用王道的方法。我的理解是，戏剧技巧丰富，写小说用不完，也不需要那么多，只消搬来一部分就可以解决问题。因此我勤读剧本，我工作的地方（中国广播公司资料室）藏有许多许多剧本，大半是三十年代的作品、五十年代的禁书，我得到了益处。

梦老把梅里美的小说《可仑巴》译成中文，正中书局出版。这是一个复仇的故事，卷首两句题词："恩仇不报非君子，生死无惭有女儿"，对仗工稳，应是出于梦老手笔。这本小说有谨严的戏剧结构，情节集中，高潮迭起，堪称为小说和戏剧的美妙结合，梦老选译这本小说，大概也是有心吧。我喜欢这样"王霸互济"的小说，甚于喜欢那种江河横流、首尾不相顾的小说，我反复研读《可仑巴》超过十遍，我当时的梦想就是写出这样的小说……

一九六四年，帕米尔书店出版王梦鸥的《文学概论》，读这本书，我得以把我对文学的认识作一整合，也看到了艺术的高度。我常常提着两瓶"屈臣氏桔子水"到木栅拜访梦老，掏出书本，提出看不懂的地方，他总是回答我的问题，不厌其烦。梦老曾说，这本书的名字一度定为文学原理。没错，他是把"原理"拿来"概论"了一番，高山仰止，景行行止。后来我觉得文学艺术也像宗教一样，瞻之在前，忽焉在后，无所不在，无迹可求。再到后来，天国的至美，上帝的至善，永不可及，永远是我们内心秘密的安慰。一九九五年《文学概论》的增订本由"时报"重新印行，书名改成《中国文学理论与实践》，仍然很谦和。

师大教授赵友培是小说组的总务主任，我们背后尊为赵公。他担任行政管理工作，反应敏捷，办事井井有条。他的朋友虞君质当面笑他:"如果国民党万世一系,你的长才一定前途无量。"

他多年从事青年文艺工作,循循善诱,使我想起夏丏尊。我感念夏老,没见过夏老,我觉得赵公很像夏老,他指导文艺写作更精到完整。那时我立志做另一个夏丏尊,赵友培证明世上可以有第二个第三个夏丏尊。那时指导青年写作的书难找,艾芜的《文学手册》只有一些简明的常识,夏丏尊的《文心》启发性大,全书程度忽高忽低,力行颇为坎坷。赵友培把创作活动分成六个要素,把这团乱麻整理出头绪来,既利初学,又助深造,由入门到入室不离这门功夫,我在好几个地方介绍他的理论,帮助了许多人。

创作活动的六大要素是:观察、想象、体验、选择、组合,最后加上"表现"。我曾把这六要比做佛家的"六度",画家的六法,任何宗派都列为必修。赵公教我们用各种方法训练观察和想象的能力,我一一照办,随时东瞧西看,掏出日记本或小卡片记录，因此曾引起特务的注意，一路跟踪到"中广"办公室。对于"选择"，我常常默想老子出关为什么骑牛，而且是青牛，他为什么不骑马。丁公归来为什么化鹤，他为什么不化鹰。庄周为何梦见化"蝶"，东坡为什么幻想乘"风"。传说李白捉月淹死，杜甫饥饿中撑死，两人的死因为何不能调换过来。没有这六要，文学写作要靠"生而知之"，有了这六要，文学写作就可以"困而学之"。

那时反共小说刚刚"上市"，货色幼稚粗糙，难以指望发生社会效应。有一次座谈会上，我问怎样写出很好的反共小说，赵公的回答是，我们"现在"写反共小说写不好，"将来"由大陆上的作家来写，他们才写得好。满场学生没人能听懂这句话，共产党统治下的作家怎么能写反共小说？我们没有历史眼光。后来"反共"在台湾已成笑谈，"反思"则是中共治下严肃的主题，文学史虚席以待，我们佩服赵公的先见之明。

## 胡适从我心头走过

一九四九年十二月,国民政府迁到台北,共军夺得大陆江山。"国民党为何一败涂地"?从大陆逃到台湾的人急于探索答案,那时你在各种场合都可以听到人人有个"假使":假使一九四五年九月在重庆杀掉毛泽东,假使马歇尔不来调停国共冲突,假使不裁编军队,假使不行宪选举,假使不发行金圆券……

许多人借着"假使"推卸责任,归咎别人:舆论取悦中共,学潮幼稚疯狂,奸商兴风作浪,官吏贪污无能,军队骄悍愚昧,党部与民众脱节,一一发掘出来,万象杂陈。有人喟然叹曰:"中国大陆'赤化'的原因一共有四万万五千万条,每个中国人一条。"(那时号称中国人口为四万万五千万人。)

这些琐碎的谈论汇合成两个庞大的议题,各据一方,针锋相对。这一边说,中共能够席卷天下,因为他彻底控制了人民,今后反共,要取人之长,补我之短,以组织对组织,以阴谋对阴谋,以残忍对残忍。于是出现一个口号:"向敌人学习"。

另一边说法完全不同,国民政府失去大陆,惟一的原因是大陆人民没有民主自由,国民政府只是采取了一些虚伪的民主形式装点门面,只是把自由当做特惠笼络少数特定的人物,今后反共,惟有实行真正的民主自由。

一场言论大战吸收了所有的假设,有人称之为自由主义和集体主义的争执。那时中共"血洗台湾"的口号震天动地,如何保全这最后一片土地,人人煞费思量,情急之下,选边插队,寻找心理上的安全感。那时我是一个喜欢思想的青年,又在传播思想的媒体工作,成为双方忠实的读者。

我常想,为什么要"向敌人学习"?为什么要那么狠、那么诈、那么残暴专横？因为要打败共产党。为什么要打败共产党？因为共产党"阴狠横暴"。听起来好像天下的坏事只有国民党可以做，共产党不可以做，国民党好像和共产党争做坏事的特权。他们的理论有缺点，我急于知道另一边怎么说。

一九五二年，胡适由美国回台湾讲学，万人瞩目，他在台北公开演讲，开宗明义解释什么是自由，他说自由就是"由自"，由我自己。没几天报上出现严厉的驳难，质问他："官吏由自，谁不贪污？学生由自，谁肯考试？军人由自，谁肯打仗？"如果我的记忆正确，"自由主义和集体主义的论战"从此一发不可收拾，大战应该发生在一九五二年之后，在此之前，略有零星接触：一九五〇年，《扫荡报》主笔许君武曾向台大教授殷海光挑战，稍后，《民族报》副刊主编孙陵曾向台大校长傅斯年挑战，直接间接都是为了自由主义。

胡适站在自由主义这一边，他从未使用"自由主义"这个名词,他的伙伴们树立了这样的旗号,而他俨然成了领袖。比起《独立评论》时代,他上场的时候不多,但是正如他对《自由中国》半月刊的创办人雷震所说,别人写的文章都会记在胡适的账上。

我开始用心阅读《自由中国》半月刊,它每一期给我的感受都像探险。我是训政时期长大的青年,我们被一再告知:自由诚可贵,纪律价更高。依我们对历史的认知,杰出的领袖要有一群杰出的人物跟随他,这一部分人交出个人的自由,各尽所能配合他,创造环境,成就一番事业。拥有个人自由的大众,只能享用成果,因此个人自由是一个比较低的人生境界。

《自由中国》完全"颠覆"了这个观念,它灌输的意识形态恰恰相反,组织和纪律只能给你低级的人生,甚至是可耻的人生。在我看来,《自由中国》的杀伤力并非批评政治,而是有效地消解了牺牲、服从、效忠等观念,我午夜梦回常常听到春冰初融的破裂之声。如此这般固然可以融化"铁板一块"的共产党,可是国民党的同舟一命、万众一心也就成了笑柄。

那时我正在思想上寻求出路,胡适和他的伙伴们一言一行,都曾在我心中千回百转,我读《自由中国》受益良多,但是我必须说,他们所建立的理论只能修身齐家(也可以办大学),不能治国平天下。他们从未谈到,当自由受到外来威胁时如何保障自由,就治国的大计而论,这是一个很大的缺口。郑学稼质问:"如果老百姓一直做奴隶,为什么要一个打败仗的做主人?"问得好厉害!可是如果打胜仗可以不做奴隶,又如何始能打胜?富兰克林说:"为安全而牺牲自由的人两者皆空",精彩!可是为自由而牺牲安全的人呢?

想那一九四八年,国民党实行宪政,有意推举胡适做第一任"总统",据说胡先生动了心,跟他的一位朋友商量,朋友问他,当了总统能否指挥军队,胡氏废然作罢。我认为胡适是否出任总统,问题不在能否指挥军队,而在如何维持自由主义的价值系统。如果他做总统,照例要向三军军官学校的毕业生训话,他难道还能说"自由就是由自"?他照例要在国庆日发表文告,他岂能说"个人的自由就是国家的自由,民主自由的国家不是一群奴才可以造成的"?他要说什么样的话鼓励敌后的工作人员?他要说什么样的话安慰殉职警察的家属?英美是我们心目中民主自由的圣地,大战时期,丘吉尔也得告诉英国人,与其个别受刑,宁可全体受刑(与其在敌人占领下任凭宰割,不如团结牺牲击退敌人)。冷战时期,甘乃迪也得告诉美国人,与其戴着奴隶的枷锁,不如背起士兵的背包。

胡适和他的伙伴们,既然没有给军队、情报、警察留下生存的意义,这就引发了军方的反弹,军方为了照顾士气,对他的官兵要有个说法,于是出现所谓围剿。当时虽然金鼓齐鸣,但出手的媒体不多,采取中央突破的战术,"剿"则有之,"围"则未能。

我也细读了那些文章。批胡者使用毛式语言，毛泽东创一代文风，语言有霸气。批胡者引述胡适的话不加引号，不注明出处，以自己的议论混杂其中，常常把他对胡适意见的了解当做胡适的意见，把假设将要出现的情况当做已经发生的情况，东拉西扯，迂回包抄，以量代质，小鱼吃大鱼。这些文章锁定以基层官兵为对象，想必是作者迁就读者的水准，如此批胡，真是以下驷对上驷。也许主其事者胸中有奇兵，诸葛亮要骂死王朗。胡适大概从未想到，他所提倡的白话文这样使用。

胡适从未公开反驳台湾军方的指控，好像也从未在私下对朋友说过什么。有人认为，天下批胡者何其多，如果胡适每一篇文章都看，他将没有时间再做任何事情。倒是军方的记者好奇，利用采访之便私下提问，想知道胡适对"我们"的批评有什么意见。据转述，胡适的答复是，"你们"批评我的时候，应该同时把我的文章登出来，让读者看看我究竟说什么。可见军方批胡文章他还是看了！还是看了！胡适常说自己有严重的心脏病，美国的人寿保险公司拒绝为这样的病人保险，不管他怎样强调容忍比自由更重要，那些文章不会使他延年益寿。

一九六二年二月，胡先生心脏病猝发逝世，发病时正在"中央研究院"欢迎新院士的会议上演讲，也提到有人骂了他四十年。在场采访的记者看见发生了大新闻，赶紧发稿，惟有"中广"公司派去的一位刘小姐没有回声，新闻组的同仁好生纳闷。后来知道，胡先生倒地以后，台大医院院长立刻上前救护，发现心脉业已停止，刘小姐悲从中来，躲到外面痛哭，她向公司同仁解释："这么好的人都死了，哪还有心情发稿！"那时盛行由女记者跑文教新闻，胡氏跟每一个女记者都相处得很好，惹得好几位女士引为知己。后来新闻系教授讲新闻采访要冷静客观，常引这段轶话作反面教材。

世人都说蒋介石专制极权，气死胡适、冤死雷震、憋死殷海光。今天回想起来，蒋介石"总统"使用"两手"策略，他也许把专政当本钱，把民主当利息,本钱充足的时候,不妨拿出利息来让你们挥霍一下,可是雷震后来要动他的老本,那只有鱼死网破!我不是评断谁是谁非,我只是指出因果。

胡适也觉得雷震越过了警戒线,写信劝他,信中引用了"杀君马者道旁儿",雷震不听。胡适对《自由中国》的同仁说容忍比自由更重要,殷海光写文章公开反驳。你既然给"自由"下了那样的定义,怎能怪人家"由自"?雷震动手组织反对党,计划到全省各地举行地方自治座谈会,结合本土人士,自南而北串联,这已经不仅是言论,这是行动,那时连我这样一个青年都知道,蒋氏对言论(尤其是有国际背景支持的言论)可以给予最大的容忍,对行动(尤其是有国际背景支持的行动),必定保持最高的警戒。目前只宜坐而言,切忌起而行,雷公居然操切从事,命耶?数耶?

一九六〇年九月,《自由中国》半月刊出版二〇六期之后,雷震被捕,判了十年徒刑,公无渡河!公竟渡河!逮捕在夜间秘密执行,总有人知道消息，国民党中央两位主持文化宣传的要人同乘一车，停在雷宅门外暗处，"欣赏"特务人员把雷震押进囚车，《自由中国》半月刊对国民党伤害之大，双方积怨之深，可见一斑。

《自由中国》横扫千军，无人敢挡，最后由蒋介石总统裁定法办，新闻圈盛传，蒋氏问左右：这本杂志办了这么久，登了这么多危害党国的文章，何以无人及时处置？谁该管这件事？左右有人说，依照出版法规定由台湾省新闻处长负责取缔。蒋氏问处长是谁？回答是王道。蒋氏说了一句：这样的人怎么能做新闻处长？于是王道立刻辞职。

我们都知道，每一期《自由中国》出版以后，新闻处都立即作出审查意见以最速件报告中央，请示如何处理，中央从无答复，最后把责任推给王道，王道不能申辩，这就是官场文化。王处长形貌伟岸，声音洪亮，言词恳切，深得作家好感，他曾举行茶会劝外省作家发掘本土题材，新闻处愿提供各种协助，包括交通食宿参观访问体验生活阅读文献等等，一再声明对作家没有任何要求，可惜作家无人响应，以致后来惹本土作家多少责难，外省人只爱泰山不爱阿里山。

看雷氏入狱出狱，可知他并无坐牢的心理准备，他不是烈士。《自由中国》诸贤何以要"呷紧弄破碗"，费我半生思量。看后来的世界大势，他们也许知道美国的底牌，美国一定保护台湾，制止中共的武力统一，国民党的战争心理是多余的，台湾因准备战争而牺牲民主自由，根本是无谓的浪费。他们也许并不知道美国的底牌，高估了美国的影响力。那时美国是国民党政权的救星，美国政府是台湾的民主运动安全可靠的保护伞，蒋介石必须为他们留有余地，因而低估了蒋氏的决心。

雷案发生后，当局没有展开对孙立人那样的清洗，我们那些在民营报刊舞文弄墨的人也没有觉得"风紧"。毕竟枪杆子重，笔杆子轻，蒋氏可以继续玩他的"两手"。

五十年代的思想论争，一度几乎把我撕裂，还好，《自由中国》教人独立思考，也训练我对人生世相的穿透力，有这一番长进，我得以从两者之间全身而退，并且有可能成为一个够格的作家。有一些人抱着押宝的心情，你玩两手，我押一门。有人押大，服从集权，有人押小，争取民主，不但本省人普遍押小，外省人也越来越多，押小的人赢了。

今天后见之明，押小一定赢。长期和平，人民要求更多的自由，政权也像人一样，不能永远握紧拳头，必须放开。人性"落水思命，得命思财"，大略言之，五十年代是外省人"思命"的年代，六十年代进入"思财"，每个时期有每个时期的算盘。历史俱在，政府常用强悍手段营救社会，社会得救后再转过头来清算强悍手段，两者可以共患难、不可以共安乐。蒋经国上台执政，他好像有新的领悟，民主自由是本钱，专政才是利息。这一念之转善果累累，他在利息耗尽以后保住了老本。

《自由中国》横跨五十年代，在世十年九个月，出刊二六〇期。我觉得它前一段时间平淡，后一段时间偏颇,"中段"声望最高,十年阅读,他们在我心头留下深刻的脚印。任何一个作家都向往民主自由,单凭民主自由似乎又难以遏制共产主义的扩张,这个矛盾如何解决呢?没有人能够告诉我答案,还是靠《自由中国》给了我一个"解释",我读到这么两句话:"除了自由主义,反共没有理论;除了纳粹,反共没有方法。"

就这样,台湾破船多载,摇摇摆摆行驶于左右暗礁之间,皇天后土!最后总算到达彼岸。

## 广播文学先行一步

《扫荡报》停刊以后,我转入"中国广播公司"台湾广播电台工作,负责搜集资料供应节目使用。资料科是个"人才转运站",卜幼夫的夫人(小说家无名氏的弟妹),李春陔(党务专家),还有一位莫太太,当时著名的反共作家,《毛泽东杀死了我的丈夫》一书的作者,还有一位经济学者(忘了名字),都曾来资料科短暂共事。

那时"中广"总经理董显光经常出国,副总经理曾虚白坐镇当家,他觉得节目播出的文稿语句生硬艰深,大众难以接受,主张建立"广播文学"。那时"编辑组"主管节目稿件,寇世远做组长,他奉命草拟大纲呈阅,曾副总对空泛的理论没有兴趣,他从每天修改广播稿入手,稿件播出以前送到他那里审阅,他亲笔批改再交给执笔人。这就惹怒了一位编撰,他本是湖南省参议会的参议员,逃难入台,同乡照顾他到电台为一个叫做"自由谈"的节目主稿。他说:"这年头君择臣、臣亦择君,曾虚白不能拿我做小学生!"立即拂袖而去,节目出现空档。

这时所谓白色恐怖已经弥漫,寇世远因案被捕(后来成为著名的布道家)。王健民接任科长(他是研究中共问题的专家)。他对我的文章有印象,命我赶写一篇十分钟的"说话稿"紧急填补,他要我以"车祸"为题,配合台湾省政府推动的交通安全。我的文章大意是,台湾本来汽车很少,市民对车祸没有戒心,现在汽车增加了很多,司机又喜欢超速,以致常在十字路口伤人。我说而今而后,市民必须记得汽车是"市虎",司机也必须记得他操纵的是杀人凶器。行人在马路上是弱者,汽车是强者,政府的天职是压制强者、保护弱者,对闯下大祸的司机定要追究责任，严厉惩罚。

今天看来，这篇文章为我以后二十年写时事评论定下调子，中庸温和，责备强者，希望政府维持社会的公平。二十年后，我才发觉我的想法迂阔，在这方面我是后知后觉。

紧接着我奉命写一篇二十分钟的"对话稿"，讨论台湾是否可以跳舞，交"民间夜话"节目使用。今天看来，跳舞不成问题，但是自我有记忆以来，跳舞是个大问题，它和人民大众的生活方式差距太大，引人嫉恨，它和政府耳提面命的战时要求违反，激发群众的制裁心，但是跳舞也一直在上流社会和富裕阶层存在。一九四六年我道经上海，各报正热烈辩论跳舞存废，我既温习了反对的理由，也吸收了赞成的理由，成竹在胸，一挥而就。既是对话就得布置冲突，我那时已熟读若干剧本，略窥门径，节目中男女交谈，一个赞成跳舞，一个反对跳舞，双方各执一词，畅所欲言，执笔人没有预存立场。最后暗示这是意识形态问题，跳舞的害处既没有乙方所说的那样大,跳舞的益处也没有甲方所说的那样多,听众各取所需,皆大欢喜。

编撰科长王健民,编审组长匡文炳,节目部主任邱楠,这几位层峰上宪对我的写作能力满意,我能根据命题作文,能写流畅的白话文,能写对话,内容直指现实而又不流于偏激,写作的速度也够快,正是他们心目中的人选,我立刻由资料科调到编撰科,接替那位参议员的工作。曾虚白根本不知道有我这么一个人,可是我总以为我是在他倡导广播文学的时候应运而出,我有责任研究、实践、宣扬他的主张。

紧接着一九五一年三月到了,台湾庆祝"蒋总统复行视事"周年,电台制作大型的特别节目,节目内容要先写成文字稿,上级指定由我执笔。论年龄我是后进,论资历我是新进,这样重要这样敏感的工作,正是节目部放在我面前的一块试金石。

"蒋'总统'复行视事"是怎么一回事?也许得解释一下。

国共内战有所谓三大战役，国军在这三次战役中都打了败仗，几乎可以说全军覆没，国内国外都认为蒋介石总统无法收拾大局，副总统李宗仁又自信可以争取美援进行和谈，一九四九年一月，蒋总统宣布引退，李副总统代行职权。

依中华民国宪法，如果总统"因故不能视事"，由副总统代行职权，如果总统"缺位"，由副总统继位。蒋氏引用的是前一条文，他仍是总统，只是目前不能处理政务。

李代总统争取美援失败，和谈也破裂，共军渡江，国民政府迁台北，李氏飞美养病。一九五〇年三月，蒋总统认为"不能视事"的原因消失，宣布"复行视事"，报纸标题为了减少字数，称为"总统视事"，广播跟着报纸走，也用"总统视事"。我一看这四个字就觉得怪怪的，仔细一想，"总统视事"和"总理逝世"根本听不出分别来，这还了得，文字狱就在你身边！传统语文教育重视字形，忽略字音，制定宪法的国民大会留下这样一个瑕疵。

我立刻去见节目部主任邱楠,说明顾虑,他立刻拿起电话报告中央党部第四组,从前的宣传部。四组不敢怠慢,当天以"最速件"行文各报社电台改用"总统复职"。自此以后,所有的公开文件都不用"视事",只见"复职",虽然违背宪法也顾不得了。

进了广播这一行,才知道同音字是一大患。那时称赞人才,常说他是某一行业的"奇葩",这两个字难听,经我"揭发",广播予以淘汰,报纸杂志继之。菲政府很像"匪政府",改成菲律宾政府就清楚了,十月十日"为中华民国国庆日",听来好像是"伪中华民国",改成"是中华民国……"就安全了。台中有一家农民广播电台,农民节那天,电台为了显示专业特色,整天呼喊"各位农胞",听来像"脓包"。

由同音字容易出错,我进一步发现双声叠韵也容易听错,像七点半/七点吧,甜豆浆/咸豆浆,王明东口头报名,登记下来的名字是王明登,老师呼喊李瑞兰,跑过来的是李瑞莲。最早发现这个问题的人也许是无线电报务员,他们常常口头传送电码,"一"和"七"容易相混,"零"和"六"容易相混,差之毫厘,失之千里,他们改变字音,读"一"为"么",读七为"拐",读"零"为"洞",读"六"为"路",造成明显的区别。

　　再进一步,我发现广播稿听不懂或听不清楚的地方,大半由文言的词汇或句法造成,文言求简,尽量使用单音词,同音混淆的情形严重。文言还有一些词汇,声音模糊不清。那时候我也不知道写广播稿要遵守多少清规戒律,最简易的办法是对文言保持警惕,努力向日常生活中的白话靠近,几千年来,列祖列宗天天改进说话的方式,早已把一切容易听错难以听懂的词语淘汰干净了。

　　"人民大众"早已把辛弃疾换成辛稼轩,把读物换成读本,把出租汽车换成计程车。早已把"如"换成如果,把"但"换成但是,把"虽"换成虽然。在他们口头,大雁、小燕、油桶、水桶、饭桶、听筒、信筒，分得清清楚楚。他们不在乎多一个字，他们叫爸爸、妈妈、哥哥、太太、奶奶、公公、婆婆，他们说"老"鼠，石"头"，桌"子"，尾"巴"。……

再进一步，我发现句子太长也使听众穷于应付，时间不停留，后浪前浪，印象残缺不全。那时流行长句。执笔人常把一句文言直译为一句白话，泥泞不堪。更重要的原因该是受"欧化"影响，英文句法繁复绵密，听觉来不及破解。我这里还有中央通讯社译的新闻稿，每条新闻的第一句总是很长很长，堪称欧化长句的典范：

每三年举行一次三十四个国家一百多位权威学者参加的国际防癌会议

美国国务院否认外传美国空车喷射机进驻苏俄刚刚从摩洛哥撤出的空军基地

行政院院长今天下午三点钟在立法院第二十六会期第三次会议中答复立法委员周雍能张其彭牛践初鲁荡平就施政报告提出的询问

广播记者争相仿效，于是在实况转播中可以听到：

"步下飞机的朴总统夫人穿的是苹果（停顿换气然后）绿的旗袍"

某太太听到这里，很纳闷她为什么"不"下飞机，然后，是了，她还没穿好衣服。

"美轮美奂的大会堂中间悬挂着总统（停顿换气然后）的肖像"

节目未完，警备总部派人上门来了，悬挂着"总统"？搞什么鬼？

"人民大众"口头沟通没有这样的句子，国语专家何容说，通常一句话不超过十个字，因为人在一呼一吸之间可以讲十个字，换气最好也换句。

一九五二年这一年，我在"全国各公民营电台联合主办"的《广播杂志》（周刊）上发表了十六篇文章，其中七篇专门讨论广播语言，九篇连带讨论广播语言。我也在台北市记者公会的会刊上发表文章，讨论播音员和广播编辑的专业角色。台湾报刊涉及这方面的论述，大概以这一组文章最早。

那时，"大众传播"一词尚未在台湾出现，新闻学家还没把广播列为正式的门类。当然现在大不相同了，多少研究论文，四海已无闲田。

那时政工干校首先重视广播，然后是世界新闻专科学校，他们以职业训练的观点重视我的建议。正声广播电台创办人夏晓华，致力提高民营电台的文化水平，也吸收采纳我的观点。"中广"招训新播音员，增加一门课程，叫做"怎样写广播稿"，约我担任讲员。

各广播电台渐渐重视文稿，"讲话节目"的重要超过音乐，写稿好手知名度渐增，警察电台有罗兰、卢毓恒，正声电台有夏晓华、李廉、赖光临，"中广"公司有纽先钟、郝肇嘉、赵淑敏、万杰卿、骆仁逸，我跟他们颇有渊源。军中播音另成系统，大作家朱西宁、管管、吴东权、痖弦早年都曾是节目部过客。军中康乐人才无数，他们有演话剧说相声的经验，语言能力强。政工干校教授祝振华是语言传播的专家，他也成就了许多优秀的人才。

一九五八年六月，"中广"出版《空中杂志》半月刊，"热门音乐"主持人刘恕主编，他约我写一个专栏，后来结集出版单行本，书名《广播写作》。在台湾，这是第一本有关广播语言的专门著作。"中广"救我于穷途之中，这本书算是我的回报。

有人以资深作家为对象，作一系列的访问，冠之以"奠基者"。我对这位热心人说，我处处都是"后学"，只有当年在广播文学肇造的时代，算是放下一两块石头。

当然，以上仅是广播文学的语言问题，除此以外，我在题材结构和媒体特性方面也说了很多话，那是六十年代的事了。

人人说"学然后知不足"，我的经验是"用然后知不足"，我总是还没有学，就要用，一面用，一面学。

进广播电台做了专业撰稿人，这才发现自己的文章有很大的缺点，严肃枯燥，入理而不能入情。那时候，我是说一九五一年，别人写的稿子也是如此，"混"下去没有问题，但是我立志要做他们中间最好的一个。

国民政府虽在抗战胜利后实施宪政，党营的广播事业仍有训政思维，人站在麦克风前说话那就是天降大任，你既然是宣讲天经地义，当然可以用直率的、热烈的、肯定的口吻直接灌输给对方，排闼直入，不容商量。"真理"是自上而下的一条鞭，接受宣传是公民的一项义务，一个人是否可以救药，要看他对"总统"文告、《中央日报》社论的态度。那时杂志、报纸也都步步向你逼近，面无表情。

那时台湾的宣传颇有悲剧气氛，中共在大陆各地展开清算斗争，余悸犹在，大难将临。茅蕉对秦王说过："有生者不讳死，有国者不讳亡"，媒体发出"死亡"的警报。田单守即墨，"将帅有死之心，士卒无生之气。"黄宗羲说："士君子有成天下之心，乃能死天下之事，有死天下之心，乃能成天下之事。"一股气在郁结激荡，宣传品反应最直接，因此最快显示出来，它们像旧约时代的先知一样，预察毁灭将临，起来奔走呼号。

那时大家的口头禅是良药苦口利于病，"糖衣"两个字后面紧跟着"毒药"，真理总是带着压力，趣味是为了熊掌而必须舍弃的鱼，人应该自动接近有益的经验教训，不可等待它向你讨好献媚。广播教忠教孝，说仁说义，可以提升人的品质，如果有人不爱听，他应该检讨自己的人品，不是检讨宣传的内容。偶然有听众投书"中广"，批评讲话节目硬性说教难以接受，"中广"节目部有人怀疑投书者决非忠贞军民，主张把来信交给警备司令部参考。

那时台湾收音机稀罕，为广播节目写稿的人难得听见自己的节目，更难得听见别人谈论自己的节目，政府管制制造收音机的器材，谁家的收音机坏了，还得向治安机关报废备案，交回零件，《广播杂志》还得开个专栏，告诉大家怎样使用收音机。一九五三年"中广"公司成立业务所，使用美国进口的器材装配收音机，每架售价新台币八百元，而我的薪水每月三百元，收音机显然难以普及。

"中广"公司节目部设在新公园一角，隔着公园和省立博物馆相望，博物馆后面新公园里有一个方形花架，花架下有一座"宫灯式"的建筑物，底座很高，顶端像博士帽，下面用木材雕成窗棂，窗棂里面装着播音喇叭，地下有电线和节目部发音室连接，坐在花架下面可以听到广播节目。这是日本治理台湾留下的设备，外形美观，声音轻柔，想不到日本在冷酷的军国主义时代也有这样温暖的设计。

夜晚无事，我常坐花架下的长椅上听自己写的讲话节目，琢磨语文方面应该改进的地方。夏天总是满座，他们大概都是家中没有收音机的人吧，后来认识编剧家朱白水，他说他也经常是座上听众。也许是因为那里灯光并不明亮，我们没有在那里相遇。

　　我观察他们的举动，寻找文稿的得失，终于发现"趣味"重要，如果有人听到一半，起身离去，多半因为语言无味。有一次，一位老者拄着拐杖，经过花架底下，喇叭正在播送我写的节目，他恰巧听见一句有趣的话，居然站在那里听完下面"无趣"的部分。正如朱白水所说，编剧要坐在台下看演出，才知道剧本应该怎样修改，我也从文稿变成声音以后，寻找听众的好恶，发现稿本潜在的、隐藏的、习焉不察的瑕疵。

　　一年又一年，公园里的喇叭不再发声，据说是因为收音机逐渐普及了，"中广"切断线路。一年又一年，据说因为台湾风气日趋浮华，人民生活和时代任务脱钩，为了唤起"平时如战时"的意识，军方在台北市火车站前的广场上高高架起喇叭，以高分贝作强悍的呼喊，我坐在新公园的办公室里都能听见，火车站里鹄立买票引领候车的人群，尤其是夏天，心情本来焦躁，声音暴力增加他们的痛苦不安。冬天夜间，那时路上行人车辆稀少，月色惨白，长街寂无人声，惟有这高分贝音波来者不善，像冰冷的怒潮撞在墙上又泼回来，顿觉气氛恐怖。日本人装设的喇叭那样轻声细语，这一具喇叭竟然如此粗鲁。

　　再过一些时候，高音喇叭消失了。据说美国政要费吴生的夫人访问台湾，住在车站附近的旅馆里，夜间被迫接受这无法拒绝的喧哗，难以安眠。她写了一封信向某某人投诉，中央高层这才进行检讨，发现台北市的"中央车站"关系国际视听，为免目中无人，决定把喇叭拆除。自此以后，我发觉宣传风格逐渐改变，以前像注射一样"自外打进"的做法从各方面步步退缩，军方提供这个喇叭可以当做符号，它是战时与和平时宣传的分水岭。

　　我的觉悟比较早，从一九五一年下半年起，我连年寻找趣味，学习怎样使听众"欣然接受"，不必倚仗外力强制，我怕有一天"外力"无能为力，我希望那一天不受淘汰。我想起夏丏尊曾在杂志中开设"文章病院","中广"没有病院,我只有自病自医。我相信趣味是可以"发现"的,"发现"是角度问题,是态度问题,在某种程度上可以训练学习,一个人能在一秒钟内算出五位数和五位数相加,那是上帝的事,一个人能在一秒钟内算出一位数和两位数相加,那是教师的事。

  教师在哪里?"中广"撤出南京,带来许多剧本,我为了研究小说的结构,一一阅读,发现了丁西林、李健吾、莎士比亚的幽默,他们显示语言的新功能,人生的新样相,简直是个发明家。丁西林含蓄从容,有绅士风度;李健吾比较尖刻,能把法国喜剧完全用中国话写出来,使我这个依赖译本的人惊为奇遇;莎士比亚的机智和哲理又在两人之上。我反复熟读他们的剧本,并且把莎氏喜剧中有趣的句子全部摘抄在笔记本上,时时温习。资料室书架上也有郭沫若的《屈原》和《虎符》,我读了,算是个反面教材吧,他的语言风格正是我要挣脱的罗网。

小说方面，我读到狄更斯的《块肉余生录》，都德的《小东西》，塞万提斯的《唐吉诃德传》，还有钱锺书的《围城》，批评家称道这些作品有多方面的成就，我管不了那么多，只吸收其中的喜趣。散文方面我读到梁实秋、林语堂、陈西滢，我喜欢他们甚于鲁迅，梁氏散文有时装腔作势，使我想象喜剧演员的身段，林语堂以白话稀释中国典故和成语，似正似反，若即若离，用他的方法调和广播和文言的关系，效果极好。

天缘凑巧，"中广"开办了一批新节目，其中有个"电影介绍"，由我执笔，我每天都要去看一部电影，工作压力很大，常常在电影院里睡着了。那年代，美国好莱坞倾尽全力征服第三世界的观众，台湾电影院大量放映美国影片，我非常喜欢喜剧明星鲍勃霍伯和大卫尼文。即使是西部片和爱情片，也都有笑料穿插陪衬。记得有一部间谍片，情节紧张，甲方的间谍请乙方的间谍抽烟，香烟在嘴里爆炸了，乙方间谍倒地不起，甲方间谍把手中的空盒丢在他身上，扬长而去，这时镜头推近盒上的一行字显示出来："吸烟有害健康"，顺手点染，无意得之，最适合广播取法。

　　修这一门功课，大概费了我十年工夫。要写有趣味的文章，先要有"有趣味"的想法，要有"有趣味"的想法，就要做有趣味的人，这等于要我脱胎换骨。人生在世岂能脱胎换骨？最多也只有变化气质吧，我像神农尝百草那样吞食一切有趣的东西，没有中毒。我在大刺激大震荡之后一度陷入昏沉麻痹，了无生趣，职业训练使我慢慢醒过来，如同溺水者浮上水面。

　　节目部设在二楼，整层楼用甘蔗板隔间，记者、编审、播音员分间办公。这年三月，节目部主任邱楠到任，他把隔间拆除，各组在一个大厅之内共处，一人说话大家都听得见，我的生命中出现了王大空。

　　那时王大空已是有名的广播记者，仪表俊雅，音质清亮。那时人才缺乏，他能编、能译、能采访、能播音，十分难得。我曾在《美丽的谜面》一文中记述他在新闻采访方面的杰出表现。现在要补述他的另一方面。他谈吐诙谐，是个十分有趣的人，他在新闻组说话常常引得各组同事哄堂大笑。他有时也捧着一杯热茶在各组间走来走去，涉口成趣，临场效果超过谈笑风生。我佩服他，他是当时语言沙漠中的绿洲，对我有启蒙之功。我对他说，我要把他的妙语隽言记下来编一本书，叫做"空言集成"，使当代后世欣赏钦佩他的才华。

"空言集成"徒托空言，我现在把他的代表作记下来几条，表示对他的追思。

那时大家初到台湾，前途茫茫。王大空遇见老朋友，对方问他"近来好吗"？他的回答是"我比将来好"！听者始而愕然，继而失笑。这句话击中了大家的潜意识，立刻成为经典名句。

那时台湾标榜战时，二次世界大战结束未久，许多动人的口号犹在人心，反共文宣再度拿出来使用。例如丘吉尔号召英国人"流血、流泪、流汗"，王大空在底下紧接一句"流精",四者都是生命的消耗而已,严肃立即化为轻松,而轻松中另有严肃。

各界如有新闻发布,照例"招待记者",王大空桌上的请柬越来越多,佛教也未能免俗。王大空对我们说,"和尚吃十方,新闻记者吃十一方,和尚也要招待记者。"有人戏言这句话可以上新闻学校招生的海报。

"中央党部"定了个"读训周",台北市党营文化事业的人员,齐集"实践堂"读蒋公的训词,"中广"播音员白银上台朗读,我们大家在台下"听训",每天早晨七点半到八点举行,不许占用办公时间。王大空拒绝参加,事后要我告诉他读训心得,我叹了一口气说:"他讲的话都很对,可是,如果我照他的话去做,我混不下去。"王大空马上接口:"那当然,他如果也照自己说的话去做,他也混不下去。"语气干脆爽利,办公室里的人听见了笑不可仰。我的天!那年头,这一笑的代价可是超过千金哪!

"中国广播公司"的前身中央广播电台,成立于一九二八年,二十年后,初创时期的职员都升为一级主管,掌理人事、会计、总务、工程(后来又有安全),这些单位属于"管理部门",节目(后来又有广告)属于"业务部门",广播电台应该为业务而设,业务挂帅,"中广"公司的情形相反,管理挂帅,电台好像为管理而设。管理部门的几位领袖人物在位甚久,用人如蜘蛛结网,各据领域,节目部杨仲揆称之为"四大家族"。

"中广"按年资付薪水,业务部门的人员流动频繁,几乎都是新进,待遇普遍偏低。论工作,做节目要每天产生新内容,奔波操劳,超过总务会计甚多。那时"中广"难以罗致优秀的记者和作家,这是主要的原因。

"中广"有单身宿舍和眷属宿舍,分配权操在管理部门手中。我有一段时间睡在办公桌上,而"四大家族"的某子弟考取军校,他在单身宿舍的铺位空在那里，以备放假时偶然小住，一直保留到他军校毕业。王大空是节目部第一红人，他为了奉养岳母，想由一房一厅的宿舍换到两房一厅，节目部为他争取，费了九牛二虎之力，他的顺位还得排在总务部一个文书抄写之后。公司本部眷属宿舍集中的地方有两个厕所，其中一个开放公用，一个加锁，由某几个家庭专用。

王大空怎么看待这件事呢，他说，"他们"是革命先烈投胎，国民党前生欠他们一笔债，他们今生来讨债，来报复，他们要拖垮"中广"。"我们"是军阀转世，当年迫害革命党，现在活该给他们"垫底儿"，受欺压剥削。他那年也许三十岁，绝对没跟佛教结缘，他的表述是文学表述，不是宗教表述，他流露的不是信仰，是幽默感。

都说五十年代是台湾的恐怖时期，王大空口没遮拦，面不改色，直到一九六〇年作风依旧。这年六月，美国总统艾森豪威尔访问台湾，王大空到机场采访，赶回公司抢发新闻，他匆匆走进大办公室，先说一句"救星的救星来了"！反共文宣说蒋介石是民族救星，事实上台湾靠美国政府协防保护，艾森豪威尔以超强大国的元首访问台湾小岛，国民党人可谓久旱逢甘霖，而王大空以"救星的救星"表述之，特务细胞在旁听了，怒形于色。但是王大空由记者升新闻科长，"科"升格为"组"，他也升为新闻组长，节目部主任邱楠调新闻局，副主任李荆荪升主任，王大空升副主任，李荆荪升副总经理，王大空升主任，一帆风顺。

王大空并没有特殊背景，"中广"总经理魏景蒙用人惟才，不拘细节，魏氏有特殊背景，安全部门无法阻挡。但是账单摆在那里，你终有一天要签字支付，等到魏景蒙去，黎世芬来，副总经理出缺，王大空想层楼更上，就障碍重重了。

王大空面不改色，蒋公七十大庆，"总统府"秘书长张群善颂善祷，提出一句口号："人生七十才开始"。王大空看到新闻报道，立刻接了一句："开始生病"。

有一个笑话,据说是王大空的创作。猫为了捕鼠,在洞口学狗叫,老鼠认为很安全,走出洞外探看。猫扑上去,捉住了。老鼠纳闷:我刚才明明听见的是狗叫啊!猫对他说:"你现在知道了吧,学外国话很重要!"

那些年,王大空是个极受欢迎的人物,每逢吃喜酒的时候,我总千方百计和他同桌,或者坐在他的邻席。像他这样的人是稀有的,八十年代我上网找资料,发现山西运城地委书记宣传部长也叫王大空,此人也擅长搞笑,受人欢迎。同名同姓,时隔三十年,遥遥相应。细想起来,大陆上有许多事情都比台湾晚出三十年。

王大空绝顶聪明,但是不能抑制天性中的幽默,即使别人看来那是小小的愚蠢。一位同事对我说:王大空不断犯错误,所以他很可爱。后来张继高做新闻部主任,他与王大空同为"中广"双璧。张的一言一行恰到好处,"像手术刀一样精确",可敬不可爱,两人同为红尘中的奇观。《世说新语》

说顾恺之才与痴各半,也许王大空的幽默癖是一种"痴",痴中有才。后来幽默大师林语堂回到台湾,几场演讲平淡无奇,"中广"同仁十分诧异,"他还不如王大空嘛!"

能与王大空先生共事是我的奇遇,他处处从眼前景、身边事取材,启发性超过丁西林、李健吾、鲍勃霍伯、大卫尼文,那时我的世界一片浑沌,他无情的犀利冷隽像雷电一样,穿透浓雾,显示丘壑。有时候他太狠了,这个"狠"字是总经理魏景蒙对他的一字褒贬,先贤说治重病要用猛药。今天回想,当年大背景一片肃杀,王大空的声音是"沙漠中的驼铃",每逢听见有人以两岸的"恐怖时期"相提并论,我心中暗想毕竟有些分别,这一边,五十年代有个王大空,那一边要八十年代才有。

# 反共文学观潮记

五十年代,台湾兴起"反共文学",那时我拿不动这样大的题材,没有作品,只有心情。

一九四九年五月,国军失上海,我随军撤到台北。六月失青岛,八月失福州,美国发表白皮书,声明放弃台湾。九月失平潭岛,十月失广州,失厦门,逼近台湾门户。共军乘胜攻金门,国军大捷,仍然震撼台湾人心。就在这几个月,小诸葛白崇禧、反共长城胡宗南节节败退,华中、西北、西南尽失。十二月,国民政府迁台北,双方中间仅隔一道大约九十英里宽的海峡。中共反复宣告将革命进行到底,文宣用词竟使用血洗台湾。

逃难来台的人喘息未定,顿觉呼吸急促。

民国以来，直系、奉系、皖系、什么系轮流收税，人民社会组织不变，生活方式不变，价值标准不变，老百姓容易适应。共产党的革命别有大志，他们要"天翻地覆"，解放不是寻常改朝换代，中国人从未有过那样彻底的境况。可是外面的人对里面的情况一无所知，仍然当做"城头变幻大王旗"看待，一九四九年的台湾正是如此，八百万居民面临巨变，他们心理上毫无准备。

这年年底，台北《民族报》聘请孙陵主编副刊，"孙大炮"出语惊人，他以痛快淋漓的口吻痛斥当时的文风，共军咄咄逼近，台湾已成前线，作家委靡不振，副刊只知消闲。那时女作家的情感小品一枝独秀，抒写一门之内的身边琐事，小喜小悲，温柔婉转，小花小草，怡然自得。孙指责她们的作品脱离现实，比拟为歌曲中的靡靡之音。当时文坛传言，一位著名的女作家读了孙陵的文章，很受刺激，孙陵曾当面道歉，但是道歉之后，炮声依然隆隆不绝。

冯放民（凤兮）也在此时接编《新生报》副刊，他开门见山要求作家写战斗性的作品，他的主张比蒋介石"总统"的"战斗文学"早了好几年。当时副刊注重趣味，凤兮强调战斗，如果鱼熊不能兼得，为了战斗宁可牺牲趣味。许多"外省流亡作家"对他的说法翕然同意，存亡是火烧眉毛，"趣味"又算什么！

多年后凤兮谈起此事，他说他跟孙陵并没有事先商量过，他们各行其是，不谋而合。他说那时中央政府瘫痪，中央党部空转，达官贵人哪里顾得了文学？再说《新生报》由省政府经营，《民族报》由报人自己经营，中央若要发动什么，怎会他们出头叫喊、党营的媒体反而沉默观望？

凤兮说，当时副刊稿源枯竭，没有生气，他看准大陆流亡来台的作家都有强烈的动机写作，可以使副刊活起来。从事文艺批评文艺创作的人应该知道"心的伤害"，知道"无沙不成珠"、"鲜血变墨水"，知道"骨鲠在喉"、"行其所不得不行"，那些由国共内战的炮火下逃出来的作家，并不需要高压逼迫才勉强表现他们的亲身经验。

有些文化人逃到台湾，谨守本业，深居简出，远避政治气味，以备中共解放台湾以后给一线生存空间，国民党对这些人听其自然。也有人认为逃到台湾来就是大罪，索性破罐子破摔，即使绝望亦不可束手待毙，国民党百事俱废，对这些人也无暇一顾。

惟一的安慰鼓励是这些作家促膝长谈。刘珍说："就算是杀一只鸡，它也要挣命。"那时王聿均还没进"中央研究院"做学者，他是文学评论家，主编《公论报》副刊，主动支持反共文学，他说："我现在的心情是正在服兵役。"小说家杨念慈说，台湾人不知有汉，无论魏晋，我们一定要把外面的情况告诉他们，如果不写不说，太对不起台湾人。小说家田原说，我们在经历浩劫巨变之后，发现中共的"宣传如此迷人而事实如此骇人"，来台后却不肯向台湾人一一道破，将来台湾人会怎样批评我们？

　　流亡作家渴望诉说，他们以为本土生民应该聆听。那是斯大林时代，西伯利亚海滨有一个劳动营，万名在政治上不可靠的人流放来此，用简陋的工具开发森林，食物不足，医药缺乏，工作十分劳苦，每天有许多人死亡，也不断有大批新人补充。在那样的环境之中，有人趁着伐树的机会剥掉树皮，在树干上写字，写他们原是什么样的人，现在有什么样的遭遇，没有笔墨，大家捐出鲜血。写好之后，他们把树干丢进大海，让海浪带走，希望外面的人能看到他们的控诉，能知道斯大林究竟在做什么。当时有些大陆流亡作家的心情仿佛如此。

　　一九五〇年三月，蒋公于"引退"一年零一个月之后宣布复职，"国王的人马"各就各位，动用一切力量巩固台湾，抗拒中共扩张，文艺成为其中一个项目。

　　且从我自己切身的事说起吧。有一天，我接到《中央日报》以"副刊编者作者联谊会"的名义发来的信，约我到中山堂参加联谊，今考其时为一九五〇年三月二十四日。

我那时未改下级军官的生活习惯，提前十分钟到场，场中只有一个接待人员站在门内，西装整齐，和蔼可亲，后来知道他就是中央副刊的耿修业主编。他引我入内，平伸手掌，示意我就座，我那时毫无社会经验，完全不知道会场的席次怎样排列，也不知道耿老编很客气，他指的是上座，结果我坐在张道藩旁边，中间只隔一个人。他们真是宽宏大量，后来没有因此怪罪我。

联谊会并无轻松的联谊活动，反而很严肃地通过成立全国性的文艺团体，那天出席的编者作者都是发起人。可想而知，当时文坛大人物该到的都到了，我一个也不认得，只在报上见过张道藩的照片。我对别人留下的印象也很少，只记得坐在我和道公中间的人是个麻脸胖子，他用寒暄的语气轻声问我："你是哪个单位的？"后来知道他是陈纪滢。只记得有个大汉起立发言，个子大声音也大，他谈文艺运动的领导,主张"我们还是自己领导自己吧!"惹得张道公立刻声明,他不在未来的全国性文艺团体中接受任何名义,但保证全力支持。后来知道大汉是小说作家穆中南,他后来创办《文坛》月刊。

紧接着出现"中华文艺奖金委员会"和"中国文艺协会",张道藩是两会的主持人,一连串工作展开,征求反共文学、反共歌曲、反共剧本,补助这些作品的出版、演唱和演出。

后来了解,国民党的文艺运动者最重视戏剧,剧场集中观众,有组织作用。其次是长篇小说,作家一面发展故事,一面大量描述现实细节,有记录功能。长篇写作费时,短篇先行登场,爱听故事是人类天性。当时反共文艺活动,对戏剧的投资多,对小说少,今天对反共文艺的检讨责难,却是对戏剧少,对小说多。

鼓励作家写小说,你得有园地供他发表,文奖会特地创办了一个月刊。那时已有好几家文学期刊，作家办杂志，长于编辑，拙于发行，内容很好，可是如何送到读者手中？主持反共文艺运动的人看上了报纸副刊这辆顺风车，报纸的销数超过文学期刊几十倍，反共文学上副刊，真叫做不胫而走。早期反共文学的质量都不高，给人的感觉却是声势浩大，可以说是副刊的功劳。以后现代文学除旧布新，乡土文学拉风造势，也都多亏了副刊加持。报纸副刊对台湾文学的发展，影响难以估计。

事后了解，当时倡导反共文学，用"千金市骨"之计，国王爱马，以千金买千里马的遗骨，于是四方争献宝驹上驷。提倡反共的文学作品（或者说，按照党部的规格提倡反共的文学作品），先求"有"，再求"好"。推出反共的文学作品，用"集体暗示法"。副刊文章本以短小为宜，现在打破惯例，整个版面刊登一篇长文，抢眼注目，然后一连几天刊出文学评论或读后感来称赞它，类似和声回音。这样做，预期给读者大众这样的感觉：排场声势如此，作品岂能等闲？

国民党对于拒绝响应反共文学的作家并没有包围劝说,没有打压排斥,他只是不予奖励,任凭生灭。那年代,只有作家因"写出反共作品"受到调查(因为他反共的"规格"与官方的制定不合,或分寸火候拿捏不准),并无作家因"没有反共作品"而遭约谈。那时"中国广播公司"刻意发展广播剧,姚加凌写了一个反共的剧本,演出中共公审大会的"虚伪残酷",惹了一阵子麻烦。自此以后,"中广"的广播剧尽量避免再用这样的题材,赵之诚专写市井小民贪嗔爱痴,二十年天相吉人。国民党毕竟"封建","仕"还是"隐"?庙堂还是江湖?你的进退出处可以自由选择,当然,除了"造反"。

后来的人有一个印象,反共文学垄断了所有的发表园地。其实以张道公之尊,挟党中央之命,各方面的配合仍然有限。《中央日报》号称国民党的机关报,它的副刊"正正经经的文章,简简单单的线条,干干净净的版面",数十年后,小说家孟丝还形容它"清新可人"。它冷静矜持,从未参与"集体暗示"。陈纪滢是"立法委员",《中央日报》董事,中国文协实际负责人,他推介一篇书评给中央副刊,耿老编照样退回。萧铁先编《扫荡报》副刊,后编《公论报》副刊,完全置身事外。一九五三年《联合报》发刊,正值文奖会作业高潮,联合副刊登过张道藩、王集丛的论文,取精而不用宏,姿态甚高。一九五五年《征信新闻》(《中国时报》的前身)增加文学副刊,聘徐蔚忱主编,余社长指示"不涉及政治",等因奉此,徐老编避免反共文学,和他在中华副刊主编任内判若两人。

尤其是一九五四年,张道藩完成《三民主义文艺论》长稿,发表之前连开两天座谈会,征求意见。他是国民党中央常务委员,"立法院长","中国广播公司"前任董事长,现任常务董事,座谈地点借用"中国广播公司"新公园大发音室,论文发表后,"中广"也没制作一个节目踵事增华。

据我回忆,当时对反共文学积极捧场的副刊有三家：民族，新生，中华。文奖会也只能每月选出一两篇样板展示一下，三家副刊大部分时间保持常态，文章可能与反共有关，也可能与反共无关。女作家的"身边琐事"依然热门，撤退来台的"六十万大军"，戍守外岛海岸山地农村，大部分没有家庭生活，爱看她们的小孩小狗小猫，编织白日梦。美国杂志《真实罗曼史》和《读者文摘》的故事，大家抢译抢登。不久，《民族报》副刊主编孙陵与报社当局意见不合辞职，"孙大炮"未能轰垮敌垒，他自己先弹尽援绝了！《民族报》副刊的编辑方针与反共文学运动脱钩。

再看那几部主要的"反共小说"：陈纪滢的《荻村传》在《自由中国》半月刊发表，《华夏八年》在《香港时报》发表，杨念慈的《废园旧事》在《文坛》月刊发表，王蓝的《蓝与黑》在《妇女杂志》发表，司马桑敦的《野马传》在香港发表，姜贵的《旋风》（原名《今梼杌传》）由作者直接自费出版。至于张爱玲的《秧歌》和《赤地之恋》，更是由美国新闻处一手安排。这些小说都没有"占用"台北各报副刊的篇幅。

若论文学期刊，那时政治部创办的《军中文艺》，中国青年写作协会创办的《幼狮文艺》，张道藩不能影响。师范等人主编的《野风》，崇尚纯文学；平鑫涛主编的《皇冠》，初期偏重综合性商业性；藩垒主编的《宝岛文艺》，程大城主编的《半月文艺》，都有自己的理念。孙陵主编《火炬》，高举反共文学的大旗，奈何寿命太短。想来想去，穆中南在一九五二年创办的《文坛》投入最多，时间也最长久。

一九五〇年三月，国民党成立中华文艺奖金委员会（简称文奖会），张道藩主持，可以算是"五十年代反共文学"时期之始，可是"反共文学时期"并没有许多人想象的那么漫长。

一九五五年发生了一件事。这年五月，舞蹈团体得到文奖会赞助，举办民族舞蹈竞赛，场地借用台北市三军球场，位置正对"总统府"大门。有人检举，得奖的表演节目中有苏联作品，不得了！那时正值所谓"白色恐怖"的盛年，你在文章里引用马克思一句话都是大罪，怎有文艺运动的领导人，大模大样在"总统府"门前，眼睁睁看他演出苏联舞蹈，而且还出力出钱支持！张道藩立刻向中央党部提出辞呈，并推举陈雪屏接手，陈雪屏也立刻表示不干。

据说所谓苏联作品，实际上是新疆少数民族的舞蹈。新疆和苏俄接壤，文化交流频繁，也许受了些影响，可是这种事哪里说得清楚！张道公只有辞职表示负责。他是向蒋公辞职次数最多的人，他效忠领袖，但是不能厚结领袖左右以自固，他只有不断辞职测验领袖对他的信任，测验他可以工作到何种程度。

依惯例，辞职就是辞职，等上面要你推荐继任人选，你才可以多说两句。张道藩迫不及待提出陈雪屏，据说是防范有人见缝插针，他心中有假想敌。蒋氏对他的辞呈既没有批准，也没有召见慰留。事不可为，但是也不能撒手，"文奖会"这辆车进入牛步前行寻找车位的状态。

　　拖到第二年七月，"文奖会"停办，十二月正式结束，象征"党部挂帅"的时代逝去，政治意义上的"五十年代反共文学"，事实上恐怕是到此为止。一九五五年一月，老总统金口玉言交下"战斗文学"，文坛的响应只有理论和方案，没有样板作品。再过几年，沈昌焕担任中央党部第四组主任，曾经提倡"爱国文学"，文艺界并无回声。现在有人认为国民党对文艺"由明白的操控转为暗中操控"，我总觉得国民党放弃了推动反共文学成为主流的野心，反共文学失去政治专宠，成为"一般"文学作品的一个门类。凤兮说，社会变了，战斗文学是缘木求鱼。

　　党部挂帅的反共文学究竟有没有成就？应该有。遥想五十年代，因为内战，中国大陆的文学创作停顿了，因为废止日语，台湾的文学创作中断了。从文学史的角度看，反共文学延续创作行为，填补空隙，承先启后。往远处看，它替后世作家保存了许多特殊的素材。王蓝的《蓝与黑》、杨念慈的《黑牛与白蛇》、田原的《古道斜阳》《松花江畔》，能够拍电影，拍电视剧，能够在三十年后"市场挂帅"的时代依然上市；潘人木的《莲漪表妹》也重新发行，一九九六年，香港《亚洲周刊》邀请两岸三地的专家学者评选"二十世纪中文小说一百强"，王蓝的《蓝与黑》上榜，反共文学也有它的生命。

我没有忘记，反共文学传达的讯息，台湾作家并不喜欢，但是文学的学习观摩者应该可以把内容和形式分别对待。那时中国三十年代的新文学作品列为禁书，本省作家无可取法，反共也许讨厌，文学技巧尤其是语言，那是天下公器。那时台湾的同行们正在勤奋锻炼中文，吴若的舞台剧本，钟雷的朗诵诗，凤兮的杂文，田原、陈纪滢的小说，反共成色十足，语言的成色也十足，虚心学习的人可以各取所需，王蓝、杨念慈、朱西宁、司马中原的叙述方式，也足以开扩视野，助长文章气势。

今天史家和文评家检视当年的反共文学，肯定了一些作品，这些创作大都和"文奖会"的运作无关。后来了解，国民党中央察觉反共文学将如海潮汹涌，惟恐泛滥为患，特地以奖励的方式导入河道，否则反共文学可能演变成对国民党失去大陆的检讨批判。试看陈纪滢在他的《贾云儿前传》里，暴露了特务机构罗织无辜，王蓝在他的《蓝与黑》里，记述了抗战胜利国民政府接收沦陷区的恶行，反共报人龚德柏演讲，痛陈蒋介石在内战中犯了战略错误，稍后王健民出版《中国共产党史稿》，分析中共何以能取得政权，指出国民党失国的种种原因，毫不留情。《野马传》更是借着女主角绝望中的悲愤作出这样的结论：共产党，国民党，都是坏蛋，没一个好东西！国民党的防堵确有"先见之明"。

另一个可能是，文学作品的多义和暧昧反而有助于"为匪宣传"，反共文学发生的效果应该符合预期，没有偏差。口号是最不容易误解的东西，所以有些反共文学不惜流为口号化。这就是为什么台湾对乔治奥威尔《一九八四》、匈牙利小说家凯斯特勒的《正午的黑暗》（也有人译作《狱中记》）、张爱玲的《秧歌》都不喜欢，无奈那是美国新闻处推广的冷战文宣，党部无可奈何。

台湾域内的作家冷暖自知。姜贵告诉我，他在台湾的坎坷，大半因为他写了《旋风》。陈纪滢的《贾云儿前传》，王蓝的《蓝与黑》，也都有忧谗畏讥的经验。司马桑敦的《野马传》在香港发表出版，党部鞭长莫及。一九六七年，台湾已是百家争鸣，《野马传》修正了，台湾出版，还是遭到查禁。即使到了七十年代，《中国时报》发表陈若曦的《尹县长》，仍然引起一片惊惶。

"文奖会"看重长篇小说，那时小说以创造人物为首要，反共小说里的中共干部是什么样的角色？事关对中共的认识和研究。那时党内党外都把研究中共问题叫"总裁心理学"，研究者要揣摩他老先生的想法找材料下结论，反共小说（还有戏剧）也成了"总裁心理学"的一个章节。中国共产党兴起，并非因为中华民国的政治和经济制度有重大缺陷，而是因为"西风东渐，俄式邪说输入，国民道德堕落，无赖无耻的人受煽动蛊惑成为暴民"。这就大大窄化了题材也降低了境界。那年代半个世界（也许该说大半个世界）都在反共，东西对抗，称为"冷战"。反共并非国民党一家之言，但是台湾早期的反共文学却是国民党闭门造车。

当年"文奖会"的真正任务，乃是对反共文学寓禁制于奖励，这就难怪"反共文学"总是感情太多、才情太少，纪实太多、暗喻太少，素材太多、形式美太少。中国大陆的文学理论家黎湘萍指出，那些反共文学"把小说当做历史写"，说得含蓄，也说得中肯。"国家不幸诗家幸"，时代对作家甚厚，作家对时代的回报甚薄，"百样飘零只助才"，无奈"一代正宗才力薄"！他们"我志未酬人亦苦"，他们尽了力。

我那时不懂事。有一天接到中国文艺协会的通知，约我去参加座谈会，座谈的主题是反共文学。那时文协在水源路，我如时前往，座上只有陈纪滢、王蓝两位常务理事，穆中南和梁又铭两位理事，再无其他会众，我心中纳闷，这怎么能算是座谈会？

坐定之后，陈纪老客客气气请我发言。我那时不懂事，居然以为有了一吐为快的机会。我说我认为最好的反共小说有三部，姜贵的《旋风》，司马桑敦的《野马传》，张爱玲的《秧歌》，可是这三部小说都没有受到文坛注意，我很怀疑台湾究竟是不是一个提倡反共文学的地方。

举座默然无声，良久，我自己觉得没趣，告辞回家。后来知道，他们本想找我主导一个写作小组，为他们写的反共小说作些宣传，他们预料可以听到我称赞他们的作品，顺势把工作计划提出来，奈何我那时不懂事，话不投机，计划只好胎死腹中。

反共文学对我的学习有帮助吗？有，那时他们任何人都写得比我好，我有什么理由藐视他们？看过反共文学的大潮，我体会到艺术和宣传的分别，上了必修的一课。辛克莱说"一切艺术都是宣传"，我以前信服这句话，因反共文学而了解这句话，能够准确地解释它。党部挂帅也教我知道如何掌握主题，予以放大、延伸和变奏。

反共文学完了吗？九十年代我在纽约，一位观察家告诉我，反共的人共有五类：有仇的，有病的，有理想的，有野心的，和莫名其妙的。这是真知灼见。我想反共是这五种人的组合互动，可能一个有病的排斥一个有理想的，可能一个有仇的指挥一个有病的，也可能一个有野心的出卖一个莫名其妙的。高踞他们之上，有一位总指挥，他可能有仇、有病、有理想，也有野心，即使姜贵和张爱玲也都未能写全写透。

## 特务的显性骚扰

五十年代,台湾号称"恐怖十年",国民政府绝命挣扎,"检肃匪谍"辣手无情,大案一个连一个公布,士农工商党政军都不断有人涉及,罪案的发展和罪行的认定往往出人意料,"为人不做亏心事,半夜敲门心也惊。"我在"敏感媒体"广播工作,每当看见文化界的人士被捕了,判刑了,甚至处死了(据报纸公布,十年间以文化人为主嫌的案子至少二十一案,总计处死三十五人,判囚三十二人,牵连被捕受审打入"列管名册"者不知多少人),更使我惴惴难安。

文化界以外的大案也很多,像中共在台湾发展地下组织的案子,一九五○年由三月到五月连破五案，死四十五人，囚二十三人，论行业、论生活圈子，我跟他们中间没有任何关连，仍然受到惊恐。更不幸的是国防医学院学生出现匪谍案，学生迟绍春判死，王孝敏判囚，我跟这两人是抗战时期流亡学校的同学，案发之前我曾到国防医学院的宿舍去探望他们，那时没有事先预约的习惯，我扑了个空，给他们留下一张字条，这张字条流落何处？它可是个祸根哪！……

我就在这样的气氛中战战兢兢地"拥护领袖、反共抗俄"。

那时"匪谍案"用军法审判，军法并不追求社会正义，它是伸张统帅权、鼓舞士气的工具，它多半只有内部的正当性，没有普遍的正当性。被捕不可怕，枪毙可怕；枪毙不可怕，刑求可怕；刑求不可怕，社会的歧视可怕，像烟台联合中学校长张敏之的夫人那样，"匪谍"的妻子儿女都是危险分子，所有的关系人都和他们划分界限，断绝他们生存的资源，这是慢性的灭门灭族。

记得有一天，名记者王大空在"中广"办公室里大发议论，说什么"引刀成一快"，正好"中广"那英俊高大的特务小头目站在旁边，那人立刻用鼻音反击："哼！没那么快！"听听那一声"哼"吧，那声音只有蓄势待发的恶犬才有，人间难得几回闻！够你回家做连床噩梦。

乱世梦多，我常常梦见解放军追捕我、公审我、挖个坑要活埋我，我大叫惊醒，喝一杯冷水再睡。又梦见我在保安司令部上了手铐、灌了冷水、押到"马场町"执行枪决，我又大叫惊醒。我坐在床上自己审问自己，共产党和国民党都有理由怀疑我、惩治我，我两面都有亏欠。我站在中共公安的立场上检查自己，有罪；我站在台湾保安司令部的立场上检查自己，也有罪。

多年以后，我在海外对一位台湾本土生长的官员说，当年你们只做一种噩梦，我们做两种噩梦，我们的恐怖是双料的，你们的恐怖缩了水。你们只怕蒋介石,不怕毛泽东,你们不知道毛泽东更可怕,你们到底比我们幸福。你们的问题比较简单,也许认为只要推翻蒋介石就可以了。我们不行,我们有人怕他,有人恨他,大家还得保着他,两害取其轻,靠他抵抗共产党。我们惟一的交代是保他才可以保台,但是台湾不领这个情,我们劳碌一生,也许三面不是人。他听了哈哈大笑。

一九五〇年我进"中国广播公司"以后,渐渐感受到治安机关对文化人查察严密,编辑组长寇世远被捕,牵连播音员王玫,广播剧作家胡阆仙被捕,节目部气氛紧张,我也赶上热闹,遭保安司令部传讯。

那时捕人并不公布案情,别人的事我不知道,而我自己是因为写错了一篇文章。

一九五〇年,国军在台湾和前线各岛推行"克难运动",号召全军勤劳节约,克服困难。

那时,军人眷属的生活十分困难,住屋劈竹编墙,涂上石灰,号称"竹骨水泥",铁皮搭顶,时常有锈落下来,夫妻儿女拥挤在一间屋子里,有门无窗,夏天像蒸笼一样热,遇上大风大雨的天气,关起门来烧煤做饭,随时有中毒的危险。

那时,下级军官的太太常到菜市场捡人家剥下来丢掉的白菜皮,一家大小每天吃一个白水煮蛋,由母亲分配,女孩子分食蛋白,男孩子分食蛋黄,因为"蛋黄的营养比较大"。那时有些孩子馋得烧蟑螂,吸进气味先呕吐出来。我坐公共汽车的时候,常见士兵赤脚上车下车,背着"传令袋"(传令兵可以免费乘车),后来我在一处军营里看见布告,禁止士兵赤脚入城。

我每星期写一篇广播稿鼓吹"克难运动",心中别有思量。克难运动初期还没教军营种菜养猪,也没辅导军眷从事家庭副业,我也没有所谓"积极性的想法",只觉得生活条件已经这样匮乏,如何能再降低水准?我写了一篇"故事新编",孔子提倡克难,要大家吃青菜、喝白开水、枕着手臂睡觉,大弟子颜渊完全照着老师的话去做,结果营养不良，生病死了！夫子自己吃饭要摆好席位，讲求菜色刀法调味，活到七十多岁。文章登在创刊不久的《民族晚报》上，结果麻烦来了。

从保安司令部来了个年轻人，"请"我到他们办公室谈谈，还加上一句："我可以替你请假"，等于说一定要去，没有理由可以推拖。说到保安司令部我得郑重介绍，它后来改组为警备司令部，再改为警备"总"司令部，今天谈恐怖时期，"警总"恶名昭彰，殊不知一路改组都有些改进，到了警总已经文明得多了。

我傻傻地坐上吉普车，来到西宁南路，登上一座破旧的楼房。他们也是大办公室，我站在一角听候传见，大约枯等了一个小时，忽有一彪形大汉指着墙壁向我大喝一声："转过脸去！"接着从我背后朝前一推，我的鼻梁撞上墙壁，墙壁新近粉刷，贴满通告之类的印刷品，我饱吸油墨和灰石的气味，还好，没有流血。后来知道，"中广"公司主管侦测员工思想的那个英俊高大的人,要躲在隔壁"旁听"我跟保安官员的对答,参加分析研判。他迟到了,我不可以看见他走进来。后来进一步知道,特务机构第一次传讯,照例对应讯的人来个"下马威",那些案情重大的嫌疑犯进入拘留所之后,首先要挨一顿毒打,而且是脱光了衣服打,打得你满地翻滚,然后你就知道自己在外面那一点子资历声望,那点靠山背景,完全成泥化灰,你再无倚仗,再无希望,你已不再是原来的那个人。你看见但丁描写的地狱,门口悬匾大书"入此门者一无所有"。那天我在保安司令部虽然仅仅受到一声断喝,立时也有前尘如梦之感。

他们把我引进一个小房间,面对一个两颊瘦削的人,他厉声斥责我,他说《孔子克难记》一文破坏国军的克难运动,要我交代写作的动机,我矢口否认他的指控。然后他拿出我的另一篇文章,那是我根据《诗经·汝坟》篇构想的一个情节,诗中有一句"鲂鱼赪尾",小注说,鲂鱼发怒的时候尾巴变成红色，鱼也有发怒的时候，那一定是忍无可忍了罢。我觉得好可怕，好像将要发生不可测的行动，我借着故事人物的口说："你不可欺人太甚。"我写这个小故事只是炫耀一下我读过《诗经》而已，可是受"孔夫子克难"连累，保安官员也做了有罪推定，他恶狠狠地指着我的鼻子："你们这套把戏我清楚明白，鱼代表老百姓，红色代表共产党，你分明鼓吹农民暴动！"我也矢口否认。他从座位上站起来："我知道要你说实话不容易，我叫人拿大杠子压你。"我知道"压杠子"是酷刑，可是我还没看见杠子，我必须坚决否认，要我说谎话也没那么容易。

我这才知道他们注意我已经很久了！他摔给我几张纸，要我写一篇自传，由六岁写到现在，写我干过的职业，读过的书，到过的地方，认识的人，怎么到台湾来的，怎么进"中广"公司的。吩咐完毕，走出小房间。那时报馆和电台已把我训练成一名快手，我毫不踌躇，振笔疾书。不久有人送进来一碗蛋炒饭,我才发觉时间已经到了中午。事后知道这碗蛋炒饭大大有名,保安司令部每天都要约人谈话,作业模式相同,早晨把人接过来,下午放回去,中间供给蛋炒饭作午餐,"吃过保安司令部的蛋炒饭"也就成了一句暗语,一项资格。

我一口气吃完蛋炒饭,然后一口气写好自传。后来知道他们暗中观察我,见我能吃能写,一心不乱,判断我应该只是个不成熟的作者,背后没有什么秘密组织。也许因为如此,下午换了一个白白胖胖的人审查我的自传,态度十分和善。天津失陷,我进了解放军的俘虏营,他对我这一段经历并未盘诘。他和我谈安徽阜阳一带的流亡学校,问我这个杂志看过没有,那个杂志看过没有,我都没有看过,他又问我这个剧团的演出看过没有,那个剧团的演出看过没有,我也都没有看过。他提出来的杂志和剧团都是共产党人的文化活动,这位保安官对当年"淮上"的情形很熟悉,他旁敲侧击,比刚才那人的虚声恫喝要高明多了。

然后他的兴趣转移到萧铁身上。萧先生介绍我进《扫荡报》，《扫荡报》停刊，他又介绍我进"中广"公司。这位保安官问我萧铁对时下局势的看法。我说最近王云五创办华国出版社，出版萧铁的剧本《黄河楼边》，萧不肯卖断版权，他要抽版税，因为版税可以终身享有，看来他对台湾的前途有信心。他问萧铁近来读什么书，跟哪些人交游，我说我从未到他家去过，他下了班就回家，没看见他约朋友喝茶看电影。保安官对我的答复不满意，叮嘱我用心了解萧铁，随时向他报告。后来知道，萧老编介绍我进"中广"，我向萧老编推荐一同写稿的骆仁逸，萧又推荐骆进"中广"，我调编撰，骆仁逸介绍他的同乡赵汉明补我的缺。保安司令部对这样援引串联起了疑心，正好我的文章触犯时忌，他们就从我切入，了解情况，瓦解我们四个人的关系。

话题一转，保安官问我对邱楠和姚善辉有什么看法。我的天！他们一个是节目主任，一个是工程主任，我只是个新进的小职员，刚刚试用期满，我能对他们有什么看法！他问我最近看什么书，我的答案中有曹禺和李健吾，他两眼一瞪：你从哪里弄到他们的书！我告诉他，这是公司的参考书，公开摆在资料科的图书室里。几个月后，公司里突然出现保安人员，没收了这批文艺作品，紧接着大搜全省各地中小学图书馆，各县市旧书摊，打算做到一本不留，看来都是我惹的祸。

好不容易，保安官说："你回去吧！"来时有车接你，去时没车送你，正好我也需要步行舒解心中郁闷。回到"中广"节目部，公园里已有暮色，节目部主任邱楠、资料组组长蒋颐都坐在办公室里守候。他们知道保安司令部效率奇高，如果我已被留置讯问，保安官随时可能打电话来问长问短，或者派人来调阅我写的文稿。后来知道，那天节目部气氛紧张，无人知道我究竟是一块浮冰还是冰山一角。

节目部有位老者，只身在台，常常工作到深

夜。他一人有个小小的办公室，小到没有窗户，为了流通空气，经常开着房门。他对我很关心，我不由得走进他的小房间，向他诉说保安司令部约谈的经过。我告诉他，要我为政府宣传，我得先有被信任的感觉，我无法在怀疑监视下工作，我想辞职。他很严肃地说："别处也是一样，这里还有几个人了解你，别处就未必。"我说保安官员要我每星期去报到一次，向他报告萧铁、骆仁逸、赵汉明的言行交游，甚至还有姚善辉和邱楠，我怎么能去！他说，"还是去吧，你不去，他们会另外找一个人。"

老者的话我听从了一半，没辞职，也没定时到保安司令部打小报告，我想等他们来催促责备我再去也不迟。他们再也没有动静，我也慢慢松懈了。可是老者的话终于应验，他们果然从我们中间另外找了一个人，那人知道怎样规划自己的前途，后来进"革命实践研究院"木栅分院受训，步步高升，我做了他的垫脚石。

我很感激那老者,对他很尊敬,经常到他的小房间倾心吐胆,可是我还是得罪了他。有一天,他和我讨论一条新闻,莽汉怀疑妻有外遇,动刀杀人,完全捕风捉影。老者说,莽汉未经调查,没有证据,犯下大错,一门之内尚且如此,可见"安全工作"对国家如何重要。又有一次读《三国演义》,谈到曹操"梦中杀人",他认为曹操"幼稚",冤杀许多好人;现代国家有调查机构,可以帮助当局作出正确判断,所以安全工作名副其实,可以使大家更安全。我这才知道他在节目部做什么,不禁脱口而出:"我忠党爱国,但是不做特务!"他变色不语,从此不再理我。

我还得罪了另外的人。萧铁是抗战时期中央陆军军官学校的毕业生,他有一个同期同队的校友干特务,此人服务的那个单位有人发起戒烟,需要写一篇《戒烟公约》,他们找萧老编执笔,萧推荐我。我想搞这玩意儿得用文言,最好四六句法,我记得第一段是这样写的:

"盖闻修身慎微,古之明训,崇俭务实,今有定则,小恶不为,众好必察,此君子其九思之,贤者所三省也。况复生逢斯世,目睹时艰,我等或投班笔,或奋祖鞭,群怀殷忧,共当大难。礼不云乎?居敬行简,易不云乎?夕惕朝乾,正宜朝食减享以起夕,夜甲积冰而铿然!"

以下说到吸烟的害处,戒烟的决心,违背誓约的罚则,四六到底,一气呵成。他们那个单位的主管看了大为欣赏,听说我是个二十几岁的年轻人,兼擅白话与文言,有意吸收我去栽培一番。他的算盘是,我替他写演讲稿应酬信,我做"师爷"的工作,可是仅能支"小弟"的待遇,他伸出来的诱饵则是保送受训和未来升迁。

萧老编的那同学屡次和我接触,他打电话约我到新公园里见面,从不进"中广"大门。经过一番观察试验和调查之后,有一天,在新公园那棵伞盖一样的大树底下,他正式劝我加入他们的组织。我当场辞谢,他的表情是出乎意料之外。"今天我们只有跟着国民党走,与其留在外围,不如进入核心,这样难得的机会你为什么要放弃?是否有另外的幻想、另外的出路?"我赶快告诉他想做作家,他很纳闷:"作家算什么?社会根本没给作家排座位,我请你屋子里坐,你为什么要站在院子里?"

他放弃了我,他们也从此"发现"了我,不断发生一连串事情。办公桌抽屉上的锁被人撬掉了,我不声张,也不修理,留下破坏的痕迹任人参观。几天以后,事务组忍不住了,自动派工匠来换锁,我把新锁和钥匙都放在抽屉里不再使用。中国文艺协会发给我的证件不见了,可想而知,小细胞发现这张盖了大印的文件,以为是什么罪证,拿去给他的小头目表功。我知道他们不会把原件归还原处,他希望失主自己思量"忘记了放在什么地方",倘若失而复得,失主就会恍然大悟。员工信件由专人统收分发,我的信总是比别人晚一两天,封口的浆糊未干,那当然是先拿到什么地方拆开看了。

那时偌大的办公室只有一具电话,我接电话的时候，总有工友在旁逗留不去，他们让我看见"竖起耳朵来听"是个什么样子。他们好像无所用心，低着头擦不必再擦的桌子，但眼珠滚动，耳轮的肌肉形状异乎寻常。如我会客，总有一个工友殷勤送茶换茶，垂着眼皮，竖着耳朵。这些人懂什么！有能力复述我的言论吗！简直是对我的侮辱。那时，工友是他们得力的耳目，管理工友的人必定是"组织"的一员，见了上司表面很恭顺，实际上肆无忌惮。

那时还没设"安全室"，安全人员隐藏在人事室里，重要骨干是那个英俊高大的人。人事室在仁爱路三段办公，他每天照例到新公园节目部"看看"，如果我会客的时候恰巧他来了，他必到会客室观察我的客人，目光炯炯，吓得客人慌忙告辞。那位长驻节目部的老者尤其尽责，不管哪位同事会客，他都在室外逡巡，低着头，背着手，心无二用，即使大热天他也穿球鞋，脚步轻快无声。

星期天如果我逛书店或者看电影，总是遇见人事室的一个胖子,他跟我保持一定的距离,眼睛从不看我。几次巧合以后,我决定做一个测验,我到公共汽车站候车,他也跟着排队,车来了、又去了,我不上车,他也不能上车,最后剩下我们俩,他十分窘迫,满面通红,狼狈而去,始终不和我交谈。

我觉得耶稣布道那几年,一定常和特务打交道。福音书记载,有人跑来问他是否应该纳税,那人一定是特务。耶稣告诉门徒:"那时两个人在田里,取去一个,撇下一个。两个女人推磨,取去一个,撇下一个。"他是在描摹大逮捕的情况。他警告门徒:"你们在暗中所说的,将要在明处被人听见,在内室附耳所说的,将要在房上被人宣扬。"翻译成明码,就是特务的小报告和公审的指控。最明显的是,耶稣发现有人跟踪他,他就回头朝那些人走去,那些人"看不见他",他就脱离了监视,看似"神迹",其实"盯梢"一旦曝光就失败了,盯梢的人最怕"对象"突然回头走,一旦彼此撞上,任务立即取消,那些小特务并非"看不见他",而是装做没看见他。这是我的独得之秘,解经家没有想到。

一九五六年,剧作家赵之诚来做编审组长。这年冬天,他约我一同去某处参加会议,讨论如何用广播剧宣传反共。那时节目部主任邱楠致力发展广播剧,赵之诚和我都是助手,有人重视这个新剧种,我乐见乐闻。会议的召集者是党部吗,不是,是新闻局吗,不是,还有谁管这档子事呢,他没说,奇怪。入座以后,与会者只有我和刘非烈,"中广"的台柱编剧刘枋、朱白水,当家导播崔小萍,还有经常供给剧本的丁衣、张永祥,并无一人在列,奇怪。大家坐定以后,里面走出来一个胖子,皮肤粗糙黧黑,脸上凸起一颗很大的痣,痣中心长出一根又粗又长又亮的毛,最大的特征是眼大有神,精光直射,使我想起防空部队的探照灯,他不是文化人嘛,奇怪。他说话很少,会议时间也很短,自始至终由他身旁的人穿针引线,但未曾介绍主持人的身份。赵之诚陪着东拉西扯，也从未称呼主持人的衔名，顶奇怪的是并无一人一语涉及广播剧。

后来知道，那主持人竟是情报界声名显赫的纪元朴，谈剧本不需要他那样高层次的情治官员出马，那天只是他要观察我，陪我同去的都在演戏。他脸上那根长毛很出名，那双眼睛更出名，他生有异禀，他的目光"令人搜索自己有什么可以招供的没有"。幸亏赵之诚事先把我蒙在鼓里，我完全没有心理防线，他看到了我的无猜和幼稚，对我非常有利。

以前种种后来又是怎么知道的呢，都是他们自己说出来的。人生如戏，莎士比亚的台词有一句："台上演戏的人不能保守秘密，他最后什么都会说出来。"人有泄漏机密的天性，人到中年，会说出自己幼年的"龌龊"，人到老年，会说出自己中年的"龌龊"；因缘无常，效忠的手下随时可能脱离掌握，抖出内幕，死党很难到死，除非你有本事杀他灭口。龌龊的脑子、龌龊的手，都有一天会曝光。岁月无情，江山易改，最后"万岁"已成木乃伊，江山风化为散沙，这些曾经是特务的朋友、或曾经是朋友的特务，一个一个也退休了，老了，移民出国了，他出于成就感，或是幽默感，或是罪恶感，让我知道当年他手中怎样握住我的命运而没有伤害我。

其实他仍然伤害了我。那些年，同船渡海的族人渐渐不进"中广"的大门，他们觉得气氛不对。一向亲近的几个同事渐渐疏远，因为有人要求他们侦察我的言行，久不通问的朋友忽然从台中来看我，而且每月一次，因为来了才可以交差。我极力避免写信，也不和别人一同照相，偶然收到照片我必偷偷地剪成碎屑丢进公厕的马桶。我不保存来信，我把信件放在水桶里泡烂捣成纸浆，再借倾盆大雨冲走。特务抓人，顺藤摸瓜，照片信件都是"藤"。我很容易感冒，天天带病上班，夏天穿冬天的衣服。我的左胸时常疼痛，多次向胸腔专科名医星兆铎求诊，他只是说："你的情形我了解"，不肯进一步检查。后来知道全是压力造成，那时没人谈减压或心理辅导。

有人做了一副对联形容骑摩托车很危险："早出事、晚出事、早晚出事；大受伤、小受伤、大小受伤。"我的处境和职业正是如此。每月惟一有意义的事情，好像领到薪水袋，到邮局给弟弟妹妹寄零用钱，向母亲的在天之灵交代一句"我这样做了"。有时想起"刀口上舐血"，想起"杀头的生意有人做"，虽然老早就知道这两句话，以前仅仅是认识那几个字罢了。

四年内战期间我味觉迟钝，到台湾后只有加重，这才了解什么是"食不甘味"、"味同嚼蜡"。大米饭囫囵吞咽，常常怀疑我到底吃过饭没有。口干舌苦，吃糖，吃下去是酸的。有时到美而廉喝黑咖啡，没有糖没有奶精，"我苦故我在"。有时我到中华路喝两杯高粱酒，或者吃一条豆瓣鱼，"我辣故我在"。

尽管如此，日子照样像流水般过去，我想起抗战时期空军飞行员的太太们有一种特殊的人生观，她们的丈夫常在空战中殉职，她们因恐惧而不知恐惧，因耽忧而不觉耽忧。慢慢的，我也好像如此了。

那些年，我常常对着镜子仔细端详，看我究竟哪只眼睛哪只耳朵像特务，看我哪块肉哪根骨头可以做特务，为什么特务忽而吸收我忽而调查我。我对间谍小说、间谍电影、间谍传记发生很大的兴趣，常言道："读了三国会做官，读了红楼会吃穿"，读间谍小说看间谍电影，我渐渐明白怎样捉间谍，怎样做间谍，怎样做了间谍又让他捉不着。渐渐的我觉得我的谈吐像个间谍，渐渐的我自以为倘若我做间谍他们一定抓不着，如此这般我给自己制造一点乐趣，减少胸中的二氧化碳。

# 我与《公论报》的一段因缘

《公论报》是台湾大老李万居先生创办的日报，一九四七年十月二十五日创刊，那时台北市仅有《新生报》一家大报，新办报纸发展的空间很大，《公论报》得天时。李万居是台湾云林人，早年留学法国，学成后参加国民政府对日抗战，既受政府重视，也得地方爱戴，《公论报》得人和。他以台湾人来台湾办一份地方性的报纸，"地利"更不成问题。创刊以后也曾受十方瞩目，赢得"台湾大公报"的美名。

《公论报》副刊名叫"日月潭"，创刊时由陈玉庆主编，副刊的名称是他取的，常刊登黎烈文、靳以、丰子恺、毕璞的文章，颇有一番盛况。后来他另有高就，文学评论家王聿均接编，也曾刊登胡适、陈其禄、施翠峰多位名家的文章，也曾主办文艺周刊，陈纪滢、赵友培、叶石涛、李辰冬、王集丛诸家云集。后来王聿均辞职专心研究史学，与文艺界渐行渐远，一九五二年萧铁接编"日月潭"，这时《中央日报》已迁来台北，《民族报》已创刊，《中华日报》已设北部版，联合报的前身《联合版》已出现，《公论报》需要和他们一争长短。

萧铁曾主编《扫荡报》副刊，《扫荡报》因经营不善停刊，他有挫折感，很想借《公论报》副刊一偿未了之愿。他约我为"日月潭"写那个名叫"小方块"的专栏，所谓"小方块"，是在副刊固定的位置、由固定的人执笔，刊出一篇八百字的短文，四面用直线围成方形，夹叙夹议，亦庄亦谐，评论眼前大家关心的事情。那时中央、新生两报副刊都有这种方块，很受欢迎，萧老编想急起直追。我不愿写这种惹是生非的文章，再三婉谢，萧老编说："老弟！我四十岁了，不能再失败，你要帮我的忙！"他介绍我进《扫荡报》，又介绍我进台湾电台，他这句话对我有千钧之重，我只有勉为其难。

我决定写读书，写看戏，写中西格言，写风土文物，我避免评述当前人物的贤愚和施政得失，大体上我学周作人、培根、爱默生，不学鲁迅。我还没有摸到写方块的诀窍，总是在一篇短文里使用了太多的材料，三个月后渐渐力不从心，我腹中实在没有那么丰富的蕴藏，萧铁也在"中广"公司节目部工作，天天见面，压力很大，不能断稿，没奈何终于向当天的新闻找话题，新闻天天层出不穷，材料也就取之不竭，写小方块的人自来都是跟新闻，我不能例外。

还记得我曾批评高雄市长谢挣强，谢挣强在台中当面问李万居，你办的报纸怎么骂我？李社长愕然，原来他从来不看副刊。他回到台北找出那篇文章，对编辑部说了一句话："这哪里是骂？"我这才知道李社长曾经有一份名单交给编辑部，榜上列名的人都不能骂，新闻中若有是是非非牵涉到他们，都要删除,这是李社长独一无二的作风,可以看出他为人坦诚厚道。我看到那份名单,其中没有谢挣强,也没有一个在政府中担任重要职务的人,据说那些人都是捐钱支持办报的乡亲,他们不搞政治活动,名字没有机会见报,除非什么绯闻之类。

一九五三年以前,吴国桢做台湾省主席,政府要人之中只有他支持《公论报》,我因写方块而勤读《公论报》,没有看到一篇捧吴的文章。有一天新闻报道吴氏的公开谈话,他劝公务员"向下看",政府管理众人之事,众人都在下面,越往上看,看到的人越少,越往下看,看到的人越多,你做的事情越能满足众人的需要。这条新闻倒是《公论报》的独家,我读后大受感动,立即写了一篇短评发挥一番,《公论报》似乎只有这一篇文章捧了吴国桢。

我对李万居社长蓄积的敬意越来越多,可是《公论报》的景况越来越坏了,纸张油墨的品质低,染黑了读者的两只手,铅字不能每天更新,字迹难以清晰美观,新闻来源狭窄,副刊稿费先是降低,后是拖欠，最后根本不再寄出稿费通知单。萧铁顿足长叹："完了完了！《公论报》走上了《扫荡报》的旧路！"他说报馆一旦闹穷，什么钱都不能欠，只能欠稿费，但是节流节到作家的柴米油盐，绝对不能挽救报纸刊物的危亡，他在新闻文化界看过一些兴衰，深深了解这是一条绝路。

萧铁病了！一九五三年四月住进台大医院，住院期间，他推荐我代编"日月潭"，报社同意。我立即停写方块文章，我对会计室说，月初发薪水的时候，请他们通知萧太太领款，我不要任何酬劳。那时台大医院是台北惟一的高水准医院，病床都控制在某些人手里，住院要讲关系，《公论报》的记者竟要不到病床，还是《中央日报》记者王康出面促成。台大医院号称"台湾人的医院"，居然如此蔑视台湾人办的报纸。入院以后，医生来问病情，顺便问到病人的职业，听到《公论报》的名字，居然问"你们的报纸在哪里出版"？台湾籍的医生居然完全不知道台湾人办了这样一张报纸，萧老编对我发了一阵感慨。

萧铁住院治疗四个多月，出院后身体衰弱，勉强可以到"中广"新闻组值班发稿，不能到《公论报》编报，但是《公论报》的工作不能放弃，不仅要靠那一份薪水，他还住了报社的宿舍，"日月潭"仍由我继续代劳，我仍然不要任何报酬。

我与报社增加接触，知道了一些事情。李万居社长连任三届省议员，竞选需要花钱，他本身并无雄财，难免挪用报社经费，他为人清廉耿介，不肯利用职权敛财，挪用的款项无法归还，报社财务状况因之恶化，可见他对整个生涯缺少通盘久远的规划。

吴国桢做省主席的时候，也曾支持《公论报》的发展，他曾委托《公论报》代印"统一发票"。省政府防止商家漏税，规定每笔交易超过新台币十元者必须开发票，而发票由省府统一印发。可想而知，《公论报》揽到一笔大生意。不幸《公论报》的印刷工厂不能按时交货，害得全省商店没有发票使用，营业几乎停顿，这笔生意吹了。

吴国桢又委托《公论报》编台湾省年鉴，规定省府所属机构一律预约，这也是一笔长期生意，可是《公论报》收了各机构预交的费用，年鉴却编不出来，这笔生意也断了！

一年一度，省议会要对省政府进行"总质询"，每年此时，重量级的省议员李万居，必定针对省政缺失，提出许多尖锐的问题，果然是言人之所不敢言，即使是对吴国桢也不客气。他的质询照例是《公论报》第一版头条新闻，这是李先生的风骨胆识，也是《公论报》的一个卖点。

吴国桢下台以后，俞鸿钧当主席，省政府的一位厅长答复李万居的质询，他指出，各民营报纸处理这样的新闻，照例把质询全文用大一号的字排在前面，官员的答复照例用小一号的字登在后面，而且质询一字不漏，答复语焉不详，他认为太不公平。李万居当即对他说，你看明天的《公论报》好了，保证你的答复登在前面，我的质询登在后面，用一样的字体，也一样详尽。

省议会在台省中部开会，采访记者要把新闻稿托付北上的火车带到台北，编辑部派人到台北火车站取稿，也不知哪个环节出了毛病，《公论报》没收到这份稿件，第二天《公论报》上也就没有这条新闻，李社长大失面子，虽然再过一天可以补登，但头条新闻竟是别家报纸的旧闻。

由以上几件事故看，《公论报》已失去竞争的能力。

近人惋惜《公论报》之困顿憔悴，大都强调政府的打压，忽略了李万居先生领导和经营上的缺点。打压当然是有的，最出色的记者，最重要的主笔，最得力的经理人员，先后因案入狱，不过《公论报》始终人才济济，表现了威武不屈、贫贱不移的精神。那年代各报都在高压之下，《新生报》丧失的精英也很多，那些人的遭遇也更惨烈。今天回想，《公论报》仍有他的优势，依国民党的政策，他必须留下一份本省人办的报纸，予以较多的自由，对外装点民主门面，对内安抚本土人心，最好是留下两家本土报纸，使他们互相牵制，一如他留下外省人办的《联合报》和《中国时报》。在这种政策之下，《公论报》应该享有优先名额，办报的人要能拿捏火候，得寸进尺，得尺退寸，常常摆出姿势引诱他容忍，乘隙冒进，长期抗战，积小胜为大胜，别人能，《公论报》不能。这也许是李万居社长可爱的地方，但"可爱"不能保证事业成功。

那些年，各军事单位、各县市的机关学校曾经接到公文，必须订阅"公营"的报纸，订费才可以报销。所谓公营，暗指党营的《中央日报》、《中华日报》或省营的《新生报》。民营的《联合报》崛起，大家爱看，推销报纸的商人和订户合作，每天送来的是《联合报》，月底送来的收据是《中央日报》，可是《公论报》完全没有这样的吸引力！各报的内容开始多元化，李社长仍然全神贯注社论和第一版的头条，不及其他，惊人的头条新闻只能偶尔有，惊人的社论可供外国通讯社摘要发出电讯，博得国际声誉，市场效用很小。《公论报》虽有最好的主笔如夏涛声、倪师坛、郑士镕、朱文伯、谢汉儒、李梅生，也都难以战术补救战略的错误。

至于广告，我在《公论报》初学乍练的那几年，工商业不发达，广告难得，各报倚赖"交际广告"和政府公告。交际广告是台湾特产，送行祝寿追悼都可以登广告表示，一大群亲友署名，注明"有志一同"，十分新奇。政府机关招生、放榜、招标、开标必须登报公告，这种公告只送给"公营"报纸刊登，"私营"报纸无份。后来台北市的九家"私营"报纸首先给自己正名为"民营报纸"，并成立"台北市民营报业联谊会"向政府力争。一九五二年，省政府规定，"每一份公告送三个单位刊登"，"台北市民营报业广告联营处"算一个单位，也就是九家民营报平分一份广告费，《公论报》也是联谊会成员，应该有份。

一九五四年一月十三日，萧铁再度住院，三月十七日早晨六时，以胃溃疡兼肝硬化病逝，享年仅四十岁，结婚五周年，有二子一女。卧病期间，王康照料最多，逝世后友好治丧，王康出力最大，十四年后，王康在台北市记者公会出版的《采访集粹》中写怀旧文章，称萧铁为编辑采访和文艺写作的全才，为老友立下记录，却只字未提自己当年的义行。

萧铁湖南长沙人，本名萧挹湘，名字像诗人。抗战发生，投入《扫荡报》工作，报社保送入中央军校十四期深造，改名萧铁，表示军人要有坚强的意志，但是毕业后回报社主编副刊，一生未脱离新闻文化界。一九四四年一月，熊佛西在桂林办《当代文艺》，萧铁担任编辑，桂林新文学杂志社出版新文学小说专号，萧铁主编。抗战胜利，担任南京《和平日报》记者、中央通讯社记者、"中国广播公司"新闻编辑、台湾《扫荡报》副刊主编、《公论报》副刊主编。作品以报道文学见长，也写小说和剧本，散文浅白亲切，堪称白话文学的示范，待人接物也坦诚平实，一如其文。他去世前夜梦见回湖南打游击，算是军校教育在他的灵魂上留下的烙印，令人泫然。

　　出殡那天，我由殡仪馆到火葬场含泪参与，"中广"总经理董显光、代总经理曾虚白，《扫荡报》社长萧赞育、副社长易家驭，都没有现身，也没送花圈表示悼念，王康大叹人情浇薄。《公论报》社长李万居也没来，他派主任秘书到场问我"由'中广'公司带来多少治丧费"，我随口回答新台币六千元，他掏出一张空白支票，填上六千元的数目，把支票交给萧太太，坐上三轮车扬长而去。天哪，事实上"中广"公司一文未出，那一丁点子丧葬费还得检具死亡证明书向中央党部申请，我带来的六千元乃是全体同仁的奠仪。那时没有保险制度，某一同仁有重大灾害，照例由众家同仁捐款支应，同仁死亡时，办理丧事的人立即提早募集奠仪，请会计室垫付，日后再从各同仁的薪水中扣还。我和那主任秘书都误解了对方的语意，天哪，那时《公论报》的财务状况已经严重恶化，晚上印报用的纸张油墨下午才进货到门,六千元啊!我在"中广"公司的薪水每月三百元,一般同仁所送的奠仪不过五十元,仓促之间我呆了。萧铁在国民党旗下效命十六年,为《公论报》效力才两年,李万居社长显然是不要输给"中广",受了我的误导一掷六千金。我望着主任秘书的背影,难过了一阵子。

萧铁既已仙逝,我即向编辑部交出代理的工作,后来报社又找我正式接编,这年我二十九岁。我那时还有虚荣心,总觉得在这种因果关系中得到一份工作很有面子,可是我也得对作家负责,报社知道我心里想什么,主动说"稿费一定要发"。可是这句诺言并未兑现,我又没学会断然求去,立场十分艰难,我还没学会怎样处理这种艰难,只能一天一天熬过。

我在代编期间,已知"日月潭"严重缺稿,我想起努力写作逐渐得名的本省籍作家,他们也许念乡土之谊"捐"出几篇稿子。我从林海音女士处讨来一份名单,以萧铁的名义发出约稿信,只有廖清秀寄来散文和短篇小说，还寄来悼念萧铁的文章，非常难得！

我正式接手以后，有人替我筹画，那时香港的报刊不准在台湾行销，台湾的读者看不见香港发表的文章，报社可在香港请人剪报寄来使用。香港环境复杂，作者的背景难明，《自立晚报》副刊转载香港的文章出过严重错误，我没那个担当。

幸亏这时（一九五四）李辰冬教授创办文艺函授学校，约我批改作业，我心念一动，我是夏丏尊的信徒，愿意在文学路上做提灯人，正好拿他们写的文章登在"日月潭"上，无论如何，习作变成铅字，对他们是一大鼓励，他们也欣然同意。那时学习文学写作的风气大盛，参加函校的人很多，后来在诗歌、散文、小说各领域内都有人成为名家。李博士从未借学生的成就抬高自己，那些成了名的人也多半不提这段经历，我读名诗人痖弦的自述，高僧圣严法师的自传，他们写下当年初学的经过，不过我那时没有看到他的作业。

那时新诗再度革命，称为现代诗，副刊对尚在实验阶段的作品总是推拒，惟有"日月潭"可以说虚席以待，不仅每天都有一首诗，每星期还有一天全版是诗，号称新诗专页。这也是一件有意义的事情，可是被我自己的"解释"弄砸了。有人问我为什么登那么多新诗，我应该说诗如何重要，现代诗的远景如何远大，那时我还没学会像写社论那样致辞，竟然用写杂文的口吻漫谈，我说《公论报》很穷，诗人不要稿费，我说《公论报》校对粗疏，错字很多，现代诗用字匪夷所思，即使排错了读者也看不出来。我不知道那人是来摸底的，一下子把诗人都得罪了，四十年后，我把这一段掌故告诉诗人梅新，他说了两个字：糟糕！

确实糟糕，蓝星诗社直接和编辑部接洽，副刊每周减少一天，开辟新诗周刊。他们没和我连络。五十年后，诗人向明告诉我，那是在一九五四年六月十七日创刊。多年以后，现代诗人缕述创新声开风气的艰难，记下某报某刊经常采用新诗，列为知音功臣，无人提到"日月潭"的名字，我对《公论报》有愧了。

《公论报》名记者林克明对我有很多支持，他翻译了《安妮日记》交"日月潭"连载。安妮是犹太女孩，父母为逃避纳粹迫害，藏在荷兰阿姆斯特丹城外一家工厂的密室内，安妮从那天起写日记。那年她十三岁，她写了两年，然后全家被人出卖，荷兰纳粹将他们送回德国集中营。安妮在大战结束前得了斑疹伤寒，不治身死，她的日记留下来，安妮死后三年出版，立刻造成轰动。林克明是这本日记的第一个中文译者。

他还经常供给影评，文笔见解都很出色。那时电影生意发达，凡是热门的片子都有"五大"：大导演、大明星、大公司、大银幕，还有一项是大广告。影片商人肯花钱宣传，但是也常常挟广告影响报社的新闻和影评，《公论报》的广告少，受到的干扰也少，那些影评独立而独到，确是副刊版面上可以称述的一栏。后来知道影评出自林夫人婉如女士手笔。

编辑部还有黄已辛先生、林伊祝先生,文笔极好,也帮了我的忙。

我大概编到一九五五年,无力支持,提出辞呈,报社请刘枋女士接任,以后我卖文买米,逐水草而居,渐行渐远。刘枋晚年在"尔雅"出版文集《小蝴蝶与半袋面》,书中有她自己写的小传,其中竟然未列主编《公论报》副刊,可以想见她这一段工作经验的滋味。

一九五九年九月《公论报》忽传停刊,不久复刊,但所有权易人。据说李氏请人增资,有钱的大股东反客为主,李公退出舞台。一九六六年李万居先生逝世,我到灵堂鞠躬致敬,追忆旧缘,久久不能离去。李先生爱台湾,爱新闻事业,爱历代名贤风骨,但办报如操舟弄潮,怎一个爱字了得。许君武曾说,中国报业可以分作三个阶段、三种形态:书生办报、流氓办报、企业家办报。李先生的失败象征书生办报的时代真正结束了。

## 难追难摹的张道藩

张道藩先生,台湾文艺界尊为道公,他是我文学路上的贵人,我一直想写他,一直没找到角度切入。我的回忆录必须写他,时至今日已无法拖延。

一九五○年,我进"中国广播公司"台湾广播电台做资料员,他是公司的董事长,上下隔着五个层级,仍然可以知道他的故事。

台北市新公园(今名二二八纪念公园)东南角有一座三层楼房,那时是台湾广播电台的台址,大门之内,左边是董事长办公室,右边是总经理办公室,我们出出进进都要经过他们的门外。有一天,诗人某某登门求见,我看见道公站在办公室门口接待他。

这位诗人漂流来台,暂住高雄,那时台北没几个人知道他。这天他专程到台北寻访老长官,不幸没有找着,偏偏又在公共汽车上遇到扒手,仅有的一点钱、还有回程的车票都不见了。他举目无亲,陷入绝境,冒昧来找这位文艺运动的领导人,我看见道公从自己的口袋里掏出钞票来。

后来我和这位诗人有些来往,他说那时候他实在太穷,好像道公也不富裕,他看见道公掏出来的钞票薄薄一叠,而且没有大钞。他说原以为道公会把他交给总务部门,下面用公款给他买一张票,没想到道公从自己的口袋里掏出钞票来,"一张一张数给我"。我说道公办私事向来不用公款,显然把这件事当做他的私事,诗人听了连声嗟叹。

他说道公真了不起,不怕不识人,就怕人比人。他从高雄出发的时候没有路费,拿着几本诗集到某机关求售,局长把他交给科长,当着局长的面,科长连声"是是!"可是科长回到自己的办公室,拿起一叠卷宗来,说了一句:"你看看我有多忙!"低头办公,不再理他。他到另一个机关去求售,直接找一位科长,科长面南而坐,低头看报,听到卖书,立刻搬动藤椅,转向东方,他跑到东边去请求,科长又转向西方,脸孔始终包在报纸里,一言不发。

那时大家都穷,尤其是漂流来台的作家。黎中天住在汐止,裤子破洞不能出门。公车车票五角一张,司马中原在追悼刘非烈的文章里提到,刘非烈手里握着四毛钱,跟在公车后头赶路,呼吸车尾喷出来的黑烟。冯冯的自述,黄佑莉的《告别的年代》,都提到在路灯下读书,灯泡昏黄,损害目力,马路狭窄,汽车飞沙走石,弄得满脸尘土。王蓝没有书桌,他伏在太太的缝纫机上写成长篇小说《蓝与黑》。

那时候谁瞧得起作家?也许只有张道公吧!向来党政要人口中的"作家"是一个黑压压的画面,是一个统计数字,张道公心中的"作家"却是一个一个活人,他花许多时间阅读报纸杂志刊登的文艺作品，了解每个作家的专长和造诣。他到陋巷中访问钟雷，两人在陋室之中一同朗诵钟雷的新作，一时传为美谈。他带着蒋碧薇女士一同看台北举行的每一场画展，看台北演出的每一出话剧，他们到后台去鼓励导演和演员，大家握手照相。

道公之于作家，可谓"尽心焉耳矣"，他主持中华文艺奖金委员会的时候并不干预评审工作，但是常有人把落选的稿子再寄回文奖会，写信向他抗议，他一定亲自阅读退稿，亲自回信，他支持评审，但是安慰勉励落选的作者。那时作家出书，喜欢找他作序，那些序文多半由葛贤宁代笔，但是道公一定阅读原稿，把序文的要旨告诉代笔的人，如果道公认为作品有需要修改的地方，他会坦率告诉那位作家。

党政要人的应酬文字号称"三不看"：第一是读者不看，官样文章，空洞虚伪，何必去看？第二是编者不看，文章到了报馆编辑手上，达官贵人说官话，内容绝对安全，编者毫无风险，何必再看？

最妙的是"作者"不看，秘书把文章写好送给要人，这位秘书是称职的，是可靠的，要人用不着再花精神核阅，立即签字，这位名义上的作者根本没看他发表的文章。道公不然，他一定看，有时候还要修改。

那些年，作家出了新书多半要寄一本给他，不管作家的声望高低，他一定保存起来。另外有个人，地位在道公之下，大家也纷纷送书给他，有一年他搬进新居，书房很大，书架也摆好了，书在哪里？他的太太说，当做废纸送给造纸厂了！我忍不住说，夫人！为什么要让书架空着呢，那些书如果摆在这里，可以代表某公在文艺界的声望，代表作家们对某公的尊敬啊。他的太太听了很难为情。

道公在一九五〇年五月成立"中国文艺协会"之后，一九五二年三月出任"立法院长"之前，一定亲自接听作家的电话，即使是下班时间以后打到他的家中，他也不拒绝。依一般惯例，打电话给地位高的人，尤其是打到他的家中，接电话的人一定问清楚：你叫什么名字？你有什么事情？你等一会儿！五分钟后再来回答："他不在家！"打电话的人可以想象，他要找的人就在家中，一道门槛儿挡住了，心中好生难过。道公不用这种办法过滤作家的电话。

那些年，官场中也有别人高唱文艺作家如何重要，那些人总是站在作家大会的讲台上是一副面孔，走下讲台立即换一副面孔，他到作家家中是一种腔调，作家到他办公室里听见的是另一种腔调。道公对作家的态度很稳定，我没看见有这些变化。

道公重视青年的文艺教育，他指出文艺最可贵者在创新，创新的希望在青年，会里会外，千言万语，直到最后岁月念念不忘。他有一篇遗著《我对文艺工作的体认和期望》，里面有这样一段话："为了整个文学的前途，文艺事业必须后继有人。……不是要青年向我们看齐，照着已有的老样子摹写，而是要我们看青年人自己的想法和看法是否有新颖独特的地方，依循他们才性之所近来引导他们不断进步，发展他们的创造力。"他批评"利用青年，收罗旗下，只论关系"，以致这些青年"张牙舞爪，胡作非为"。后面两句话好像说得太多了，若有所指，造成误会，他并不是一个巧于辞令的人。

"青年重要"，他最后这么说，一九五〇年他受命主持文艺运动，一开始也这么做。一九五〇年八月，"文协"和教育厅合办暑期青年文艺研习会，十月，"文协"成立小组，义务为文艺青年批改习作，接任《中华日报》董事长，增辟中学生周刊，约作家五十人为中学生修改作品。他的工作团队有无形的分工，关于青年文艺教育的工作，多半由赵友培分劳分忧，以上这些活动，赵友培参与的程度很深，叨天之幸，我赶上这班车，受惠无穷。此事还有许多后话。

道公特别对台湾本土的青年作者有期待，嘱咐他的工作团队多多留意，赵友培的态度最认真，他不但自己多次向文奖会推荐人选，他还惟恐自己涉猎不广，常常要我向他推荐作品。那年代在"外省青年作者"群中，我算是勤读"本省青年作品"的人，也找过十几篇文章交上去。记得有一次赵公催我要答案，我说最近没有发现什么好文章，那时我没有政策眼光。我还说文奖会一年的经费只有二十一万八千元，爱国奖券的第一特奖却有二十万元……

我惋惜"文奖会"经费太少，但辞不达意，他立刻打断我的话："政府一年浪费多少钱！花这么一点钱鼓励作家，不要吝啬！"谈到文章好坏，他说："现在写得不好，将来会好，即使将来仍然不好，我们尽了心。"他这几句话我至今记得，近年读时贤的文章，他们论述五十年代的文艺运动，谴责主其事者没有关怀台籍作家，我内心有秘密的惭愧。

青年小说家冯冯的成就，蒙张道公肯定而一举成名。冯冯写了一部自传体小说《微曦》，长度超过一百万字，起初，他把这部小说送到中央副刊，据形容，冯冯把稿子装在面粉口袋里扛在肩上。中央副刊无法容纳，劝他精简成二十万字，冯冯当然舍不得。

一九六四年四月，《微曦》由皇冠出版。嘉新水泥公司捐款成立文化基金会，设置文艺奖金，冯冯把《微曦》送去。冯冯出身军旅，刻苦自修，脸上有"结缘肉"，风度甜美可亲，引起董事长王云五的关注。云老特别请张道公负责审查《微曦》，那时道公六十八岁，连年抱病，仍然花了一星期时间，把这部超级长篇一个字一个字读完，还写了五千字的"概略"，以便思考衡量，他给《微曦》很高的评价，冯冯得到最高奖金。这一年，冯冯应该是二十七岁。

冯冯后来当选"十大杰出青年"。

最近读到廖清秀在《文讯》发表的文章，记述他青年时期跟"文协"诸先进交往的情形，道公曾经搂着他的肩膀，勉励他："年轻人好好地干！"清秀兄可能忘掉另外一件更重要的事。

一九五四年,道公在他的《三民主义文艺论》单行本出版之前,邀请当时文艺界的"枢纽人物",到"中广"公司的大发音室座谈,要求大家提出意见。他特别为年轻人留下两个"见习名额",一个是廖清秀,一个是我。这年我二十九岁,廖清秀应是二十七岁。

记得接连举行了两次座谈,时间安排在上午,招待丰盛的午餐,然后散会。道公兴致很高,来宾大都沉默寡言,只有名导演张英表示不同的意见,他反对以"三民主义"做"文艺"的冠号,道公微笑倾听,没有辩解。逢到冷场的时候,全仗虞君质起来制造话题,记得虞先生肯定"内容决定形式",他说只因为中共主张"内容决定形式",至理名言成了长期的禁忌,如今看见道公在《三民主义文艺论》里正式提出"内容决定形式",大家如归故乡!短短几句话引起一片掌声。《三民主义文艺论》里引用了赵瓯北的"戏为六绝句",有一位来宾指出"戏为六绝句"这个题目好像不通,他问是否漏排了什么字,一语既出,四座皆惊。

　　名导演唐绍华说过一个故事,他后来写在《文坛往事见证》里。当年张道藩在南京创办国立戏剧学校,中共派了一个青年来做学生,化名殷扬,南京卫戍司令部发现了殷扬的真实身份,派人逮捕,司令谷正伦喜欢杀人,要判殷扬死刑。那时道公已是中央要人,他和谷正伦又是贵州同乡,亲自到卫戍司令部把殷扬保出来,立即派唐绍华送殷扬坐津浦火车离开南京。

　　一九四九年上海失守,唐绍华没能脱身,中共清理国民政府残留的人员,上海市公安局长杨帆约唐绍华谈话。唐绍华自料凶多吉少,不料杨帆竟是当年的殷扬!殷扬第一句话是:"道公好吗?"然后问唐绍华有什么打算,唐说想到北京看看,其实是想离开上海,这位新任的公安局长提醒他:"你何不带着你拍的影片到香港去为人民赚些外汇呢?"其实是让他逃出虎口。唐绍华当然选择香港,公安局立即发给路条。

这个故事不但显示张道公爱惜青年,更令人发现中共党员也有人情味,可以列为内战期间难得的故事之一。但是国民党退到台湾"痛改前非",案情一旦涉及"匪谍",任何人不能援救,道公眼睁睁看着他的爱将虞君质坐了一年多的黑牢。

抗战时期,张道藩主持文化运动,左右有三位得力助手,虞君质、李辰冬、赵友培。抗战胜利,他带着这三个人到平津京沪接收,大陆不守,这三个人跟着道公退到台北。虞君质曾为某一个申请进入台湾的人作保,那人受某一个"匪谍案"牵连,一九五〇年二月,治安当局连虞君质这个保证人也逮捕了。张道公有理说不清,专程上阳明山对蒋总统以身家性命力保,他得到的裁示是:"这些事情你不懂,你不要管。"

"这些事情你不懂?"什么意思?暗指当年纵放殷扬吗?这件事情早已记录在张道藩的档案里、蒋介石的脑子里吗?

虞案对张道藩的工作团队是个迎头而来的打击，虞君质本名虞文，出狱后改以字行，张道公无法为他安排工作，赵友培创办《中国语文月刊》，本想聘虞君质为总编辑，可是虞的名义仅能是总经理，另外虞君质也终身没做"中国文艺协会"的理事。

台湾在五十年代号称恐怖时期，政府对文艺作家百般猜疑，而作家多半以对现实政治离心为高，二者互为因果。道公实在不愿意听到某某作家被传讯了，某某作家被拘捕了，他曾多次要求政府善待作家，委委婉婉见诸文字：

"……居高位而又懂得文艺重要的人，都能关心作家的生活，不要计较他们的小节，待之以朋友，爱之如兄弟，引导他们的趋向，发挥他们的天才，激励他们的志气，替国家社会多多效力。"

他也非常希望作家换一个眼光看现实政治，有时见诸文字：

"……在文艺的世界里，能够解脱现实的束

缚，追求理想的自由，以智慧代替权力，以和谐消融矛盾，以喜乐化除痛苦，以博大的爱心宽容褊狭的憎恨。"

赵友培体会道公心意，默察当下需要，也写了好几篇文章向同文建言。他主要的意见是，中国作家曾经以政府为敌，双方的关系极为不幸，他建议作家和政府彼此为友，做益友也做诤友。拳拳致意，语重心长。

赵公是"张道藩思想"热心的演绎者，他在"小说组"授课的时候说，真正的作家艺术家一定反共，即使政治家不反共，他们也会反共，因为艺术的本质和中共俄共的思想行为相反。真正的艺术作品出自艺术家的良知，真正的艺术家以作品发扬人性，提升人生的境界，文艺表现夫妻之爱，手足之爱，亲子之爱，人与人之间的同情宽恕互助，作家心里想的、手中做的都和清算斗争倾轧陷害相反。作家未必一定喊着口号反共，真正的文艺作品一定和极权制度互相排斥，一定削弱专制政权，有文学一定有反共文学,有小说一定有反共小说,小说戏剧故事发展的过程有冲突,而结局则是和谐,作品中的亲情爱情友情都是反共,作品中的温馨甜美喜趣也是反共,这是从根本上反共,这才是可大可久的反共文艺。

赵公在党部和政府召开的座谈会上当着大人物的面一再进言,要求他们对文艺放心。后来"中国广播公司"节目部升我做编撰科长,我把赵友培的"广义反共论"告诉节目部主任邱楠,一九五七年"中国广播公司"节目大革命,成为"最没有党性的党营事业",邱主任对董事会对中央党部说明理由,他用的就是"广义反共论"。

道公晚年多病,常恨自己对文艺贡献太少,他说:"如果我能有张晓峰的一半就好了!"他是指教育部长张其昀。政界称张部长"无私无我,胆大妄为",他藐视会计制度,都市计划,对外募款不避嫌疑,屡建赫赫之功,道公在位的时候曾经喟然叹曰："他是'教育部长'可以违法,我是'立法院长'怎能违法?"行年七十而知六十九年之非,到头来竟有些"见贤思齐"了。我们不必拿他跟张晓峰比,我们可以拿他跟王昇比,化公主持军中文艺运动,他拥有的社会资源,他从蒋介石那里得到的支持,张道藩望尘莫及,"震央"虽在军中,"震幅"及于整个文艺界,中华文奖会那一点子功业,无论是正面效用或负面影响,都被后来的论述者过分夸大了。

从根本上说,张道藩的文艺运动和王昇的文艺运动有分歧,在道公看来,艺术是"体",是根干,反共是"用",是花果,政府要采集文艺花果,必须好好地种树护林。他的《三民主义文艺论》就是先文艺而后三民主义,"文艺"是三民主义文艺的源头活水,"三民主义文艺"是文艺江河里的一条鱼。他一再宣告:"文艺运动和文艺事业,都是为了文艺创作",他所谓文艺创作,并未限定反共文艺或战斗文艺。

有几件事可以窥见道公对文艺的理念。文奖会奖助廖清秀、钟理和、李春荣,他和他的工作团队关怀现代诗和现代画,"中国文艺协会"成立十周年,颁发第一届文艺奖章,这年我三十五岁,四个得奖人,杨念慈和我反共,张秀亚和施翠峰"与反共无关",道公对现代主义,对乡土文学,对军中文艺运动,都未发一言。从军事观点看,这样的文艺政策未免成本高,效益少,旷费时日,贻误戎机,主其事者甚至有"假政治以济文艺"的嫌疑。我总觉得两位蒋"总统"对张道藩的工作并不满意,道公撒的种子,至今也没几个人记得。

道公自恨做得太少,后来连他做的这一点点也是"此情可待成追忆",他在文艺界留下的空隙无人填补。他坚持政府以诚待人,以心换心,然而以后的党政长官呢?文艺团体集会,长官莅临致辞,台上空话连篇,台下作家耳语:"听着恶心,想起来伤心,摆在那里放心",放心他不会因为重视文艺的效用而操控作家,他任你自生自灭。依政论家郑学稼的说法,"他们拿作家文人当婊子,需要了,叫过来,使用一下,给几个钱,不需要的时候,一看见你就讨厌。"

一九五三年夏天,张道公忽然约我谈话,希望我记录他的口述自传。他每星期抽出一个晚上来工作,我依照他的电话指示到"中广"公司董事长办公室恭候,他每月津贴我新台币两百元,"供给你的弟弟妹妹读书"。这时他已出任"立法院长",还在兼任"中广"公司董事长,这件事立刻"震撼"了公司上下。

我依照他的指示,先编"道藩先生年谱",又写成"我与中国国民党"一章。"立法院院长"难做,他渐渐患了失眠症,星期天我到他家中作记录,那时他住在温州街,靠近罗斯福路,日式房屋,后院很大。虽然是星期天,他还是有那么多电话,"立法院"还是有那么多事情来请示。他向"立法院"请假住台大医院治疗,我一度到他的病房工作,探病的党政要人川流不息,我第一次近距离看见那些声名显赫的人。客人来了,我到护士的办公柜台旁边守候,客人走了,我再回去。来来去去折腾到深夜,他无法休息,我也无法写出一个完整的段落。

  那时我在"中广"的"编撰"工作很多,供稿量、审稿量都是节目部第一,上级还常常指派临时的额外"公差",依我的大头兵思想,我伺候道公也是本职之外的又一额外服务而已,不能拒绝,也无须特别殷勤。也许是天公作梗,萧铁病了,他介绍我进新闻界,我替他编《公论报》副刊报答他。这时虽然我年轻力壮,我也难撑难熬,我写广播影评每天看一场电影,开始在电影院里打瞌睡了,道公在病房里会客的时候,我也常常在护士的办公柜台旁边打瞌睡了。无论如何,我把维持萧铁的职业摆在第一位,道公的差遣摆在最末,三十年后跟一位老同事话旧,他告诉我:"你把优先次序弄颠倒了!"他用讥笑的口吻说:"那时我们替你着急,每天看见你犯错误,每天也看见你义薄云天!"

疲于奔命之余，小特务对我加紧骚扰，我推断，道公身边出现新进，他们不放心。我的基本愿望是"苟全性命于乱世，不求闻达于诸侯"，情势的发展恰恰相反，再加上道公缺少文采，他口述的往事枯燥无味，我渐渐意兴索然。向道公交稿的日期拉长了，我猜道公一定不满意。他的失眠症越来越严重，我的记录工作停顿了。我最大的收获是，"中广"管理眷属宿舍的那个委员会赶紧拨给我一个居住单位，我能到台中去迎养父亲，定居台北。

后来发觉道公搞口述自传别有用意，这件事我没替他做好，对他，对我，都是莫大遗憾。此中情由容后再表。

## 走进广播事业的鼎盛繁荣

韩战爆发后,以美国为首的联军成立"联合国之音"电台,向中国进行心战广播,要求台北派遣专才支援,"中国广播公司"台湾台节目负责人翁炳荣率领菁英五人前往。

"中广"的节目部门与工程部门长期失和,一九五一年三月,邱楠自香港来台北就任"节目总编导",公司赋予他比翁炳荣更大的权责。接着成立"中国广播公司节目委员会",以总经理为主任委员,邱楠和台湾台台长姚善辉同为副主任委员,两人的地位由隶属变成平行,邱的排名且在姚之前。这年六月,台湾台名义撤销,邱楠调"中广"公司节目部主任,姚善辉调"中广"公司工程部主任,即使在形式上节目也不再受姚的监督。"中广"这一连串更张,彻底结束了工程师挂帅的历史传统,邱姚两人也因此藏着很深的心结。

一九五二年,"中国广播公司"人事大变动,总经理董显光去做"驻日大使",董事长张道藩去做"立法院长",副总经理曾虚白代行总经理职权。邱楠入主节目部,出于曾虚白援引,曾总当权期间,邱并没强势作为,他稳重从容,由改进"中广"的广播剧切入。

"中广"在"南京时代"(一九三五,那时叫中央广播事业管理处)就有戏剧广播的节目,张道藩曾亲自写了一个剧本叫《笙箫缘》加以提倡,"中广"资料室藏有一套三十年代出版的《广播周报》,留下一些草创期的史料。《笙箫缘》原剧失传,从剧名看,这时已有意发挥广播的特性,诱使听众依赖听觉扩大想象,但当年的节目人员没有好好发展。

五十年代,台湾戏剧运动沉寂,舞台剧没落,电影还不普遍，电视更没出现。看电影要离家出门，坐车买票，既费时间，又花金钱，广播剧送到府上，可以说是免费的。（那时虽有收音机登记费，可以收听任何一个节目，并非专对广播剧而设。）经过邱楠的努力，坐在家里欣赏这个借对话展现人生冲突的艺术形式，成为流行的家庭娱乐。

广播剧的制作完全适合那个"克难"的时代，话剧演出要租场地，舞台要有布景，演员要有服装，演出前还要贴海报、登广告、花钱宣传，大家玩不起。广播剧这些开支都免了，它凭听觉创造世界，雨伞张开旋转，撒豆成声，听来就是万马奔腾，撕下香烟盒外面的玻璃纸，靠近麦克风，放在手心中轻抟，可以听见烈火焚烧中房屋倒坍，一文不费，却有电影中金元堆砌造成的气氛。

邱楠在宣告他的"戏剧理论"之前，他先为"广播剧"定名，表示广播并非仅是传送的工具，而是一种表现形式。他开始征集专用的剧本，那时戏剧界有所谓剧本中心论，导演中心论，演员中心论；广播剧以剧本为中心，剧本是全剧的灵魂，诚如贡敏所说，它是"一剧之本"。那是一九五一年，戏剧界轻视广播，邱楠提高剧本的稿酬，我的薪水每月三百元，广播剧的剧本费是四百元，刘非烈是最早投入"中广"的剧作家，他那时失业，一个剧本可以维持一个月的生活。

如果剧本是"里"，那么演员是"表"，有里无表如锦衣夜行。广播具有演艺的性质，广播员天生有表演才能，他们资深的带领新进，演得有模有样。一九五二年，邱楠聘崔小萍为导演，崔是国立戏剧专科学校的高材生，科班出身，她把广播剧的演出提升到专业层次。"中广"对外招考广播剧演员，向由崔小萍主持，她训练了许多新人，都是"中广"的后起之秀，或者成了各公民营电台开办广播剧的骨干。

邱主任为稳定稿源，特约赵之诚、朱白水、刘非烈、刘枋四人为基本编剧，这在当时是一件受人羡慕的事情。这么小一件事也有远因、近因、内因、外因，有一次节目部退了刘非烈的稿子，非烈讲话爽直，他对邱主任说，台湾只有"中广"一家需要广播剧本，"中广"退稿，这个剧本白写了，写一个剧本花多少精力时间！

又过了一些时候，小说家刘枋女士拿了董事长张道藩的名片来见邱楠，她先到编撰科找我，名片上写的是："兹介绍作家刘枋女士前来，请予接谈为要。"刘枋的来意是希望进节目部工作，邱楠一见名片上"为要"二字，郑重接待，当面聘请她作广播剧团的基本编剧，每月供应一个剧本，编写之前先把故事大纲送给他看，"中广"保证不退稿，作家愿意接受"中广"的修改意见，直到剧本合用为止。邱主任受刘非烈启发，这个主意在他心中酝酿，刘枋之来形同催生。

一九五三年，"中广"成立广播剧团，邱楠以节目部主任身份兼团长，节目部副主任匡文炳任副团长，音乐组长潘英杰任总干事，分设国语演播组（组长张忠枢），方言演播组（组长陈小潭），聘刘枋、赵之诚、朱白水、刘非烈、姚加凌为编导（姚加凌也是国立剧专的毕业生，当时在节目部任职），崔小萍为导演。这一年，台湾的公营民营广播电台推出联播节目，"中广"负责节目制作，邱楠把每周一次的广播剧列入全国联播，每逢星期天播出，我担任全国联播节目的编审，配合作业。那时的制度，编审负政治责任，导演负艺术责任。

广播剧团招考演员，扩大演员的阵容，又邀请戏剧界人士座谈，宣传造势，邱楠也曾亲自编写剧本《人兽之间》作为示范，这个剧本证明他确有戏剧修养。一个月可能有五个星期，基本编剧刘非烈英年早逝（一九五八），朱白水进了台湾电视公司（一九六三），剧本需要扩大稿源，广播剧团邀请戏剧界著名的人士"客串"，记得丁衣、宋项如、申江、赵琦彬、高前、姚凤磬、徐薏蓝都曾助阵。赵之诚在戏剧圈人脉广布，他替邱楠做了多少公共关系。大家但开风气，广播剧几乎成为戏剧界的一个运动，一个电台，好像要开辟了这个节目，才算

"大台",人造形势,赵之诚、崔小萍同为左右功臣。

"中广"公司广播剧的制作水准,可于一则轶事见之。节目部同事姚加凌写了一个剧本,以当时的中国大陆为背景,其中有一场戏演出中共的公审大会。播出后立即接到各地反映,都说这场戏太逼真太恐怖了。中央党部第四组(以前的宣传部)提出纠正,认为这场戏扰乱了台湾的民心,治安机关也派员调查。单凭声音能造成这样的戏剧效果,真令人刮目相看。

那一段日子我记录张道藩董事长的口述历史,他在休息的时候问我,"姚加凌是一个什么样的人。"我说姚加凌是南京国立剧专的学生,戏剧修养很好,他用鼻音"嗯"了一声,命我恢复工作,以后再也没提过口述史料以外的事情。我知道他对我的答案不满意,可是我不知道错在哪里。后来终于明白,官位一旦居高临下,所有的人都像孔雀开屏一样把美好的一面展示给他看,他不必再听人的优点和贡献，他希望能知道遮盖了些什么，粉饰了些什么，道公贤者，未能免俗。这件事我从未告诉姚加凌，即使告诉了他，他也不相信。因此所有的小报告隐善扬恶，千篇一律。

　　一九五四年五月，曾虚白辞职，六月，蒋介石批准张道藩、董显光的辞呈，派梁寒操来做董事长，魏景蒙来做总经理。一九五六年九月，邱楠赴美进修，一九五七年九月回国，他这才大展鸿图。我很佩服邱主任，他舍弃了"新官上任三把火"的幼稚作风，他对人、对组织、对内外矛盾都摸清了，节目部的向心力也凝聚成形了，形势也造成了，这才放手有为。我也羡慕曾虚老对他有充分的信任和默契，不责成他急功近利立竿见影。

　　十一月，邱楠宣布广播节目的革命，他提出综合节目明星制。

　　所谓综合节目的意思是这样：那时候广播节目是"单元式"，例如我写电影介绍，播音员单声读稿，我写一种对话稿，讨论新闻事件，播音员男女双声读稿,我写新书介绍,我搜集编辑世界趣闻,这是一个一个独立的节目,自成单元。现在要做一个新型节目,时间长,内容丰富,把以上各个单元都包罗进去,电影介绍还加上电影插曲,新书介绍还加上作家访问,各个小单元之间用音乐歌曲区隔,加上"片头"音乐和"片尾"音乐,整个节目被乐韵歌声充满。

所谓明星制的意思是这样:每个节目由一位播音员主持,他由头到尾提领全局,他在各个小单元之间穿针引线、呼前唤后。他随机发言,不再依赖编审的稿子,所有的小单元都在他的光环照耀之下,他的气质性情形成节目的风格,以个人魅力吸引听众,他是这个节目的灵魂,也是"中广"公司的代表。

主持人的背后有一个制作人,他企划内容,物色作家,安排访问对象,编列预算,办理报销,联络媒体扩大明星的声望。明星不需要以本色面目示人,明星需要"化妆",电影明星是化妆、灯光、布景、剧本、镜头运用、配角烘托的综合效果，这是制作人的工作，他使节目主持人集众家之长于一身，扩大他的优点。邱主任说，成功的传播机构都尽力搜求培养各种各类直接表达的人才，使他们成为事业的主体，其他各种服务居于配合乃至从属的地位。他用京戏的"班子"作比喻，他说节目主持人是前台的"角儿"，制作人是后台管事的，他强调"角儿"才是老板，大家"靠他吃饭"。他自己以身作则，我手头存有几本"中广"节目的宣传画册，上面没有他的照片。

但是有一条：制作人要对节目内容负政治责任。

邱楠的"综合节目明星制"堪称中国广播事业史上之巨变，那年代治安当局时时来找麻烦，播音员又没有独立发言的训练，在我看来风险很大。我建议先召集播音员讲习，或者先选一个节目试办，邱主任未置可否，他骤然宣布在国语广播部分推出六个新节目，接着又在闽南语广播部分推出两个新节目，一鼓作气，先声夺人，那些军营电台、省营电台、商营电台大吃一惊，急起直追，收音机内全面变声。

　　我这才想到，倘若"中广"先搞讲习或试办，各地"友台"一定闻风抢先，尽管他们的急就章潦草简陋，到底在节目形态上占了先机，那样"中广"的试办和讲习毫无意义，在很大的程度上，"综合节目明星制"本是节目形态的革命，做得好不如做得早。

　　邱楠的新形节目赶在一九五七年十月三十一日推出，公司宣称这是给蒋公祝寿的贺礼。正声广播公司总经理夏晓华另有比拟，他说这是苏联发射第一颗人造卫星，按，一九五七年十月四日，苏联把世界上第一颗人造卫星 Sputnik 送入太空，围绕地球运行，震惊西方世界，美国火速加紧太空发展，这种竞争既和平又有潜在的敌意，恰可形容"中广"公司和民营电台的微妙关系。后来中共为促进生产推行"大跃进"，也使用了"放卫星"一词。

邱楠的"第一颗人造卫星",包括潘启元主持"早晨的公园",王玫主持"空中杂志",白茜如主持"午餐俱乐部",白银主持"快乐儿童",丁秉燧主持"猜谜晚会",单看节目名称,可知节目走向由战时转入平时。其中"空中杂志"以家庭妇女为对象,每天上午播出,每次两小时,节目构想和素材的消耗量极大。邱主任派我兼任制作人,筹备时间只有一个星期,节目未经彩排、未经试听,火急上档,播出时我已两夜未曾睡眠。王玫是广播奇才,她的声音清脆响亮而又有润泽,在那艰难的时代,听来头脑清醒、精神振作。那时国际新闻以中央社译稿为主,译稿忠于英文原句的结构,往往形容词、名词、动词、副词连成一句,而且长句子里套着小句子,播报时难度很高。惟有王玫能借抑扬顿挫予以分解,听来清楚明白。王玫播报新闻冷静客观,不带个人情感,若是新闻性质不同,语调也有严肃、活泼、沉重等细微的分别,达到形式和内容的一致。我写文章公开称道她的天才,引起播音组某几位同仁的不满,她们当面问我:"照你这样说,好像只有王玫一个人才配播报新闻!"

王玫缺少阅读的习惯,知解的范围狭窄,节目主持人面对各种程度、各种背景、各种性格的人说话,应该做到博洽通达,趣味广泛,我在幕后尽量帮助她。我替她写每次节目的开场白和结束词,访问来宾的介绍词,在节目内设计了许多小零碎,很短的对话,很短的电话访问,很短的评论,很短的小故事,还有用对话的方式"演出"的小笑话(邱楠称之为立体笑话)。这些小零件只有三分钟,可以说,开"短小轻薄"之先河,主持人于"三言两语"中显示识见境界,于仰摘俯拾中见组织能力和拥有的社会资源。

这些做法立即为各电台参照使用,我必须不断产生构想,维持新意。公司聘请程光蘅的夫人来做她的助理,贡献很多,一度举办"电脑择偶"造成高潮(那时并未引进电脑,只是在卡纸上打洞,手工操作)。节目推出后,王玫的社会声望更高,这里那里有人请她开会演讲,那些日子,听众来信也以她的节目最多。

那时候,几个新形节目都贴近大众生活,着重卫生保健、生活趣味、交通安全,鼓励善行,安慰受挫折的人。潘启元且不避繁琐,每天早晨提醒出门上班的人检点眼镜、钥匙、钱包、车票,若遇阴雨,还叮嘱带伞,那时并非每一个家庭都有钟表,潘启元每十分钟报时一次,这些似乎言不及义,却大受听众称道。节目内容生活化、私人化,广播节目由治国平天下缩小为修身齐家,播音员由传声筒上升为社会工作者。

不久,"中广"又在第一广播推出三个国语节目,第二广播推出四个闽南语节目(第二颗人造卫星?),回想起来,邱楠这位改革家有胆有识。

先说有识。他看清楚"形式"的改变最能引发社会效应,旗袍永远是旗袍,高衩低衩,有袖无袖,仕女们热心追逐。听众对一人写稿一人宣读这种僵化的模式厌倦了,对许许多多的制式规格都厌倦了，"变"可以像酒一样引起兴奋。至于播音员的素质，他比谁都清楚，他只从外面延聘了一个丁秉燧，他任凭某人去谈《红楼梦》不知道有个高鹗，某人谈《子夜》不知道有个零时，某人把"七日的第一日"解释为星期一。他留美考察一年，大概听说那句话："你把孩子丢进水里，他自己会游泳。"他一定听说美国人怎样诠释杜威的实验主义，你带小偷半夜溜进住宅，把他藏在箱子里，然后大声喊醒事主，逼那小偷自己想办法脱困。形势逼人，人站在台上比坐在台下容易进步，节目主持人一时的语塞（吃螺丝）或用错成语，听众反觉得他亲切可爱。也许我们都喜欢常常犯错的人，他唤起我们的优越感。

再说有胆。邱楠推动改革之前，播音员必须照着稿子说话，而稿子必须有主管审阅签字。还记得有一次，警察广播电台台长段承愈打电话来，他说某处大火，消防栓的水压太低，消防车喷水救火，水柱无力升高，他希望各电台临时插播，呼吁住户暂时关好龙头停止用水。值班播音员接到电话立即到编审组找人写稿,编审都已下班回家,恰巧我从公园里漫步归来,好歹我是个副组长,稿子写好也没有再找人审核,及时播送出去。邱主任未经酝酿过渡,断然把"话语权"释出下放,确实担着老大的干系。

那时广播电台是特务们发展想象力的好地方,据说大战期间,女明星前线劳军,弹琴唱歌,间谍把密码编成曲谱,借广播电台输送给敌人,我看过这个故事拍成的电影。日军偷袭珍珠港,利用广播电台的气象报告传达作战命令。台湾发生"二二八"事变的时候,群众占领台湾广播电台,号召起义,指挥行动,这才立成燎原之势。到了六十年代,越南、寮国政变,起事者先控制广播。

台湾省政府社会处的职员于非,曾在台湾台讲"实用心理学",后来当局发现他为中共工作,把他的广播稿拿去寻找犯罪证据。崔小萍被捕后,当局也把她所导所演所写的广播剧检查一遍,下令封存。"中广"开办阿拉伯语节目对中东广播,据说那时台北只有回教的一位阿訇可以胜任,"中广"请他自写自播,根本无法审查内容,只好每次节目都录音制成胶片存档,以备治安机关检视。我曾看见那堆满半个房间的唱片。

　　我一直纳闷,一个文人,一个节目部主任,他怎么敢解除传统的管制?当然他得到总经理魏景蒙全部的支持,我在节目中开办"电话访问",王玫和对方的通话立即同步播出,有人向魏总进言:"如果有人在电话中喊一声毛泽东万岁,那怎么办!"魏公勃然回答:"那就杀我的头!"魏公真是好长官,我听到这一段内幕倒是吓得住了手。倘若真的发生了那样的意外,恐怕我的头和邱主任的头先要落地。总之,成功必须冒险。也许他们了解敌我情势,认为台湾这时(一九五八)已经稳住了,可以放松了,讨论台湾言论尺度的人莫要放过这些迹象。

　　照"中广"公司的职员名录推算,邱楠自美国取经归来的这年（一九五七），国语广播员白茜如二十八岁，徐谦二十六岁，白银二十六岁，赵雅君二十三岁，赵刚三十三岁，宏毅三十一岁，乐林二十七岁，他们的"领班组长"张忠枢也还三十五岁。闽南语广播员刘美丽二十岁，杨曼华二十六岁，曾淑娟三十一岁，黄文柱二十九岁，他们的"领班组长"陈小潭也还三十三岁。（节目部主任邱楠四十岁，总经理魏景蒙也不过五十一岁。）我这年三十二岁。

节目部年轻化，一群活力充沛的人造成蓬勃的朝气、轻快的节奏、层出不穷的创意。难免有人画小圈圈，偶然也有人制造摩擦，或明或暗总会有人突显忠贞，检举别人犯了政治性的错误，这些都在可以承受的范围以内。检举者后来也遭人检举，业海茫茫，真叫我悲喜两难。天下事都在恩怨纠结、是非混沌中做成，要紧的是事情做成了。最难得的是魏先生邱先生从来没搞过虚虚实实的统御之术，从未使用安全记录胁迫部下就范或惩罚向他挑战权威的人（虽然魏总跟情报首脑有密切的往还）。在那个年代，这是我们天大的运气。

那时管理部门观念保守，法规陈旧，他们在上，节目部门在下，"下院"的决议要"上院"通过才可以执行。这就像孩子发育快，衣服总是窄小，经常挣掉纽扣。有一次公司的稽核组长约我谈话，他说节目费的报支有弊端，我告诉他没有弊端，至少我不知道弊端。他摊开报表，指出某些开支有悖常理，我告诉他，会计室知道应该付给木匠水泥工一天多少钱，并不清楚应该付给节目表演人员半小时多少钱。

恰巧那天有一条新闻，我抓起报纸指给他看。那时好莱坞大明星马龙白兰度秘密订婚，未婚妻是法国某处一个渔家的女儿，全世界的电影人口都希望看看这位灰姑娘是何等样人，媒体千方百计搜索，美国某大电视公司得到授权，灰姑娘对着镜头朝观众说一声哈啰，时间十秒钟，收费十万美元。……他一听发了呆，一九五八年的十万美元，那可是个天价哪!

那些年,我们披着紧身马甲,趿拉着小鞋,一路向前。

那时一架收音机大约新台币三百元,相当一个少尉全月的薪水,一个中学教员大半个月的薪水。明星制节目掀起热潮,大家节衣缩食听广播,台湾收音机的数目激增,依《重修台湾省通志》资料,一九五八年(明星制推出的这年)台湾人口超过一千万人(号称一千二百万人)。依曹建"六年来广播业务督导概述",一九五九年(明星制推出的第二年),全省收音机登记的数目四十四万四千八百四十九架,估计还有十万架没去登记。一千多万人,五十多万架收音机,平均大约每二十个人有一架收音机。

中央党部的老党工批评"中广"公司是"最没有党性的党营事业",当党性使群众流失的时候,"中广"向群众的一端倾斜。那时没有电视,收音机是家庭中的独宠,一架收音机全家听,邻居也来听,夏天晚上,全家门外乘凉,收音机摆出来,附近没买收音机的住户提着小板凳凑过来,大家排排坐,好像一个小戏院,由一九五二年到一九六二年,台湾有"收听广播长大的一代"。然后是"看报长大的一代"、"看电视长大的一代"、"上网长大的一代"、"一代一代塑出个别的人格特征"。

那时,广播怎样深入家庭,怎样为青少年所喜爱,我曾以汐止中学的学生为抽样作了一次问卷调查,然后写成报道,登在《广播杂志》上。

我和王玫合作的时间不长,潘启元进了台湾电视公司,宏毅接"早晨的公园",我做过他的制作人。一九五八年金门炮战发生,"中广"的节目再涂上战时色彩,开办新节目"营地笙歌",由徐谦主持,白茜如的"午餐俱乐部"改名"九三俱乐部",乐林的"彩虹岛"改名"复兴岛",我做过"复兴岛"的制作人。我最后一任制作人是赵雅君主持的"松柏村",节目的对象是退除役的老兵,尊称荣民。后来这几任制作人都是主持人主动作为，我被动配合，因为他们驾轻就熟，独立性提高了。

我们托魏公邱公的鸿福，这样一直走出三峡，走入"波平两岸阔、风正一帆悬"的六十年代，岁岁有惊无险。一九六八年，广播剧团导演崔小萍被捕，一九七〇年，副总经理李荆荪被捕，两案都和节目没有关系。"球在谁的手里谁进球"，所有的节目主持人都成了家喻户晓的偶像。大报副刊和文学杂志开始出现讨论广播剧的论文，国立艺术专科学校、世界新闻专科学校开课讲授广播剧，中山文艺奖的戏剧奖增加"广播剧本"，广播剧成为独立的剧种，邱主任的心愿实现。

一九六一年，邱楠去做新闻局的主任秘书，后来升了副局长，一九六六年，魏总去做行政院新闻局长，那也是他们的黄金时代。

我执行邱楠的政策，自动写了无数的文章，夸述节目主持人的优点和成就，大大提高了明星们的知名度。那年代，我对职业最忠诚，对命令最服从,对同事最配合,五十年后,我缕述他们的成就,纪念我的鸿蒙岁月。

用今天的语言叙述,我是邱楠工作团队中的一员,这个团队完成了极其重要的任务。南京时代,党营的广播事业是汪洋中的一艘舰,迁台之初,它是一尾涸辙之鱼,魏景蒙临危受命,党中央要他"中广企业化",说白了就是"中广"公司要做广告自己赚钱。厂商做广告要看收听率,邱楠创造了"中广"的收听率,魏总这才以他通天彻地的本领广辟财源,这才为"中广"打下以后数十年的基础。

邱楠经历了企业界人才的三个阶段。他到差之初,很多人打听"谁是邱楠?"后来他创造巅峰,很多大老说"我要是有个邱楠就好了!"然而俱往矣!坏壁无复见旧题,提起他,又听见"谁是邱楠?"你得告诉对方"邱楠就是言曦",他用笔名"言曦"写了几本散文,这才留下名字。刘枋、刘非烈能留下名字,靠他们写了许多小说,赵之诚、朱白水留下名字，因为他们写了许多话剧剧本。广播仍然没有受到它应得的重视，台湾，推而广之中国，需要《广播节目史》。

— 十年乱花 —

## 我从胡适面前走过

我对胡适没有研究,我见过胡适,崇拜过胡适,学习过胡适,思考过胡适。

胡适一九四九年离开中国大陆,他去了美国。一九五二年十一月,他由美国回台湾讲学,一九五四年二月,他回台湾参加国民大会,一九五八年四月,他回台北接任"中央研究院"院长,一九六二年二月去世。由一九五二年到一九六二年,这十年间他对台湾发生了极大的影响,台湾报纸对他的一言一动都当做重要新闻,台湾读者闭上眼睛,都随时可以看见他的一张笑脸。

写作的人提起胡适,首先想到文学。胡适在台湾最重要的影响不在文学,在政治思想,他的精神时间几乎都拿来宣扬民主自由。今天回想起来,胡先生对台湾文艺的发展好像不大关心。他是反共的,五十年代台湾兴起反共文学,他没说话。他是主张创作自由的,他去世前,现代文学已经初展,争议已经出现,他也没什么表示。他开创中国的白话新诗,他在台湾也不谈诗。

　　胡先生的"忍"功了得,以他在新文学运动中的地位、以他竟能排除众声喧哗的诱惑,抵抗新闻记者的挖掘。

　　回想起来,胡先生鼓吹言论自由,不遗余力,文艺表现的自由就是言论自由的一部分。可是他从未这样说过,那时候,我们也没有这样的观念,我们总觉得他越来越跟文学不相干。

　　一九五二年,胡适第一次回到台湾,这是大新闻,很多人自动到飞机场欢迎他。我当时在广播公司工作,也跟着采访记者赶到松山机场,还参加了他举行的记者招待会。那时都说他回来担任政府的职务,也有人说他要组织政党,新闻界对这两件事兴趣很大，他用太极拳应付过去。

　　终于有人问他对文艺运动的看法，他很认真地说，"文艺运动要由大作家领导"。这是他第一次谈到文艺，只有三言两语，那时我是个文艺青年，心里很纳闷，政府正在搞反共文艺，大作家正是被领导的对象，我不懂他是什么意思。终于有一天我明白了，他的看法是文学史的看法，"江山代有才人出，各领风骚五百年。"从他的角度看，台湾文艺运动的领导人恐怕要数张爱玲了。

　　一九五八年，台北的"中国文艺协会"开大会，邀请胡适演讲，胡先生讲《人的文学》、《自由的文学》。演讲有现场录音，事后又记录成文字，有一段话他是这样说的：

　　　　政府对文艺采取完全放任的态度，我们的文艺作家应该完全感觉到海阔天空，完全自由，我们的体裁，我们的作风，我们用的材料，种种都是自由的，我们只有完全自由这一个方向。

人的文学、不是非人的文学，要有人气，要有点儿人味，因为人是个人。

这番话倒没引起任何争议，不过也没有发生多大影响。我倒是暗中纳闷，当年左翼作家打造意识形态，帮助中共发展，结果如此如此，他是怎样看待那一段历史的呢？

在《人的文学》演讲之前，他在文协有一次讲话，他提到中共改造作家，他引用外国通讯社的报道，女作家丁玲"跪"在文协的地板上擦地板。"跪"字吐音很重，声音也拉长，同时两只手做出擦地板的姿势，表情很悲怆。他是一个很理性的人，我听过他很多演讲，只有这一次看见他这样"柔情"。我想起他在北大授课的时候，走下讲台，亲手关上教室的一扇窗子，以免窗下的女同学着凉。

当时我也想到，作家擦地板乃是小事一桩，举此一例说明人没有尊严，他也太轻视劳动服务了，那些逼人投水上吊的花样为什么不说呢？

在《人的文学》演讲之后，胡适有一次讲话，说起当年他提倡文学改良，陈独秀把"改良"换成"革命"。他提到文学有生老病死，文言是死文学，白话是活文学。都是老生常谈，可是胡先生不管说多少遍，大家还是爱听，这是他的魅力，我没见过第二个人能和他相比。那次演讲，他特别提到他们对新文学创作"提倡有心、实行无力"，鲁迅和周作人创作有成就，他称赞了两句。那时台湾无人敢公开说出鲁迅的名字，而且鲁迅当年骂人也没饶了他，他"外举不避仇"，我感受到他的风范。

一九五九年，"中国广播公司"播出《红楼梦》，我跟胡先生有近距离的接触。播送《红楼梦》是曾虚白的构想，他做过"中国广播公司"代总经理，他在任的时候，"中国广播公司"条件不足，"拿不动"这个节目。一九五九年时机成熟，节目部主任邱楠着手实行，曾虚白虽然离开了"中广"，答应担任这个节目的顾问，全力支持。曾虚白的老太爷就是曾朴，《孽海花》的作者。曾先生和胡适熟识，他打电话给胡先生，请他担任这个节目的顾问，然后节目部主任邱楠带着我拜访胡适，那时"中广"还没推行"制作人制度"，开办新节目先由编审组作业，再送到导播组，我是承办编审。

　　胡适答应担任顾问，也同意邱主任提出的顾问名单：曾虚白、李辰冬（文学教授）、李宗侗（清史专家），他提议增聘史学教授吴相湘。"中广"在胡先生的主持下开了三次顾问会议，"胡适气氛"名不虚传，满室如沐春风。胡先生很热心，他在台湾很少实际参加文艺活动，这也许是惟一的一次。

　　第一次会议首先谈到《红楼梦》的版本，胡先生决定选用"程乙本"，乾隆五十七年程伟元刻印、高鹗修改过的本子，台北世界书局买得到，它的好处是语言比较浅显通俗，用听觉接受困难比较少。然后讨论应该原本照播还是加以删节？胡院长显示了他的科学训练、理性主义，他认为警幻仙子、太虚幻境可删，女娲补天、顽石转世必删，宝玉失玉和尚送玉也没有播出的必要，倒是色情"诲淫"的部分,他轻轻放过了。我在旁担任记录,暗中非常惊讶,他甚至说,《红楼梦》有很多琐碎冗长的记述都可以删掉,只选有情节的章节播出。

会后立即到世界书局买书,我和导播崔小萍女士都得埋头苦读。然后我向邱主任请示,我问是否可以把贾宝玉初试云雨情、贾天瑞正照风月鉴删掉?那时"性"是广播中的大忌,惟恐教坏了年轻人,他说可以。我问是否把大观园对对联、行酒令、作五言排律删掉?那时文言也是广播中的一忌,因为听不明白,他说可以。至于胡先生指出的"迷信"呢,邱主任说不能删。如果不删,我担心胡先生不高兴,他再说一遍"不能删"。

第二次顾问会议,我提出作业报告,胡听了一时没有反应,我心中很有歉意。邱问大家:有没有不该删、删错了的地方?大家默然,胡先生看了我一眼,很客气地说:"删掉的都是该删的!删掉的都是该删的!"言外之意,还有没删掉的也该删。一阵温暖涌上我的心头,他明白作业程序,我是个箭靶子，他不难为我。邱主任有准备，他说节目部按照胡先生的指示，选取《红楼梦》的精彩情节，另编二十个广播剧，总算把场面应付过去。会后消息公布，我接到高阳的电话，他那时正在热衷跟《红楼梦》有关的事，很想分担"二十个广播剧"的编剧。其实邱主任只是虚晃一枪，并未打算实行。

即使如此，朋友们对我胆敢到《红楼梦》头上动土还是一再讽刺，他们指着我说："你是世界上权力最大的编辑。"

编审组还有一个计划，请各位顾问对听众发表广播演说，各人以不同的角度谈谈这部小说，其中有一个题目是"红楼梦的艺术价值"，预定由李辰冬教授担任。胡院长看到这个题目忽然提高了嗓门儿，他说《红楼梦》哪有艺术价值！他的理由是，《红楼梦》没有plot，他说他入院检查身体健康的时候，朋友送他一本《基督山恩仇记》，这本小说有plot，好看，那才有艺术价值。据说这是胡博士一贯的见解,可是我不知道,那天听见了,更是惊诧莫名。

《红楼梦》没有艺术价值?没有 plot?字典上说 plot 是"情节",《红楼梦》没有"情节"?我再查别的字典,终于在梁实秋编的字典中查到 plot 既是情节又是结构,还是"阴谋"。我后来知道 plot 是西洋传来的东西,中国没有 plot,但是有章法布局,那就是中国的结构,《西游记》、《镜花缘》、《儒林外史》都没有 plot,但是都有结构,两者"不同",但是不等于好坏。唉,这好像要批判胡适了,罪过!罪过!

然后《红楼梦》由办公室进入播音室,那就是崔导播总揽一切了。

选择版本是编审大事,选派角色是演播大事,林黛玉一角最受瞩目,白茜如和徐谦都是头牌青衣,互不相让,我认为白茜如声音宽厚,可以反映薛宝钗的性情气质,徐谦声音尖亮,才是林黛玉的人选。最后由听众投票决定,选票印在《中广通讯》上，这是节目部的宣传刊物，对外发行。名角各有群众，刊物抢购一空，统计两人票数，白茜如演林黛玉，徐谦演薛宝钗。"粉丝"投票，各为其主，艺术的考虑当然抛在一旁，至于五大顾问，会也开过了，照片也拍过了，新闻也发过了，也就顾而不问了。

胡适毕竟是胡适，他对台湾的文学还是发生了影响，例如他到台湾以后，大家用白话写应用文也仿佛成了风气。他在这方面没有言教，只有身教。他一九五二年回台湾的时候，台北的"中国文艺协会"摆队迎接，扯起巨幅布条，上面写的是"适之先生，我们热烈地欢迎您！"那时候，事情一沾上胡适，大家就不好意思使用文言。我现在手边还有作家、名记者杨蔚的结婚启事，画家、小说家王蓝为他家老太太举行追思礼拜的通知，作家刘枋、朱白水主催联谊活动的公告，都是白话文。

胡适提倡白话绝不放弃任何机会，例如中国大陆掀起批判胡适的运动，胡适的儿子胡思杜站出来

"大义灭亲",外国通讯社发出电报,说胡思杜"没有缄默的自由"。在那种情况下,胡博士还有心情告诉中国记者,应该翻译成"没有不说话的自由"。

有一年胡适生日,文化界许多人到南港"中央研究院"给他祝寿,他亲笔写了一封道谢的信,影印了,寄信给每一个来宾。这封信开头第一句话就是"昨天小生日,惊动各位老朋友"。

"中央研究院"有一位工友,他的女儿读师范,毕业了,希望能在台北近郊某小学教书,就近照顾家庭,这件事很难办到,除非有大力人士介绍。这位工友写签呈要求院长帮忙,胡博士并不认识任何小学的校长,姑且照那工友的意思写了介绍信,也是毛笔、亲笔、大白话,那校长把信装在镜框里,挂在办公室的墙上。

用白话写应用文,老教授毛子水也曾响应实行,我想他是让内忧外患交迫中的胡适开心片刻。风气所被,那些年报上常有"我俩情投意合"一类的结婚启事,"我们的父亲某某先生"一类的讣闻。

我认为寿序、祭文、奖状、贺词、褒扬令等等"仪式语言"才是文言最后的阵地,白话文何时能攻陷这座堡垒,才算竟其全功。

胡适到各地演讲,美国之音驻台北的单位都派人录音,早期的丁秉燧常在现场拉线安置麦克风,后来丁进"中广"公司主持猜谜晚会,才成为大明星。胡适的演讲录音大部分交给"中广"节目部一份,节目部交给我听一遍,我的任务是斟酌是否适合播出或者摘一部分播出。我在工作中深受胡氏语言风格的熏陶,他使用排比、反复、抑扬顿挫,常使我含英咀华,他有些话含蓄委婉,依然震撼人心,明白流畅而有回味。我只能跟他学叙事说理,学不到抒情写景,他毕竟只是广义的文学家。

## 魏景蒙　一半是名士　一半是斗士

一九五二年,"中国广播公司"总经理董显光去做"驻日大使",董事长张道藩去做"立法院长",他们照例请求辞去"中广"的职务,蒋介石总裁到一九五四年六月才批准。这年我二十九岁,任"中国广播公司"专业作家,职称编撰。

国民政府行宪以后,停止每周一次的总理纪念周,改为每月一次的动员月会。董事长张道藩在动员月会告诉大家,他当初上任时曾和董显光约定,董何时离开"中广",他也同时离开。

众所周知,党营事业的董事长和总经理,一定分别属于两个对立的派系。张道藩受陈果夫培植任用,属于所谓C.C.,董显光受蒋夫人信任,属于所谓官邸派。抗战时期，董显光主管国际宣传，常常怪罪 C. C. 掌握的广播电台不肯配合，董是个老实人，他把当年的嫌隙写在回忆录里。国民党迁到台湾，C. C. 失势，董显光"占领""中广"，张道藩对他非常尊重，两人没有坠入"权力斗争"的俗套。

一九五四年六月，魏景蒙接任总经理，梁寒操接任董事长。梁氏党国先进，长期追随孙科，声望很高。魏是董显光的老部下，两人"情同父子"，他和蒋经国也非常接近，常常参与机密，他的年龄和人事关系正好承先启后，接过老人的棒子，为新生代做开路先锋。梁魏之来，象征党营广播事业的"C. C. 时代"结束了。

"中国广播公司"实行"总经理制"，魏景蒙当家负责，他面临许多难题，第一，他必须提高员工待遇，可是"中广"没有钱。

待遇低，士气也低。前任总经理用他生涩的中国话慢吞吞地说过："前线的士兵待遇更低！"新任董事长是诗人、书法家、三民主义理论家，他无力筹款，只能手书旧作《驴德颂》展示"中广"同仁：

"木讷无言貌肃庄，一生服务为人忙，只知尽责无轻重，最耻言酬计短长。任意人怜情耿介，献身世用志坚强，不尤不怨行吾素，力竭何妨死道旁！"

那时大家更愿意阅读的是，台湾省政府发行爱国奖券开奖，各报刊登中奖号码，同仁眷属常常省下菜钱，买个梦想，梦想连续破灭，我看见一位同仁的太太拿着一叠花花绿绿的废纸，一面检视一面拭泪。播音员王玫上签呈借支薪水，会计室签注意见，说是至少要两个同仁担保，王玫向董显光申诉，董氏在签呈上批示：可以由"我的"薪水中扣还，这样王玫才舒解了燃眉之急。

第二个问题是，"中广"设备老旧，发射电力不足，理论上收听范围的半径多少公里，实际上大打折扣，即使在有效收听的范围内也声音微弱，杂音很多。

工程部一再解释,那是因为收音机的性能太差,或者天线没有架好,或者附近有工厂干扰。可是到魏景蒙上任的时候,台湾地区已有多家广播电台,每天晚上八点钟各台有个联播节目,大台北地区收听节目的人,往往把波段转到警察广播电台,那里的声音好。有一年,美国空军交响乐团到台北演奏,那是托斯卡尼尼指挥过的乐团,名气很大,"中广"参加联播,北部地区的听众多半把波段转到空军广播电台,那里的声音好。

有一天,"行政院长"陈诚开了个大玩笑,他说"中国广播公司"在搞什么?我家都听不到声音!魏总经理立刻"严肃对待",他带着工程师,工程师带着工程员,工程员带着电波测试器和架设天线的材料,一行人赶到陈公馆去忙了半天,又把陈公馆的收音机带回来修护。陈府清廉,他家的收音机该报废了,还在勉强使用。"中广"不敢送他一架新机,只好把旧机里面的线路和真空管全换了，再送回去。

那时对外远距离广播用短波，对内广播用长波（后来改中波）。长波沿地面传送，易受地形阻隔，所以台湾山地有多处死角，各地分台转播台北总台的节目也很困难。依传播理论，国家有责任把广播节目送入每一户家庭，依当时情势，这是"中广"的责任。

还有更紧急的情况。中共重视广播宣传，许多波段对台湾定向发射，台湾各地可以清晰收听。国民政府对暗中收听中共广播立法重罚，常常听说有人因此坐牢，不幸中共电台的那些波段和台湾电台的波段紧挨在一起，听众收音时"差之毫厘、失之千里"，实在不胜困扰。"中广"公司工程部曾经派人环岛测试，我看见他们绘制的图表，红线代表中共的广播，蓝线代表台湾的广播，线长线短代表电力强弱，只见蓝线又少又短，红线又多又长，红线简直把蓝线密密围困了。

依专家的意见，最好的办法是，中共有多少波段,台湾也有多少波段,一个对一个,同一时间在同一频道上播音,这样台湾的听众只能听见台湾的节目,听不到或听不清中共的节目,"中广"公司必须增加工程设备和节目人才。

"财政为庶政之母",魏总经理必须开辟财源。"中广"公司组织庞大,分为"对国内广播"、"对大陆广播"和"对海外广播"三大部门,魏总接任时"对大陆广播"刚刚独立,尚有两大部门百废待兴。对国内(也就是对国民政府治理的地区)又分国语广播、方言广播,对海外又以十余种语言对华侨广播,对外国人士广播,任务如此繁重,而偌大公司像是一只嗷嗷待哺的小雏。那时党营事业的董事长用以酬庸元老,他不能和员工共患难,员工也不能和他共安乐,这位新上任的总经理才是四处奔波觅食的母鸡。

起初,我们对魏景蒙这个名字等闲视之。听说他英文极好,能在英美外交官群中说"黄色笑话",

不失雅趣，满座哄堂。听说他酒量好，整个晚上和美国记者拼酒，进退自如。听说他善与人交，尤其擅长赢得红粉知己。这些都是过人之处，但是凭这些条件来领导文化工作，并且要振衰起敝，怎么够？我们在大陆上都见过许多只有人事背景并无学养能力的首长，料想今日亦复如是？

他上任后我立刻发现不然。那时台湾各电台联合办了一份杂志为广播节目宣传，匡文炳总编辑派我访问魏总，向广播界作一次文字介绍，我发现魏总中国文化的底子很厚，见解很高。例如他说：

> 教育不仅是办学校，教育是增进人类的生活。

> 文艺是"国风"，也就是国家的风仪风度。

> 三十年来，"中广"生于忧患，所经历的不是战争就是国难，她能长得这样大，不知度过多少难关，尝过多少辛酸，以前历任负责人的辛劳可以想见。

我一看，他为人好像挺忠厚嘛，谈话诚恳朴

实,既没有官僚的含混空泛,也没有新闻记者的油腔滑调。我当时就思索,他这番话还有谁能说得出来。

他坐上了那个位子,总会有人请他演讲写文章,他极其忙碌,能够推辞的都推掉了。有一次他对我说,新上任的"国立艺校"校长邓昌国找他,要他出席"音乐教育"座谈会,他没有空,但是必须有一份书面意见,嘱我笔记下来派人送去。这是一个热门话题,那时中乐西乐门户之见很深,"中广"节目部有个音乐组,下分国乐科和西乐科,彼此互不相容,西乐指挥王沛纶戏称之为"中西大药房"。魏总说:

中国音乐和西洋音乐的分野,不在乐器而在音乐的内涵。用提琴演奏《二泉映月》仍是中国音乐,用胡琴拉出《蓝色多瑙河》仍是西洋音乐(他用商量的语气说),中乐西乐都是宝贵的艺术,今后在音乐教育方面,是否可以强化两者互通共济之处、淡化两者的历史分歧？

后来邓校长对我十分称赞魏先生的高见。限于师资和教材，邓校长那时能做到的很少，五十年后回头看中国音乐的发展，大致符合魏先生的愿望。

魏总有一份自办的英文报纸，他进入"中国广播公司"以后，同时具有报人和广播事业主持人两种身份，出国开会或考察的时间更多。有人说他开会是个借口，实际上借机会替政府办一些外交部办不到的事情，我们看到的是他遍访世界各大博物馆，拍遍了世界各地的名花异卉，涉猎有关著作，他的知识可以和专家对话。

新闻界元老卜少夫在香港办旅游杂志，一定要他写篇文章，他送去一篇以色列游记，也是由我笔记而成。德国在希特勒当政的时候，据说杀害了六百万犹太人，以色列立国以后，特地为死难的同胞修建了一座纪念馆，以色列接待外宾，必定引导大家参观这座纪念馆。我永难忘记魏总怎样描述他的所见所感。

纪念馆的位置在大卫王的陵墓之旁，仿佛"昭告列祖列宗在天之灵"。纪念馆建在地下，使人想起"九泉之下"。馆内光线幽暗，阴气森森，你可以看见百万以上死者的照片，没留下照片的有遗物：眼镜、鞋子、日记本，没留下遗物的有纪录片，堆积的裸尸，饥饿寒冷的集中营。馆内还有用犹太人皮做成的鼓，犹太妇女的头发编织的手工艺品，当然还有集体杀人的毒气设备。高潮是参观者环立在受难者的公墓四周，这是一个象征性的西式坟墓，墓面平铺，大家俯首致哀，一个受过专门训练的人朗读祭文。魏总说，我们听不懂他们的语言，但从声调节奏里充分感受到那种不可化解的愤怒和仇恨，令他"毛骨悚然"！魏总作此描述的时候，他的语气充满了悲悯，我不觉为之肃然。

最后魏总很恳切地告诉我，以色列立国未久，需要镕铸国魂，他们要让每个犹太人牢牢记住民族的仇恨，记住仇恨才会坚忍不拔，奋发图强。但是！

亡国之痛不可忘记，亡国之恨不可永记。

他对我清清楚楚连说两遍，好像惟恐我忽略了，又好像在叮嘱以色列的执政者似的。他这两句话有智慧，我对魏公的认识又深一层。以后多年我一再引用诠释他的这两句话，至今无人反对，可是也未见有人赞同。

据说魏景蒙精通沪语，又有口才。魏景蒙除了出任"中国广播公司"的新职，还得到一枚勋章，授勋一事，他要求政府不发新闻，他也从未拿出勋章向朋友展示，直到他逝世后，我们才知道他曾经得到这一份荣誉。

抗战时期，世界各国的新闻记者齐集重庆，他们的新闻报道常常损害中国的国际印象。魏景蒙接待他们，替他们服务，常常和他们混在一起，适时提供资讯影响他们报道新闻的角度。他要适应这些洋记者的生活习惯，陪他们吃喝玩乐，台北《自立晚报》因此说他是"酒色之徒"，惹得他发了好大的脾气。

实际上魏景蒙有他自己的生活方式，他是为工作而生活的人，国际宣传处的工作使他必须在自己的生活中附加某些东西，工作改变了，那些附加的东西可以去掉。以蒋介石考核干部之密之严，应该知道魏景蒙有这一份修养，战后那些跟魏景蒙有交情的美国记者，大都有相当的社会地位，可以帮助发展台湾的对美关系，也有利于"中广"公司争取美援，蒋氏更该了然于胸。后来魏总奋斗十年，成绩斐然，蒋总统还是知人善任的。

　　魏总上任的时候，"中国广播公司"和"行政院"有一张合约，"中广"为政府做宣传工作，"行政院"每年付给"中广"一笔钱。魏总一面计算服务的成本，要求"行政院"增加补助，一面开办商业广告，把"中广"当做民间企业来经营。这两件事都很棘手，要政府出钱，"立法院"审查预算这一关是火焰山，许多"立法委员"有虐待狂，以折磨机关首长为乐。要做广告，二十几家民营广播电台联合反对，民营电台电力小，播音时间少，节目内容大半简陋，他们担心客户被"中广"抢走,无法生存。

那时,有些民营电台以一间发音室、一个播音员开播,有一家电台的天线临时装在门外的电线杆上。但是创办人都大有来历,这些老板当年在党、政、军、特,某一方面是个人物,他们来到台湾,退出公职,下了台仍是一条龙。那时台湾需要有许多小电台分布各地,抵制中共的广播,"中广"公司没有力量办到。那时广播是敏感事业,必须由"自己人"经营,政府准许甚至鼓励这些忠贞之士投入广播,既满足政策上的需要,也算是对老干部的照顾。虽说这些人都是国民党的资深党员,应该以党营的广播事业为重,那也得以自己的事业顺利发展为前提,他们斗志昂扬,他们的联合阵地后有依托,前有射界,火力凶猛。

攻守双方都印了一本小册子,这一边说明你为什么不能做广告,那一边说明我为什么可以做广告。那时法令规定,只有民营的广播电台可以经营商业广告,民营电台抓住这一条,力言"中广"的身份是公营,"中广"则说,国民政府行宪以后,"中广"以民营公司登记,执照上载明可以经营商业广告。这一边指出,"中广"的经费列入政府预算,"中广"的员工也都参加了公务员保险,那一边说,"中广"和"行政院"的关系是依照合约为政府服务,政府依照合约付给报酬。我仔细看了双方的白皮书,我想这是一个如何"解释"的问题,能够作出定论的是交通部,它是广播事业的主管官署,但是最后本案呈请蒋介石总统裁夺,那年代,什么事情都要蒋公拍板,所以他老人家日理万机。十年之中三次请示,蒋氏的批示前后不同,可见战况之激烈。

魏景蒙屈以求伸,坚百忍以图成,冒着敌人的炮火前进。起初,他从美国引进"公共关系"一词,创立"公共关系学会",反复说"中广"是替工商界做公共关系,与商业广告有别。继而他说,"中广"只替公营事业做广告,只替外国公司做广告,民营同业的业务范围向来只限于本地民营的工商业,彼此并无利害冲突。最后一个阶段赤膊相见,岛内岛外公营民营概无禁忌,台湾经济起飞,广告资源充沛,"中广"绝处逢生,日益壮大,各民营电台的发展倒也未受影响。然而十年辛苦不寻常,魏公虽然一向被人看做是生龙活虎,到底累了!

还记得有一天我接到魏总从外面打来的电话,叫我坐在他的办公室里等候,他有东西要写。我等到下班以后还不见他的影子,这才知道"立法院"审查"中广"的经费预算,他和梁董事长都去列席答复委员的询问。这是他"最长的一日",终于他回来了,他的神情可用风尘仆仆行色匆匆来形容。坐定以后,他先朝我放出一炮:

鼎钧啊,我告诉你什么叫做事,做事就是受气,受他妈的有本领的人的气!

我愕然不知所对,静候下文,谁料他没有下文了。

后来承警察广播电台记者卢毓恒兄见告,"立法院"审查预算的时候,有几位"立委"跟民营电台关系深厚,这几个人发言刁钻刻薄,处处给魏景蒙穿小鞋。魏氏表现了惊人的韧性和圆融,也显示有恃无恐,背后确有一座泰山,他站在那里抵挡流矢暗箭,大勇若怯,泰山崩于前而色不变。继而董事长梁寒操上台,梁寒老曾是训政时期"立法院"的秘书长,委员中有许多朋友和后辈,大家给了他一个老面子,场中再无杂音。梁公神色自若,举重若轻,确是经过大风大浪的人物。老帅出马,一战定江山,他为"中广"公司的财务奠下基石,以后二十几年,"中广"与"行政院"多次换约,都在这个蓝本上斟酌损益,顺利进行。

做事就是受气,受他妈的有本领的人的气!后来回味这句话,他绝不是对我发牢骚,他有牢骚又怎肯对着我发出来?我肯做事,不能受气,所谓任劳不任怨,在领导人看来是很大的缺点,魏公一时感触,大概是对我有所教诲吧?可是我怎么想？做事怎么这样难！怪不得世上有隐士。魏公啊，你用尽力气从日本美国拉来许多广告，他们从来没在台湾的广播电台做过广告，你从国营、省营、党营的事业公司拉来许多广告，他们都是独家生意，根本不必做广告，你这是金刚化缘、软中带硬啊，张道公、董显公根本不肯做，要做也做不到。"中广"增强电力，改善转播，推广收音机，提高员工待遇和节目水准，花钱如流水，你可是一文佣金也没赚啊！你为你自己办的英文《中国日报》没向他们拉过一个广告啊！你住的房子室内墙壁的水泥剥落，你也不让总务部装修，你这是何必呢？何必呢？……我那时三十岁出头，依然冥顽不灵，有负他的深心厚爱了！

除了外部矛盾以外，"中广"还有"内部矛盾"，工程部和节目部长期失和。

设立电台，首要条件当然是能够把声波电波发射出去，这时工程第一，这个条件具备之后，工程就要为节目所用，设立电台毕竟是为了传播新闻、灌输知识、提供娱乐、宣达政令，尤其到了战争时期，节目部必然变成电台的首席。今天有个名词叫"磨合"，"新兴"和"固有"相遇，总要经过磨合，那年代，"中广"老店内部磨而未合，这边说，没有工程，你们的节目怎么送得出去，那边说，没有节目，要你们的工程做什么！双方在人事上摩擦，在工作上摩擦，在经费分配上摩擦。

想当初工程人员创业艰难，机件笨重，工地雨淋日晒，同样十年寒窗，做的却是粗工。翻山越岭，架线设站，羊肠小道，断桥激流，气候恶劣，食物饮水匮乏，远离家人，过非常的生活。抗战时期，战局天天变化，机器驮在驴背上，随时架起天线播音，随时拆下来辗转迁移。日本空军对重庆"疲劳轰炸"，重庆整天整月不能解除警报，日本对外宣传"连重庆的青蛙都炸死了"，重庆国际电台的广播照常发音。在他们看来，台北这些节目人员，坐在办公室里动笔动口，出去在马路上跑几圈，居然成了社会名流，名字照片登在报纸上，邮差经常送来饭馆的请帖。工程员还得伺候他们！

"中国广播公司"由陈果夫创办，张道藩也由陈氏识拔培养，用外面流行的说法，大家都属于C.C.一系。张道藩拍板定案的时代，他也作了一些对节目部有利的决定，工程部有感受，能接受。董事长换了梁寒操，总经理换了魏景蒙，人事变动象征C.C.完全退出这块老地盘，中央对梁是酬庸，对魏却是责成他中兴，新任总经理上了第一线。魏景蒙是新闻出身，工程人员把他看做是节目人员的代表，他作出一些决定，工程人员有感受，未必愿意接受。魏总和工程部主任姚善辉时有龃龉，办公室耳语频传。

面对企业化，广告客户计较收听率，单是节目改革远远不够。资深工程师出国考察提出计划，魏景蒙奔走筹款订购机器，工程人员跋山涉水，披星戴月，双手老茧，一个月两个月不能回家，结果还是有些地方难以向中央交代，总经理和工程部的关系紧张起来。

我记得有一次工程部主任姚善辉把魏总批过的公文"批回"总经理室，要魏总"多了解本公司业务少打官腔"，他们都用原子笔，魏总最后用毛笔写下"愿共勉之"四个大字，再交收发送到工程部。我见过那份公文，才发现他写一手很好的褚遂良。

魏总请了一位"外专"来做他的工程顾问，这人身材强壮，有中国血统，好像不通华语。他是一个高级义工，不支薪水也没有车马费，参与几项重要的建设，工程部的人背后叫他洋鬼子。

据说这人认为"中广"工程部暮气已深，他建议"中广"设置奖学金，保送优秀青年到美国去专攻广播工程，学成归来为"中广"所用。他说四年以后，"中广"工程部开始注入新血，八年以后，工程部水准提升，旧习气也逐渐革除。魏总十一年后才离开"中广"，没有使用这个"赶尽杀绝"之计。记得有一次谈到过年贴春联，他低声吟诵"忠厚传家远，诗书继世长"，他描述这样的对联如何贴在满布铜钉的大门上，语调充满感情，仿佛从"陈腔滥调"中找到新意。

魏总自己到美国考察的时候，曾经问人家"如何解决工程节目两部之间的分歧"，人家告诉他，这是早已过去的事了，现在的工作人员都不知道有这样的问题存在。魏总回来，出席动员月会，报告考察心得，特别说到这一段，他说此行收获很大，带去的问题都找到答案，惟有这一项"如何解决工程节目两部之间的分歧"他空手而归。他慨叹咱们到底是后进国家！人所共知，魏总跟特务首长有千丝万缕的关系，但是他从不把这种阴影罩在部下的头上，所以没人怕他。

工程节目之间还有一次重大的争执。"中广"公司本来有两位副总经理，一位吴道一，统领工程部门，一位罗学濂，统领管理部门。董事会通过再增加一位副总经理主管节目部门，论人选当然是现任节目部主任邱楠，他推行综合节目明星制，使"中广"节目成为听众的首选。但是工程部坚决反对邱楠升迁,邱到任以后节目部门连续扩权,他不是一个手腕圆滑的行政人才,工程部深受刺激,那种情势,那种环境,恐怕圆滑也没有用,第三副总经理因此长期悬缺。魏总安排邱楠到"行政院"新闻局做主任秘书,不久升任副局长,既酬邱楠节目之功,又对工程让了一子。

一九六五年七月黎世芬接任"中广"总经理,立即调升节目部主任李荆荪为副总经理,大势所趋,节目人员出任副总经理的时代终难无限迟延。

当然,工程部仍然有建树,魏总离职的时候,董事会历数他的贡献,在他任内,发射机由十三座增加到五十八座,电力由二百四十千瓦增加到七百五十八千瓦,增设新竹、苗栗、宜兰三座电台,板桥、民雄、八里三座机室,建成全省超短波转播网。硬体建设才是成就的代表,节目部黯然失色。看这张成绩单,知道那时政府还是很重视广播,想当年抗日战争形势恶劣的时候,蒋委员长在重庆说过,只要重庆有一座广播电台他就能继续指挥抗战,……而今"中广"怎样了？青史成灰,"中广"旧人当齐声一诵"世间有为法,如露亦如电"。

魏总对"中广"公司功同再造,可是突然传谕免职,事先没有预警,事后没有安排,公司上下在心理上难以承受。他免职前还蒙蒋公钦点,担任台湾电视公司筹备委员会的主任委员,代替"书生"陶希圣,证明"圣眷正隆",免职后依然负责筹备台视成立,好像"圣眷未衰"？可是就这么突然"罢黜",冷藏起来,十五个月以后又突然起用他担任新闻局长,怎么回事？始终连个"谣言"也没听见,也许只好说是天威难测罢。

魏公筹备成立台视,请"中广"工程部的姚善辉兼任工程顾问,台视开播以后继续借重。"中广"一度准备办电视,派姚主任到美国进修考察,为期一年,成为台湾的一颗电视种子,但那时"中广"没有土壤。魏公不念旧恶,使公款培养的人才用之于公,姚善辉曾经对人表示"意外"。确实意外,细数广播电视界人物,没有第二个做得出来。

"中广"同仁办了一个盛大的晚会向魏总惜别，会中吴道一副总经理代表同仁向魏总赠送"感谢状"，演出一连串的娱乐节目，但会场气氛低沉，可以用"强颜欢笑"形容。最后白银独唱《阳关三叠》，高音激昂，洋溢不甘与无奈，大家再也按捺不住，但闻满座啜泣之声，魏公自己也流下眼泪。这样的惜别晚会在"中广"是空前，恐怕也是绝后。

以后我和魏公还有一次谈话，他问"你在'中广'的情形怎么样？"节目部曾经要我做这个长那个长，我都没答应，趁此机会作个解释吧，我说，"我只能做作家，因为我没有能力指挥别人工作。"他停顿片刻："那真是一件很糟糕的事"，没有再说什么。我本来想说，文学创作有风险，需要贵人庇护，请魏公做我的贵人。可是我也没有再说什么。

## 方块文章　画地为牢

谈论战后台湾情事,以十年大致为一段落,如此区分也许有些道理。一九五八年一月,《征信新闻》给了我一张聘书,约我以撰述委员的名义写"小方块",此事象征我的五十年代结束,六十年代开始。

"小方块"实际上是一种小专栏(报纸另有大专栏登在新闻版上)。言曦(邱楠)写方块的时候就力主改称"短论专栏",不称专栏而称小方块,当然有轻视的意思。当年报界流行两句话:"社论是报纸的眉毛,副刊是报纸的屁股",社论只是装点门面,难起作用,副刊的位置在报纸最后一版,读者要翻到底才看得见。我说这两句话得改一改,

"社论是报纸的客厅，副刊是报纸的花园。"多年以后，邱氏的"专栏说"和我的"花园说"成立，改变了原来的用词。

我也知道，历史家认为"现在"之中含有过去，由过去到现在，他们不说连续，别立一名，称为"赓续"。早在一九五二年，我迫于萧铁老编的人情压力，曾在台北《公论报》副刊写过几个月小方块，算是台湾资历很早的方块作者之一。据说《征信新闻》社社长余纪忠先生读过那些文章，记得我的名字，一九五七年《征信新闻》扩版为一大张半，成为台湾的大报之一，锐意经营，破格用人，他的"人间副刊"也开辟小方块，由徐蔚忱老编出面约我和寒爵（韩道诚）共同撰写，第二年正式聘用，这年我二十七岁。我并不喜欢投入这个"舞文弄墨惹是生非"的行当，好不容易摆脱了《公论报》，为何四年之后又到"征信"来入列就位呢？

长话短说，我在"中国广播公司"节目部门充当写手六年多了,对于"广播作家"实在厌倦了,这是一种有限度的写作,取材范围有限制,修辞技巧有限制,思想深度有限制,篇幅长短有限制,形式结构有限制。广播的特性形成这些限制,我为了彰显媒体之长,必须安于文学之短,我在这方面是先驱,但是无法再有进步,很想罢手。我把身体力行的心得写成一系列文章,先在刘恕主编的《空中杂志》发表(一九六三),后由"中广"出版,书名叫做《广播写作》,算是对"中广"作出交代,打算歇手。当年有关广播的一切理论都自外国引进,惟有如何用中文写广播稿只有反求诸己,这一门类的专著当时仅此一本。

我提出辞职,魏景蒙总经理说:"我不能放你离开中广公司。"我说"中广"的工作我不想再做了,他说,"不想做少做一点,想做就多做一点,现在不想做,有一天你会想做。"我没听懂他是什么意思。节目部的邱楠主任找同事张瑞玉探听我为什么想辞职,我趁机诉苦,我说政风日渐败坏,实在失去了摇旗呐喊的热情。第二天邱主任对我说了一句话:"你要自求多福。"只有这一句,我也没听懂他的意思。

辞职不成,外面报纸有个兼职也好,我究竟是文字工作者,报纸才是文字工作者的夜总会。那时《征信新闻》还很简陋,我对他们的余纪忠社长是崇拜的,一九四六年我在沈阳的时候,余氏以三十六岁的俊年,担任东北保安长官部的政治部主任,官拜中将,他身材秀挺高拔,英风奕奕,领袖的气质如一颗巨大的磁石。从某个角度看他的脸,使我们联想到希特勒,正是我们那一群投笔从戎的小青年心目中的理想典型(大战期间,中国媒体称希特勒为四大伟人之一,与蒋介石齐名,一九四六年他在国军中间还保有英雄形象)。在那个把接收写成"劫搜"的年代,他是清廉的,在那个杀气冲天的年代,他是主张和平解决学潮的,他在沈阳创办《中苏日报》,我也是忠实的读者。他对我有致命的吸引力,台北见面,他虽然换穿西装,依然骨骼岳峙，线条分明，一脸坚定自信，足以使任何倒在地上的人重新挺立，我一杯咖啡只喝了一口就成了他的俘虏。

不过我从未提过沈阳的因缘，我知道当年他受东北行辕主任陈诚猜忌，处境危急，幸而朝中有人，中央直接下令调动了他的职务，他临走也没向陈诚辞行。陈诚大怒，放话指责他"擅离职守"，一时成为东北的大新闻。他不喜欢人家提到东北，他也不知道我曾是在沈阳屡屡向他倾心注目的一个小兵。

"小方块"的性质和"中广"的节目大不相同，它的精神是批判，它的眼睛看缺点，可以说那时候它是站在"中广"节目的对立面，对我来说这是一种平衡。

我在"中广"那六年，感觉台湾如同一望无边的荆棘丛，我置身其中，姿势必须固定，如果随便举手投足，就可能受到伤害。那时有一段文人自嘲的话暗中流传："你心里想的、最好别说出来，你口里说的、最好别写出来,如果你写出来、最好别发表,如果发表了、你要立刻否认。"六年以后,好像这一片荆棘比较稀疏了,人人急于摸索自己能有多大空间,这些人活动筋骨,伸个懒腰,他们聚集的地方就是民营报纸,我决心参加探险,从此我这条小鱼离开了张道公的龙门,游向江湖。

　　六十年代是台湾民营报纸成长壮大的时代,也是"小方块"深入人心的时代,新闻版有不署名的方块,副刊有具署名的方块,针砭社会病态,监督官吏作风,表扬十室忠信。幼时在家,母亲常引《论语》上的两句话教导我:"尊贤而容众,嘉善而矜不能",我把这两句话约化为"鼓励成功的人,安慰失败的人",当做我个人写作的信条,同时"言在此而意在彼",对另一些人的谴责批判寓于其中。那年代,每一个"逃"到台湾来的人可以说都是失败的人,其中小士兵、小青年、小地主、小商人的景况"比失败更失败",情绪郁结,生活艰苦,有人自杀,有人杀人,社会上充满戾气,动魄惊心。我尤其愿意和这些人谈心,费了许多笔墨。

不约而同,我们都希望建立一个公平合理的生存环境,"草多可缚象,滴水竟穿石",十年众声喧哗,声动山河。我喜欢这样的工作,每天伏案写方块是我最快乐的时候,我可以"想象"自己对社会作出了贡献。

有时想到周作人一段话:写文章时时担心踩着老虎的尾巴。有一天忽然发觉,那个方框也许是自己画地为牢,不过当面喊万岁也未必高枕无忧,保密防谍的专家硬是心眼多,认为你用忠贞掩盖什么,我想既然一样如履薄冰,还是为社会大众说话比较值得。

那时台北各报副刊写方块的人,《中央日报》有言曦(邱楠)、仲父(孙如陵),《新生报》有凤兮(冯放民),《联合报》有何凡(夏承楹)。《中华日报》的副刊主编南郭(林适存)别出心裁,他的副刊方块只有固定的栏名"笔阵",没有固定的作者,登坛招贤,广纳四方,我也经常参加。一九六四年十月，夏晓华创办《台湾日报》，我在他的副刊上写过半年方块。李荆荪在他创办的《大华晚报》新闻版有个不署名的方块，报社主办选拔"中国小姐"，他这个董事长太忙了，约我替他写过两个月。

六十年代方块阵营中有两位特殊人物，一位李敖，一位柏杨（郭衣洞）。

李敖博学雄辩，报纸副刊本来载不动他的大块文章，他的阵地在杂志，可是夏晓华本事大，拉他在《台湾日报》副刊上写小专栏（一九六五），方块跟他有缘。李敖的文章像胡适，视野广阔，布阵从容，他也像鲁迅一样有凌厉的攻击性。他学过逻辑，学过史学方法，学过语意学，装备一新，武器比任何人多，忌讳比任何人少，训练之师，奇正互用而奇多于正，所以屡建赫赫之功，他比传统多走出一步。那时在台湾，你读一个人的作品，往往想起他背后有另一个人，你读李敖就没有这种感觉，这也许是年轻的好处。

柏杨受《自立晚报》殊遇（一九六〇），字数篇数没有限制，他的文章排成"边栏"，一个题目可以连载几个月，气势雄浑，"江河万里，挟泥沙以俱下"。他本是小说家，首创以长篇小说的手笔写杂文，塑造中心人物，组织边缘情节，使"乱臣贼子惧"而有娱乐效果，他也比传统多走出一步，六年之中，名满天下。他的专栏登在副刊上，方块中人向他"攀缘"，后来"立法委员"吴延环客串方块，联合方块作家成立"方社"（一九六五），也曾邀请柏杨参加。

吴委员和大部分方块作者甚少接触，成立方社他委托钟鼎文出面操办。钟氏为国大代表，《自立晚报》总主笔，《联合报》"黑白集"的执笔人之一，他也是一位诗人。当时若论文艺界人士的肆应之才，钟代表可推第一，大家都说他是"总统府"总务局长最佳人选，可惜怀才不遇。他找凤兮和我两人发起，理由是，我的笔名叫方以直，凤兮的本名叫冯放民，两人的名字中都有一个"方"字，当然，这是客气，我们都辞谢了。

谈到"方社"名称的含义，我以为是"子贡方人"的意思。他强调这个"方"是方城之戏，也是吃饭的八仙桌，大家聚在一起吃喝一顿，饭后打麻将的人开牌，不打麻将的人回家，他的这两点说明都在方社成立的新闻报道里登出来。那时方社中人最好各人自扫门前雪，若有呼应串联必受当局猜忌，他的定义具有智慧。后来方社的活动是大牌社员轮流做东，吃饭打牌，我以后很少参加。

吴延环是资深"立委"，清望很高，可见这时"小方块"已非职业文人"低就"之所，渐渐成为名家大匠隐形息影略施小技的"高招"。由于方社成立，我才知道除了李荆荪、耿修业、邱楠以外，吴延环、沈宗琳、胡健中、杨选堂、高阳、钟鼎文、杨乃藩、王洪钧、黎中天都染指成习，曹圣芬也写过不署名的方块（他没有参加方社）。

《中国时报》曾有一位"何可歌"，方块文章非常出色，只写三篇，戛然而止，空劳大家引颈以待。谁也不知"何可歌"是何方神圣，我怀疑是诗人余光中的化名，单说"何可歌"三个字对音韵的敏感，三个字字形对"口"部的敏感，此形此音合起来，隐然遍身是口也难畅所欲言，如此才情闲情，除了"他"还有谁！多年以后，我见那三篇文章果然编入余氏的文集，他何以只写三篇，或有内情，只有留待知者述说。

那时台湾杂文处处有中国大陆三十年代之流风遗韵，鲁迅是大宗师，虽然鲁迅连名字都是违禁品，他的风格和思想却有继承者大量繁殖，禁书无用，多少论客遗漏了这个有力的证据。周作人、陈西滢、梁实秋另成一类，我在他们这一边排队，加上追慕培根、蒙田和爱默生。文风不同，取材的角度也不同，抑扬褒贬常有分歧，所以当年这两种文风大陆上互相排斥，来到台湾却相忘于江湖。

小方块太"小"了，容不下复杂庞大的题材，常常像玻璃杯中一杯淡酒，透明中浮起一粒鲜红的樱桃，读者在樱桃的吸引之下喝完这杯水酒。写小方块像胡宗南说过的一句名言:"集中兵力于一点而发挥之",据说这句话出自胡将军在黄埔军校提出的学习心得,蒋校长大为欣赏,毕业成绩名列第一。我在"中广"写稿时,常以胡氏兵法为作文方法,政治宣传多用演绎法,宗教宣传也是,例如"耶稣是救主",预先设定,无须验证,不可动摇,宣教士千言万语把这个观点散入万事,排除一切例外。我把"集中兵力于一点而发挥之"当做演绎的过程来写方块,才想起演绎的过程可以千变万化,"水无常形"。

那时我经过"中广"六年的工作磨炼,语体文上得了台面,我幼时由私塾发蒙,后来略读唐宋大家,喜欢清诗,成语典故文言句法也能自由运用。到台湾以后,涉猎西洋文学的中文译本,也十分留心异邦的语风。说个比喻,我以白话为淀粉,文言为钙质,欧化为维他命,长养我的写作生命,副刊方寸之地成了我的练习簿。我固然为了要发表某种意见而写,也为了要实验某种技巧而写,也常常为了练习某一布局、某一暗示、某一句法、某种旁敲侧击抑扬顿挫而写。来写方块才可以充分追求"文无定法","情欲信辞欲巧","文学的语言高出日常生活的语言"。

那时报社规约,社论谈大事,方块谈小事。大抵省政府以下为小事,"行政院"以上为大事,政务是大事,事务是小事,决策是大事,执行是小事。军队不要碰,特务不要碰,蒋介石和他的第一家庭不要碰。这种区分其实很模糊,批评地方有时就是批评中央,那时行政是"一条鞭",批评执行有时就是批评决策,执行的流弊源自决策粗糙。

我"具体"评论小事,"抽象"评论大事,超出报社的规范。我不能谈特务,但是可以谈人权,特务不在乎,他们认为自己并未侵害人权。大官和高级将领的子弟耍流氓、充太保,我不能指名批判,但是可以谈家风世泽,谈"使父母不辱",陈词更为慷慨痛切。我不能批评独裁,但是可以宣扬民主自由。新闻事件当前,是非之心人皆有之,读者自可把具体事件"代入"我的抽象论述，对号找人，自作批判。抽象论述建立的是观念，观念一旦树立，读者可以"自动"是其所是、非其所非，无待我一一实指。

由于性之所近，我不知不觉谈论文学，鼓励作家，尤其是本省作家。我更时时提醒自己注意升斗小民的需要，尤其是学生、农人、小职员和一般市民。我借各种小事反复申说大义，强者对待弱者要公平，能公始能平，能平社会始能祥和，人心始能团结，台湾始能长治久安，当年中国大陆"人心思平"，所以人心思变，终于"变天"，执政当局要有高度的反省。没有人来干扰抽象议论，所有不点名的批判他们好像都认为与自己无关，但是读者会从他们中间对号寻找关系人。

台湾进入六十年代以后，平民切身的痛苦已非来自高官，而是来自基层公务员，当局有图治之心，但良法美意出门变质。我提出一个说法："大官办小事，小官办大事。"大官不过签字、演说、剪彩、出席酒会而已，小事一桩，小官的执行决定行政成败，关系重大，我主张监督基层行政人员，不许他们"以技术害原则"。我要求执政者"为大于微、图难于易"，不断掘发技术性的小事主张改进，我的呼求常常立即生效，方块作家的一支笔，对这些人还可以劝善惩恶，激浊扬清。在这方面我和读者互动，和官府互动，和社会工作者互动，我有许多资料，等到着手写这本回忆录的时候，才发现没有篇幅可以容纳。

那时陈诚在台湾统揽军政大权，威风凛凛。他那时气量狭窄，有军人性格，无政治家风度，迹象显示他并未忘记余将军是怎样离开沈阳的。余氏立于危岩之下，胆大心细，使《征信新闻》具有民营报纸的一切特色。他是有能耐的人，全力支持方块，斜风细雨他都遮挡了，从来不让作者知道他承受的压力。他也从未鼓励我们勇往直前，他洞悉人性，只要一直平安无事，作者自然越写越大胆。

民营报纸靠广告，拉广告要凭销路，开拓销路就要争取多数人。县长只订一份报，县民也许能订十万份报，你得站在十万人的立场上看问题，你得对那十万人的处境感同身受，报纸用什么方式向这十万人表态呢？小方块！那年代小方块对民营报纸的发展起了很大的作用，那时民营报纸竞争激烈，各地分社都派出推销员挨家访问，你为什么订我们的报？哪一部分内容最吸引你？或者你为什么订另外一家报纸？它有哪一部分内容最吸引你？一项一项作成记录回去统计，民营报纸争取读者，要靠小方块和社会新闻。

那时政府对小方块开始放手，五十年代的五花大绑慢慢松开，"反攻无望"已成定论，国民党中央为了让民心在台湾扎根，他必须把战时当做平时看。一九六〇年蒋公三度连任，他当选以后在国民大会发表演说，承诺台湾将要有"更多的民主、更多的自由"，在他所说的"更多"之中，包括民营报纸勃兴，有这番因缘，小方块始能在言论界算个角色。政府的善意也得到回报，在中国的行政系统中，一向"大官负责而不做事，小官做事而不负责"，所以基层官吏作风败坏，中央鞭长莫及。小方块照射死角，唤起小官的责任心，使他们检束收敛，知所畏惧，帮了政府一个大忙。

说到"更多的民主、更多的自由"，新闻界有一段掌故可传。蒋总统作此宣示的时候，没有新闻记者在场，散会时记者涌入，围在胡适身旁打听消息，胡适笑眯眯地说："没什么，没什么。"事后一群记者到"中央研究院"找胡适聊天，胡院长转述蒋公的宣告，责备记者失职，"这么重要的消息你们居然漏掉了！"记者反过来怪胡适，那天国民大会散会的时候，我们也曾向胡先生请教，胡先生并没有告诉我们啊！胡适说，我又不是国民大会的发言人，你们在会场采访我怎么能发布新闻，你们应该到我家里去问我啊！彼此大笑。

可想而知，"更多的民主、更多的自由"第二天上了各报的头版头条，可想而知，各报社论一致拥护，合唱了一首赞美诗。蒋氏勉强三度连任，声望稍稍下跌,现在又上扬许多。这是大事,我的小方块没写,如果要写,也只能说胡适在替蒋氏制造压力,如果蒋氏只有六分诚意,此时也变成八分,这是典型的胡适模式,也是他和雷震的分野。蒋公还算是个"言必信行必果"的人,据说他的重要文告发表之前,必定由幕僚作最后检查,看看和以前的文告有没有矛盾冲突的地方。"更多的民主、更多的自由"公开曝光,他的声望提高,同时自制力也增加,权力无形缩小。此时雷震已经入狱,胡适并未成为"垂头丧气百无一用的老秀才"。当然,我这些话也只能留到今天才说。

  更多的民主、更多的自由逐渐落实,我们写方块的人"春江水暖鸭先知",更多的民主、更多的自由重点不在"多"字,重要的是那个"更"字,民营报纸步步拆篱笆,踩红线,挖墙根,掺沙子,岁岁平安,民主墙如活动屏风,当官的一夜醒来,发现又得让他三尺。一九七〇年雷震出狱,他看了几份报纸杂志,惊叹"我这十年牢白坐了!"咳,他怎么这样说呢,我当时告诉朋友,他这一句话让蒋介石占了上风,蒋的做法也许正是要证明"孔明枉做了英雄汉"。我总觉得雷先生的台词应该是"我这十年牢没有白坐!"这也是方块思考,可是当时仍是"你嘴里说的、最好不要写下来"。

那时台北还有一种人物向小方块源源释出话题,他们的共名是"民意代表",若是加以区分,一票人叫中央民意代表,一票人叫地方民意代表,他们有权监督政府,"权力使人腐化",言行多有可议可讥之处。尤其是中央级民意代表,政府为维持宪政门面,让他们养尊处优,他们的任期无限延长,没有改选的压力,多半既懒惰又骄傲。其中一部分人本来是社会精英,大家还能接受,另外一部分人是政府在战火中匆匆行宪宁滥勿缺的"数字",多半观念陈旧,素质很差,来到台湾又不知守分藏拙。有人形容他们:"世界上再无一个时代,这么多人聚在一起,握有这么大的权力而又不负责任!"那时谁能够对他们劝善规过呢,除了方社二三君子,连前后两位蒋"总统"都未置一词。代表们的材料精彩,方块文章跟着也喧腾众口。

我曾劝那些老代表不要动不动骂人"为共匪铺路",你们反对节制生育,反对白话文,反对冤狱赔偿法,反对民主自由,反对简体字,你们反对民之所好,那才是"为共匪铺路"。你们争福利,争宿舍,争补助费,人之常情,吃相不要那么难看,饭店发酒疯,居然拔出手枪射天花板,警察破获了摄制春宫电影的组织,居然打电话到报馆要求封锁新闻,这类事尤其是大忌!我也曾劝那些代表善用他们的影响力,保护养女,担任孤儿院的董事,为机能残障的人募捐,发起救济水灾灾民,提倡读书。要把台湾民众当做你的选民,考虑他们的观感。退一步说,在家种花养鸟,写写毛笔字,打打太极拳,总胜无益之事。我的饶舌惹来无穷讥骂,并且伏下多年后一连串小动作,不胜困扰。

两位蒋"总统"相继死亡,李登辉执政,台北民众游行抗议"万年国会",骂这些中央民意代表是"老贼",把他们赶下政治舞台,他们这才如梦初醒。咳,固然"天下没有不散的筵席",如果他们当年那一部分人正确对待讽谏,后来散席的时候又何至于全体如此难堪,连那些有重要贡献的代表也黯无颜色,甚至整个"外省人"都分担羞辱!

方块文章画地为牢,倒也没有人因此坐牢,一九六八年柏杨被捕,一九七〇年李荆荪被捕,一九七一年李敖被捕,那"牢"不是(或者说不完全是)自己画成的。后来我教过书,编过杂志和副刊,进过电视公司,业余一直没停止小方块的写作,写到一九七八年九月我出国告一段落,算来是二十一年。方块给了我自由也给了我局限,我因此被人称为"方块作家",显然含有讥讽之意,"画地为牢"一词对我倒也别有意义。出国难,"出牢"更难,我虽然立志退出江湖,专心走纯文学的路,却又在纽约《世界日报》的框框里钻进钻出,为时七年(一九九九—二〇〇五),一直写到八十岁,前后合计为二十八年。

## 艺术洗礼 现代文学的潮流

台湾的"现代文学"由五十年代发端,到六十年代蔚为大观,这件事对我有重要意义。

台北是大城市,我又在新闻媒体工作,及时接触到这个新潮流。依我个人的感受,画家似乎是开路先锋,一批被我们笼统称之为"抽象画"的作品陆续展现,我们看不出画的是什么,画家也不肯解释他在画什么。

写实主义独霸中国文坛几十年,如今出现反叛,当时我的周围一片迷惑惊诧的表情。我倒接受这样的画,我并没有这方面的专业知识,幼年时期留下的一些记忆帮助了我。

抗战中期,我十六七岁的时候,一度住在家乡的"进士第"里读书,进士第的房屋大半被日军焚毁,残存的墙壁上有烟熏火燎的痕迹。进士第的继承人,一位饮酒赋诗的名士,曾经指着残垣对宾客说,"你们说有人放火烧了我的房子,我看是有人在我家墙上画了莲花。"一位来宾即席得句:"广厦经焚留断壁,等闲指点绘莲花。"

我老早就知道医生对病人有"墨迹测验",他把墨水滴在纸上,把纸折叠起来,压平了、再打开,他问病人墨迹的形状像什么东西,不同的病人有不同的答案。

我到台湾以后,"中国广播公司"的创办人陈果夫住在台中养病,他患了肺结核,退出一切活动。他写过一篇短文《抹布画》,他说每次用抹布擦桌子的时候,抹布留下的水痕油渍都是一幅画。

对我而言,这是欣赏现代画的基础教育。

然后是现代诗。

都说诗人纪弦是台湾现代诗的先驱,诚然,他在一九五三年二月就创办了《现代诗季刊》,三年后又组成"现代诗社"。对我而言，他的诗论驳杂浮泛，他主张追求诗的纯粹性，要求每一诗行甚至每一个字都必须是纯粹"诗的"而非"散文的"，他自己未能充分示范。他在文艺集会中跳到桌子上朗诵自己的新作，文坛惊为佳话，他有一些名句我们是笑着读的。

他的确是春天第一只燕子，只是许多人还听不惯他的鸣声。

然后痖弦、管管、大荒、杨牧、余光中的诗大量出现，这时正是五十年代的末尾。前后左右，多少人皱起眉头，抱怨现代诗"搞什么玩意儿"。我倒能有限度地涵泳其中，早在我十五六岁的时候，我就喜欢《旧约》里面一段经文：

> 不要等到日头、光明、月亮、星宿变为黑暗，雨后云彩反回／看守房屋的发颤，有力的屈身，推磨的稀少就止息，从窗户往外看的都昏暗／街门关闭，推磨的响声微小，雀鸟一叫，人就起来，唱歌的女子也都衰微。／人怕高处，

路上有惊慌，杏树开花，蚱蜢成为重担，人所愿的也都废掉；因为人归他永远的家，吊丧的在街上往来。/银链折断，金罐破裂，瓶子在泉旁损坏，水轮在井口破烂，尘土仍归于地

（旧约《传道书》国语和合本译文）

这段经文组织了许多意象，每个意象都很鲜明，可是合成以后究竟传达什么讯息，连牧师也不清楚，查经或证道时有意无意避开这些章节。我不求甚解，反复诵读，如同进入未知之境探险，尽管表象割裂，深层却有一种完整的浑然，我喜欢那种感觉。

我也想起小时候学过的儿歌：

剁一剁二两三拐/蚰子不吃蚂蚱奶/蚂蚱不吃蚰子肉/不多不少整十六

月亮走我也走/我给月亮打烧酒/烧酒辣买黄蜡/黄蜡苦买豆腐/豆腐薄买菱角/菱角尖尖上天/天又高好打刀/刀又快好切菜/菜又青好点灯/灯又亮好算账/一算算到大天亮/桌上坐个大和尚

我们在生活经验中从未见过这些事物连结在一起，按理说我们应该早已把它丢弃了，为何能够代代相传、人人上口？它在我们童年的生活中留下欢乐，长大后留下回味，它再造了世界秩序，扩大我们的想象。

那时，人们对现代画的责难，集中在"堆砌色彩线条而无物形"，大家对现代诗的责难，集中在"上一句和下一句没有连结的意义"，因而拒绝接受。写小方块哗众取宠，我也曾说现代诗像打翻了的铅字架（一九五九年六月二十日《征信新闻报》副刊），戏言无益，我必须学习。

那时口出怨言的人大半受过高等教育，进入社会以后就停止学习，新生事物使他们由先进变成后学，他们很难适应。我则是个边做边学的流浪青年，三人行"皆是"我师，我对现代文学作出自己的回应。

了解这些作品，要从读它们的理论入手。那时候没见过有系统的著述，大学也还没有博士班、硕士班的研究生写论文,也不知道可以到艺术系旁听。多亏了几位先觉者启蒙,他们是张隆延,虞君质,顾献梁,于还素,他们热心为现代画辩护,作出许多解说。也许是诗画同源吧,他们的画论也成了我了解现代诗的钥匙。

我感觉现代艺术的理论和它产生的作品同样晦涩,尤其是张隆延教授笔下,有人形容为"每一个字都认得,每一句话都不懂"。我戏言对他的文章要"先懂后看",读他文章不是入门修行,而是得道后反身观照,只有他的及门弟子可以当面质疑请益,得到他的真传,有人说他像亚里士多德。

这时洛夫、覃子豪、余光中都是新诗的发言人,对我而言,余光中长于启蒙,他能把诗论用优美的散文表达出来,流畅显豁,情趣盎然,有人说他像罗素。由他挂帅的现代诗论战,议论纵横,大破大立,从中国古典文学引来内力,化入西洋的外家功夫,试图建立现代诗的正统地位。洛夫说诗也很雄辩,只是(那时候)晦涩一些。他们的诗论又是我接受现代小说的基础。

现代艺术能在台湾开花结果,这几位先驱者功劳很大。

那时,现代艺术最难忍受的窘境,还不是一般受众排斥,而是情报治安单位心有疑猜,大大压缩他们的空间。如所周知,中共一向以文艺为宣传车,为笔队伍,国民党内有一批人把文艺当做"敌情"来研究,他们对文字图画保持高度的警觉。现代诗和现代画兴起,那些主管意识形态、审查文艺作品的人看在眼里,这种诗、这种画都是神秘的符码,创作者究竟要传达什么讯息?必须追究。在主管政治文宣的人看来,文艺界的这种风气,等于取消了文艺作品奋发精神齐一心志的作用,政府拿什么来鼓舞民心士气?这些作家画家到底是什么意思?那时治安机关采取"有罪推定",情势顿觉严重。

画家站在受逼迫的第一线,由于现代画家拒绝解释他的作品,也由于画坛内部有老少新旧的派系之争,情势迅速恶化。那时"老画家"几乎等于传统的国画家和以写实为主的西画家,他们大多跟国民政府有历史渊源,新画派兴起,影响他们的主导地位。治安机关对新画有重大疑问,又从新画家那里得不到答案,转而向老画家请教,他们中间有人未能美言。现代画"什么都不像",同时又"什么都像",有一位前辈看出秦松的画中有"打倒蒋介石"的暗码。名医胡鑫麟诊所外墙,顽皮青少年随意涂鸿,情报员也看出"台独"的标志。

说来也是风声鹤唳,台湾研究"敌情"的专家看大陆画家的作品,从中找出"打倒毛泽东"五个字来,治安机关复制了、放大了这幅画四处展示,那是一幅政策宣传画,地平线上一行劳动者(向工地)快步前进,地平线下散落满地稻草,稻草有宽有窄,颜色有深有浅,把形状相近者组织起来,那五个简体字宛然在目。

海的那一边也有异人别具只眼,他们把一张新台币放大六十倍,找出"央匪"两个字,这两个字隐藏在中山先生肖像的纽扣上,钞票上的图案都是用极细的线条密密编成,线条有浓淡疏密,放大以后就显出特殊的"笔画"来。香港《大公报》刊出图片,流入台北,我在"中广"公司的记者手中从旁看了一眼。

听说某画家辞去美术系的系主任下乡隐居了,学生去看他,他挥手赶出去。听说美国邀请某画家短期访问,这位画家抓住机会自我放逐了,再也不肯回来。听说在最紧张的日子里,雕塑家杨英风夫妇每夜穿得整整齐齐,坐在客厅里等候逮捕。

那时张道藩虽然等于脱离了文艺运动,仍然对赵友培表示他的忧虑。友老说,现在流行讲求"公共关系",也就是争取别人了解,以利自身发展,他建议"文协"出面为诗人和画家做些公共关系。于是道公首肯,友老主持,总干事朱白水操办,"文协"连开几场座谈会,分别邀请余光中、林亨泰、席德进、虞君质、顾献梁、刘国松,多位名家出席说法。我记得顾献梁先生首先发言,情词恳切,他指着墙上挂的一幅墨竹说,抗战发生以前,南京"中国文艺社"的墙上挂着这样的画,今天台北"中国文艺协会"的墙上仍然挂着这样的画!他扼要介绍了当前的画风画派和画学思想。

这些来宾从各个角度提出解释,这样的诗、这样的画出于世界潮流,有它的美学思想和哲学思想,这些思想与共产党毫无关系,台湾这些诗人和画家只是追求艺术的创新,没有政治目的。资料显示,座谈会从一九六一年十二月开始,我记得每两周举行一次,好像一共七次,不发新闻,不作宣传。

事后"文协"把记录整理出来,寄给"中央党部"、"教育部"、"新闻局",还有"警备总部","敬供参考"。"文协"提出的这份记录很有分量,等于是国民党元老、文艺运动领导人张道藩,为现代艺术家的辩护状作了背书,后来当局对"现代"逐渐宽松,这份记录是起了作用的。

依我自己感受熏染的顺序来说,然后就是现代小说了。

　　在我阅览的范围内，现代画和现代诗都是先看见作品后看见论述，现代小说却是先看见许多评介。起初有人介绍法国的"反小说"，接着有人介绍日本的"新潮小说"，同时有人提出新小说、变体小说或意识流小说，归纳起来，大家说的是同一事物。最后余光中统一命名为现代小说，然后又衍生出"现代散文"，"现代"一词从此成了气候。

　　那些对现代小说初期的介绍很零碎，一鳞半爪散见于作家自己凑钱创办的杂志，大学的校园刊物，《中央日报》的副刊登过一些，算是很难得的了。那些杂志多半寿命短促，作者的名字也很难记住，现在已无从列举。

　　依照那时的说法，牛顿的物理学，达尔文的进化论，加上若干了不起的科技发明，使人类以为已经掌握了宇宙的秩序和大自然的法则，产生了极高的自信，这才产生唯物思想、专制政权和写实主义小说，小说才有那样精确的描写，那样严谨的结构,那样合理的情节,人物有那样明显的性格,作家们又自许如何如何冷静客观。

可是他们说,后来发现世事是荒谬的,漂亮的抽象名词空无一物,人性是浑沌的,言行常受潜意识支配,生活是混乱的,事件和事件之间的逻辑关系只是前人一厢情愿,所以小说的伏线高潮全是人为捏造,什么有头有尾有冲突有解决,也难再表现人生启发读者。所以现代小说的结构呈现一种经过设计的混乱。

新内容需要新形式,新形式需要新语言,五四以来那种文从字顺、清楚明白的"国语"不够用了,写实主义冷静、准确、沉实的语言不合用了,常情常理常态既然逊位,语言中约定俗成的文法修辞岂容恋栈?诡异、暧昧、飘忽都成为选项,形式和内容这才可能浑然合一。

我有对现代画、现代诗的初步了解,容易接受这种小说,再从这种小说对诗画产生进一步的了解,他们同出一源,互为姊妹。我也悚然憬悟,自己经历了战争,战争确实使人生混乱无序、孤立无依,那处境实非言语所能诉说,严重威胁我的宗教信仰。然后经历了台湾一个又一个经济计划,工商业兴起,价值观改变,人际关系以昨日之非为今日之是,我时常要把人生理想和圣贤训诲颠倒过来迎接,不管你想什么,反向思考就行了!我听到沙特、乔埃斯的名字,见过卡缪、福克纳和卡夫卡的中文译本,大概知道他们说什么写什么(三十年后我有一次文学大补,遍读这几位大师的中文译本)。我"四十而惑",没想到一时变局乃是出于普世主流,我受的教育遭遇无情的挑战。

后来陆续读到胡品清、杨耐冬、何欣、颜元叔各位教授对现代小说的论述,也读到陈绍鹏、李英豪、叶维廉对现代诗的论述,他们的论文渊博严谨,也比较难吸收,但是我从报刊零星得到的概念和启发,都可以在各家宏论中找到根据。

如果这是现代文学的基要信仰,那时我觉得罗门和洛夫的诗,七等生、聂华苓、隐地的小说,张晓风、张菱舲、林怀民的散文，都是它的化身。我主编《征信新闻报》的"人间"副刊两年半，曾在报馆当局不以为然的气氛中刊出七等生六个短篇，在"大报"副刊之中密度最高。隐地的现代感强烈，年纪虽轻，"感觉"和"表现"之间极少隔阂，他的几个短篇深受文坛注目。我现在认为他写出冷战时期青年的苦闷，很有代表性，目前研究台湾文学的人似乎把"冷战"这个大环境忽略了。隐地多才，除了短篇小说，七十年代写散文，八十年代写诗，九十年代写长篇，创作生命悠长。

那年代，国民党在香港发行《香港时报》，收容流亡的报人和政论家，进行反共宣传。由于国内国外口径不同，这份报纸不能内销台湾，国民政府特许进口八百份，供指定的机构参考，我服务的"中国广播公司"分到一份。这份报纸的社论充满自由主义色彩，它的副刊是现代主义文学的园地，记得小说家刘以鬯常常发表一些今天可以称之为"极短篇"的东西，我们一新耳目，后来的"荒谬"、"变形",刘氏已露端倪。

　　大部分小说似乎没有基要派标榜的那样孤绝,我记得水晶、大荒、季季有限度使用新手法,白先勇、蔡文甫、李乔、舒畅局部使用新手法,等到台大教授颜元叔以实验的态度写了一篇《夏树是鸟的庄园》,王文兴出版代表作《家变》,已是一九七三年。

　　台湾的现代小说好像是沿着"中道"发展的,台大教授夏济安竖起《文学杂志》的大纛,想把我们度到彼岸,他以彭歌的《落月》为第一艘船。余光中眼中的现代小说,不仅包罗陈映真、黄春明、白先勇,也延请写实主义大家朱西宁、司马中原入座。后来"现代小说的知音"齐邦媛教授更是表现了大爱,她的《千年之泪》一书遍览一百五十八本创作,西西、李昂、东方白、王祯和、施叔青、陈若曦、张系国、萧丽虹、苏伟贞一一相许。这几位批评家(尤其是齐教授)使"现代小说"离开基要派的窄门险径,汇聚为高峰大潮。

我有一个说法：台湾的文学在五十年代是党部挂帅，六十年代是学院挂帅（七十年代乡土挂帅，八十年代市场挂帅），现代文学既出，党部惊愕观望，大学教授拍板定调，尤其是台湾大学的教授，尤其是英美大学的教授。夏济安、夏志清这弟兄俩，一语褒贬定作家荣辱，我有机会见证理论可以领导创作。两位夏教授都大量阅读台湾出版的文学书刊，称扬被众人忽略了的好作品，鼓励有潜力的新作家，他们为姜贵和张爱玲定下文学地位，助台大外文系涌出现代小说的主流。

那时作家和读者喜新厌旧的风气形成，你只要说某人某篇文章写得很"新"，作者就非常高兴，读者就要找来看看，至于"新"的定义和标准是什么，他们并不深究。文学刊物向以"名家"为号召，这时许多读者打开杂志先看目录，如果看到陌生的名字，他才掏出钱来。五十年代追随政府的忠贞老将次第"淡出"，文学期刊、报纸副刊都汲汲发掘新人，当然多半没有成功，"成功"者向来属于少数。

　　写实主义主题先行，思想挂帅，"现代主义"以技巧为第一，后来周芬伶教授称之为奇技淫巧。写实主义者追求预期的社会效应，"一切艺术都是宣传"，现代主义的手法却是隐喻、多义、不求甚解，"篇终接混茫"。在台湾，六十年代的现代主义结束了三十年代的写实主义，国民党一向追求文艺要走出三十年代的左翼阴影，现在实现了，可是他们没有料到，阴影之外的土地虽广，国民党的文艺政策却无法耕种。

　　从另一个角度看，文艺的工具性和战斗力依然潜在，这些性能只有在强力的组织之中可以发挥，于是军中文艺运动大兴。

　　现代文学理论细致，直指文心。我在"小说组"受教的时候，听见过"文学是用文字表现意象"，听见过"艺术最大的奥秘是隐藏"，听见有人用玩笑的口吻说，"文艺技巧不够的地方用口号补充"，听见有人激昂地说，世上有"只有形式没有思想"的艺术,没有"只有思想没有形式"的艺术。我听见了,但是没弄明白。

受现代主义启发,我才"发现"形式美。"内容决定形式"但不能决定形式美,形式也决定内容,或者说选择内容、组合内容。这才明白现代小说为什么是一则"寓言",艺术岂止横看成岭、侧看成峰,它是圆形的魔镜。读者可以从三百六十个角度发现不同的内涵,是了是了,敬谨受教。我后来请人刻了一方图章"学万言禅",小说也是一种禅,不过它千言万语。

中国文学史写到一九五〇年,不幸变成文学迫害史,文学创作几乎中断,台湾以现代主义延续香火,很像中国的秦朝,"诗既亡",文脉和南方的楚辞连接。这是五十年代决定"学西洋"的意外收获,也是最大收获,文学的传统延长,文化的遗产增加,从长远看得大于失。可以说,我这才知道究竟怎样做个作家。

再以后,就是现代散文了。五十年代我是作家中的"写手",小说、剧本、评论、杂感都有雇主,但是我的志趣在文学性的散文。那时散文的艺术性似乎很低,没有人专门研究散文,书店里有小说做法、新诗做法,找不到散文做法,文学史对散文也没专列一章。"散文学是失败的诗,未完成的小说"?真的是这样吗?也好,有诗就有想象有节奏,有小说就有事件有象征,偶尔加上一点戏剧性,就有张力有奇峰,三者可以增加散文的高度广度和深度,如果这是"废墟",我就用满地散落的弃材做出一点什么来。

如果"诗"是最"现代"的文体,那么"散文"最"不"现代,要写现代散文,最好以诗之长济散文之短,这个心愿使我成为现代诗的忠实读者。我曾对余光中和痖弦说,"写散文要向你们诗人取经。"我编《征信新闻报》副刊的时候,央请现代诗人提供散文,诗人愕然,以为这是对"诗"的轻侮。我赶紧解释,社长吩咐"不登新诗",为了使副刊读者也能受到现代诗的熏染,我不得已而求其次，读诗人的散文说不定就是读诗的先修班。

我得到余光中教授最大的支持，他以美国讲学的生活经验写出一系列散文，交给"人间副刊"发表。他的语言，把欧化（翻译）古化（文言）土化（方言）三者镕铸为新的合金，句法伸缩疏密间贯以奔放的文气，前所未见，讲意象讲节奏，也似乎开来多于继往。管管写诗，往往连行如散文，我可以当做散文刊出，他也源源供稿，毫不迟疑。他的散文诗处处有奇思妙想，兼有童话神话和"科幻"的趣味，篇幅"小而美"，天然与副刊的需要配合。洛夫写过一篇，深沉如冬夜无月，别有意境。

后世应该有人记得余氏在文学语言方面的建树，他讥弹五四以来的白话文是"清汤挂面"，他要"下五四的半旗"、"剪掉散文的辫子"。他和"国语派"开过一次笔战。依我个人的感觉，余氏的主张符合时代精神，语言革命，应天顺人。五十年代，有一个笔名"爱德乐佛"的作家，早就使用

"古怪"的语言写了一本小说,后来我们的朋友吴引漱(笔名水束文),他写了一本小说,修辞方法自创一格。两个人都受到文坛大老的严厉抨击,作品销声匿迹。他们失败了,革新的要求也许更强烈,余氏的实验起初也有坎坷,有些人看来,"星空非常希腊"也是古怪。他终于成功了,成功,因为有很多人模仿,失败,因为无人模仿,"多数模仿"是检验"少数创造"的标准。台湾的文学语言至余光中而一变,经张爱玲而再变,他们都很成功。

那时,张菱舲也给"人间副刊"写了不少散文,既现代又唯美,堪称"别裁"。那时余光中的语言影响很多青年作家,她是其中之一,她的第一本作品《紫浪》中常见"余派"风格,但也非余派二字所能局限,她有敏感女子才有的触觉。她喜欢音乐,试看她的名字,菱舲、玲玲、粼粼,声效显著,她的散文有节奏感,不断在回环往返中变化,她写的《下午的书房》,顿挫分明,恍如一首敲打乐。

现在我读到张瑞芬教授做文章,她评论张菱舲后期的作品,说她"长篇诗情散文,兼而有小说的趣味"。"迷宫的布局,'意象'文字高度重叠,形成了呓语般循环往复,如回旋曲一样的特殊结构。""溯象征主义与唯美主义的小溪而上,造成和弦、重唱的节奏律动效果。"是了是了!回想"现代"当年,万里伏脉,多少才人。

受现代文学洗礼,我写散文逐渐由杂感、议论偏向咏叹和隐喻,痖弦首先发觉异状,他说:"你的散文中有'事件',写下去!也许写出新东西。"也有人提出质疑:"你写的究竟是诗还是散文?"我自知不足,一律称之为散文,就像毛姆称自己的小说是故事。多年以来,有些作品编进各地出版的短篇小说选,有些作品登上"散文诗"学术讨论会的论文。九歌编文学大系,"散文卷"和"小说卷"看中了我同一篇作品,彼此"争夺"(小说卷序文中的用词)。诗人翱翱对我说过:"分类的问题,就让那些文体专家去伤脑筋吧。"

当年，现在，我都时常思索画家高更的四句话："为艺术而艺术，为什么不？为人生而艺术，为什么不？为快乐而艺术，为什么不？有什么关系呢？只要是艺术！"

## 霓虹灯下的读者

一九五七年某日,台北市马路旁边出现一座大型的霓虹广告,商家在中华路旁边进入"西门町"的地方架设了一面"墙",布满各色灯管,中华路是一条大街,"西门町"是商业中心,夜晚雨后,灯光把满街照成彩霞。对我而言,这也许是台湾第一个商用的户外霓虹灯吧?乍见之下,我的第一个念头是:这得耗费多少瓦电!那时一般家庭每个房间只有一盏四十烛光的灯泡,每个开关旁边都贴着"随手关灯"。

对我而言,这一片霓虹是一个划时代的讯号。想那一九五〇年六月,韩战爆发,第二天美国派出第七舰队,以"协防"名义使"台湾海峡中立化"。一九五三年七月,韩战和谈成功,两岸长期对峙之局已成。一九五三年九月,台湾开始第一个经济建设计划。"国民政府"驻联合国"大使"蒋廷黻回台北述职,他在三军球场对三千听众演说:"这个国家曾经由军人管理,由学人管理,都没有管好,现在让商人试试吧。"建设台湾优于收复大陆,政策大转弯,"总统"、"行政院长"、"经济部长"都没露过口风,蒋大使算是替他们升起"重商"的灯球。国民党抛弃计划经济,比"彼岸"提前三十年。

一九五七年,台湾的第二期经济建设计划正在进行,经济每年以平均百分之十七的速度增长,市面一年比一年增添视觉变化。台湾别称绿岛,四季常青,植物以绿色为主,喜欢摄影的人都说颜色单调,美中不足。市政府沿路安全岛上种植红色杜鹃花。进入六十年代,连人行道也铺红砖,夏天走在上面,体验红尘滚滚,地砖印满外圆内方的图形,步步生钱,为后来的"台湾钱淹脚目"设下伏笔。

露出朽木模样的电线杆，次第换成钢筋水泥浇灌，高大英挺，上面的灯型也设计一新，光芒雪白，改造了夜景。

再到后来，新建的公寓安装朱红大门，大饭店采宫殿式红椽碧瓦，"压力克"出现，商店的招牌用工业技术制作，一眼望去，长街俨如悬灯结彩，加上红色计程车满街流动，布成一片灿烂。

第三期经济建设计划是一九六一年开始的，"经济起飞"的口号也是此时提出来的。社会进步首先反映在女人的脸上，经济繁荣、文化发达必然产生美女，台北街头多丽人，艳阳天，柏油路，蹬着高跟鞋的女孩比她们的姐姐姑姑当年漂亮，布料纺织染色进步，人要衣装，家庭讲究营养，饮食造人，只见血色艳丽，明眸皓齿，玉腿修长，上面再也没有蚊虫叮咬的创痕，"红豆冰棒"一词从此消失。

以前常见老翁坐地修理木屐，现在妙龄女郎摆设摊位修补玻璃丝袜，不时有摩托车呼啸而过，后座妙龄女郎的长发随风扬起。"随手关灯"的字样不见,商家推行"分期付款",劝人"先享受",报纸刊出学者的新说:"节俭是落后地区的道德。"

  社会繁荣也反映在服务业上。小吃店的厕所改称洗手间,再改称化妆室,门墙油漆得光洁悦目。商店晋级为百货公司,理发店晋级为理发厅,中南部农村的少女一批一批涌进大城谋职,她们知道自己要的是什么,知道应该怎样做,她们做店员,你买东西方便多了,她们做理发师,你理发也舒服多了。想当年洗头的时候,水温忽冷忽热,如同得了疟疾,刮脸之前,热毛巾突然蒙住口鼻,烫得你几乎窒息,如果顾客有心脏病,这就是谋杀。说时迟、那时快,好像一夕之间这些俱成陈迹,处处给你新的待遇。

  我初到台湾的时候很难看到冷气,曾几何时,没装冷气的计程车无人乘坐,没有冷气的商店无人光顾,饭店一定有冷气,吃饭喝茶不再汗流浃背,还可以听到音乐,高级饭店还聘请歌女现场驻唱,给你下酒。

想那些我蹉跎的岁月！青天白日下，国旗鲜艳，永不褪色，大礼堂内国父遗像脸上却爬满小虫。我身高一米八五，人家端详我，不再说"你可以当排头兵，扛机枪"，而是说"你这身材不会跳舞，简直暴殄天物"。青年战斗训练变成娱乐，防空洞供男女幽会，逃家的孩子也在此藏身。年轻的小说家隐地，曾租住加以装修的防空洞，成为有史以来别出心裁的书房，文坛一景。"国货公司"充斥法国酒、美国烟、英国衣料，漫画家问"这是哪国的货？""中广"公司打破创建以来的传统，播送流行歌曲，节目部储备广播剧的音效资料，从军中录来各种号音，希望我能一一注明用途，我已大半不能分辨。

长话短说，台湾十年生聚，大众开始追求舒适，社会也急急忙忙提供舒适。那时所谓舒适，不过是"人生的意义就是甩掉皮靴躺在床上"，那么枕戈待旦就免谈了，"麻将不离手，小吃不离口"，也没有多大罪恶,那么卧薪尝胆去他的吧!读者大众面对文学作品,他有星期六的心理,不是星期一的心理,他是进戏院的心理,不是进课堂的心理,他是放假的心理,不是加班的心理,是穿便服的心理,不是穿礼服的心理,是准备约会情人,不是准备拜访教授。个人主义、享乐主义、现实主义也都是大势所趋,潮流比人强,那么"先天下之忧而忧、后天下之乐而乐"就埋在线装书里吧!

　　读者的口味发生无情的改变,我们曾经信奉古典主义时期一位大师的主张,文学要"给读者以知识,给读者以教训,给读者以娱乐",现在他们只要娱乐。他们不再愿意"听战败的故事,作战胜的梦",分担历史的压力,也不欣赏那些半醉不醒的喃喃呓语,颠倒常情,人生怎么会是这个样子,如果人生确实如此,他们也要逃避。

　　小说组的学长张云家,为了办文艺函授学校,向政府申请登记,公文批下来,把文艺列入"娱乐事业",我们大惊称怪。查问之后,得知这是美国的职业分类,台湾搬过来照用。我们顿时有一落千丈之感,"经国之大业,不朽之盛事",原是一个马戏团(我写这篇文章的时候,发现中国大陆上有几家报纸,干脆把文学副刊附加在娱乐版之内了)!

以前,中国的小说人人懂,大家可以有不同层次的"懂",现代主义"基要派"的小说难懂,你读了,全懂或者全不懂,你得照着批评家的规格去懂,大家所"懂"者相同。这样,现代主义的文学作家就站在文学金字塔的尖端,成了少数,他们很自负地、很愉快地脱离了大众。

文评家和文学史家特别看重这些人,文学艺术永远需要创新,创新不惜冒进,别人跟不上来。创新"可能"失败,但守旧"必然"失败,创新失败还可以给后人留下启发,留下借镜,成为文学园地的绿肥,所以有远见的人都会站在他们一边。这样的作品恐怕也只有对现在的作家有意义,或者对将来的读者有意义了。

也有一些作家,他们的人数稍稍多一些,他们本来也有那种锐敏,也有那种才气,现代主义大潮涌现时,他们也曾初试啼声,受人器重,他们左手牵住的是白日飞升的仙人,右手握紧的是贪恋凡尘的众生,究竟跟大多数文学人口难割难舍,进两步退一步,终于松开了左手。这些作家居于金字塔的中层,他们从两边得到一些,也都从两边失去一些,文评家希望这些中坚分子"先普及文学、后提高读者",看来普及有功,提高有限。

还有一些作家,明快果决,竖起通俗文学的旗帜。"但愿文章中天下",通俗就是通俗,"俗"而能"通",也非泛泛可以做到。我爱文学,我爱销路,我爱群众,有何不可?那些把文学标尺磨成一把利刃向我割席示威的人,恐怕是因为没吃到葡萄,那一束叫做文艺批评的鲜花算什么,那几行叫做文学史的墓志铭算什么,这是什么年头了,君不闻"钱在说话人在听!"六十年代,这些作品是文学人口的速食,报纸杂志争相延揽,书市场为之一片火红,达官贵人富商大贾,这才对"文学"一词有些新的印象,这是金字塔的基层。

　　我不举例,我并非在写文学史,我想说,文学人口的割裂分化,从那时就开始了,六十年代,我们每一个人都要选边站。我是在中间插队落户的,我一直紧紧拉住两边,直到双手酸麻,同时放开。市场机制一旦自动执行,也许只有"伟大的作家"可以改变,但当代并无那样的作家,或者时代已不复出现那样的作家,于是狭义的文学属于小众,山高月小(我首先使用"小众"一词,后来学者又由日本引进"分众")。广义的文学民有民享,江河日下。到了"后现代","文学作品"对读者大众的神经还有多大交感互动?也幸亏大众还有电视剧可看,有网络可读,文学因缘藕断丝连,文学史家睁大眼睛等待转机。

　　大众由求舒适进而求逸乐,求生理刺激,色情读物也昌盛一时。色情读物一称黄色书刊,"黄色"一词来自西风,十九世纪美国出现低级趣味的报纸,用黄色纸张印刷,被称为黄色新闻,延伸出黄色歌曲、黄色小说。

据我耳目所及，五十年代有一位贵妇人小试出版事业，她从美国的冷战经费中拿到一笔钱，办了一份周刊，参与反共宣传。这份周刊篇幅不多，没有封面，也不装订，外形仿佛一份小报，用今天的话来说，它是消费式的读物，锁定争取一般小市民。贵妇人对这等事不甚了了，信任她在香港物色的主编，主编引进香港的"一毫子小说"（花一毛港币可以在地摊上买到的小册子），每期刊载一个短篇做头条文章。

这个短篇不算很短，占据四分之三的篇幅，一次刊完。故事情节公式化，中共的女间谍以色相引诱国民党的男间谍，几番风雨，男性英雄以床上功夫征服了女性敌手，于是女间谍交出工作机密，中共的情报网瓦解。别小看了这个模式，张爱玲的小说《色戒》，李安拍出来的电影《色戒》，无非如此，张爱玲写得含蓄，李安拍得精致，贵妇人那份周刊哪里能比？那些作者文笔粗劣，情节丑恶，即使《十日谈》、《洛丽泰》、《金瓶梅》、《查泰莱夫人的情人》的作者一一复生,也无法为他辩护。那些作者对情报工作也毫无认识,所谓"任务",幼稚简单,"反共宣传"徒然诱引低级原始的欲念,恐怕还只限于对低级的原始人。

贵妇人兴趣广泛,她的周刊匆匆收场,市场的潜力仍在。那时有十几家内幕杂志,以报道政坛内幕为号召,政坛当然有内幕,可是他们怎能知道,即使知道了又怎敢公布,所谓内幕只有一个耸动的标题,真正的生存之道还是要继续开采"黄矿",当作"卖点"。这些杂志每期都有黄色故事,写的是升斗小民淫乱荒唐。这些作者比较用功,能把《素女经》、《天地阴阳交欢大乐赋》之类的性典译成白话,拿来描写人物的动作,发表以后,陆续印成小册子,交给报摊半公开发售。那时大家称这些东西为黄色读物,没得玷辱了"小说"二字。

黄色读物渐渐渗入青少年的阅读范围,进入学校。未经报道的消息说,有一天,某一所著名的女子中学突然集合学生检查书包,发现半数学生是带着那种小册子来上课的,这件事引起教育界人士的忧虑。

那几年下班以后,我常独自坐在新公园的长椅上冥想,远处有穿着校服背着书包的女生走进,四顾无人,坐下来看书,看完了,四顾无人,随手丢进路边的垃圾筒里。她走后我悄悄去捡起书本察看,不出所料,正是那种小册子。

那时没有民意调查,只能如此如此,略见一斑。

那个"恶名昭彰"的文化清洁运动"除三害",就是在这样的情境中出现的。某天早晨,我打开《中央日报》,赫然有"中国文艺协会"的宣言,说是文化界有"赤色的毒、黄色的害、黑色的罪",必须扫除。宣言由全体会员署名,我也在内,事实上"文协"总干事照名册抄录,没有通知我们。

当时我想,中共办这等事,也要开个大会举手表决，有个形式，走个过场，想不到"文协"看得透、做得出，干脆都省了。我当时想，以后也许还有个什么样的运动，我也不知不觉成了发起人，心中立时发生反感，怪不得当年梁实秋、钱歌川拒绝参加"文协"！虽然我也认为黄色有害，却始终未写一字，未发一言。

事后知道，这件事由国民党中央党部幕后主动，"赤色的毒"，"黄色的害"都无须解释，所谓"黑色的罪"，指的是某些"文化人"以揭发阴私勒索钱财。其时"赤色"全被警备司令部压制，"黑色"代表性很小，主要目标是对付黄色，"文协"作业时并称三害，借重历史人物的光环引人注目。

依中央党部作业人员估量，"黄色"确已成为社会大患，除害符合大众意愿，"赤色"、"黄色"相提并论，出自蒋介石的《民生主义育乐两篇补述》，那年代蒋介石说话也是一句抵八千句。想不到运动出门，舆论界齐声反对，《自由中国》杂志一字千金,《联合报》也有它的权威地位,"中广"公司是党营事业,节目部主任邱楠也公开说,除三害运动没有法律根据,报刊可以向法院提出控诉。舆论一片叫停,演出顿失精彩。

反对的理由是维护言论自由。我当时很难理解,民营大报为何要把色情书写的自由、新闻报道的自由、批评时政的自由绑在一起,后来弄明白了,民营报纸正发展"社会新闻",开拓销路,社会新闻采登社会上发生的犯罪案件和色情事故,前者如抢劫、杀人、强奸、贪污,后者如通奸、乱伦、婚变、恋爱纠纷,在在和读者的七情六欲相应。军国大事的消息平板空洞,好像与自己并不相干。社会新闻的记者大都有文学天才,擅长捕捉细节,也擅长加入想象把事件放大。"文协"扫黄,等于向社会新闻的正当性挑战。

"文协"的领导人张道藩支持除三害,他对新闻界发表公开谈话,其中有这样几句:"假如有一天,不幸报纸也成为黄色新闻的大本营,人手一份,甚至我们将来有了电视,更变成黄色文化的放映机,深入每一个家庭,这个问题就不堪设想了!"这话打击面太大了,简直把报纸列为假想敌嘛,道公到底是书生,不知道"拉拢明天的敌人,打击今天的敌人",结果引起报界更大的疑虑。

当时新闻界给这个运动定了性,今天的研究论文据以给这个运动定了罪。

在我看来,这个运动失败了,依旧依旧,黄肥蓝瘦。主持《自由青年》半月刊的吕天行是杂志界的名人,他借用三个人的名字说明情况,这三个人跟杂志报纸没有关系,吕天行把名字抽离本尊,仅仅使用文字表面的意思,牵强附会,聊博一笑。第一位台大知名的教授黄得时(黄色得天时,杂志内容色情当令)。第二位台北市长黄启瑞(杂志创刊靠黄色一炮而红,打开销路)。第三位曾任军法局长的新闻人物包启黄(打开杂志看,包你是黄色的!)。由于三位黄先生的知名度很高,吕天行的妙语成了当时文化界热门的谈话资料。

经此一役，党中央看清张道藩对社会实在没有什么影响力，"文协"不堪大用，据我记忆，自此以后，道公专心做他的"立法院长"，对文化工作再也没有声音，"文协"也"躲进小楼成一统"去了（后来连"小一统"的局面也出现严重危机）。

除三害旨在贯彻蒋公的意志，却任由"文协"孤军深入，片甲无回，哪像新闻界反对出版法修正案，陈诚放话摆平、"立法院"反对电力加价，党团运作摆平？这又是为什么？

天威难测，予忖度之，种种迹象显示，蒋公高下在心，政府画下了红线，领袖的英明伟大，第一家庭的尊严，反共国策的道德基础，军队特务的"圣雄"形象，绝对禁止碰触，同时也让出空间，允许官吏有些贪污，人民生活有些腐化，工商有些为富不仁，舆论如同花匠，可以修枝剪叶，这样可以给人民的精神苦闷留下出路，所以天不灭黄。

现代小说作家要释放潜意识，选用题材有"性解放"的倾向，卡缪写的《异乡人》，男主角听到

他的母亲死了,他的反应是去和女朋友做爱,一时奉为经典。某一天,我和几位小说作家聊天,有这样一段话:

——内战期间,华北某地的一个小伙子被国军抓去当兵,辗转来到台湾,当年他十几岁,现在三十多岁了。如果有一天他回到故乡探望老母,老人家的双眼已经瞎了,他们母子怎样相见?

——盲聋作家海伦·凯勒拜访美国总统艾森豪威尔,她用手仔细摸了艾森豪威尔的脸。

——好!就让母亲用触觉认识儿子,这个题材要怎样处理才算"现代"?

——她摸遍儿子全身,如果连生殖器也摸了,那就很现代!

于是引发一场大笑。

那时,小说对"性"仍是点到为止,我问一位小说作家,现代小说是文学中的异味,你们为什么没把"性"当做大菜端上来?他说黄色读物泛滥,我们不蹚这浑水。

可是"天下万事皆有定时",到了弥赛亚应该出生的时候,你就是把全城的婴儿都杀了,也抵挡不住。一九六二年九月,著名的女作家郭良蕙出版了她的长篇小说《心锁》,书中对性爱的描写"自五四以来最露骨大胆"。一九六三年一月,"内政部"下令查禁,四月,"中国文艺协会"和青年写作协会开除她的会籍,郭良蕙的声望陡增,《心锁》盗印本的销路也一倍又一倍增加,禁书无用,这又是一个例证。

《心锁》的写作技巧并无多少突破,取材却非常前卫。据我所知,《心锁》先由《征信新闻》(《中国时报》前身)副刊连载,老编徐蔚忱已对原稿略作删节,书店出版时,郭女士又在剪报的文本上有几处割爱,可是出版后仍然引起轩然大波!可见她创作时领先的程度。

"文协"开除郭良蕙,由前辈大作家谢冰莹在理事会上提出。"文协"未设理事长,会务由常务理事轮值,那天晚上轮到赵友培主持会议,他非常谨慎，依照议事规则处理这个提案，自己完全中立。提案人认为郭良蕙长得漂亮，服装款式新颖，注重化妆，长发垂到腰部，在社交圈内活跃，既跳舞又演电影，引起流言蜚语。当时社会纯朴，她以这样一个形象，写出这样一本小说，社会观感很坏，人人戴上有色眼镜看男女作家，严重妨害"文协"的声誉，应该把她排除到会外。谢老前辈言词激烈，态度坚定，说服了其他理事，通过提案。那时张道藩常常不能到"文协"开会，他定下口头公约，缺席的理事对会议通过的议案，事后只能同意，不得反对。他和陈纪滢都觉得对郭良蕙无须这样激烈，但也都在"公约"的约束下默认了。

　　青年写作协会开除郭良蕙，出于凤兮坚持。他说青少年看内幕杂志，老师可以没收，可以处罚，《心锁》出版后，它是文学，学生书包里有"文学"老师不知怎么办。青少年看内幕杂志，偷偷摸摸，怕人发现，"文学"可以大大方方地阅读，男生可以大大方方把它介绍给女生，少男少女无异服下催情剂,一切过程都缩短了,此风绝不可长,青年写作协会的宗旨是维护青少年的身心健康,不能有这样的会员。

  开除定案,各报登出消息。那时大家认为"文协"、"青协"都是代表官方,无论做什么事大家都冷淡对待。强烈的反弹来自香港,大部分刊物禁止入境,所见二三,持论不外是创作自由之类。独有一家《七彩画报》(中外画刊?)在文艺版刊出一篇文章,它说文艺社团不去保护作家,反而顺从政府的好恶打压会员,这是"世上最无耻的行为!"对我而言,这是一个崭新的角度,我把这篇文章拿给赵友培先生看,他默然无语。

  后来友老告诉我,他已向道藩先生进言,"文协"和政府的关系,可以由相辅相成调整为"相异相生","文协"专门协助作家创作发表,给作家营造有利的环境,作家被捕,"文协"作保,作家坐牢,"文协"送饭,作家挨骂,"文协"劝架,作家遭谤,"文协"调查真相后澄清。政府的愿望无非是文艺步步向前向上,"文协"也是,彼此着力点不同,效果却能相加,道公听了十分赞成。道公晚年在口述回忆录时表示,文协唱"红脸",警总唱"黑脸",殊途可以同归,不过他已没有机会实行。

想当年国民党还有"迷信",以为风气风俗可以由一二人转移,可以挽狂澜于既倒,错错错!莫莫莫!文艺工作逆水行舟的事,党部好像从此不做了!

郭良蕙的反应又是如何呢,据说她十分沮丧,"冷对千夫指"毕竟很难,八十年代《心锁》解禁,新闻记者造访,她才正式说出感受。一九六五年我接编《征信新闻》人间副刊,刊载她心锁事件后的第一个长篇《青草青青》,内容很"清洁",我去信赞许她写得好,一面心中暗想,她好像并没有意识到她在文学发展中的角色。

台湾文艺界曾经有人讨论,作家创作究竟应该"做得早"、还是"做得好"?做得早、开风气,做得好、集大成，都可以在文学史上留下名字。做得早是马背上的皇上，做得好是龙椅上的皇上，马背上到底风险大，风霜多。《心锁》一出，台湾的"色情读物"晋级为"色情文学"，八十年代，色情文学又晋级为"情色文学"，大势所趋，人心所向，郭良蕙是先驱，也是先烈，她做得早，未能做得更好。

小说当然可以写"性"，小说表现人生，"性"是人类生活的一部分，而且是很重要的一部分。但是今天文学有商品的性格，作家写性，究竟是出于商业动机、还是艺术要求？如果两者都有，孰轻孰重？社会付出成本，回收的是什么？这个问题到现在也没有解决。世上有些问题也许永远不能解决，最后不了了之，色情情色，是否也到了这个"无是无非，亦是亦非"的境界？

那时色情大军之中没有一兵一卒是台湾人。曾经读到陈秀美教授的论文摘要，他说色情文学是"外省作家的第二个出身"。那么第一个出身是什么？反共文学吗？思想起来，好不令人汗颜。

可是"天下万事皆有定时"，八十年代前后，本省作家后生可畏，艺高与胆大成正比，写"性"更细致淋漓，也得到更大的声誉，学者改称"情色小说"，一字颠倒，亮出艺术护照，作品介绍见之于《纽约时报》的书评，大英百科全书写入每年一本的"别册"，天下地上，再无贬词。这也是"外省播种本省丰收"吗？不知是减少了、还是增加了外省作家的罪业？

## 我能为文艺青年做什么

一九五二年,赵友培教授成立"中国语文学会",创办《中国语文月刊》,我有了为中学生效劳的机会。

既然有了"中国文艺协会"(一九五〇),为什么又成立"中国语文学会"呢?"文协"成立时,赵友培负责所有事务性工作,并连续多届担任常务理事。"文协"是综合性"全国性"的组织,包容了不同背景、不同动机、不同行为风格的文艺名流,张道藩又不亲会务,缺乏强势领导,个人空有理想,很难有所作为。

赵友培教授认为语文教育是文艺事业的根本,无论文艺创作,文艺批评,文艺欣赏,都得先有某种程度的语文修养，推行语文教育的主场在中小学校，中小学校可视为文艺事业的外郭，他鼓励学生"从生活中学习语文"，"阅读教学就是把文字还原为生活，写作教学就是把生活改换为文字"，这就把国语国文的功课和文学作品接通了源头。从外郭播种扎根，既可为文艺的发展作十年百年的大计，也避开"文协"的人事派系困扰。

赵教授进一步扩大其说：国文也是历史地理的根本，语文程度若是低于标准，怎么能看得懂记得住史地课文，而且那时考试有"发挥题"，要用叙述或议论写出答案。语文程度甚至也是学好数学的重要条件，数学有"应用题"，学生根据文字叙述的情况进行演算。友老在台湾省立师范学院（师范大学前身）教书，他的理念得到当时师范学院刘真院长的支持，刘院长有个口号："师范第一，国语文为先。"于是师范学院成为"中国语文学会"的推手，"中国语文学会"又是《中国语文月刊》的摇篮。

那时台湾的汉语汉文水准偏低，市政府修路，"警示牌"上写着"工程中禁行"（日文直译）。我在公共汽车站候车，常见空车驶过，车窗上写着"车内无人"（英文直译），候车的人顿足大骂，既然车内无人，为何不停车载客。市政府对中华文艺函授学校行文，把"娱乐"写成"误乐"。政府推行"勿忘在莒"运动，用战国时期田单收复失地的故事，勉励上下一心争取反共胜利，公文辗转下达到乡镇，已是一份油印文件，"莒"字模糊不清，许多乡镇长不知出典，到里民大会去宣扬"勿忘在营"，劝青年踊跃从军。

曾经听一个学生家长讲他自己的故事。他的女儿读初中，每星期要写一篇周记，有一天女儿不听话，他一怒之下出手就打，女儿在周记中写了一句："今天父亲对我非礼。"级任导师批语："家丑不可外扬！"这位家长发现了，冲进学校向校长大吼大叫："狗屁不通！你们都狗屁不通！"他扬言要向教育厅投诉，校长一面敬烟点火，一面劝他：

"不可外扬!不可外扬!"

那时刘真院长讲过一则轶闻:学生作文把"落伍"写成"落五",老师改作文把"落五"改成"落武",于是"学生落伍一半,老师全部落伍"!一位教师说,他以"我的母亲"为题,全班学生作文只有一个学生写得通顺,他以这篇作文为例,对全班学生讲述作文方法,然后让全班学生再写一次"我的母亲"。那篇用作为范例的作文开头说:"我的妈妈姓刘",班上有一半学生开头也写"我的妈妈姓刘"。我的妹妹在师范学院读书,晚上到私立中学的初中夜间部兼课,发现新生之中有十几个学生还写不出自己的名字。(他们已经小学毕业。)

于是有一个故事流传:县政府的督学到某中学视察,他问一个学生:"阿房宫是谁烧掉的?"这个学生连忙回答:"不是我!"督学把他测试的结果告诉校长,校长连忙说:"本校一向注重学生的品德,他们不说谎话。"督学回去写报告,强调文史教育重要,县长批示:"阿房宫既然重要,可以拨款给他们另盖一个。"

　　这个小故事用文学手法反映两个现象,除了国文程度低落,还有人口增加,政府对教育大量投资,学校纷纷盖教室、盖实验室、盖图书室、盖大礼堂。敝族尊长一然先生做过几任小学校长,他曾经很幽默地说:"做三年立法委员可以当律师,做三年校长可以当土木工程师,因为他会盖房子。"一然先生办学认真,多方设法提高学生的语文程度。学校盖房子,他不收回扣,不吃花酒。他体形魁梧,气宇轩昂,驻军侵占学校的操场,被他威风凛凛地赶走。他从来不向教育科长送礼,也不用上等酒席接待督学,他常说:"他们随时可以赶我走,我无所谓,那是台湾的损失。"

　　"中国语文学会"成立以后,按照会章定期开理事会和会员大会,每次会议都有许多提案,所有的提案、决议和建议,分送"教育部"、"教育厅"、"侨务委员会"参考,内容切中时弊而又切实可行,他们马上采纳。以我的感觉,每年会员大会以后,政府在教育方面总要做一些小事情,或者研讨一两件大事情。

《中国语文月刊》创刊以后按时出版,从未脱期,内容针对中学小学语文教师教学的需要作出设计,并且表扬优秀的老师,培养学生文艺欣赏的能力,提供中学生发表的园地,成立"中国语文通讯研究部"解答语文教师的疑难,出版活页文选,满足特别喜爱文学的青年。

六十年代之初我一度担任月刊主编,七十年代初期月刊财务困难,一度由张席珍、胡兆奇(季薇)和我三人合编,不支薪水。我针对中学生的需要设计了十个专栏,也用本名和笔名写了无数零碎文章,用零碎短文活泼版面,增加趣味,引发议题,把胸中的鲜花撕成花瓣挥洒散落。

靠学会和月刊的因缘,我亲近多位专家学者:何容、毛子水、梁实秋、程发轫、丁治磐、刘真、王星舟、齐铁恨、王寿康、张希文、朱介凡、叶溯中。这些宿儒都参与月刊和学会的工作,谈吐之间,只字片语,都是经师。

我也做了一件完整的工作。我为中学生写了一本书,推广赵友培教授的创作"六要":观察、想象、体验、选择、组合、表现。我相信他们接受了这一套方法,定能解决"写什么、怎么写"的问题,"作文"成为他们喜欢的课程,由作文有趣发现人生可爱。那时考试,作文成绩占国文成绩的百分之五十,我希望对他们的升学考试也加一把劲儿。

为了读者容易接受,我决定仿照《爱的教育》的模式。我需要观察他们的生活,体会他们的想法,从中发现素材,我也需要他们参加我的实验,充实或改进我所作的设计。那时候,我对作文教学的想法几乎是一种革命,受正统的国文教学排斥,感谢育达商业职业学校给我空间和时间。这一系列文章在《中国语文月刊》发表之后,由何本良的益智书局出版单行本,叫做《文路》(一九六二)。

在这段时间,《自由青年》杂志主编吕天行找我，要我写文章给青年朋友谈读书、谈写封面作。我说当初我在大陆上读书的时候，这一类文章都是朱光潜、叶圣陶、夏丏尊、茅盾撰写，今天怎么会轮到我？他说出一番道理来。

他说，大师级的学者只能初一十五请过来膜拜一下，杂志的内容不能长期依靠他们，他们只肯教自己的学生，有些老教授还把学生分成"磕头的弟子"和"没磕头的弟子"，两者差别对待，他们不能照顾社会青年。

他说，编杂志要规划内容，约稿时免不了要定题目、定内容、定字数、定交稿的时间，大师级的学者没法配合。大师的"学术语言"有一定风格，没有受过治学训练的人很难吸收消化。《自由青年》是社会刊物，没有他们做文章不行，他们的文章多了也不行。

吕大主编决定从青年作家里面找"大师的学生"写文章，这等人既然是作家，语言风格通俗晓畅，能够适应编辑台上技术性的要求。既然是大师的学生，总会泄漏、复述、引证平时所学，对大师的学问见解作第二手传播，如此这般正合他的需要。那时《自由青年》从旬刊改成半月刊，对外扩大发行，他把目标锁定了我。

《自由青年》是国民党中央党部第五组创办的刊物，本为旬刊（一九五〇），后改半月刊（一九五一），聘吕天行为副社长兼主编。吕和主其事者并无渊源，只因他独力创办的《当年青年》杂志风格清新，得第五组主任张宝树赏识延揽。他到任后力争编辑自主权，杂志由封面到封底毫无党的"气味"，举例来说，每年三月二十九日"青年节"，蒋公照例发表文告，各报刊都以显著地位刊出，党办的《自由青年》杂志却一字不见，杂志对文告的内容也没有任何文章诠释响应，"道一风同"的年代，吕天行创造了奇迹。他的态度很明确，"我随时可以辞职不干"，他的顶头上司张宝树有道家风度，宰相器量，一直包容吕天行的"文人习气"，吕天行也不负所托，把《自由青年》办成当时青年喜爱的刊物，替国民党争取了不少好感。

他对我的期望既然是做大师和青年的中介，我建议制作一连串人物访问，他欣然同意。他开出受访人名单，台湾大学文学院长沈刚伯顺序第一，沈教授的声望似乎高过校长，他的头发硬挺如翅，不肯伏贴在头上，号称台大校园一景。他不肯接受访问，仍然在家中接待了我们。他很恳切地对吕天行说，你写一个人，无论文章写得多么用心，被写的人看了总是觉得没写好，如果别人写你，你也一定不满意。他望了我一眼："所以我向来不愿意被人家写，也从来不写别人。"访问虽然无成，他的这几句话却是我宝贵的收获。

后来我和沈先生还有多次接触，我的弟弟成了他晚年十分喜欢的学生。一九六五年我编"人间副刊"的时候，也是沈老师一句话，於梨华慷慨拿出《又见棕榈又见棕榈》。

以后陆续访问了多位名教授，记得有陈大齐、曾约农、沙学浚、熊公哲、王云五各位先生。我小时候读过曾国藩家书，管理过商务版的百科全书，照着中国舆图学社的地图学习地理，对各位前辈大师仰慕多年，蒙他们接谈，引为大幸。

后来知道，吕天行在要求对方接受访问时告诉他们，我是执笔替张道藩写回忆录的人，这正是我极力避讳的说法，心中大起反感。还有我那时好高骛远，希望我的访问记写出他们最新的见解最近的研究，他们多半拿出旧日的著作来叫我摘抄，影响我的工作热情，以致访问没有继续下去。

王云老自学成功，他是我们失学青年的神话，也是国民政府留给我们的精神出口。他是一个可爱的老人，我在访问记里大大地赞美他，句句出自肺腑。他也很勉励我，他向我透露早晨起床很早，六点钟出门散步，特许我在六点以前可以打电话给他，我从电话里得到他许多教诲。

云老经营台北的商务印书馆，半夜三更亲自带着警察到郊区抓盗印现行犯，我从报上看见消息大吃一惊，连忙到商务去看他，他是多大的年纪多大的官啊！怎么可以亲身冒险。他淡淡地说，"我是出版家，出版事业千秋，政府职位一时。"

我接编人间副刊之初，希望能得到他一篇文章，他很恳切地告诉我，编刊物不能靠老人，要靠年轻人和职业作家。他说他愿意为人间副刊写一篇文章，但是不要限定时间，也不必催他。后来人间副刊的性质风格和当初的构想有异，幸亏他的文章始终没来。

论青年偶像，首选应该是胡适和罗家伦，吕天行没有把这两个人规划在内，察言观色，中央党部似乎在降低这两个人对青年的影响。

吕天行是那个年代有名的编辑，论专业精神、工作热情，文化界人士每每拿他和"文星"的萧孟能相提并论。我和他合作甚久，进入六十年代以后，我的自信心增加，写作更勤。后来他到政大教书去了，我在写了许多许多人物访问、读书报告、写作技巧、生活杂感之后，对《自由青年》有些兴尽而止了。

报纸杂志上的文章多为应时之作，我在吕大主编任内做了一件比较"永恒"的事情。也许是科举时代"策论"的遗风，那时升学考试的作文题都是议论，对大部分中学生来说，议论比记事抒情困难，有些考生只能在考卷上写下一句话。我把这一句话找来细看，这一句话写出事实，说出感觉，没有作成"判断"。我把问题找出来了，我想老师教他们写议论文，可以从改善这一句话入手，这一句话不再是记叙或描绘，而是表示"意见"。我们看抒情看真假深浅，看议论看是非对错，有一个"判断"的句子，议论文就有了"核"，经过培养，它可以长出枝叶花果，这个过程可以分阶训练，就像数学训练一样。

为了实验我想出来的学习程序，我特别到台北汐止中学教了一年国文。我使学生终于找到"意见"，能够产生"意见"是一次跃升，这就是俗语所说的开了窍，然后再教他们发挥意见。实验期间我在《自由青年》开了一个专栏叫做"讲理"，体例仿照夏丏尊的《文心》，专讲议论文的写法，这是我和夏老最贴近的一次。后来出版单行本（一九六三），居然畅销一时。

我在这本书里加入了社会背景。它的影响大，数不清的反映由各校国文教师而来，都说他们的学生打通了思路。在我的心目中，《文路》培养感性，《讲理》培养理性，那时台湾渐渐显出它是一个缺乏理性的社会，我很耽忧，我列举社会上流行的偏见，一一列为作文的大忌，我自己期许，《讲理》并非仅仅教人作文而已。

一九五七年，刘真院长出任台湾省教育厅长。他本是"立法委员"，"立委"和国大代表、"监察委员"都是"国会议员"，"国府"撤退到台湾无法改选，他们一直连任，民间称为"万年国会"。他们养尊处优，享有特任官的待遇和福利，刘真先生舍弃"金饭碗"，甘愿担任待遇菲薄、任期无定、上级管束、民代掣肘的教育行政，当然有他的抱负，他作了多项划时代的兴革，为了辅助语文教学,他大大地使用了"中国语文学会"。

刘厅长仿照美国政府的做法,教育厅和民间学术团体签约,政府出经费,民间出人才,共同去做一件事。他使全省的中学小学加入"中国语文学会"做团体会员,交纳会费,享受各项服务,包括赠阅月刊,学会有了固定的财源。他又补助学会新台币一百五十万元,学会用这笔钱买了一栋房子,有了固定的会所。月刊这才走出筚路蓝缕的阶段,大有作为。赵友培教授实际主持会务,他勇于任事,果然不负刘厅长所托,履行合约,事事落实。拿"中国语文学会"和"中国文艺协会"比较,学会是"春秋谨严",协会是"左氏浮夸"。有了"中国语文学会",有了刘真,赵友培这才尽其所能,如其所愿,他并且改换了治学范围,成为一位文字学家。

那时,许多人说现代人没有时间看冗长的东西了,长篇小说是"看守仓库的人所读的书"。青年朋友都想写短篇,从技巧方面说,短篇比长篇更难，我虽然没写出"好看"的小说，但是阅读甚勤，揣摩甚久，我和小说的关系，近似鉴赏家和美术的关系，琴师和"角儿"的关系。我在《中国语文月刊》上写了一连串"短篇小说解析"，每期转载一个短篇，逐段加上注解，说明作者的匠心所在和读者的趣味所系。短篇小说的形式变化无穷，探究起来也趣味无穷，读者反应热烈，可是因为版权问题，没能成书。

"中国语文学会"和"教育厅"合作期间，学会接受委托，辅导中学小学的国语国文教学。这是一件劳苦繁重的工作，先是由王寿康、赵友培两位教授担任，他们自一九五七年十二月到一九五九年一月，在教育厅督学的陪同下，看遍全省所有的中等学校（包括职业学校）和一部分小学，王教授中途病倒，何容教授接替。他们旁听教师讲课，看学生的作文簿，读学生办的壁报，对师生演说。重头戏是邀集国语文教师座谈，讨论怎样改进教学，解答教学时遭遇到的难题。他们等于是一座活动的国语文教师进修班。

环岛辅导行程漫长,节目紧凑,往往夜晚下榻旅社,第二天早晨投入工作,沿途不但车马劳顿,而且有时在山路和泥路上步行。那时许多学校没有冷气,座谈时问答热烈,挥汗如雨。许多学校没有扩音器,或者扩音器突然损坏,演讲要凭自己一股中气、一副好嗓子。旧日的同事、学生还有慕名者接踵探访,晚上也难好好地休息。一九五八年十月一日黎明,王寿康教授忽然不能说话,经医生诊治恢复,这大概就是"小中风",也叫假中风,这是"中风"的前奏或警告,他提前结束辅导,回台北休养,"真中风"还是接着来了!一病卧床十六年。

王寿康先生是一个谈吐幽默的大汉,那时台北街头常有基督徒劝行人信教,寿老告诉他们"我信国语教"!他一生提倡标准语音,是台北《国语日报》的创办人之一,常常勤奋工作,忘了休息,有人问他累不累,他说:"有兴趣的事不累,没兴趣的事不做!"他曾说:"我做学生的时候,学生怕老师，我做老师的时候，老师怕学生。我当儿子的时候，儿子怕老子，我做老子的时候，老子怕儿子。我做老百姓的时候，老百姓怕军人，我做军人的时候，军人怕老百姓。"几件具体的小事透露世局变迁，富有喜剧趣味。我们都爱听他谈天，疾病到底是什么东西？竟叫一位益人益世的演说家从此失去语言能力！我反复玩味成语，"天道难知"！

一九六二年，刘真厅长辞职，任期五年有余。文教界一片诧异之声，他的政绩何其多，而任期何其短也？依我体察，他下台早正因为做事太多，那年代国民党确实励精图治，但是有个奇怪的现象，谁做事太多谁倒楣（与此平行的现象是，哪一首歌太流行哪一首查禁）。例证甚多，不便列举。这个有趣的现象，有待熟悉帝王心理、统驭艺术的人为我们钩沉照明。后来刘先生常用两句话勉励我写作："文章千古事，做官一阵风！"此中语意或许我们不能尽解。

就教育史的角度看，刘真厅长是个振衰起敝的人物，曰衰曰弊，要从内战溃败大陆不守说起。想当年多少党政人士，冒死追随政府来到台湾，总得有个地方吃一碗饭，仓促之间尽量向教育界安插，你是外省人，总可以教国文吧！教科书里的文章你都念过。你做过机构的首长，去做小学校长吧！校长无须签到签退，"至少还有个工友打洗脸水"，勉强维持"首长"的生活方式。政治忠贞并非专业优秀，加上政府财政困难，待遇很低，对教师"待之如牛马，所望有过于圣贤！"（凤兮的话）积习积弊，层层叠叠。刘厅长夙兴夜寐，仆仆于台中台北之间，一步一步造势解结，我读他在"中央研究院"出版的口述历史，只见到荦荦大者，像环岛辅导国语文教育，他就只字未提。

厅长换新，"中国语文学会"和教育厅合作的项目一一期满，《中国语文月刊》的经费逐渐捉襟见肘。赵友培是创办人，面临历史断续的压力，他是发行人，面临刊物品质和风格的压力，他是社长，面临"一天开门七件事"的压力。他用尽心力，没有停止对教师服务的项目，没有克扣作者的稿费，没有减少月刊的页数期数，每期出版后照样寄给全省中学小学。他的两颊更瘦，两眼也更明亮，也许这就是"燃烧自己"的形象吧？他的工作团队也无一人退出。

一九六一年，台湾第一家电视公司开播，一九六九年，台湾第二家电视公司开播，一九七一年，第三家电视公司开播，台湾进入电视时代，教育除了"语言思考"又增加"映象思考"的要求。"中国语文学会"一向"推广儿童文学"，奖励过多位作家，顺应时代向外开展，联合文艺或教育团体，每年举办新时代儿童创作展览，参展作品以图画和作文共同呈现内容，低年级看图作文，高年级看文作图。学会财力拮据，没有高额的奖金，以评审委员的成就声望和隆重的颁奖典礼提高那一张奖状的分量，"奖"毕竟以物质意义为轻，学校和学生都以得奖为极大的光荣，我出国的时候（一九七八）办到第九届。

一九七八年以前，我全程参与学会和月刊的工作团队，这样切切实实"为大于微"的人民团体很少很少，秉持初衷不沾红尘的私营刊物，也只有这一家能持久。一九九二年赵友培出国依亲养病，把学会和月刊都交给"守护神"刘真，赖刘先生的声望永续，我写这篇文章的时候，《中国语文月刊》已出版了六百期，迈入第五十一年。

# 特务的隐性困扰

五十年代,台湾号称恐怖时期,特务用"老鹰扑小鸡"的方式工作。后来说不清由哪一年开始,就算是六十年代吧,特务改为"鸭子划水",虽然仍在戒严的威权之下,气氛轻松了许多,应该说这是一大改进。

以我的感受而论,那些识字很少的工友司机,每天只看黄色新闻和武侠小说的办事员,大嗓门的转业老兵,好像都停止活动。很好很好,他们十年辛苦不寻常,也该休息了,靠他们做眼线,都是老花眼,近视眼,青光眼。咱们这些釜底游鱼不怕看,只怕你看走了眼,不怕听,只怕你听错了调子。

我说过,"特务是世界上最辛苦的公务员",他们十年不眠不休,该掌握的资料,该了解的情况,该布建的网络,应该都有了成就。一位特务仁兄对我说过,"你有几根骨头我们都数过好几遍了!"很好很好,骨骼的数目和位置不会改变,以后还要再摸再数吗,你们去多摸几圈麻将吧。

六十年代,我仍是"中国广播公司"的职员,我的工作中心却转移到《征信新闻报》(今《中国时报》前身),我在台北市大理街那一排暑气蒸腾的台式老屋里游走的时间多,坐在公园路装了冷气的那栋小洋房里的时间少。发行人兼社长余纪忠先生显现强人的风格,报社里当然有安全人员,但是没有"安全室"的牌子,更没有听说谁接到安全室的条子:"请来本室一谈",搜抽屉拆信件盘问来客,绝对没有发生过。据说余先生坚持新闻文化工作要排除情治人员的公开活动,他坚持要用另一种方式,他居然说服了那些治安首脑。在这方面,他的报社算是一片干净土(眼不见为净)。在余老板的父权阴影下,每天员工上班无声走进,埋头工作,下班悄悄离开,气氛清冷,没有人高谈阔论,没有口舌是非,没有朋党圈子,也没有特务发酵所需要的温度。

孔子曰:"唯女子与小人为难养也,近之则不逊,远之则怨。"看注解,"小人"指的是老百姓,特务一客气,人民大众就有些"放肆"。朋友见面彼此相戏,把"小心!匪谍就在你身边!"改成"间谍就在你身边!"一字之差,指涉换位,彼此大笑。官场盛传"识时务者为俊杰,时务有三,党务、洋务、特务"。亲友久别重逢问候一番,"混得不错啊,你通了特务啦!"市井流言:"台北市十个女人中有一个娼妓,五个男人中有一个是特务。"五人一同喝茶,一人指着自己说:"我知道我不是特务,那么你们四人中间必有一个特务。"(事实上其中还真有特务呢!)特别胆大的人扮演五分钟的英雄,当着众人对单位里的安全人员说:"老兄,别让我们不安全!"

眼见小细胞的锋芒尽掩,反应迟钝,看上去很像白金汉宫大门口的卫兵,姿势笔挺,色彩鲜明,任由顽童戏弄。当然,你说过什么,他们会记下来、报上去,但是也没有什么"立即的危险",我们这些在副刊上写"小方块"的人也就忘其所以,见缝插针。

其实"世界上最辛苦的公务员"并没有整天睡觉,阳刚阴柔,二气同源,你在做,我在看,"善有善报,恶有恶报,如若不报,时辰未到。"他们培养细菌(制造瘟疫?),我们玩世不恭(以身试法?),双方都是在冒险。

迹象显示,一切调查工作仍然在暗中进行,只是深藏不露。我在文星书店出版《人生观察》,校对时把"共匪"一律改成"中共",校样寄回去,书店一直没有收到。史学教授黎东方对我说,他演讲的时候使用了几次中共,几次"共匪",讲演中有没有引用"总统蒋公"说的话,引用了几次,听众中间都有人记录。

"中广"为退役军人开办了一个节目,派我担任制作人。我读书发现左轮手枪是一个退役军人发明的,第一把左轮是用木头刻成的。对退役军人来说,这岂非很好的话题?节目播出后,"警备总部"马上派员访问节目主持人,把播稿拿回去研究。中山堂公演京戏,招待国民大会的代表,警察出动管制交通,有一行人问警察为什么不许通行,回答是"代表要看戏",那个人立刻反问:"看戏怎么还要别人代表?我们自己可以看啊!"我觉得此人有趣,写进我的小专栏,立刻有人检举我"煽惑群众直接行动"。这一切都不声不响夹在档案里,像驾驶执照违规记点那样慢慢累积,有一天会恶贯满盈。

士兵,战斗结束后才感到恐惧,但是无法停止下一次战斗。恐惧暗中沉淀,累积,腐蚀心灵,结成病灶。那年代,我的"安全"和"志趣"不能两全,许多人跟我一样。

我接编"人间"副刊,家中装了电话,有人告诉我一些常识。接电话的时候,如果电话的声音突然低下去，那表示有人正在窃听，他们打开了录音机。又有一个人告诉我，夜间零时左右，如果你的电话"叮"的响了一声，那表示他们对你进行长期监听，每二十四小时更换录音带。如此说来，对我、对"他们"，电话都是一种方便，同时也都添了麻烦，他们的麻烦比我的麻烦要多一些。

一九九〇年，我已经出国在外了，有一次为了构想故事情节，我写信到台北问一位朋友，尸体埋葬以后先从哪个部位腐烂，五十年后大概还能剩下什么样的残骸，他有这方面的知识。他没有回信，居然有人去问那位朋友，某某人是否写了一封信给你，内容如何如何，那位朋友说，国外来信我从不放在心上，从来也不保存，我不记得有这样一封信。

恐惧像活火山，常受外面的因素诱发。我读卡夫卡的《审判》觉得恐惧，他说"被告所犯法条"铸在铁板上、烙在被告的身上，字迹模糊，无人可以辨识，可是铁板贴上皮肤，被告自己明白。恐怖啊！这种恐怖，看见老鼠就叫起来的人怎能理解。我读痖弦的诗："玉蜀黍在月光下露齿而笑"，恐怖啊，我看见刽子手的牙齿。《路加福音》十七章："当那一夜，两个人在床上，要取去一个，撇下一个。两个女人一同推磨，取去一个，留下一个。两个人在田里……"我看见恐怖的大逮捕之夜！

我几乎不能真正欣赏一首诗。"飞来双鹭落寒汀，秋水无痕玉镜清。疏寥黄芦宜掩映，河边危立太分明。"是啊，别让特务看见你。"寂寂花时闭院门，美人相并立琼轩。合情欲说宫中事，鹦鹉前头不敢言。"是啊，别让特务听见你。"余悸"不是那么容易消失的，高僧如印顺大师，他曾经受过调查，到了晚年，他在回忆录里还没有"放下"。

一九六八年，"中国广播公司"王牌导播崔小萍被捕判刑，出狱后发表《狱中日记》，她说审判官授意她把"中广"节目部要员王大空、赵之诚拖下水，对曾任节目部主任的邱楠也有很多疑问，她断然拒绝合作。（好样儿的！）看样子冥冥之中"他们"正在结构大狱,如果王大空、赵之诚被捕,向上发展就轮到已经调升新闻局副局长的邱楠,王、赵、崔三人都是邱楠一路拔擢的得力干部,四人合起来可以做一篇文章,情治部门有重要人士讨厌邱楠。呜呼噫嘻,邱先生还在那里尽忠报国,一心想回"中广"公司当总经理。

继崔小萍被捕之后,"中广"的副总经理李荆荪也被捕了!"中广"自寇世远、王玫、胡阆仙先后涉案,十余年欲雨还阴,崔案李案连声霹雳,我近在咫尺,真是"迅雷不及掩耳"。

治安当局对崔李两案没有正式公布详情,于是流言四窜,情节离奇。崔小萍的《狱中日记》说,官方主要的"证据"是:情报人员弄到一张中共戏剧工作人员的名单,上面有个"崔小萍",虽然未载年龄、籍贯、出生日期,办案人员却认定是她。《日记》中载有名律师替她写的一张辩护状,一一推翻了起诉书上的假设,从法律观点看,她确实冤枉。一张辩护状收费十万元,崔小萍认为太高,我倒觉得完全值得。

《联合报》曾以极大篇幅摘要发表她的《狱中日记》，同时以一角之地刊出记者的独家报道，它说有一年崔小萍到菲律宾讲学，无意中与留在大陆上的一个亲人相见，那年代大陆居民出国难如登天，此人或许有官方身份，崔回到台北没有向政府报告，依大法官解释视同"通匪"。很奇怪，当局起诉的罪状中没有这"最重要"的一条。

社会大众（或者治安当局？）为崔小萍编造间谍故事，把"中广"著名的节目主持人赵刚设定为男主角，并且说崔案侦破，得力于赵刚"卧底"。我和赵刚共事多年，他和崔是很好的朋友，没错，可是正因为如此也受到牵连，崔案发生，他既为悠悠众口所苦，也受到严格的调查，"中广"公司要他提前退休，台湾电视公司本来要请他工作，也断了线索。他一度拍摄纪录片为业，后来完全退出媒体，也离开了台北，息交绝游，七十年代的种种热闹，他只能暗中旁观。他实在也是一个受害人。

李荆荪案更是一言难尽。一九七〇年十二月十日早晨,调查局派员驾临李府,客客气气请李先生到办公室一谈,据说李氏神态从容,说了一句"你们终于来了",他似乎早有预感。

李荆荪被捕一事,美联社从台北发出电讯,新闻导言第一句是:"文质彬彬,语言温和坚定,在新闻界备受尊敬的李荆荪。"我对李荆公的认识也是如此,他对我一向偏爱,我在心情苦闷的时候常到他的办公室里闲谈,据说他被捕的时候,调查人员从他的桌子上取走了吕思勉的《中国通史》,吕是持唯物观点的历史家,可以当做李荆荪思想污染的证据。那一套上下两册《中国通史》,就是他叫我去找来的。

他被捕之前,我有一次奇遇。

是日也晴日高照,暖风习习,我和一位作家到南京东路"摩天大楼"的顶层吃蒙古烤肉。归来途中,天气很好,新社区新拓宽的人行道也清洁安静,两人安步当车,边走边谈,纵论古今小说。他忽然止步停留，问我："李荆荪被捕了是吧？"说完了，睁大眼睛盯住我的脸。

我觉得太滑稽了，笑出声来："你的消息太不灵通了，被捕的是崔小萍，李荆荪怎么会被捕？"

第二天，李副总没来上班，第三天依然找不到他，第四天早晨，"中广"总经理黎世芬预料李荆荪难以全身而退，隐瞒无益，透过左右亲信间接公布。据转述，黎总连声长叹，"这个人完了！一个人才，可惜了！"说着说着流下泪来，左右深为黎总的情义所动。

我听到消息失声大哭，跑到新闻局去找"冯大爷"询问，冯氏曾任"中广"公司公共关系部主任，他是李的好朋友。冯大爷对我说："不要打听他的事情，不要谈论他的事情，不要到他家里去，不要打电话给李太太。"语气凌厉，显示案情十分严重。

李被捕后，马星野、周至柔、黄少谷各位大老愿意联名作保，商之于新闻局长魏景蒙，魏表示

"等一等"。第二天"行政院"开院会,"副院长"蒋经国主持,会后魏局长上前低声报告:"昨天调查局逮捕了李荆荪。"魏局长当然知道蒋经国用不着他来报告,他只是要看看院长的反应,据说蒋"面无表情,口无答语",好像没有听见。魏氏回到新闻局,立即打电话通知各位大老,告诉他们不能作保。

我纳闷的是,跟我一同吃烤肉的那位作家,怎么能在前一天向我提出预告?他的表情为什么那样奇怪?我只能有一种解释,他是特务,他奉命刺探我和李荆公"同心"到何种程度,看我当时是否惊惶失措,归来后是否举止失常。天可见怜,他攻我个措手不及,我反而因此心中无猜,做出幼稚坦率的回应,轻轻松松过了这一关。

没过多久,调查局沈之岳局长约我谈话。他的手法细致,第一步,他约了新闻界十几位中坚分子见面沟通,我也应邀而往。那天沈局长谈笑风生,解释外界对调查局的误解,他说调查局不是死牢,绝不用刑逼供，调查局也不是黑店，进来工作的人可以辞职脱离。那天沟通的效果很好。第二步，他约我和"新闻联络室"的人一同谈话，"调查局是否可以对社会大众宣传自己的业务？"他说调查局没这么做过，人人觉得这地方很神秘，他考虑如何向社会展示这个机构，改变大众固定的印象。

第三步，就是约我单独对谈了。他主动提起李荆荪，单刀直入："你看'中广'公司内部还有没有问题？"我的回答是："李荆荪先生是上司，是党国培养出来的领导人，只有他考察我，我没办法考察他，只有他怀疑我，我不能怀疑他，我实在不知道有没有问题。"他沉吟一下，又问我："你看我们的工作有什么地方需要改进？"我赶紧说，这是非常专门的工作，外人不能随便说长道短。他说"好"，起身送客。我也不知道应对是否得体，沈先生门槛高，不容易一步越过，还有后续发展。

当局处理李荆荪案手法翻新，四处搜集新闻文化界的反应，重视批评。五十年代捕捉杂音是为了打尽同党，李案倾听异议，动机似乎不同，大家都说对李荆荪要公开审判（以前都是秘密审判），后来审判果然公开。开庭那天，有位老作家表示关心，约我同去旁听，我断然拒绝，我有理由相信他也是特务。

这位老作家大大有名，我钦佩他，时常约他吃饭喝茶。有一年他向我诉苦，他说现在受人陷害，他是反共的，那么陷害他的一定是共产党，他要向特务机构求助。我提醒他："你知道特务是什么样的人吗，你如果到他的伞底下避雨，你就得一辈子为他打伞。"后来他兴致勃勃地对我说，某某机构接受了他的投诉，愿意进行调查。我默然无语，从此对他敬而远之。

公审之后，那老作家向我转述旁听时所见所闻。他说李荆荪的"精气神"都好，反应敏捷，坚决否认有罪。他说最后有一个例行的节目，李太太上台补充辩护，她言词流畅，声音响亮，表情诚恳，真是一位贤内助。他透露，"听说"李荆荪供出十几个有问题的人，小有功劳，判刑可能从轻。他一面说一面看我的脸，我知道他真的"打伞"去了！天下的特务都一样，他们在工作的时候有第三只眼。

谁是特务，都是这样慢慢发现的。不过也有弄错的时候。

有一位作家问我："你看台湾的前途怎么样？咱们的反共文学这样写下去，到底是活路还是绝路？"这种问题只有一个标准答案，怎么明知故问，莫非他是一个特务，打算引蛇出洞？我立即告诉他，台湾前途光明，蒋公必能光复大陆。后来局面变化，冷战结束，美苏和解，台北和北京终于两岸交流，"统一"的论说出现。那位作家向我抱怨："你为什么劝我写反共文学？现在共产党要来了！我思来想去，你大概是个特务。"我说我还以为你是特务呢，如果我是特务，一定换一个答案，趁此机会引你入罪，怎会轻饶了你？

公审尽管公审，李荆公还是落了个无期徒刑，论轻重标准，一九七一年的无期徒刑，等于一九五几年的死刑，幸而无期徒刑有机会大赦减刑，后来改成十五年。案情逐渐明朗，我渐渐知道调查局先逮捕了一位报人，搜出一张几人合拍的照片，其中有李荆荪。被捕的人为了自救，供出这是他们在福建工作的时候所拍，照片中的某人某人都是中共的地下党员。依照台湾那时的法律，凡是在大陆上和中共人员有过接触的人，都要向政府办理"自清"，否则视同"继续联络中"，李荆荪隐瞒了这段往还。办案人员大喜过望，他们早就奉命查办李氏，苦于无从下手，有了这张照片，他们就有了突破的缺口。

李荆荪治事刚正，新闻界有许多轶闻流传。一九四八年《中央日报》迁至台北，李氏担任总编辑，情报机关为了跟布建在大陆上的工作人员联络，打算在《中央日报》开辟"家庭版"，由情报人员主编，文稿中暗藏密码，李荆荪极力反对。后来情报机关提出要求，他们派到海外的工作人员，用《中央日报》特派员的名义掩护，李荆荪又极力反对。两案都在《中央日报》内部未能通过。

一九六八年前后，"中国广播事业协会"发出公文，转达警察广播电台建议，要求各电台每天播送警察学校校歌。李荆荪突然发了脾气，他只是副总经理，居然作了如下的批示："中华民国并非警察国家，该台此一要求可称狂妄……俟台湾成为警察国家时再议！"语气果断，开头并没有个"拟"字，一副怒不可遏的神情跃然纸上。

李荆荪使蒋经国"怒不可遏"的文章，也许是他在《大华晚报》"星期专栏"中的寥寥数行，他批评刚刚上任的经济部次长，他说此人本是省政府三级机构的主管，怎么可以一跃而为中央部会的首长，这一下子他所有的上司都变成了部下，行政伦理何在！那时蒋经国求治心切，破格用人，只是这位新贵次长的夫人是浙江小同乡，做得一手家乡小菜，蒋经国是个没有家庭温暖的人，难免时常应邀前往吃个午饭，听听乡音，人民大众不喜欢简单的故事，难免添加情节，《大华晚报》公开质疑，无异添薪助燃。那正是蒋经国爱惜羽毛培养声望的时候！

以我感受，李荆公并非有美国背景的自由主义者，也不是有中共思想的左倾报人，他只是完全接受了新闻教父马星野从美国米苏里新闻学院带回来的那一套，又未能像马老师那般圆熟。在荆公看来，新闻独立、言论自由是普世价值，不因美国而存在，不因台湾而消失。只是我觉得他对蒋经国和情报机构的憎恶，超过了一个新闻工作者必需的程度。

台湾夏天雷雨多，常常殛死在田里工作的农人。当局派人研究，发现他们戴的斗笠由边缘向中心编成，最后用一根铁丝锁住尖顶，外表看不出来，电流一旦找到它，"爆炸"就发生了。也有人在穿裤子的时候"中招"，裤口拉链是金属做的。到了一九九九年十一月，英国还有两位女子，胸罩内衬有钢丝，因而一死一伤。

那年代，我们这些由中国大陆奔向台湾的人，"斗笠"里都有一根铁丝，雷电在我们头顶上反复搜索，李荆公在福建拍的那张照片就是他的"钢丝"。依当时警备总部发布的案例，一个女子被中共干部强奸了，都算是"与匪接触"，都要登记自首，我们这些经过抗战和内战的人，都从鱼龙混杂中走来，哪个能冰清玉洁？每当警总雷厉风行，雷声隆隆，我都觉得头皮发麻。

我也戴着斗笠下田，笠顶也藏着钢丝。譬如说，一九四九年华北战役，我做过解放军的俘虏，很好的题目，他们随时可以做文章。

还有一件事。幼狮广播电台台长物色写作高手，邀请某一位作家进电台工作，但是台长说，"你找人写一封介绍信。"找谁呢？"随便谁都可以。"王鼎钧行不行？"行。"这位作家朋友来找我，我很诧异，那时给幼狮写介绍信要有一张大脸，我的脸小，何况跟这位台长也没有交情。可是我跟这位作家是朋友，顺水人情，我又怎么推辞？信是写了，人也到差了，有一天忽然爆料，这位作家在家乡参加过中共的儿童团，虽然那时他只有十岁，也终于怏怏离开幼狮。我知道治安当局会调阅他的人事档案，看到那封介绍信，这也是我的一根钢丝。

五十年代之末，台湾出现霍乱。当时台湾省卫生处长许子秋主持防治，他与世界卫生组织密切合作，发现病例立刻公开发布新闻，患者送入医院，与外界隔绝，家属就医检查，看有没有受到传染，住宅内外消毒，多少天内禁止外人进入。如果患者最近到哪家馆子吃过饭，卫生局要去检查那家馆子，如果患者最近到哪家旅馆看过朋友，卫生局要去检查那家旅馆。卫生人员进入患者的四邻检查厕所，也检查附近的公厕。如果发现有人咳嗽发烧，也要强制送进医院检查。如此这般追踪过滤，"斩草除根"，"除恶务尽"。患者死亡，家人不能领尸，卫生局办理火化。"世卫"宣布台湾是疫区，警报解除以前，台湾的水果不能出口，台湾的游客也不受欢迎。

那一次我深刻领悟，中国大陆是警总眼中的"疫区"，我们都是由疫区来的"带菌人"，必须密切控管。在警总眼中，每捉到一个"匪谍"，就是发现了一宗霍乱病例，他的朋友同学亲戚甚至家人都可能是带菌人，或者就是下一个病号。就像卫生局对付霍乱一样，他们也要"斩草除根"，"除恶务尽"。由局部推全面，由表面推内层，由一时推历史。对疑似病例，也要宁枉勿纵。卫生局对霍乱疫区来的人，隔离察看为期十四天，警总对我们从"政治疫区"来的人，隔离察看一生，而且及于子女。

那时我们还有一个致命伤叫"五人联保"，每个人都得去找四个人，互相保证思想正确行为合法，一人有罪，四人连坐。也就是说，其中如有一人涉案被捕，理论上办案人员可以再捕其余四人，而这四个人又各有自己的"五人联保"，理论上办案人员可以再捕十六人。到底牵连多少人，全看他们的"需要"。理论上像我这样的人，说不定就在下一个小时、下一个星期五,或者下一个月,"落得一身罪衣罪裙"。

所以尘埃尚未落地。有一天,董事长梁寒操先生找我谈话,他指出我最近发表的两篇文章观点谬误,我唯唯。他忽然说,荆荪嘛,我们都觉得他不错,可惜他没有自首。他说人非圣贤,孰能无过,快去自首啊!自首就没事了。他说广东官话,我装做没有听懂。必须交代,梁公一向对我很好,我结婚,他是证婚人,我得到"中山文艺奖",有他一票,公司一度要调我去做台南广播电台台长,他很支持(我推辞了)。他一向不食人间烟火,何以忽然这样深入下界?何等人对他说了何等事?我只知道,我的江湖扁舟已是到此为止,应该做退休的打算了。

## 省籍情结  拆不完的篱笆

名词越来越精致,"省籍情结"本来叫"地域观念",当然后胜于前。

我到台湾以后,时时刻刻提醒自己要在当地交朋友,这是我多年流浪之后、反躬自省之时得到的"智慧"。

可是在技术上我是无能的,只有在文章里面做一些不着边际的努力。

那时台湾流行"吃拜拜",每年到了一定的节日(多半在七月中元节),家家大摆筵席,客人越多越有面子,有时候连第一次见面的初交也邀过去,十桌二十桌流水席摆在门外路旁,真有"千里搭长棚"的气势。

那时候，基督教某些教派反对吃拜拜，认为那是异教祭祀使用的食物。我总是劝他们，主耶稣常常在贪官污吏家中吃饭，你只要举行谢饭祷告，食物就洁净了。他们说，牧师不是这样讲的。我说牧师只要教友，不要朋友，我们既要教友也要朋友。牧师高风亮节，信徒捐钱供养，我们深入浊世，自己辛苦谋生，需要合作关系，同事来请你，你打了他的左脸，难道以后他会再让你打右脸？教会收到钞票，牧师岂能保证上面从来没沾恶人的指纹？只要进了教会的捐款箱，祝谢了，也就洁净了。

非教徒另有理由。一个同事对前来邀请的人说："你们的菜很难吃！"可想而知，对方的脸色难看，多年以后，我知道这句话伤害了他，他永远不肯原谅。那时台湾的烹饪水准低于"中原文化"，一般食物多用蒸煮，像炒爆之类的"高级技术"难得一见，但是从"中原文化"里出来的人，无论上馆子还是下厨房，岂能永远没有蒸煮的东西？大家都是稀饭馒头养大的！本地人请客，即使他的菜真正难吃,我们也要吃,而且要多吃!

大约是一九五五年以前吧,报纸迁就台湾同胞的阅读能力,发展漫画,一部分作品向台湾社会取材。漫画家为台湾妇女造型,大脸盘,两腮横肉,门牙"爆"到唇外,小腿大腿一般粗,赤着脚穿木拖板,大趾又粗又长,高高翘起。那时"上班族"进了办公室先喝茶看报,"外省人"欣赏这些漫画,又说又笑,引起本省籍同事的反感。我一看情形不妙,写信到报刊建议改善,可是漫画仍然是那个样子。我的收获是因此结识报界的资深编辑童常。

说着说着来到六十年代,童常先生主编《新生报》副刊,经常定出专题征稿,用心鼓励"第一次投稿"的新手,文章技巧朴素而生活经验真切,他可以说是最早提倡"全民书写"的人,《新生报》因此增加了许多订户。可是他忽然被捕,居然判了死刑,耳语传播他为中共工作,他的"全民书写"也成了罪状,也有人找我问长问短。当初看漫画管闲事,后来居然有这样的发展,使我想起那四只著名的猴子：不说、不听、不问、不看。

有一次，我和小说家王蓝闲谈（那时他还不是"果老"）。我说咱们"外省作家"写的散文小说常常提到台湾的"下女"，也就是女佣，在作家笔下，"下女"又自私又偷懒，别家多出一点钱她马上跳槽，原来的雇主对她很好也没用，她说走就走，一天不肯多留。我说，"十步之内必有芳草"这句话还算不算数？"下女"难道没一个正面人物？王蓝一言未发，后来写了一个短篇，里面的"下女"有同情心，能为雇主设想，不计自身得失。大家手笔，从容委婉。那年代以我所见，仅此一篇。

"下女为什么对雇主没有感情？"有人提出这样的问题，他们怀想大陆时代的忠仆，终身跟定一个主人。我忍不住写了一篇文章间接回答，以我理解，当年大陆上有很多人家没有饭吃，这批人可以称为"饥饿群"，他们依傍殷商富户安身，今生今世不作二想。现在台湾没有这样的"饥饿群"，女人的自主权比较大，所以计较待遇，挑剔工作，不合则去,她们有独立精神。

　　王蓝的小说和我的杂感都没有发生影响,大概那些人也都是"不听不看"的。

　　话到此处,我想起当年台北市公共汽车的车掌小姐,也就是随车售票的服务员。二次大战结束后台湾重建,她们是弯过腰流过汗的。我看到一本书叫做《福尔摩沙的女儿们》,记载当年女性职场的奋斗精神,作者忘记写"女车掌",我该在这里补上一笔。

　　我在未到台湾之前(一九四七),就对台北市的"女车掌"有深刻的印象,《大公报》登过一篇通讯介绍她们。那位记者描述,每天早晨,这些十几岁的女孩,穿着制服,挂着售票袋,挺着胸膛,红着面颊,大步走上工作岗位。这个形象终于新鲜活跃地显现在眼前。

　　《大公报》说,台湾女子职业发达,"车掌"全是女孩,她们每到一站大声报告这一站的名称,声音清脆悦耳。有一个男孩考取了这个工作,第一天出动，第一次呼报站名，满车乘客听了大笑。男孩整天不敢再开口，第二天就辞职不干了。

等我来到台湾（一九四九），车掌仍然清一色女性，她们已不报站名，她们已经和乘客有了对立的情绪，主要原因是人口增加，乘客拥挤，"沙丁鱼罐头"的比喻就是那时候在台湾开始流行的。

资料显示，一九四六年台湾人口六百一十万，一九五〇年激增为七百四十五万，其中绝大部分是从中国大陆逃出撤出的"外省人"，今天称为"新住民"，把地域因素转移为历史因素，很好。一九五〇年以后，新住民继续增加，这些人多半先奔大都市寻找生存的机会，到处搭木板屋，摆地摊，也到处挤公共汽车。

那时台湾人口的出生率很高，六十年代，蒋梦麟说"一年增加一个高雄市"。方豪神父写过一篇杂文，把"同舟共济"改成同舟共"挤"。六十年代结束时，台湾的总人口到达一千二百九十八万九千一百二十六人。

那时台北市的公车班次少,乘客不守秩序,车子到站,大家一拥齐上,犹如"抢滩"。上车以后,男女挤在一起,马路坑洞多,车身颠簸,乘客身体抖动,称为"挤舞"。公车的设备差,车门坏了还没有装好,暂且用一根铁链拦住门口,照常出勤,乘客挤得车掌没有容身之地,她一只脚踏在车门之内,一只脚悬空在车门之外,身体倚在那根铁链上随车飞行,远望好像是杂技表演。

那时规定,车子到站载客时,车掌要先下车,站在地上收票,最后尾随乘客上车。有一次乘客爆满,把车掌的位置占据了,把司机的视线也挡住了,车掌无法上车而乘客催促开车,把车掌甩在车后追赶喊叫。

那时有人用台湾话形容一般新住民,说他们"只有路、没有屋",意思是奔走四方,流离失所,没有恒产恒业,也就没有"根"。我看那时多少新住民风飘水漂,身不由己,既没有活路也没有死路。公车班次少,没有候车亭,烈日煎熬加上风尘扑面，这些乘客的心情怎么好得了。

学者说，你把动物（猴子或老鼠）密集地关在一起，这些动物就会彼此仇视，互相攻击，那时公车管理处每天重复做着同样的试验，车掌是首要受害人。

话虽这么说，新住民到底是寻活路来的，那就该凭修养过日子，广结善缘。可是他们却经常和车掌发生争吵，态度凶狠丑恶，好像有深仇大恨，我常看见小姑娘的脸上挂着泪痕。"适者生存"嘛，小姑娘总不能永远天真烂漫，经过历练，她们也发明了一些伎俩捉弄乘客，也用自己的母语骂外乡人，也会长出尖牙利齿。我曾遇见如下有代表性的场面：一个胖太太，一面和车掌对骂一面下车，她一只脚已经落地，一只脚踩在车上，就那么停住了，她使车子不能开动，延长作战的时间。这一方用台语，那一方用"官话"，双方显然都能听懂对手说什么，所以你来我去没个完。

依公车处规定，车中发生重大争执时，司机要把车停在路边等待解决。这时车上的"新住民"责备车掌耽误大家的时间，他们从没想过主持公道或排难解纷。

有些男人品德很差，他上车下车故意擦撞小姑娘的身体，小姑娘剪票收票，两手忙碌，无暇防卫，《中央日报》在一条新闻里说，车掌小姐应该披挂"铜盔铁甲"。下车的时候车掌要收票根，无聊男子把票根揉成绿豆大的纸团放在手心中间，小姑娘伸手来抓，他就把手心凹下去让她抓不起来，一而再、再而三，让小姑娘的指尖"挖"他的手心。也有人趁机会塞一张小纸条给她，上面写一句调戏的话。

有一个男乘客没在争吵中占到上风，下车后越想越气，他拦了一部出租汽车追上前去，狠狠地打了那车掌一个耳光。

直到一九六六年，台北市公车管理处训练车掌"示范服务"，还要求她们"骂不还口、打不还手"。一九六七年春节假期，警察消防人员医生和护士格外辛勤,舆论赞美慰问,我在文章里提醒一句:莫忘了还有车掌,她们是"最受委屈的人",一片恭喜发财声中,只有她们还有机会听到"她妈的"。

我今天费这一片笔墨重提这一段"被遗忘的历史",也重提我几篇"被遗忘的文章"。

那时许多文章讥讽车掌有"晚娘面孔",要求车掌在服务时面带微笑,我立即反问:你到税务局、区公所、电话公司办事的时候,他们可曾对你微笑?你的董事长、总经理可曾对你微笑?车掌一个月拿多少薪水?公车处长、台北市长、行政院长一个月拿多少薪水?他们都不笑,车掌为什么一定要笑?车掌板起面孔尚且遭到调戏,倘若微笑那还得了?

我又说,台湾女子就业的比例高,这是一个可喜的现象。车掌工作很辛苦,她们都有敬业的精神,外来的人应该体认这是优点,应该想到外来的人家产荡尽,子女都要投入职场,要欣赏怜惜这些车掌,她们和你我的子女同类。

我又说,她们的年纪都还小,随车服务可能是她的第一个工作,社会应该善待她们,如同善待幼苗。多少乘客都是国破家亡负伤含恨之人,心中的喜怒哀乐不能控制调节,对公车的不满、对时势的不满转嫁到小女孩的头上,这些小女孩怎能理解?她们的心受了伤害,怎样为外省人塑造形象?将来为人妇为人母,怎样影响她们的丈夫和孩子?我们的子孙在他们的子孙面前怎样立足?

那些经验"遍身是口也说不完",然而这只是一半经验,还有另外一半。

我说过,我曾经希望和本省的小说家廖清秀做朋友,我们一同参加"文协"小说组(一九五一)。廖在小说组结束以后,很少再和同学师长来往,偶尔聚餐,他从未参加,我也不知他住在哪里,信件一律由他的工作单位转交。

廖清秀和陈火泉、钟理和、钟肇政、施翠峰、李荣春合办的《文友通讯》,提出作品切磋砥砺,我很向慕，很想向他借来一读，我想写篇文章称赞他们。两次情商，他都没有答应，后来我受挫折感支配说错了话，我对他说，《文友通讯》的模式很好，可以公开展示出来给许多青年作家做榜样，何必怕别人看见？警备总部如果想弄一份，他们很容易办到，不如干脆按期寄一份给他们，也寄到"文协"、"作协"、"妇协"。我想我失言了。

又过了一些日子，听说《文友通讯》自动停止了！不禁为之愕然。

后来有评论家说，廖清秀结识了几个外省人，得到协助和援引，所以能在文坛立足，其中提到我的名字。我想我应该替他剖白，我对廖清秀毫无帮助，恰恰相反，我编"人间副刊"的时候一再退他的稿子。那时老板要求人情味和趣味性，清秀兄走的是严肃文学的路子，我处理稿件压力很大，弹性很小。他为人厚道，从未因此责怪我。我退稿时必定附一短信，说明缘由，后来有人亮出一叠信件，证明外省编辑打压本省作家，他没有。

廖清秀有他的立场。台湾庆祝光复十周年的时候,"中广"公司要做一连串访问节目,请各行各业有成就的人士现身,文学方面预定是廖清秀。我问他:你到"中广"来接受访问好不好?他说好啊,什么时候?我说光复节那天播出,他一脸愕然:"为什么在这一天?"我也怔住了:"为什么不能在这一天?"不待对方回应,他马上知道我的答案,我也马上知道他的答案(台湾本土人士管"光复节"叫"降伏节",光复、降伏两词在台语中同音)。彼此互相报之以默然。他为人厚道,至今写文章公开感念他和赵友培、葛贤宁的因缘,但是也请"台湾意识"挂帅的人了解,他并未丧失立场。

一九六五年到一九六七年,我编《征信新闻报》"人间副刊",尽可能采用本省籍作家的文章,有一些掌故可记。

我说过,《中央副刊》高速度处理来稿,立即刊用或立即退还,曾使我身受其惠,所以我编副刊也照着做。我退稿时写一短信,说明理由,希望他理解我有局限。最近我读到名作家蔡诗萍的谈话，他回忆早年的投稿经验，称赞我的回信。

一样米养百样人。我退了一位本省作家的稿子，他立刻又寄回来，我以为助理遗漏了，亲手再退，谁知第三天再度收到，我退稿时写了信，来稿别无只字片语，我知道这叫反弹。思量许久，我把这篇文章替他转投到另一家副刊去，那一家报纸的老板不管副刊的事，主编取稿比较宽松。后来知道，这篇稿子原是"另一家副刊"的主编当做热番薯抛给我的。

那时"人间副刊"版面小，方块专栏、长篇连载、名画家沈铠画的插图和他设计的"刊头"，都是固定的内容，我每天只能发一篇两千五百字的"头题"。有一位本省作家常从国外寄文章来，写得很好，但是每篇三千字，这多出来的五百字怎么办，砍掉了，心疼；第二天续登，文章断了气。为了容纳他的文章，我有时砍掉他五百字，有时抽下自己写的方块。我不断写信请他别再超出两千五百字，他照样寄三千字的稿子来，不作任何讨论，我们这样一直遥遥相对到"最后"。

顺便提一件七十年代发生的事。名诗人痖弦去美国进修，我到幼狮文化公司替他看家，他临走在《幼狮月刊》策划了一个专辑，回顾台湾十年来文学艺术的发展，他请一位本省籍的学者写台湾的平剧。我一看稿子，他对军中剧团一字未提。就史料来说，国军文艺运动推展平剧很有成效，就政治敏感来说，青年救国团办的刊物怎可"掩没"总政治部的贡献？我请他增加一段，他也是一字未添、一言不发，原稿再寄回来。你猜我怎么办？

我十分佩服黄春明的小说，他写实，但是有灵气。他曾在"中广"公司台南电台工作，虽然难得见面，总算是同事，有时在明星咖啡馆不期而遇，还可以交谈几分钟，不像某某人见了我们一脸戒备之色。

有一天晚上，我和黄春明一同从某处出来，两人都愿意步行。我们走了很久也谈了很久，马路很静，只有我俩的声音，那是我和"本省作家"最接近的一次。我谈到文学创作和杂文有别，创作自有天地，无须和国民党争空间。我说你写诗写小说是飞鸟，我写杂文是爬虫，我的处境比你艰难。我说坐牢对作家的声望可能有帮助，对提高作品的境界并无帮助，反而可能污染作家的心灵。我认为"国民政府"对本省人比较宽松，对外省人比较严厉，我希望有人能作出统计，台湾一共有多少外省人，有多少本省人，至今有多少本省人、外省人涉案被捕，各占人口数的百分之几。

能作中夜长谈，可以算是有交情了吧，可是我一直谈，他一直默不作声，没有回响，没有交流，没有质疑，又好像谈不上交情。无论如何这是良好的开始，可是不幸的事接着发生了。

我向他邀稿，他寄来一篇寓言体的小说，一群无头苍蝇聚在一起开会。那时正值国民大会的会期，每天都有大幅新闻报道，大会的中心任务是改选"总统"，这时候我如果刊出"无头苍蝇"的故事,对我会怎样?对黄春明会怎样?对《征信新闻报》又会怎样?我跟黄春明商量,可否把小说压下来,两三个月以后国大新闻冷却了再登,他说那就算了吧!国大会期未完,"无头苍蝇"在另一家副刊出现,人家不怕,登出来以后也平安无事,人家那位主编是蒋经国的人,能担当。可是黄春明对我会有什么看法?再和他打交道就难了,思想起来,好不憾煞人也。

我很佩服钟肇政的小说,以音乐作比喻,我觉得钟肇政似巴哈,黄春明似莫扎特。钟肇政表示只写长篇,不写短篇。"人间副刊"的长篇连载和方块专栏都由余社长亲自安排,谈到长篇,他那时心目中只有"四大名旦":张爱玲、聂华苓、於梨华、琼瑶。我请张爱玲写稿,久久无成,他很失望,我对长篇几乎已经没有发言权。

我也曾想来一次擅权专断,先把钟肇政的长篇推出来再说,又恐怕这个连载叫好不叫座,遭老板"腰斩"。那时做老板创业艰难,他处处想在员工前头,事事做在员工前头,我们跟在后面大跑小跑,上气不接下气。他英明果断,朝令夕改,突然来个急刹车,大家人仰马翻。我接编之前他连斩五个长篇,包括天王星赵滋藩在内,有人形容前任老编面如土色。

我只连载了黄娟写的《爱莎岗的女孩》,那是一个中篇,大约一个多月就登完了,老板可以容忍。

我只有邀请小说家写短篇,姜贵的许多短篇都是我催生的,后来应凤凰编入《姜贵短篇小说集》。我大胆采用了七等生的六个短篇,他的语言个人特色强烈,号称"有字天书",意象繁复,造境诡奇,我很佩服。后来我看到他的年表,他某一年在某些刊物发表了哪些作品都有记载,不知为什么漏列了"征信新闻报人间副刊"的名字。

我登过李乔、季季、叶荣钟、林怀民、林献章的文章,都是用心约来。那时"人间副刊"的公信力还很弱,本省籍作家已经有了挑剔媒体的实力。

我请本土资深作家叶荣钟赐稿，他慷慨大方，合作过一段时间。他写散文一面记叙一面议论，其中总有认知上的差距，那是一九六五年，意识形态阴影未散，后来他的稿子就断了。

我很怀念钟铁民，他是台湾现代"文圣"钟理和先生的公子，那时他年轻，一见之下我有"故人之子"的感动。他的身材略有畸形，但神态泰然，完全没有自卑感，也没有利用缺点制造优势，很文静，文章细致，有些放不开，和我相同。他后来好像退出了文坛。

我是否可以说"台湾人"的个性倔强？我个人的主观经验如此。我参观李茂宗的陶艺后写过感想，我说杨达的玫瑰压不扁，李茂宗手中的陶土可以炼钢铁，成岩石，作皮革，他把陶土的物质功能发挥到极高。他又超脱陶土的"殊相"，赋予生命力不屈不挠无惧无悔的"共相"，其精神境界表现了普遍的台湾性格。

在台湾交朋友很难。还记得我到《公论报》工作的时候,遇见一位日本来的台湾侨领,他是李万居社长的朋友,居然有兴致找我聊天,他讲的话我闻所未闻。

　　他问我为什么不去读书,我说我是大家庭的长子,必须工作赚钱。他说:"中国的孝道埋没了很多年轻人。"他问我对台湾有什么看法,我说:感谢上帝,地球上有个台湾。"你信基督教吗?"我说我十四岁受洗,现在信仰并不虔诚。他点点头:"有适当的距离比较好。"

　　最后我问他怎样看"外省人",他毫不客气:"你们外省人将来都会得精神病。"为什么?"你们再也回不了老家。"古今中外一生漂流在外的人很多啊?他说那不一样,他们如果决心回去就可以回去,你们想回去但是不许回去。他说了一个比喻:"我们可以一整天坐在这里,如果有人拿了枪站在门口,不准我们出去,我们一分钟也难熬。"

　　他还说,郑成功到了晚年,他带来的子弟兵都生了严重的怀乡病,他下令禁止再谈反清复明,违令者以扰乱军心治罪。

这些年,我越想这位侨领越"神",他大概是在一九五四年说出这些话来,那时候,他(他们?)就把我(我们?)看"衰"了?

到了八十年代,台湾解除戒严,开放大陆探亲,"新住民"回到原居地,只见到哭哭啼啼要钱,只听到对反革命家属和海外关系的怨恨。还乡的人一生血汗,倾囊也不足以弥补。有一位"新住民"作家以善与人交著称,他听到"旧住民"的朋友讥讽:你们不是整天怀乡吗,你们不是念念要寻根吗,现在滋味如何?他说这哪里像朋友?朋友怎会等着看你的笑话?他说他在台湾三十年很失败,并没有交到朋友。

我结交的"旧住民"很少,吴氏图书公司的创办人吴登川很够朋友,那是我出国以后的事了。

## 张道藩的生前身后是是非非

一九六八年六月十二日下午十时，张道藩先生逝世，享年七十二岁。

我在回想六十年代生命痕迹的时候，从《文讯》月刊上读到一位年轻学者的文章，他说张道藩的文艺工作受到军方抵制（大意如此）。从来没人谈过这些是是非非，他怎么会知道？

"国民政府"是一九四九年十二月迁到台北的，一九五〇年，张道藩奉命成立"中国文艺协会"，领导文艺工作，配合国策，反共抗俄。

那时台湾守军面临物质上和精神上的种种困难，一九五一年，国军展开"克难运动"，激励士气，各军以竞赛的方式选拔"克难英雄"，到台北接受表扬。

政府接待克难英雄,规格很高,蒋介石亲自召见,"行政院长"陈诚设宴款待,"总政治部"发动社会各界举行盛大的欢迎会,一连多天都是报纸上的头条新闻。

"中国文艺协会"没有赶上形势。

"总政治部"通知"中国文艺协会",前线官兵爱读文学作品,心目中有很多偶像,请知名的作家都参加欢宴,"每位英雄旁边坐一位作家"。那时候谁是前线官兵的文学偶像呢?"总政治部"没说,可是我们都知道,张秀亚、徐钟佩、潘琦君、钟梅音,还有罗兰,都是女性作家。

张道藩亲自出席了这次宴会,赵友培还作一首《克难英雄颂》当场朗诵。可是在"总政治部"看来,"文协"会员怎么来的这么少?女作家尤其"该来的都没来!""每位英雄旁边坐一位作家",构想大为逊色。何况作家向来不守时,"七点钟开会,八点钟到齐",距离军中的期待太远了。"总政治部"一位副主任在场主持,他发了脾气,说话很重,完全没给张道藩留一点面子。

"文协"会员的行动跟军队的期待有距离,政工长官待人接物也跟"文协"的期待有距离,"文协"对总干事没有深入动员作了检讨,"总政治部"呢?有没有对这位副主任的作风提出纠正?如果有,我不会知道,可是如果有,以后某些事情应该不会发生。

几个月后,"总政治部"成立"中国美术家协会",正是那位副主任兼任会长,他把"中国文艺协会"美术委员会的成员都拉过去,我看到这个会自己编印的会史,坦然承认"中国美术协会原为中国文艺协会下之美术委员会,一九五一年扩大改组为中国美术家协会"。美术委员会可以发展为"中国美术家协会",音乐委员会也可以发展为"中国音乐家协会",文学电影舞蹈都可以比照办理,"文协"的结局岂不是五马分尸?

在"文协"诸公看来,"文协"随时可以解

散,也可以易主,只消总裁一句话。党的广播事业和电影事业,张道藩担任首长,总裁指示交出去,马上乖乖地交出去了,现在总裁连咳嗽一声也没有啊。于是发生了一件"意外",蒋介石召见"文协"五位常务理事,垂询工作情形,"文协"二把手陈纪滢当场提出问题:"文艺工作到底由谁领导?"他要求蒋公明白指示,大家也好有个遵循。蒋公立刻回答:"由道藩同志领导。"

据说陈纪老这一问,出乎张道藩的意料之外,可是"总政治部"会怎样评估?这一问,问出来三分天下,"中国文协会"管社会,"青年救国团"管学校,"总政治部"管军中。"青年写作协会"因此成立,国军文艺运动也由此伏脉。

也许因为有此一问,蒋经国终身不沾文艺活动,他执政以后,放下身段,上山下海,走进监狱慰问服刑的人,他可曾到文艺大会现身说话?直到一九七八年,陈若曦得到"吴三连文艺奖",他去颁奖,为的是招引陈若曦回台湾。

还有更"引人入胜"的佳话轶闻，金门国军选拔战斗英雄，女性政工干部二人入选，新闻界称之为花木兰。总政治部安排两位女英雄到台北"度假"，邀请张道藩也邀请蒋碧薇参加宴会。蒋碧薇本来嫁给大画家徐悲鸿，后来离婚，来台后和张道藩赋同居之爱，两人从来不曾"成双"出外应酬，但是"总政治部"给两人单独发了请柬。

据《中华日报》的独家报道说，酒席筵前，两位花木兰和蒋碧薇甚是投缘，气氛融洽，一位同席的"人士"对蒋碧薇说："你没有女儿，收她俩做干女儿吧。"两位花木兰何等乖巧，立刻跪下磕头叫干爸干妈。新闻报道说，张道藩"又喜又窘"，第二天，干爸干妈带着干女儿吃馆子、买见面礼。

这是张道藩极不愿意发生的事情，有时候，新闻报道说他和"夫人"一同看画展，他总要依管道向报社表示纠正。有一次，他和蒋碧薇一同走出"中广"，有一个记者迎面给他们拍了一张照片，张指着那位记者大声喝问："他是哪家报社的？告诉他不要发表！不要发表！"

一九五五年又发生"民族舞蹈"一案，有人检举，"文协"主办的舞蹈节目中演出苏俄舞蹈。这一疑案直接造成张道藩主持的"中华文艺奖金委员会"停办，间接造成"反共文学"的工作中断。

"总政治部"策划的文艺活动，道公未再参加，他派赵友培代表出席。他的工作团队逐渐瓦解，虞君质曾受"匪谍"牵连，政治上有瑕疵，李辰冬到新加坡去教书，王蓝的名气够，但是资历浅，算来算去，只有把赵友培推上前线。既是代表张道藩而来，主人必须高规格接待，"文协"对军中文艺运动也极力配合，精英尽出，但友老并非身段柔软处世圆融的肆应之才，很难完全弥补道公缺席的遗憾，也未能给自己增长善缘。

一九六八年六月二十二日道公出殡，"十九个文艺团体"联合公祭，祭文中提到道公亲自写反共歌曲。唉，这件事不说也罢！算来那是一九五三年的事了，他刚刚做了"立法院长"，有一次，他召集"小说组"学员茶叙,邀请罗家伦讲话。道公表示,现在需要反共歌曲,他要亲自动手倡导,他已经改编了明人的一首民谣。他站起来大声朗诵:

老天爷你年纪大

耳又聋来眼又瞎

看不见人听不见话

杀人的共匪为何不垮

大陆同胞活活的饿煞

老天爷你不会做天你塌了吧

…………

孩子们我虽然年纪大

耳还没有聋眼也没有瞎

我还看得见人听得见话

那杀人放火的不会永享荣华

那善良的人们不会完全饿煞

孩子们瞧着吧万恶的共匪一定垮

罗家伦马上说,明朝的那首民歌原是咒诅崇祯皇帝的,无形中同情李自成造反,天下后世已经把

"老天爷"和"皇帝"并而为一,对道公隐然有劝阻之意。我很接受罗先生的看法,但是道公说,他用改写后的歌词反映大陆同胞的痛苦和悲愤,反共的情绪强烈,他希望大家"照着我的理解来理解"。

道公把歌词寄到美国,请赵元任作曲,久久没有回音。他没想到"没有回音"可能是某种讯号,就近改请刘韵章作曲,"中广"公司台湾台于一九五三年十二月一日播出。

谁料这个新版本并未流行,"原版本"却趁此机会"出土":

> 老天爷你年纪大,
> 耳又聋眼又花。
> 你看不见人,听不见话,
> 杀人放火的享尽荣华,
> 吃素看经的活活饿杀。
> 老天爷你不会做天,你塌了罢!
> 你不会做天,你塌了罢!

人心微妙,好像在"老天爷"和"老总统"

之间有了联想，于是警总下令查禁，我看见新闻局汇编出版的查禁歌曲目录，其中有一首《老天爷》，作者的名字赫然写着"张道藩"。

　　再说下去，就要说到我混饭吃的"中国广播公司"。

　　一九四九年，"中广"奉令加强对中国大陆播音，使用"自由中国之声"名义。

　　一九五〇年，"自由中国之声"节目由国民党中央党部第六组督导。

　　一九五一年，情报机构建议使用"中央广播电台"名义播音，这是训政时期党营广播的名称，据说"大陆同胞十分怀念"。

　　这年在"中广"节目部内成立大陆广播组，由中央党部第六组派员主持，作家钟雷、黎中天、吴引漱参加撰稿。

　　一九五三年六月，大陆广播部成立，由新公园迁往仁爱路三段"中广"大楼办公，陈建中以中央党部第六组主任之尊兼领，对内称大陆广播部，以"中广"名义争取美援、接受政府补助、使用"中广"办公大楼，对外称为"中央广播电台"，脱离国民党节制，纳入情报系统。尽人皆知，情报系统的首脑是蒋经国，他的公开职务就是总政治部主任。

名义上的大陆广播部，实际上独立为"中央广播电台"，"中广"须将大批人员、土地和工程设备移交，包括大安发音室，民雄新发射机，沿途微波站，郊区收音台。这么多的财产移转，乃是公司一等一的大事，必须由董事会通过。那时张道藩还是董事长，开会担任主席，那时总经理董显光任"驻日大使"，曾虚白代总经理，他第一个提出反对，他说"中广"的对大陆广播，已在东西双方"冷战"的战场上成为劲旅，董事长张道藩、总经理董显光费尽心血，现在我们的责任是保护公司资产，增加公司资产，怎么能把这么大一笔资产拱手让人！他的理由无可辩驳。

可是第二天，"中广"董事会召开紧急会议，通过了"中央电台独立"，有关财产全部移交。

一九五四年五月，"中央台"正式成立。之前两个月，曾虚白辞职，之后一个月，梁寒操继任董事长，魏景蒙继任总经理。

曾先生是国民党改造委员会的委员，兼第四组主任，一颗跃升的政治明星，离开"中广"以后也离开了仕途，终身著述教学。有人喟然叹曰：曾虚白他老人家怎么看不开，那时悠悠众口，把天下为公添足而成"天下为公子"，把青年归主添足而成"青年归主任"，整个国家在人家手上，区区大陆广播何足道哉，还不是爱放进哪个口袋就放进哪个口袋！

"中广"开董事会的时候，张道藩遵守会议规范，完全中立。情报人员的字典没有"中立"一词，他们经常引用耶稣的话："不与我聚敛的，就是与我分散的。"

"中央电台"庆祝开播"半"周年，典礼盛

大铺张，政要云集。电台邀请张道藩这位"贵宾"第一个上台致词，他历数他和董显光怎样创始、怎样扩充、怎样发展了对大陆广播，反客为主，没让一尺一寸，中央六组大员准备的演讲稿无法使用。当然，第二天看报，六组的说法字字句句，开天辟地，道公说的话一笔带过。有人喟然叹曰：道公怎么没读乔治奥威尔的话："谁掌握现在，谁就掌握过去；谁掌握过去，谁就掌握将来。"

一九六八年四月六日下午一点三十分，道公在寓所昏倒，跌伤头部，神志昏迷，医师来家诊治，建议立刻住院。那时国际知名的脑外科专家施纯仁医师在三军总医院挂牌，"非军人"住三军总医院必须由"国防部长"（参谋总长？）批准，那天是星期六，有权核批的人不在办公室里，幕僚到处联络，错过了"黄金时间"。

施医师对病情悲观，他说简直没有痊愈的可能。下午九时开刀，手术完成以后，道公没有再清醒过来。

听说道公生病，我赶到医院探望，当时没弄清楚病房号码，进门先问柜台，他竟不知道张道藩是谁。医生禁止亲友探访，护士在病房门口准备了签名簿，我们只能签名。我天天去打听消息，只看见签名的人天天减少，推测道公凶多吉少。

六月十五日，治丧会在"立法院"交谊厅开会，治丧委员八百四十三人，我也有一个名字，出席人数大约一半，会议由严家淦"副总统"主持，一切都有成规可循，会议进行顺利。"立法委员"许绍棣突然提案："筹措遗属生活教育费"，他强调道公清廉，家无余财。方治立即上台发言，语调悲愤，他说道公一生尽瘁党国，党国应该照顾他的家属，治丧会倘若发起捐款，那是党国的耻辱，也是对张道公的侮辱！这两个人对道公未能立即住进贵族医院"中心诊所"急救似乎耿耿于怀，募捐云云大概是一种发泄的方式吧。

"立法委员"吴延环出面打消了许绍棣的提案，他是张道藩的妹夫，带领道公法国籍的夫人淑媛女士，独生女丽莲小姐，胞弟张宣泽先生，四人一同登台婉谢，声明生活费教育费都没有问题。随后"立法委员"程沧波提议，推举蒋经国、谷正纲、谷凤翔、徐柏园、胡健中五人筹划"如何纪念道藩先生对文化事业的伟大贡献"，圆滑收场。这也仅仅止于提案而已，没有任何迹象可以实行。

我坐在最后一排，靠近门口，散会时我站在门里，仔细看那些大佬鱼贯出场，我要看国民党即将离散的繁华。我一时出神，忘了这是很不礼貌的举动，有人被我看得眼神散乱，很不自在。那些人都比张道公长寿，王云五活到九十一岁，张宝树活到八十七岁，梁寒操活到七十六岁，郑彦棻活到八十八岁，谷凤翔一九八八年才逝世。

道公做"立法院长"九年，经常在派系倾轧中、在领袖的意志和委员的意气夹缝中工作，主持院会七五一次，通过议案五九四件，患了严重的神经衰弱症，常常连夜失眠，医药无效。他能把最不喜欢做的事做得最好，所以九年内辞职十五次，蒋公一律慰留，他也一再放弃最后防线。蒋公知人善任，知道他有"死而后已"的天性，任其油尽灯干，几乎可以说，道公的遭际和陈布雷相同。

文坛诸君子都说，道公和吴稚晖、胡适之一样，死得其时。倘若久病在床，他没有钱可以应付那么大的花费，国民党中央委员到期改选，他势必失去常务委员的职衔，也就失去党的照顾和社会的关怀，蒋公也老了，准备交班，道公和接班人的关系并非很融洽，长此下去，他怎样维持个人的尊严？万一变成植物人，那就更不堪设想了！大家相顾嗟叹一番。

一九六八年六月二十二日上午，道公的丧礼在台北市立殡仪馆举行。殡仪馆大厅站满了人，蒋经国没有出现，王昇名在治丧委员前列，他只送来挽轴挽联。致祭的单位川流不息，没有军中文艺运动委员会，"文协"设了一个项目："十九个全国性文艺团体联合公祭"，并未列出这十九个团体的名称，勉强掩饰过去。军方办的报纸也只当做一般新闻处理,没有以社论或专论表示悼念。

蒋介石"总统"亲临致祭,我第一次站得离他这么近。他在例行的仪式之后,注视遗像,叹了一口气。当时张府的女公子在供桌旁答礼,张夫人在帷幕后守灵,蒋公跟张府的女公子握手,转身离去,法国籍的张夫人经人提醒,从帷幕后面追到大门口蒋公座车之旁,见了一面。

几辆大客车把一部分人载到阳明山墓地,墓碑刻着"中华民国文艺斗士张道藩之墓"。焚香行礼,诵启灵文,"清城郁郁,白草芊芊,扬辉六月,永照牛眠。"棺木下葬落地,人群散去,最后剩下罗学濂、邢光祖和我,看工人覆土。这时三人开始流泪,邢光祖下泪最多。

诸事完毕,张夫人离开台湾,她做了一件奇怪的事情,把结婚证书交给"文协"。是的,这个文件对她没有用处了!证书是用毛笔写在宣纸上,文句简单,道公用中文签名,夫人用法文签名,后面两位证人,记得其中一人是谢寿康。婚书自创一格,想见二十年代中国留学生的维新气概。

毕竟是"文艺"协会,最后还得来个高潮。

一九七二年,蒋经国出任"行政院长"。一九七五年,蒋介石逝世。日月如梭,说着说着来到一九七七年,我出国的前一年。

这年"文协"大会改选理事,小说组学长张云家投入竞选,开会之前,他请我们十几个同学饮茶,商讨如何组织拉票。军中作家罗盘后到,他听了云家的计划之后透露上级指示,凡是有"文协"会员身份的军中作家一律出席大会,中南部的会员由公家包租游览车北上,大家依照上级规划的名单选举理事,彻底改变"文协"的结构。

我想起一九五一年之事,"总政治部"挖走"文协"的美术委员会,另立"中国美术协会",陈纪滢当面问蒋公文艺运动由谁领导,"文协"得以瓦全。二十六年后,老皇驾崩,新皇万岁,军方用心,伏脉千里。我当场劝云家兄放弃竞选,并且表示我不去开会。

"文协"开会会员出席的人数一向低于百分之五十，投票的意愿也低，军中作家有备而来，立即掌握了选举。陈纪滢、赵友培这两个老理事根深蒂固，还是当选了，"文协"自成立以来，延请一些德高望重的作家、艺术家进入理事会，这些人不过问会务，也不常参加活动，他们象征"文协"的广阔包罗，这一次都落选了。

"文协"的灵魂人物是常务理事，他们轮流主持会务，没有理事长。新任理事三分之二是军中作家，未来的常务理事从这些人中间产生，军权代替党权，"全国性文艺团体"的假象也消失了。会后陈纪滢、王蓝一同晋见"总政治部"主任王昇，王上将表示他完全不知道这件事情，既然当家的人"不知道"，那就好办了。中央党部副秘书长秦孝仪出面劝说，军中作家纷纷退让，"文协"再把落选的老前辈补上。

回忆录最好如周弃子的诗："我论时贤无美刺，直将本事入诗篇。"但议论成习的人要想完全戒除也难，我认为道公做"立法院长"很成功，然而成功也就是失败，借用莎士比亚的譬喻："驮了黄金的驴子"。他领导文艺运动是失败的，但失败也就是成功，他不过是一名文艺斗士而已，斗士独善其身，倘若"文协"在一九五一年遭到肢解，那就有人想兼善天下，五十年代也许出现文艺沙皇。

　　道公的宏志大愿是办一座文艺大学，后来求其次，想成立一座文艺图书馆。有人提醒他，要办就趁着做"立法院长"的时候办，他说那样岂不成了利用职权？他要等卸任以后再办。那人说，卸任以后恐怕就办不成了，道公认为某人某人都答应到了时候支持他，这些人都是可靠的朋友。他好不容易把"立法院长"辞掉，再去找这些人旧话重提，这些人都一个一个顾而言他，这位天真的老人家居然大受刺激，生命失去了重心。

　　张道公和夫人团聚，和情人分手，蒋碧薇出版回忆录《我与道藩》，公布两人当年的恋情，毁坏了这位志士端正严肃的形象，有人说，这本书把张道藩气死了,这话过甚其词。道公当然不希望蒋碧薇"爆料",曾经托人劝阻,那人对蒋说,张道藩的寿命也来日无多了,你等他身后再出书吧。蒋碧薇的回答是:"黄泉路上无老少,也许我比他早死。"

眼见蒋碧薇箭在弦上,张道藩上阳明山晋见蒋介石,坦承"私生活出了问题"。据说蒋介石立即表示:"人人都有私生活,我也有。"张道藩听了,心上一块石头落了地,下山回来,脸色好看多了。

蒋碧薇在台湾师范学院教书,文坛后学尊称她为蒋老师,她手上握有张道公当年写给她的情书,数量很多,"蒋老师"把那些情书严密收藏起来,不让道公看见。那些信都是在国难当头的时候写的,道公已是党国闻达之士,居然还有这样的私情!"他人有心,予忖度之",他追求儒家的完整,那些信是他的心病。

一九五三年,道公找我记录他的口述自传,那时也是"国难当头",他怎会有这番闲心?我有一个感觉，他可能希望借故取回那些信。赵友培老师向我暗示："不但要跟张先生好好相处，也要跟蒋老师好好相处。"但是"蒋老师"岂是容易"好好相处"的人？说不尽的惭愧，我根本没有那个本事。

蒋碧薇出版《我与道藩》，可以说是张道公最不如意的一件事，他怎知道他在海峡两岸名垂不朽，竟是靠他跟蒋碧薇的爱情佳话！他当年讳莫如深，而今却由名记者潘宁东编成广播剧，在他领导过的"中广"公司制作播出，然后写成小说，畅销两岸三地，还可能拍成电影。他也曾竭尽心力立德立功，今人竟等闲视之，有人还做了负面的解释。

《我与道藩》由章君谷执笔，他是小说家，长于"代言"，文笔精彩，可读性高，张蒋之爱受人称道，章君谷功劳很大。章君谷说，他也没看见那些情书，两人通信的那一部分，蒋碧薇自己整理嵌入，可见蒋用心之深。

道公晚年病中，赵友培教授长在左右，友老整理道公的口述资料，写成《文坛先进张道公》一稿，交《中华日报》连载。出版时，《中华日报》的楚崧秋社长认为，"道公"只是一时一地的称谓，一本有价值的书流传久远，异时异地的读者就觉得隔阂，依照他的主张，书名改成《文坛先进张道藩》。这本书在序文中声明："不谈政治，不谈爱情"，只谈道公的文艺工作，内容专精，可以稍补道公的遗憾。

前不久接到台南国家文学馆游淑静副馆长（已离职，现任职文建会）来信，她说文史家张锦郎捐了一批文件，其中有张道藩自传的手抄原稿（局部），问我是否能说出此稿来历。据闻蒋碧薇过世的时候，家中东西没人收拾，书籍文件形同弃置，那一部分手抄的稿本是从地上捡到的。那么道公当年写的情书而今安在？怎么一直没听到有人提起？

道公有写日记的习惯，他的五册日记也不知去向。日记放在他在阳明山的研究室，一位"与道公关系亲近的某委员"，带着"两个穿中山装的人"，向张夫人讨取研究室的钥匙。"日记"莫非落入他们之手？他们又要这个做什么？某委员也作古了！天上地下，魂魄相逢，或者会有一番交代吧。

## 冷战时期的心理疲倦

我想我得了忧郁症。

六十年代,我家的艰难已经度过,弟弟考取公费,赴英国剑桥大学读书,得到博士学位,妹妹师范学院毕业,应聘到名校教书,她婚前婚后一直细心照顾父亲,妹丈也处处周到,真是应了家乡代代相传的老话:"有好儿子不如有好媳妇,有好女儿不如有好女婿。"我兼差,写稿,略有虚名,可以知足惜福,曾任台湾师范学院院长、台湾省教育厅长的刘真,每次在公共集会中相遇,他总要说一句"你了不起!"

可是我的健康出了问题。我觉得非常疲倦,早晨本是一个人精神最好的时候,可是我从起床那一刻就筋骨酸软。前额的皮肤慢慢变成黑色，像一片乌云遮下来，依照相书上的说法，我交了"华盖运"，冥冥之中小鬼替我打伞。也就在这时候，我读到王国维的那首诗，"出门惘惘欲何之，白日昭昭未易昏。"恨不得那就是我的作品。

然后是头痛，医生说这是肌肉紧张引起的，他开了药方，我吃了无效。另一个医生告诉我，头痛的原因有几百种，没有办法一一检查，他给我开镇静剂。我并不需要药物帮助我入睡，我的睡眠时间很长，军营中培养的好习惯——早起完全抛弃了，星期天的时间多半消耗在乱梦里。我眼皮沉重，依然头痛。

我非常容易感冒，感冒治好了，扁桃腺继续发炎，扁桃腺消炎了，咽喉里还有一块咽不下去的东西。一位医生劝我把扁桃腺割掉，另一位劝我不要割。扁桃腺是个累赘，脑袋也是个累赘，我身上的每一件器官都是累赘，但是一个也不能少，要命的重担我必须挑起来。

后来增加了胸痛，带来最大的困扰，症状很像狭心症，左臂发麻，呼吸困难，"发病"常在夜半，睡眠中喘不出气来，自己把自己憋醒了。狭心症可怕，赶快跑到医院急诊，医生看了心电图说"你回家吧"。第二天看门诊，医生劝我每天喝一小杯白兰地，我试过，慢慢啜一小口，心脏就剧烈地跳起来，加上头晕。渐渐的，台北市中山北路"美而廉"的咖啡本是我的最爱，我也戒绝了。渐渐的，茶也不敢喝了。

遍求名医，台大医院心脏科陈炯明，荣民总医院心脏科姜必宁，胸腔科星兆铎，中心诊所脑神经科施纯仁，台湾省立医院内科熊丸，他们受朝野上下一致信赖，可是他们甚至对我的便秘都束手无策。星兆铎医师没有药方给我，他只说"你的情况我知道"，奇怪啊，他知道什么呢？他知道什么呢？

厌恶公共集会和社交活动，我工作很忙，容易找到借口缺席。我厌恶和别人沟通协调，认为那是虚伪敷衍，我从未好好地处理人际关系。"中广"

公司节目部教我做科长、组长，我坚决拒绝，我把行政工作看成"驮黄金的驴子"。王健民教授对我说："一个人若是怕麻烦，他的事业前途就会受到限制。"（谢谢他这个好心人！）我是点不醒的，哈哈，事业前途！我只有在写文章的时候觉得还可以活下去，那就埋头爬格子吧，今日有文章今日写，那时有一首歌曲流行："你说什么我不知道，不要提起明朝！"

一度住进台大医院的精神病科仔细检查，主治医师写了很长的病历，却没有提到忧郁症，是否那时候（六十年代）还没有这个病名？我在精神病科也有收获，我看到关在铁栏杆后面的病人痛骂医生和护士，辱及祖先，而被骂的人好像一个字也没听见，照常工作。那时台大医院以服务态度粗暴闻名，病人形容医生护士像刑警，那时台湾凶杀案很多，我担心有一天退伍军人会闯进来丢个手榴弹，第二天图文血腥占满各报社会新闻版，接连炒作几天，成为"本周卖点"。来到精神病科，刑警都变成菩萨,打开了我的眼界,也打开了我的心胸。

骆仁逸对我说:"这么多名医说你没有病,你就是没有病。"是这样吗?是这样吗?司马桑敦告诉我:"心理上的病,常借生理的状态显现。"是这样吗?是这样吗?吴心柳介绍什么人的一句话给我:"越是接近头顶的病,越需要心理治疗。"是了!也许是了!

也许有关系,也许没关系,那是冷战的年代,多少人的心理有某种病态。

一位收费高昂的名医说,他的病人都是达官显要,五十年代,人心郁闷,工作忙碌,求诊者大都患了胃溃疡,六十年代,酒食应酬频繁,求诊者多半患了糖尿病。他也没提到忧郁症。

二次大战结束后,世界各国分成两个集团,一个以英美为首,一个以苏联为首,双方在经济、外交、文化和政治宣传方面对抗、冲突和竞争,称为冷战(Cold War)。由一九四五年到一九九〇年,多次发生激烈冲突,随时可能演变成全面热战(世界大战),美国国务卿杜勒斯称之为"战争边缘"。这个说法,后来衍化出《中国时报》的"法律边缘",民进党人的"暴力边缘"。法律边缘是报人作家喻舲居六十年代对时报采访政策的描述,据说余老板听到小报告的时候双眉一皱,七十年代,这四个字就成了余老板亲口说出的工作指示。

  美苏双方都有核子武器,"战争边缘"也就是同归于尽的边缘,长期的紧张恐惧改变了人的生活,外电报道,英国人的胖子年年增加,许多人吃零食舒解压力,美国妇女的性行为更放纵,她们想做女人何必太规矩,也不知道哪一天苏联军队打进来把她们都强奸了!英国哲人罗素甚至发动请愿,宁可受苏联的专政统治,反对发展核子武器。

  台湾是冷战的前方,人在台湾,忧虑更大。西洋人说国共战争是"美苏两国代理人的战争"(我认为这个说法很勉强,此处按下不表)。国共战争停滞对峙的一瞬,犹如电影的停格,围棋的长考。下一步怎么走?有人指出,台湾政局出现了三种矛盾：平时与战时的矛盾，临时与永久的矛盾，均权与集权的矛盾。有人指出，台湾社会出现五种差距：年龄的差距，知识的差距，财富的差距，地位的差距，历史记忆的差距。环境如此，人心不安，人群不和，人性也慢慢异化了！

一九六四年十月，中共举行第一次原子试爆，据说那一夜，蒋介石整夜没有合眼，他端端正正坐在椅子上，脸朝着西方。也许就在那一夜，他决定以"光复大陆"代替反攻大陆，也许就在那一夜，"建设台湾"从手段改为目的，也许就在第二天早晨，一向高歌"我们明年回大陆"的人由痛苦产生幽默，我们一定会回去，自己打回去，或者解放军押解回去。

建设台湾，即使把台湾建设得尽善尽美，那又怎样！史家形容古希腊的灭亡，"水晶瓶撞在岩石上"，你有本事把台湾打磨成一粒钻石，中共有本事把它镶在五星徽上。有一天早晨，我陪一位乡长穿过新公园，看见一群中老年人打太极拳，个个面色红润，身手灵活。老乡长喟然叹曰："这些人怕死！"我说，"留得青山在，不怕没柴烧。"他说，"也许留到中共的劳改营去烧大灶。"

"建设台湾"，建设一个什么样的台湾呢？

"国富则多贪"，经济成长，贪官小偷娼妓也跟着成长。以我的感受而论，那时大官极少大贪（他们也没有机会小贪），小官则多半小贪（他们也没有机会大贪）。人到台湾，在蒋介石殿下为臣，升官和发财是两条频道，求富求贵两种人在他的阶下排成两个队伍，"政策性贪污"很少。可是每天执行政策的是小官，老百姓每天面对他们，等待他们高抬贵手，"技术性贪污"却很普遍。

以某些申请案为例，当年标榜"万能政府"，负责管、教、养、卫，事事需要政府批准，申请人多半要在申请表下面附一个信封，里面装好大钞，承办人看完申请表，顺手掀开，如果没有那个信封，他可能把文件向前一推，告诉你"手续不全"。有些承办人面前排着长龙，他的办公桌最下面的抽屉是打开的，轮到你上前对话的时候，你站在他的旁边，悄悄朝抽屉里丢一个红包，彼此不动声色，保证风调雨顺。

有一次，"中国文艺协会"开理事会，管财务的人报告收支，特别说明有四百块钱不能入账，也没有收据，那笔钱送给管区警员了。"文协"在大门旁边设置了一个铁架，会员可以把脚踏车锁在上面防范小偷，这件事必须警员合作才行。新台币四百元是多少钱呢，那年上等香烟十元一包，警员说，他要买四条烟交给主管，主管会把香烟放在办公室里大家吸，他得时常带些"小零碎"回去才有面子，他要求"文协"谅解。"文协"的当家人是"立法院长"，二把手是资深"立法委员"，总干事持有出入警备总部的长期通行证，警察毫无顾忌，"文协"办事的人也遵守游戏规则，众理事皆无异词。

小贪官创造了许多小故事，对文学创作大有贡献，可惜没引起小说家注意。某机关招聘汽车司机,最后一关是交一篇自传,那个考试成绩最好的人不能报到,承办人说自传的内容是假的。这位司机找我商量,我带他去向一位刀笔老吏请教,老吏哈哈大笑:"谁的传记是真的?蒋介石的传记是真的吗?"他说阴历年马上来到,你穿上西装到那承办人家里拜年,左边的口袋里装三个红包,每个五百元,右边的口袋里装两个红包,每个一千元,如果他家有两个孩子,你掏右边的口袋,如果他家有三个孩子,你掏左边的口袋。照你将来的待遇衡量,你该送他一千五百元到两千元,少了没有用,多了不合算。我一听,他分明是在愤世嫉俗么!一个月后我在人行道上步行,一辆崭新的小轿车在我身旁停下来,我没想到那司机居然依计而行,结果是关节豁然贯通。他坚持用他长官的座车送我一程。

说到拜年的红包,我想起一位科长,他有资格在建筑案件上盖章,求他帮忙的人很多。他没有孩子,特地从孤儿院领来一个小养女,科长太太并没有爱心，平时常常打骂，惟有大年初一、初二这两天，她把小养女打扮得漂漂亮亮放在客厅里，拜年的人来了，掏出红包往"女儿"的口袋里塞。这个小养女是她家的"扑满"，那些奔走营求的人大呼"方便"。到了年初三，科长太太就把养女的新衣服换下来，"弄脏了难洗，明年还得穿。"

我又想起一个人来，他在主管农产品外销的机构做事，贪污受贿，判了七年徒刑。他带着一台录音机欣然入狱，每天听录音带修习英文，他太太整天坐在牌桌上，有时向牌友夸耀："我们三代也吃不完用不完！"七年专修英语，囚徒服刑期满，带着全家到美国做寓公去了。

抗战时期，政府严惩贪官污吏，判刑一经确定，"家产除酌留家属生活必需费用外，一律没收。"抗战胜利，政府检讨战时法令，认为这一条文承袭君主时代的抄家，予以废除。监察院陶百川委员在他的一篇文章里指出，一个中级公务员每天的薪水是多少钱，一个贪污判刑的人，他一天的

"代价"又是多少钱,这么一比对,贪赃枉法的收入比奉公守法超出百倍千倍,社会的不公不义完全凸显出来。我现在找不到这篇文章。

杂文短评跟着新闻走,千遍万遍,我问这样下去怎样立国。那时不准危言耸听,我只好说,生而为中国老百姓只有忍耐,"小不忍"害处更大。我只好劝贪官自己有节制,给子孙留余荫。

那时杂文的风尚是尖酸刻薄,我并不喜欢,可是出于职业压力,有时也得表示"我也办得到"。

我说过,到机关办事,你得托人疏通,你如果托国父孙中山先生出面,一定成功。钞票上面印着孙中山的肖像,我的意思是送钱。红包送进去,他们的笑脸就露出来了,我说他们都是卖笑的。那时有个"便民运动",意思是给老百姓方便,我说为了便民,每个承办人的桌上设置一块牌子,写明承办人的姓名住址籍贯学历,便于奔走请托。我又说邮政有快信,坐火车坐飞机有头等舱,医院看病有"提前号",收费高、服务的品质也提高,政府赶快增设"特快申请"的窗口,规费增加十倍二十倍,半数归公,半数归私,红包化暗为明。

社会缺少公义,平民百姓感受深切,买火车票电影票,看病挂号,申办户籍誊本,还有修围墙,装电话,尤其是涉及司法、税务、人事上的考绩升迁,处处有特权的影子。记得政府一度下令禁止赌博,警察可以闯入民宅突击抓赌,四个人同桌打牌,抓走三个,留下一个,三人当场质问:"你为什么不抓他?"带头抓赌的小组长立即反问:"你为什么不是他?"台词精彩,立刻传遍台北,这位小组长一夜成名。

积弊而后积怨,积怨而后积愤,于是社会不断出现暴力凶杀。

凶杀案照例是社会新闻版的头条,而社会新闻版是民营报纸的"头版",每天读者拿起报纸,先翻出这一版来看,各报锐意经营,开拓销路,社会新闻的采访记者都是民营报社的王牌,读者贪得无厌,同行竞争激烈,他们工作压力很大。我编"人间"副刊的时候,一位名记者跟我同室而坐,他常从外面败兴回来,大台北父慈子孝,夫唱妇随,他无处着墨。有一天他愤然自语:"我去杀一个人,回来写新闻,他们谁也写不过我。"

我长年写"小方块",大半从社会新闻取材,常在新闻的字里行间寻找可依、可疑、可议、"可异"之处,堪称最尽心的读者,年长月久,从微观中可以略窥宏观。

起初,心有怨愤的人纷纷写信向高层投诉检举,那时国民政府检讨为何失去大陆,誓言今后一定要兴利除弊,为民服务,他们相信了。这种投诉信大概到主任秘书或办公厅主任为止,主其事者依官场旧习,把检举信转给被检举的官员,要他"办理呈复",若是下级检举上级,百姓检举警察,检举人的经验可就深刻惨痛了。我是国民党员,一度在当地参加小组会议,有人提出镇长勾结流氓,列入会议记录,呈报上级,这份记录竟辗转交到流氓手里。有一天,那位发言的同志遭几个"身份不明"的人痛打一顿。这样一来,哪个检举人还敢写出自己的名字?没有真实姓名的信叫匿名信,政府一律不予受理,投诉之路就这样断了。

附记一笔:到了七十年代,此风未绝。我一度兼任某大书局的编审,这家书局是国民党的党营事业,每年年终,中央党部照例派出工作组检查业务。新上任的总编审本是军人,耿直爽快,他告诉工作组,书局里有很多人不尽责或不称职,工作很难进一步开展,工作组教他补写一份书面意见,他也老老实实地写了。中央党部收到意见书,以正式公文下达书局总经理,谁料这位总经理竟然把"书面意见"贴在布告栏里,书局同仁群情哗然,受到点名指责的人结合起来要找总编审算账,弄得这位退役转任的儒将天天带枪上班。

投诉之风既息,自杀之风继起,我有理由推论,有些人对政府的革新绝望,因之对自己的未来也绝望了。军中士兵自杀,报纸不敢披露,若是死在营房以外荒山野岭,记者忍不住含糊报道"无名男尸一具",没有家属认尸,没有警察调查,新闻没有后续发展,读者可以猜测死者的身份。一般官商百姓自杀,记者照例炒作几天,死者往往留下遗书,一字一句都是新闻采访的线索,追追追,追到一丝不挂,等于为社会的病例写下诊断书。

自杀案发生了,新闻追追追,评论跟跟跟,话题源源而来,文章易成,也更受注意,我们好像成为受益人,有时候我会想起鲁迅的"人血馒头"。那时评论家的主旋律是责备死者逃避现实,甚至有人骂他是懦夫。我想起当年中国大陆左翼作家对自杀正是这个看法,田汉定的调子是"哀其不幸,怒其不争",到了台湾,前面四个字没有了,只剩下后面四个字,形同鞭尸。左翼所谓"争",暗指革命,到了台湾又怎么个"争"法?他们的投诉就是争啊,我忍不住说,他山穷水尽,他放弃了一切,他把整个世界让给"你们",他是多么善良啊!他选择了自己的路,要同情他,惋惜他,你总要给他一条路走啊!

紧接着,凶杀案件增多了,也许有关系,也许没关系,依我个人心证,痛不欲生的受了"舆论"的鞭策,由懦夫变成暴徒。有几件血案匪夷所思,冲击力最大。

例如台北市郊区有一所私立中学,体育教员和校长发生财务上的争执,校长把教员解聘了。这位教员有作战经验,家中藏着一把手枪,据说能在十公尺之内射中牛眼。他杀机一动,回到学校,杀死校长,杀死校长太太,杀死校长专用的三轮车夫,杀死校长信任的职员,连杀七人才罢手。怨毒之深可以想见!据流传,这个行凶的教员说,人不是那么容易欺负的,别把任何人看扁了。这话也算醒世警钟了吧,可惜有人还是不在乎。

例如一个青年囚徒,他在出狱前三天杀死了一名"看守"。想想看,再过三天他就恢复自由了,他还年轻,人生可以重新开始,他居然宁愿"拼上一身剐,皇帝拉下马!"到底是什么样的遭遇使他忍无可忍同归于尽?这就揭开了监狱的黑幕,老舍在他的小说里写过一句话:"监狱是个好地方,使人相信人性堕落到底之必然与无救。"这句话算是为他而写的吧。

某一天,台北市一辆公共汽车突然离开轨道,乱撞行人,一时街头大乱,有死有伤,幸亏这辆车撞上水泥桩,抛了锚,警车才追上来。这个司机名叫何明忠,警察问他动机,他痛陈公共汽车管理处考绩不公,那些年年成绩甲等的都是有钱行贿或者高官关照,他说"气难受,屎难吃",三杯老酒下肚以后,越想做人越没有意思,但是临死之前总要先出这口鸟气。

凶杀新闻之后,又是一阵追追追,跟跟跟。那年代看过一部日本电影,片名叫《五瓣之椿》,椿花就是山楂,片中女主角连杀五人,每次都在命案现场留下一朵山楂花。警察逮到她,问她行凶的动机,她说世上有一种"法律不能处罚的罪",只有自己用法律以外的手段救济。记得片中有人叫着女主角的名字说:"紫英,我无话可说,你做的事是否正当,我不知道。""法律不能处罚的罪"当心招致法律以外的惩罚,而这种惩罚必然太重,造成另一种不公平,令人后悔莫及!我引用这部影片,要求强者多一点自制,也要求司法多一点勇气。

凶手犯了"法律能够处罚的罪",死刑在前面等着他,吓阻了许多继起的行为。但是你常常可以听见有人说:"你除良安暴,我改正归邪。"每一件血案也迫使当局作出一些改革。流血五步的惨剧,《五瓣之椿》的观念,也对官僚构成潜在的威胁,脚底下的泥虽然很软,但是脚步仍然要放轻,或者绕道而行,避免践踏。这些死者也算是社会改革的"小先烈"吧!教育部甚至发生这样的喜剧,他们的工友忽然在办公室里磨刀,首长大惊,马上派人陪伴这位工友出去游山玩水,一切花费用公款开支。

清朝后期,政府偏袒洋人,引起民愤,群众自力救济,烧教堂,杀传教士。有一条民谚是:"官怕鬼,鬼怕民,民怕官",我仿照它的句法写出

"权势怕暴力，暴力怕法律，法律怕权势"，三者之间平衡，危险地平衡。

台湾以外的大环境也令人沮丧，那时美国和中国大陆发生的每一件事都和台湾息息相关，"白宫打喷嚏，台北伤风"，"北京睡眠，台北做梦"。

中共在一九五一年彻底清除国民党遗留在大陆上的人员，一九五五年整肃文艺作家，一九五六年造成经济上的三年灾害，一九五七年全面"改造"知识分子，这些已经够了！谁料毛泽东又在一九六六年发动文化大革命，历时十年之久，我无法用简要的文句勾画这场大疯狂的轮廓，我只能说，这件事的确是"十年浩劫"！

美国在一九六二年介入越战，到一九七五年才勉强脱身，整个六十年代，从美国传来的消息是：行政效率低落，国民道德败坏，学生罢课占领校园，青年逃学、逃家、逃避兵役、集体流浪、吸毒杂交。这样的美国如何能救世界？如果美国的今天就是中国的明天，此情又何以堪？

"美国有，台湾一定也会有"，但是档次照例低一级，美国的"嬉痞"还有道家返回自然的意味，台湾的太保太妹只能算是不及格的流氓。中国的黑社会也有他们的规范，像强奸少女这种事他们不屑为之，台湾的太保却结伙侵犯夜校的女学生，报纸称为强暴和轮暴，学者称为强制性交和"多人强制性交"，校园、公园、车站、新拓宽的马路、未完工的大楼，都是极其恐怖的地方。受害者忍辱吞声，警察多半是侦破抢劫、重伤害等"大案"时附带发现这一类罪行。

我还记得这样一个案子：一群太保横行台北郊区某大学的校园，伺机向女生下手，如果发现她已失童贞，立即重重地打一顿耳光："你这个贱货，老子白费劲了！"原来他们预先立下目标要破坏多少个处女膜。

太保中间有许多官家子弟，警察面对"某某人之子"只有从轻发落，即使捉进拘留所，做母亲的也很容易营救，而且瞒着父亲，即使做父亲的有心管教，也往往失败。我知道有位将军统兵在外，难得回家，他倒很尽责任，人到台北，第一件事拜访警察局派出所，查看儿子的记录，回到家中第一件事把儿子吊起来毒打一顿，他一面打一面痛哭。放下鞭子，回到驻地，下次再来，再打，再哭。多少年来我一直挂念这个家庭，盼望故事能有个好结尾。

青少年，尤其是出身上流社会的青少年，德行如此败坏，岂非气数已尽？社会上普遍有个说法，戏称当今文武百官为"一代完人"。

我年轻的时候不满意当时的社会，以为只有社会主义能解决问题，后来中国实行共产主义，问题没有解决。冷战的年代，美国推销一种理念，只要实行资本主义，这些问题就能解决，我又盼望实行资本主义，看美国经验，他又能解决多少问题？奈何奈何！前面再也没有一个新的什么主义了！

国民党枉称注重思想教育，完全失去传道解惑的能力。

六十年代,台北人在居住、饮食、穿着、交通、娱乐各方面不断提高水准,许多人丧失理想,追逐享受。小说家徐訏到台北小住,我问他对台北的观感,他说:"台北是肉体的天堂,灵魂的地狱!"

我实在厌倦了一切。台湾每年选拔"十大杰出青年",其中有一个名额给文艺人才,先由五人小组提名,只提一人。一九六四这一年我四十岁,"文协"的当家人陈纪老对我说,今年提名小组的五位委员有三位可以支持我,纪老打算推荐我,他必须先知道我有没有这个意愿。我赶紧拜托他打消此意,我一九六〇年得到"中国文艺协会"的文艺奖以后,论作品并没有多大进步,论社会地位没有什么远景,愧对"杰出"二字,一旦当选,必须力求杰出的表现,我实在不能再承受那么大的压力了!

## 在这交会时互放的亮光

整个五十年代我息交绝游,只有同事,没有朋友,如果说总会有一个,他也许就是黎中天。

黎中天,湖南人,我认识他的时候他是小说家。一九五一年,国民党中央党部第六组主办对中国大陆广播,聘他写稿,借用"中广"节目部办公,我和他朝夕相处。在此之前,他是军事新闻通讯社的采访主任,这家通讯社是军中耳目,政工喉舌,工作人员的发展很有前景,可是他看不惯军中的某些作风,发了"骡子"脾气,宁愿失业,甩手不干了!

他好像是一九五〇年失业的,那时工作机会极少,他写一个短篇小说要费两个月工夫,不能靠稿费生活，极度困窘时曾到台湾大学附属医院卖血，那时医院血源缺乏，允许病家出钱购买，卖血一度是合法的职业，称为"血牛"。黎中天客串血牛，面无悔意，口无怨言，昂首阔步，一如平时，散文作家归人有文章称道他。

那时对大陆广播是敏感工作，黎中天能得到一席之地，可见党中央对他还是信任的。我那时刚刚离开"简单明了"的军中，初入"盘根错节"的社会，讨厌那些吞吞吐吐字斟句酌的人，并不知那说话的方式是他们几十年的修为。黎中天心直口快，对文学艺术又很有见地，我和他常在办公室里高谈阔论，引人侧目。

我清清楚楚记得他问我一句话："文艺创作要有天才，你觉得自己有天才没有？"我问："你看呢？"他认为我并不适合做作家，他用了一个比喻，"做作家如果失败了，那就像一座房子被大火烧掉，连垃圾也没剩下。"我心中一惊，但是并未动摇，我本来就是大火烧过的残垣断壁！几十年来，这句话时常冒出来鞭策我,我感激他说过这句话,跟他结下二十多年缘分。

我们共事期间,黎中天写了一个短篇寄给《自由中国》,也就是雷震创办、胡适担任发行人的那份刊物,它的文艺版篇幅有限,取稿甚严。《自由中国》采用了他的作品,分两期刊出,这件事对黎中天有精神和物质双重意义,可是他的奇特个性又冒出来创造纪录。小说的上篇登出来,他发现编辑修改了他的语言,他立即写信去抗议,要求照原稿重新登一次,否则下篇不得刊出,上篇的稿费他也拒绝接受。我劝他,古人写文言文千锤百炼,号称"悬之国门、不能易一字",咱们写白话文哪有这么严重?他愤然说,我的白话文也是"悬之国门不能易一字"的啊!他坚持不让,人家又碍难照办,结果小说只有"腰斩"了事。

一九五三年六月,"大陆广播组"升格为部,迁地办公,黎中天不在新编组之内,这种"御用文人"谅他做不久。他一去神龙不见尾,一回头又是高潮。一九五九年唐纵出任中央党部秘书长，有意推动文艺工作，物色干部人选，有人向他推荐黎中天。看工作经历都很纯正，看籍贯是湖南同乡，论政治关系独行侠一名，不沾任何派系，唐纵觉得很满意。

唐纵做了八年秘书长，黎中天如能追随效命，只要略有建树，最后会有一把舒适的椅子，人人以为他会很巴结这个差使。中央党部的使者拜访黎中天，转述唐秘书长借重之意，黎中天没问职位，没问待遇，他问的是："秘书长对文艺是外行，我是内行，将来工作的时候，究竟是内行领导外行，还是外行领导内行？"来人一听这话傻了眼，也不知他是怎样回去复命的，当然从此没了下文。

我至今不知道唐秘书长要一名文艺干部做什么，他后来想到了我，这一次他改变做法，他的亲信打电话给我说，秘书长请吃晚饭。那时政商首长常常大摆筵席，跟新闻界联络感情，我以为是那种闹哄哄的群众场面，不料只有一桌，而且没有坐满。记得文艺界人士有诗人钟雷,小说家穆中南,新闻界人士有《民族晚报》总主笔关洁民,还有两位从未见过面,也许是秘书长左右的工作人员吧。

那天晚上大家都很拘谨,幸亏关总主笔健谈,没出现冷场。座中两位作家一再把话题抛给我,提示我谈一谈文艺方面的事情,显然把我当做主要的目标,怎奈我毫无心理准备,只有踟蹰。事后他们才告诉我,秘书长想在文艺方面做几件事情,我赶紧说,我没有搞运动的才能,我这支笔也只能自己抒情记事,不足以做大人物的幕后写手。我说钟雷、穆中南都是"一等一"的人才,秘书长又何必舍近求远呢?唉,我这番话毫无志气,比起黎中天来差远了。

再过一段时间,中央党部通知我去开会,主持会议的人好像是一位专门委员,也许是总干事,座中寥寥数人,记得有画坛大老姚梦谷,文艺批评家尹雪曼,这样的组合令我好生奇怪。

开宗明义,主持人说要推动"三民主义文艺",

我心里又响了一声奇怪,三民主义文艺是何等大事,怎么由层级这么低的党工出面,再说他乃是一个事务人员,只见官架子,不见文艺气质,文艺运动由首长亲理急降到基层敷衍,变化也未免太有戏剧性了吧。尹雪曼一再怂恿我提意见,宛如秘书长赐宴的情势重演,那正是我意志消沉的六十年代,他们如果找张道藩号召,我基于历史渊源,总得马前马后转几圈,现在就让他们对我死了心吧。

我说历史上有浪漫主义运动,写实主义运动,都很成功,有人以为三民主义文艺运动也可以成功,其实这里面有很大的分别。浪漫主义、写实主义都有表现方法,例如舞台剧有写实主义的布景,写实主义的灯光,写实主义的人物造型,写实主义的导演手法,三民主义文艺的表现方法是什么呢,好像没有,没有一套表现方法,那就不能给作家解决问题,只能给作家增加负担,这样的文艺运动恐怕不会成功。

我又说,前贤认为文艺作品能制造重大事件,改变社会现实,恐怕是高估了文艺的效用。近人考证,一首马赛曲掀起法国大革命,一本《黑奴吁天录》造成美国的南北战争,都是牵强附会。以我修习所得,如果作品水准太低,读者无动于衷,没有宣传效果;如果作品水准高,读者横看成岭,侧看成峰,凭自己的立场各取所需,我们所输送的未必就是读者所收到的,宣传效果也许相反。文学作品成本高,报酬低,还是口号标语海报立竿见影。

最后我吐了一口苦水,我说文学作品是可以曲解的,是可能误解的,搞文艺风险很大。我引了拜伦一句话:"女人,你为她死容易,跟她共同生活却难!"我是大兵出身,给我一支步枪,冲锋号吹起来,壮士一去不复还,容易!为党国搞文艺运动,太难了!

想起黎中天,我和他都种下恶因。我后来竭力自制,他还是一派本色。那时各县都有一份地方性的报纸,他们销路少,财务紧,为了节省开支,五家报纸联合起来请黎中天做共同的主笔,一篇社论五家登,他们的读者并不重叠,五家报馆都付给他稿酬,黎中天的生活大大改善。

黎中天继续创造文坛轶话,那时台北有一份刊物名叫《人间世》,封面摹仿林语堂当年创办的杂志,里面登载的也多是嬉笑怒骂的文章,黎中天为他们写了一篇杂文,讨论台湾文艺的发展,台湾的文学为什么既难普及又难升高?他的答案是,因为我们的"总统"和"副总统"都只读过一本书,就是《步兵操典》!惊人之论一出,当局马上出手,五家民营报纸停了他的社论,他的文章投到任何地方都遭退稿。

《中国时报》的余纪忠董事长知道了,吩咐家庭版主编为黎中天安排了一个四百字的小专栏,这个安排很巧妙,使我想起某一新闻人物逃避采访,住进医院的小儿科病房。黎中天取了个笔名叫"杨柳青青",颇有一元复始之意,他也展现了柳条式的身段,只谈家常闲话,身边琐事,口吻娓娓闲闲,没有一点火气,以致有人误以为执笔人是女作家。我和他又成了同事,他对人谦和,讲话的声调也低了。有一天我在报社大门口遇见他,不禁执手而言:"什么时候我才修得到你这个火候。"

黎中天和《中国时报》没有渊源,那些年,常有作家因治安机关封锁受社会歧视,幸而得到余董的援助,黎中天不是第一个,也不是最后一个。至于黎中天风格和气质的变化,应该是因为他和一位很年轻的小姐结婚了,夫人是美丽而温柔的,可想而知,飘泊半生的黎中天得到很大的安慰和"感化"。

不过黎中天有他的底线。那些年,常有爱好文学的女青年勇敢地嫁给她仰慕的男作家,虽然两人的年龄差距极大。年轻的作家太太见了余董事长叫余爷爷,妻者齐也,并不年轻的作家丈夫也跟着叫余爷爷,尽管"爷爷"比他大不了几岁。余董看这些藐视王法的名士狂士如此驯服,心中想必有甜甜的滋味吧?那些作家出版了新书,照例寄一册给余董,扉页题款"余爷爷赐正"。这些邮件进不了董事长的书房，一律由资料室收件拆封，送上书架，我们都有机会看见。黎中天从未叫过一声爷爷，也从未送书给余爷爷。

说着说着，大家把黎中天这个典型忘记了，我还记在心里。后来我在纽约《世界日报》写小专栏，陈水扁削减海外华侨文教的预算，关闭图书馆，取消艺术品的展出，我撰文批评，引用了黎中天的那句名言。陈水扁本是律师，我说当今"总统"恐怕也只读一本书，那就是《六法全书》！这篇短文在台北《中华日报》副刊同时发表，文字因缘，不可思议，也许有关系，也许没关系，只见陈水扁百忙之中气喘吁吁授勋给台湾的五位老作家，其中一位是散文家、文学评论家和翻译家齐邦媛，我们在文学的长途跋涉中，齐教授是那"渴了就给他水喝"的人，她得此荣誉，大家特别高兴。

到了六十年代，我和小说家姜贵的交往比较多。姜贵本名王林渡，原籍山东诸城，距离我的家乡临沂很近，诸城王氏和临沂王氏都是大族，老一辈的人颇有往还，他的名著《旋风》里面几个重要人物，我的父亲都能指出原型，主角方祥千就是诸城名士王翔千，此人当年和我父亲都在济南。姜贵长我十岁，因为有这些渊源，我和他成了忘年之交。

我对这位小说大家的第一印象是魁梧健壮，果然一名山东好汉，表情冷漠，好像城府甚深。那时他住在台南，太太不幸病故，地方法院有位检察官认为他疏于照顾，打算控他遗弃致死。（一九六一）那年代司法缺点多，"幸而"流行行政干涉司法，可以救济，姜贵北上求援，十位走红的小说家陪他去见司法院长王宠惠。

六十年代中期，我接编"人间副刊"，开始和他交往。他经商失败，恢复作家的身份，到台北市卖文。他以长篇小说《旋风》一书，进入哥伦比亚大学教授夏志清的《中国现代小说史》，夏氏是这一门学问的权威，一经品题，国际知名，台北的作家都欢迎姜贵"归队"。我请他写了一系列短篇小说，付给最高稿费。香港来的小说家南郭主编《中华日报》副刊，推出他的《重阳》、《碧海青天夜夜心》。经我安排，他的《湖海扬尘录》上了《征信新闻报》的综合版，都是大部头的作品，连载之后随即出版单行本。写长篇连载的收入很好，那时的说法是："写诗可以喝咖啡，写散文可以吃客饭，写长篇可以养家。"

这位文坛先进的生活方式很特殊，他住在旅社里，每天到饭馆进餐。那时博爱路有家旅社叫"成功湖"，房间不大，照样有冷气、有热水浴、有"席梦思"床，他在里面住了很久。由"中广"节目部到"成功湖"，步行五分钟穿过公园就到，我常去找他谈天，旅社左右大小饭馆一家连一家，我中午也常约他一同小吃。

他开支很大，一直闹穷，连载谈妥以后立即要求借支稿费，给编辑很大压力，以致有些人不敢向他约稿，他对各报很有意见。他曾写信向"中广"公司的梁寒操董事长求职，寒老交办下来，节目部主任邱楠无法安插，写信转介给"中央电影公司"总经理龚弘，龚总聘他为编审委员，地位崇高，工作清闲，每月却只有车马费新台币两千元（依当时汇率，折合美金五十元）。徒然"礼聘"，并无"重金"。他也常向"中影"借钱，龚总请他写剧本，那时"中影"的行情是，剧本费四万元，先支一半（相当于美金五百元），影片开拍时再付一半。他前后写了三个剧本，都没有拍成影片，他对龚总也非常不满。他的性格也特殊。

　　他对职业的看法也出人意表。起初，国民党中央党部有人安排他去做中学教员，他断然拒绝，认为简直是对他的侮辱。后来他的知音、哥伦比亚大学教授夏志清，联合圣约翰大学亚洲研究院院长薛光前，写信给中国文化学院创办人张其昀，张氏派人面访姜贵，商量开课，我这位乡贤只愿意做那领高薪不上课的"研究教授"，据说张其昀说了一句："那要鲁迅来了才可以。"夏志清、薛光前两个人的面子大，张氏仍然安排"国际关系研究所"聘姜贵做研究员，不过聘期只有两年，倒是根本无公可办，无事可做。人所共知，这个研究所是情报机构的外围组织，养了许多贤才和"闲才"。

姜贵为他的失业找到一个很好的理由，他说《旋风》写得太好，反共的力量太大，所以共产党要迫害他，他认为法院、报刊、学校、党部、政府各部门都有共产党员潜伏作怪，这些人打算饿死他，他常常慨叹他一年的生活费也不过达官贵人打麻将"和"一把牌。我劝他节省开支，搬到郊区租房子住，他说住旅馆有人换床单，洗衣服，若是去租房子，连做饭都得自己动手，那样的日子没法过。

混熟了，我有时候也能劝他几句。我说报刊有报刊的经验，他们请人写稿，预付了稿费，可是作家爽约，他们怕了，你想一个编辑又能有多大担当？我说"中央电影公司"对你很好，他请你写剧本，根本没打算拍摄，他把这半个剧本费当做对你的额外津贴，这已经算是另眼相看了。我说中学教员有薪水，有福利，有寒暑假，钟肇政和七等生都是教员，照样受文坛尊敬，中央党部岂是职业介绍所？他们能为你操这份心，还真难得。至于受共产党迫害，我表示怀疑，我说："咱们没有那样重要！"在他听来，为了走过矮檐，先矮化自己，这成什么话！他修养好，没发脾气。

另外有些话他倒听进去了，有一天谈起他的两位公子，我说现在爱国爱党爱台湾都成了某些人的专利，你我这一腔热血只能为了孩子，我们既然心有挂碍，岂能"不事王侯、高尚其事"？也只有放下身段，为贫而仕。我说你的夫人去世了，令郎没有妈妈，你只有格外操心，子女成材就是你的胜利。我引用柏杨一句话："总统把万里江山给他的儿子，老板把万贯家财给他的儿子，你我都得想一想能给子女留下什么。"他听了颇为动容。

有一天谈文论艺，他认为夏志清不懂小说，我惊问何以见得？他说他最好的作品是《重阳》和《碧海青天夜夜心》，夏志清只知道捧《旋风》。我对他说:"彭歌、高阳、郭嗣汾都认为《旋风》是你的代表作,他们都是小说家,难道都看错了?我也认为有了《旋风》,你一定可以名垂青史。好的长篇小说里面总有可爱的人物,《旋风》有,《重阳》和《碧海青天夜夜心》没有。"我接着补充:"所谓可爱是指艺术上的可爱,不是洋娃娃那种可爱。"他到底是行家,立刻接口:"那当然!阿Q也可爱,焦大也可爱。"有一天他和小说家亮轩见面,两人谈起我的近况,姜贵告诉他:"王鼎钧这个人,每隔一段时间要找他谈谈。"

我也觉得"姜贵这个人,每隔一段时间要找他谈谈"。他的小说写得好,我很佩服,我佩服一切会写小说的人。我一向主张找失意的人谈天,那正是姜贵最失意的时候,跟得意的人谈话是一件非常乏味的事情,失意的人吐真言,见性情,而且有闲暇。

有一次我约姜贵到一家新落成的大饭店喝茶,大楼和饭店都是台湾本省的资本家投资,服务的员工也都是本省人。我俩离开那座大楼，回头看见党国元老于右任写的招牌，姜贵对我说，"我们有生之年，可以看见中华民国就像这座大楼一样，一切属于台湾，只有中华民国这块招牌是外省人的手笔。"那年一九六九，台北市规模一新，这个小朝廷，小锦绣，也有我一针一线，一砖一瓦，花不认识花农，花农认识花，难免想一想花落谁家。

有一天，我俩从蒋介石的铜像旁边经过，他说："在我们有生之年，这些玩意儿都会变成废铜烂铁，论斤出售。"那时机关学校大门以内都有蒋氏铜像一座，多半是前胸和两肩托住的头像，中国人看了，觉得他满脸苦笑，肢体不全，主其事者居然以为这是提高领袖威望，实在一脑子糊涂。

我和他常常一同看电影，有一次，散场以后，夜阑人静，他说："在我们有生之年，可以看见舞台演宋美龄如演慈禧太后，演蒋介石如演张宗昌。"

他常说"在我们有生之年"，那时我四十岁，他五十岁。他总是在人行道上边走边说，抗战时期他曾经为国军搜集军事情报，有某些经验，这样谈话不会遭人录音。

有一天他郑重告诉我："有一天，台湾话是国语，教你的孩子好好地学台湾话。"他对我的做事和作文从无一句指教，这是他对我惟一的一句忠告。

姜贵先生何等了得！我写这篇文章的时候，台湾政治"本土化"成为现实，"中华民国"虚有其表。台湾话列为"十四种国语"之一，为独尊台语做好准备。蒋介石千座铜像，民间任意弃置，政客任意侮辱，求为回炉原料而不可得。本土政论家取得历史的诠释权，历史人物换服装道具脸谱。这位杰出的小说家业已去世（一九八〇），有些事他看见了，有些事他没看见，我依然耳未聋、眼未瞎，也不知道将来还会看见什么。

姜贵"喜欢"算命（他未必相信算命），台北市有哪些"命理学家"，他一个一个说得出真名真姓。有人居室高雅，门外常常停着晶亮的黑色轿车，有人藏身陋巷，主顾大半是满脸倦容脂粉斑驳的酒女舞女，姜贵都去请教过。我在十六七岁"插柳学诗"的时候，我的老师擅长占卦算命，曾经给过我一些熏陶，《渊海子平》这样的书我也摸过翻过，姜贵好不容易找到一个谈命的对象，我俩的关系又拉近了许多。

这位乡贤常说："人生由命，可惜没人能算得准。"

"算命的"里面确有异人，我从姜贵口中得知，有一位"算命的"行走江湖，阅人多矣，他总结经验，发现"好人多半坏命，坏人多半好命"。人的道德品质能从生辰八字看出来吗，他说"一定"。有没有例外呢，"偶然有"，他若是发现一个好人有好命，或者一个坏人有坏命，他会高兴好多天，可是他明白这并非天地间的常态。

我回到"中国广播公司"，把这一则"世说"告诉了副总经理李荆荪，他忽然说："你把我的生日拿去找他替我算一算。"我大感意外，那年代出人意表的事特别多。我得替荆公保密,把生日抄写在另一张纸上,湮灭了他的笔迹。

姜贵带着我去找那个"算命的",那人并没有什么仙风道骨,我微感失望。他指出:"你的这位朋友是子时出生,子时横跨在两日之间,前半个时辰算是前一天,后半个时辰算是第二天,他是前半夜还是后半夜出生?"我不知道,恐怕李副总自己也未必知道。

我提出一个解决的办法,请他大致说一说前半夜出生的人如何,他说了几句,完全沾不上边儿。他再说后半夜出生的人,"这人很有才干,但是瞧不起别人,常常和人争吵。"这倒是八九不离十了。

我请他继续推算下去,他"哎呀"一声,他说"这人没有气了!"没有气?什么意思?他说可能死亡也可能坐牢。算命算出这样一个结果,我怎样交代呢?罢了!罢了!

我请姜贵吃了一顿丰盛的晚餐,央他替"算命的"为李荆公写一段批语,我说久病知医,你对算命这一套十分了解，捉刀轻而易举，他默然。我说"算命的"铁口直断，咱们不能照写，可是也不能凭空编谎骗人，请你用"文学语言"来处理吧！他又默然。

两天后走访姜贵，他拿出一张字条来，大意说，照"贵造"看，您怀才不遇，有志难伸，处处因人成事，但时局动荡，努力往往半途而废，风格高雅，处处留下很好的名声。最后一句是："五十岁后归隐田园，老境弥甘。"我把字条拿给李荆公看，他淡淡地说："教我退休。"

几个月后，李荆荪突然被捕，判了重刑。（一九七〇）这年他五十三岁，十五年后出狱，又三年病逝。他被捕后第二天，我找出他的八字，约了姜贵（也许我不该约他），再去请算命先生看看，这一步好像叫做"复合"，也许能"合"出什么希望来。他只给我几句敷衍，却也没有再收费用。辞出后，姜贵毕竟是老江湖，他低声问我："这是李荆荪的八字吧？"

姜贵常说"思想即命运",他也许没想到,这句话对他对我对黎中天都适用,我们都被自己的想法决定了行动,又被行动决定了境遇遭际,蹭蹬一生。眼看有些人顺着形势思想,跟着长官思想,或者只有才能没有思想,一个个"沉舟侧畔千帆过",心向往之而不能至。这就是为什么我把"我们仨"绑在一起写进回忆录里。

十年一线天

## 你死我活办电视

一九六二年十月,台湾电视公司开播。

起初,电视机售价昂贵,没有彩色节目,每天只播出几个小时,节目制作也相当粗糙,但是它能让我们"看见":看见"总统"检阅陆军海军,看见电影明星上台亲手接过亚洲影展的大奖小奖,看见联合国开会,看见毛公鼎、罗浮宫、英国国王的皇冠,人端坐不动,可以看见山前山后,江头江尾。

于是无线电广播的优势立刻结束,台北广播事业公会一九六九年出版的《广播年鉴》记载了官方的统计数字,照这些数字演算,从一九五二年到一九六二年,这十年是台湾广播的黄金时代,台湾的收音机增加了十九倍。一九六二年台湾电视公司开播以后，一九六八年"中国电视公司"开播之前，这六年之间电视机增加了七十三倍！

"中广"公司有一个"业务所"装备收音机出售，资深经理姚善炯写过一篇文章回忆往事，他说台湾电视公司成立以后，收音机的销路不断下降，业务所生意清淡，他用"乏人问津"形容最低潮。

"中广"公司也曾认真研究怎样和电视竞争，最后的结论是，"中广"必须增设电视部，电视和广播双轨经营，相辅相成。我想起韩战发生后，美军喷气机出动参战，台湾飞行员面对这个先进机种瞠目结舌，军方也曾认真研究怎样用螺旋桨战机和喷气机作战，结论是必须购买喷气机。

一九六五年七月，黎世芬出任"中国广播公司"总经理。我们事先听到消息，也曾有过一番争议。黎先生是中央政校（政治大学前身）的杰出校友，李荆荪的同学，但是他脱离新闻界进入了情报界，借用居浩然对这一行的描述，"背后有一手，站出来不能上电视。""中广"盛极而衰，他会怎样振衰起弊呢？

黎总到任，立即个别约见各部门主管，了解情况，咨询意见，决定着手做三件事：第一，把"中广"仁爱路本部的办公室扩建为三层楼，配合业务发展；第二，给员工加薪，提高士气；第三，办电视。第一件事情容易，第三件最难。

黎总的行政才干似乎超过魏总，"行家一出手，就知有没有。"他先把容易办的事办好，威望建立了，士气提高了，于是派工程人员出国考察采购设备，派节目人员出国进修学习技能，运用党政关系向银行贷款盖十层大厦。他力排众议，决定办彩色电视，后来居上。

最初的构想是"中广"公司成立"电视部"。电视多娇，英雄折腰，那时台湾有二十八家民营电台，他们也面临生存危机，决定联合起来办一家电视，扩大生存空间。社会上还有所谓"有力人士"，也向交通部递出申请书。那时朝野上下，都认为台湾面积小，人口少，广告资源也有限，最多只能有两家商业电视，政府当局决定由所有申请人合办这第二家电视，于是三山五岳的英雄豪杰都到"中广"来开筹备会议，展开激烈冗长的争吵。

那时二十八家民营电台的创办人皆非等闲人物，联手进攻，声势浩大，连于斌总主教这号人物也代表益世广播电台披挂上阵。"中央"授意，未来的"中国电视公司"属于国民党的党营事业，党股要占多数，经营的实际权力要握在党的手中。但党"中央"对民营电台的联合阵线没有约束力，全靠黎世芬通过协商的方式完成，这个任务的难度很高，几乎就是与虎谋皮。

如何分食这一块电视大饼，历经十八次协调会议，对方人多口杂，有时发言的品质粗劣不堪。想当年"中广"公司要做广告，民营电台群起反对，双方只是隔空交火，这一次却是坐在会议室里鼻子碰鼻子。据参与会议的人描述，黎总是基督教的布道家，可以忍辱负重，他也是情报界杰出的上层人物，能够翻云覆雨。党部派出的筹备委员实际上只是观察员，漫长的十八次协调会议是十八次战役，黎世芬亲冒矢石，伤痕累累。

"中广"的副总经理李荆荪也是筹备委员，他有时实在看不过去，起而发言，声色俱厉。有一次，某台长站起来摆出江湖老大的威势，议事无法进行，李荆荪立刻发出警告："这是台北，不是上海码头！你在上海的事我们都知道，从明天起，请你连续看一个月的《大华晚报》！"（李是《大华晚报》董事长）这位台长才安静下来。

李荆荪使黎世芬能保持基本的颜面和风度，协调结果也符合"党的利益"，李因此也成为民营电台的公敌。实际上"中央"并未规划李荆荪进入"中视"，李也没有这个意向，他甚至并不喜欢黎世芬这位老同学，马老师（马星野）劝他留下来。一九六九年十月，"中国电视公司"在"中广"主导下开播，一九七一年二月，"中视"大厦启用，十一月，李荆公遭调查局逮捕，黎总经理听到消息，流下眼泪。

还有更大的难题。"中国电视公司"奉准成立时，"国防部总政战部"表示很大的兴趣，王昇上将永远在提高官兵的忠诚、士气和知识水准，他对电视这样的利器钟情已久。他希望军方对"中视"的经营也有发言权，"中视"能在节目方面分出相当多的时间，由"总政战部"全权使用（负担全部节目制作费用）。国民政府党政军三权分立，总裁既然没有指示，"国防部"也没有正式出面洽商，中央党部反对军方以"技术层面"在"中视"的节目内成立"租界"，授意黎世芬阻挡。那年代王上将心想事成，黎总赤手搓方成圆，所受的"内伤"也就不言而喻了！

"中国电视公司"于一九六八年九月三日成立，一九六九年十月九日开始试播，十月三十一日正式开播。万事俱备，黎总向股东会提出报告，有人突然发难，质问购买机器的回扣到哪里去了。黎总一生清白,他知道回扣的下落,可是他不能说,股东都知道回扣的下落,也都知道黎世芬有口难言,可是偏偏穷追不舍,董事长木雕泥塑,作声不得,惟恐自己惹上嫌疑,这就把黎总推挤到瓜田李下,在他的品格上泼墨涂鸦,那一刻,恐怕是黎总一生最痛苦的时候。这是把黎世芬的廉洁当做他的弱点来伤害他,然后由他自己伤害自己。

李荆荪既非党股代表,亦非董事监事,没有出席会议。节目部副主任杨仲揆要求以列席员工的身份发言,他非常沉痛地说,"中视公司"现有资产用"亿"计算,"中央"没拿出一文钱来,黎总"赤手空拳,为党造产",现在大会没有一句话肯定他,没有一句话安慰他,还要为难他,消息一旦传出去,全"中广"全"中视"的员工都要心灰意冷,这怎么能维护发展党的电视事业!他这一番话正气凛然,这才打破僵局,转移话题。

"中视"开播时,我对杨仲揆说,黎总艰难创业,"党中央"该给他奖章,董事会应该通过慰问嘉勉的提案，否则无以策励来兹。杨仲揆福至心灵，把那番话用上了，黎总大为感动，后来他把杨仲揆调回"中广"，历任节目部经理和海外部经理，最后还想举荐为副总经理，未能成功。

　　"中视"筹备期间，我参加一部分文案工作。一九六九年十月正式开播，副总经理张慈涵先生希望我能到"中视"节目部以副经理名义兼任编审组长，我说电视是个争大名夺大利的地方，人与人之间的碰撞必定激烈，我自问没有能力在那样的环境中有所建树，还是留在"中广"公司吧。那时广播、戏剧和新闻三界多少英才志在"中视"，纷纷央党政要人写信推荐，黎总没有时间细看，人事室把它们简化了，造成一份名册，名册的格式很特别，第一栏先写推荐人，第二栏才是被推荐人，下面依次是被推荐人的学历、经历、希望担任什么职位。黎总披阅时，先考量推荐人对公司前途的影响力，然后才是想来谋职的那个人是否适任。他面对这么大的压力还能想到调用我，实在是我的荣幸。

可是这时我的虚荣心所余无多。

后来编审组长由副经理杨仲揆兼任,一九七〇年年底,杨仲揆找我,他说工作实在太忙,很希望我去为他分劳。我初入"中广"担任编撰时,他是编撰科长,他的学养很好,我曾经说他"言忠信而行笃敬,明理论而通实务"。那天我们的谈话值得一记。

我说"中视"人事关系复杂,人与人之间的倾轧排挤比"中广"更甚,长于权谋的黎总经理行事风格,只有更加"兵无常法、水无长形",我和他之间没有足够的默契,善始难以善终。他说《中国时报》的余纪忠董事长才是统驭大师,你在"中时"多年,看见过沧海,怎么还会怕水?我说《中国时报》是余董的私人事业,私人事业的老板握有绝对的权力,说得到做得到,善善能用,恶恶能去,无论朝三暮四还是暮四朝三,总会五六不离七。"中视"公司不同,黎总只有相对权力,人事制度、会计制度、长官意志、党政传统处处设限,他说得到做不到，为了推动工作，只有伸出马鞭对空虚指："前有梅林，可以解渴！"他比较难伺候。

杨仲公知我甚深，他话题一转，谈到我怎样开始做影评人，谈到影评人老沙、萧铜、汪榴照，谈到新闻局拍纪录片我写过几个剧本，他说我对杂志、报纸、广播、电影都有工作经验，倘若再加上电视，那就经历完整成为媒体写作的全才了！写作是我最后的执著，他这句话击中要害。

恰巧这时发生了一件事。

《中华日报》销路下跌，广告减少，中央特地把楚崧秋从第四组主任的高位请下来，担任《中华日报》的社长，高层认为只有他能够把《中华报》的形势拉高。有一天我接到楚先生派人送来的一张便条，他用蓝色铅笔写着："鼎钧同志，请来《中华日报》一谈。"字体大，笔画粗，很像是公文的批示。那时我也认识几个大官，从来没见过这样高的姿态，心中暗想，我可以去见你，但是无论你说什么，休想我答应。

后来我知道，蒋公喜欢用一种高档的进口铅笔批公文下条子，那种铅笔不用刀削，而是用手指一圈圈剥开。蒋公的"身边人"外放独当一面，喜欢仿效，楚先生跟中央党部四组写便函也如此做，我不懂事，错过他的美意。

见了面，楚社长第一句话就像判决主文，要我接编中华副刊。我对副刊的志趣实在已被《中国时报》消磨净尽，我想到了"中视"公司，我说"中视"通知我去做编审工作。他的口气强硬："黎先生要用你，他当然优先，除了这个理由以外，不管你有什么理由，我都不接受。"我没有跟他做过事，他用老长官对老部下的口吻对我说话，毫不"见外"，我了解他用这种方式表示他的诚恳。

那时副刊还是报纸表现特色的地方，要改变《中华日报》就要改变中华副刊，这个方向是正确的，正好原来的资深主编小说家南郭也倦勤了，我想间接参与楚先生的雄图回报他的知遇，想起小说组同学蔡文甫，如果文甫兄来接手，我就从旁使得上力气。我没有时间考虑，仓促提出他的名字，楚社长很不客气地说："我是要你来编副刊，不是要你推荐人才。"他把我挤到了墙角，我想效法一下战国时代的游士，我说蔡文甫是《中华日报》驻汐止镇的记者，怀才不遇，如果新社长识拔他、重用他，可以使全报社同仁耳目一新，提高士气。这句话他听得进，那时候"提高士气"正是他的一大心事，他果然聘文甫兄为副刊主编。也许有关系，也许没关系，他还把主笔高阳升做总主笔。

楚社长鸿图大展，《中华日报》转亏为盈，中华副刊也成为联合副刊、人间副刊之外的"第三势力"，好比三国时代的西蜀，报纸依然能保持绅士风格，淡雅面目。"中国电视公司"的局面就艰难得多了！

依国民党的理想，设立电视可以塑造国民品格，提升国民素质，改良社会风气，而党的大政方针寓于其中逐步实现。国民党向来反对传播媒体商业化，"蒋委员长"当年说过，办文化事业赚钱，

"还不如去做贪官污吏"。

可是国民党一手主导的电视时代,连三家都是商业电视!新闻学者有言在先,广播可以有限度竞争,电视不可以竞争,商业电视有竞争的天性,办"中视",就是由它和"台视"竞争,再办"华视",就是由它和"台视"、"中视"互相竞争。观众的结构犹如金字塔,素质越高,人口越少,素质越低,人口越多,电视节目要有最多的广告,就得有最多的观众,要有最多的观众,还能有很高的水准吗?国民党的理想还能落实吗?政策是怎样形成的呢?未来的得失是怎样评估的呢?我没有读到任何文件,也没有听到任何传闻。

为了表示在商言商,"中视"的一级主管由"主任"改称经理,提供广告的商人由客户改称"广告主",他们才是主人!我们也开始私下称黎总为黎老板。广告主不是中央四组主任的那个"主",也不是警总政治部主任那个"主",唱片公司做广告,关心你能使多少人学歌星影星,而非你能使多少人希圣希贤，化妆品的广告要使你羡慕浓妆艳抹，而非安于简单朴素。蒋经国呼吁大家"牺牲享受、享受牺牲"，而电视节目必须迎合视听之娱口腹之欲，节目和节目间竞争，电台和电台竞争，竞争升高，暴力色情和政治禁忌也成为制胜的武器。

就在这种局面之中，我去做"中视"的编审组长。

英美的电台没有编审，只有编辑，黎总由香港请来的那位杜副经理，首先打听编审组是干什么的。编辑是技术工作，编审要用政治、法律、道德的尺度检验节目内容。黎总由日本请来翁炳荣做节目部经理，翁先生对台湾的意识形态这一套陌生，需要幕僚单位帮他拿捏分寸，编审组的责任很大。

我到差以后才知道，节目部在电视幕上打出的每一个字，事先都要我签字。一天又一天过去，我发现"世上最难写的字就是自己的名字！"（李鸿章在电视剧中的台词。）例如：

这年头人心不古！

这年头没有是非!

这年头好人难做!

这些话,三十年代的左翼作家都用过,所谓"这年头",指的是国民党政府。台湾的剧作家多半是他们的学生,或者是学生的学生,不知不觉也用了,我只有把这三个字删去。

在某一次综艺节目里,主持人和来宾对谈,来宾的普通话很生硬,两人有如下的问答:

你说的是哪一国的国语呢?

是台湾国语啦!

台湾、国语?台湾国、语?真是差之毫厘,失之千里。我也只有删去。

有一位制作人送来一套连续剧的剧本,故事以大陆逃亡来台的一个家庭为主线,剧中人一家离散了,二十年后,一个儿子长大了做警察,一个儿子长大了做流氓,女儿长大了沦为娼妓,兄弟姊妹互不认识,他的流氓儿子白嫖了他的女儿,他的警察儿子枪伤了他的流氓儿子,这个家长的名字居然叫

"钟正",影射"中正"！编审居然通过了这个连续剧的企划书和故事大纲！我扣住剧本,要求修改剧情,改换"家长"的名字,弄得节目延期播出,惊动层层上级,董事长、总经理,节目部主任态度冷淡,并没有斥责任何人,也没有对我表示支持。

这就怪了！

我开始了解,节目制作先要找到广告支持,他把节目企划书拿给厂商看,厂商有能力研判这个节目的收视率,如果厂商表示悲观,制作人就得改变企划。"非礼勿言、非礼勿动"没有票房,你必须"越雷池一步",这一步是一小步,雷池就是新闻局手中的电视节目规范。

如何面对新闻局的干预呢？新闻局当然也会吹哨子,那么电视公司就退后半步,下一次,以这半步为起点,再向前越线一小步,由隐而显,由少而多,持续又断。新闻局小题不能大做,等到小题累积变大,那又只好大题小做。这就把新闻局承办的科员科长弄成温水青蛙。

还有，电视公司是互相竞争的，我进"中视"的时候，制作组有两架电视机，同时收看两家的节目，我离"中视"以后，台湾增加了一家电视公司，制作组也增加一架电视机，同时收看三家的节目，观摩比较，目不转睛，一家违规，两家跟进。电视公司的老板都是蒋氏父子身边的红人、眼中的能臣，编审组以下级监督上级，以外围监督核心，又能济得甚事？

电视公司的老板，熟读党员守则、总裁言行，也进过革命实践研究院，于今受领袖付托，掌国之利器，他们在干什么？他们也有难言之隐，任何人来"中视"当家都不能赔钱，电视是花大钱的事业，营运成本极高，政府赔不起，谁赔钱谁的忠诚、才干、革命历史尽付流水，他只能鼓励部下赚钱，至少也得放任部下赚钱。好官不过三年五载，但求任内平安，万一为赚钱闯祸，由他承担，一根稻草压不垮他。如果责任沉重，他承受不起，还有制作人和编审组长可以承担。如果制作人通"三务"中的第三务,那就把一务也不通的编审组长压死!

空口无凭,郑学稼为证。这位著名的政论家曾担任"中央广播电台"新闻组长,后来辞职,他有一篇长文说,"对上级指示无论执行与否,都会受处分。"他任职期间,台湾文艺界发起运动,"肃清黄色、赤色、黑色作品",上级指示这条新闻对中国大陆播出,如果不播,那是抗命,如果播出了,中共利用中央台新闻攻击台湾法西斯化,上级追究责任,尽管你是执行命令,但"新闻组长应有知识不发布可被敌人利用的新闻",依然要负责任。

我在"中视"服务九个月,审阅剧本三百多本,综艺节目脚本两百多件,天天坐在电视机前看国外引进的节目,尽窥当时一流编剧家的看家本领,了解制作过程,参观导播台和摄影棚工作情形,掌握电视特性,该学的都学到了。我引进分场、分镜、画面,思考继续改进我的写作,深知作品的题材和表现技巧如何适应各种媒体的特性,发现作品的构成固然源自作家的才情个性,也要在受众的心理上落实。我写了一本《文艺与传播》,公开了早期的心得,那时台湾的新闻学者和文艺批评家都还没有照见这个角落。

我申请结束"借调",重回"中广",副总经理董彭年先生执手挽留,但是我势不可留。人在江湖,为国牺牲的机会小,为权术谋略、为利害夹缝、为代罪替死牺牲的机会多。"不入虎穴,焉得虎子",弄只小老虎做什么?天天与虎为伴,有何乐趣?"胆小没有将军做",我看那些胆大的人也没做成将军,何况我要的是苟全性命于乱世,不是将军。

离职当天晚上,"中视"节目部有两个聪明人,他们知道临别赠言往往很有价值,两人一前一后,找我一谈。

一位是《中视周刊》的主编,这份周刊专为"中视"的节目做宣传,铜版纸彩色印刷,它也在和"台视"的周刊竞争,主编正为怎样出奇制胜发愁,悄悄问计于我。我说台湾中部南部的农民现在收入很好,农村妇女开始讲究穿着化妆,模仿影星歌星,公司现有的妇女节目偏重育婴烹饪等等"妇德",已经不能满足那些观众。你可建议公司开一个新节目,专教"妇容",专家主持,明星来做模特儿,化妆品公司服装公司提供广告,你把那些彩色画面登在杂志上,事先向中南部发行,她们对着周刊看节目,必定人手一册。我叹了一口气说,电视改变了社会风气,台湾的农村逐渐丧失原有的淳朴,你这个节目开出来,农村妇女更要追逐浮华。可是形势逼人,咱们头顶上的"党国"干部以为自己没有那个责任,你也只有顾不得了!这位主编依计而行,果然销路大增,声名大噪。

另一位是节目制作人,电视是个大量消耗构想的地方,他问我有没有构想留给他,由他来完成我的未竟之志。我又叹了一口气,我说我的构想都不能卖钱,你的那些构想以后也不能卖钱,"中华电视公司"马上就要开播了,电视生态面临剧变。我告诉他,"中视"的筹备委员会排斥政战势力,王化公遇挫,化公是英雄,英雄一定要贯彻自己的意志。他要再成立一家电视公司,"中央"为他修改决策,把"以两家为限"改成"以三家为限",就凭他这份能耐,"华视"在他的保护伞下出手抢夺广告资源,要想后来居上,必然凌厉向前,新闻局必定无法阻挡,"中视""台视"必定紧紧跟随,那时你们就可以放开手脚,放射才华。节目违规和业务成长成正比,今天你一切的"恶念",那时都是"善策",你要马上储存一切愤世嫉俗,离经叛道,奸盗邪淫,怪力乱神,以备临危受命,出奇制胜。他听了一言不发,猛抽香烟。后来我们没有再见面,我知道他在大江淘洗中屹立不移。有一天我在餐馆中和他偶然相遇,他紧紧握住我的手,久久不放,彼此都没有说话。

后来的学者管国民党的想法做法叫"党文化",管大众的倾向追逐叫"流行文化",党文化已不能左右流行文化，流行文化反而渗入、变造党文化，商业电视的勃兴推动这一演变。商业电视的激烈竞争加速这一演变。

那时蒋经国先生已是一个慈悲老人，难得他看了三天电视，召见三台总经理，责备他们"祸国殃民"。三台连忙开检讨会，签订公约，要怎样怎样做。我私下议论，引用了一则新闻：美国某大学的女生发起"不与男生接吻运动"，开会、签名、发表声明，样样做到，可是不久发现许多女生和男生幽会拥抱，运动的领导人也在内，运动完全失败。我说三台的公约只能是走一个过场，结局和"不与男生接吻运动"相同。

结果传媒商业化改变了人们的想法和生活方式，瘫痪了政府对社会的运作。

蒋经国哪里管得了许多，他也成了温水里的青蛙。只见党性泯灭，社会分解，传统颠覆，终于重新洗牌。五十年代，雷震殷海光花了十年工夫没做到的，六十年代，李敖柏杨花了十年工夫没完成的,七十年代由商业电视毕其功于一役,三家电视公司"祸在党国",功在人民。当然他们并不是预先知道有这样的结果,这是一个"美丽的错误"。

## 乡土文学的旋涡

"乡土文学论战"是七十年代台湾文学版图的地标,我决心不沾锅,可是仍然卷入旋涡。

对乡土文学,我的感受是本省籍同胞要说话,他们壮大了,多年来蓄积了许多意见要自己说出来,本土政论家还没有成熟,小说家出类拔萃了,于是先用小说代言。

在我看来,王拓、陈映真、黄春明、杨青矗、王祯和、郑清文、宋泽莱、曾心仪、洪醒夫这些人的小说都写得很好,"本土意识"高涨是可以接受的,面对当下疾苦,他们心中没有"此善于彼"或"两害相权取其轻"的格言,也是可以谅解的。

台湾在"平时和战时的矛盾"里出现许多新的

文学题材，需要有文学作品来表现，从"乡土文学"中可以看见本省籍作家的角度和视野，他们当然和外省籍作家有差别，就文学论文学，这些差别应该是受欢迎的。身为小说读者，我更期待外省作家也有作品提出他们对现况的反映。

可是"一代正宗才力薄"，那些众人瞩目的小说家大都改了行，放弃了创作，或者指指点点希望别人照着他们的是非标准来创作，说个比喻，他们由工人升格为监工或包商了，真正的文学创作何能由别人代替？这种现象我曾在作家的小型集会里提出批评。

会后有一个人约我见面，这人号称文坛的"新当权派"，有一番抱负，他说他要约一些作家深入农村渔村，搜集写作资料，推出"我们的乡土文学"。他对国民政府在台湾的政绩有信心，生产线上的劳苦大众并不像某些乡土小说写得那样阴沉绝望。我告诉他，台湾省政府新闻处经常邀请作家写"省政文学"，出版丛书，你先把过去的成果找来看看。我说你对政绩有信心，我对作家没有信心，有人批评某些作家不爱台湾，错了，他们一直爱台湾，可是已经不爱文学。

后来听说果然有一组作家下乡去了，也听说他们回来了，可是没有听说他们交出什么样的作品。

"乡土小说"对负面现象有兴趣，本来也没有什么关系，七十年代文网松弛，大家对小说尤其漫不经心。一九六三年，联合副刊因为"一艘船在大海里漂了很久很久，最后漂到一个孤岛上，金银财宝慢慢用完，生活陷于困境之中"，形成文艺界的重大事件。七十年代，江彤晞写了一篇小说，背景也放在海岛上，他写海岛现代化以后，一个痴呆的老渔夫（他也曾经是一个船长）和他的船都成为历史的残件遗迹，列为观光客"参观"的一个项目，他本人在地层下陷的预感中凄凉死去。我却没听见有人对这篇小说有过一句闲言，"政治正确"的文坛名流符兆祥总结那段时期的小说成就，编了一套选集，他把这篇小说收进去，使人眼界一宽。

还有一个例子。我在《中国时报》地方版写不具名的小方块,要求公务人员"牺牲享受、享受牺牲",我的意思是先苦后甜,先耕耘后收获。《中国时报》的一位主笔看中了这八个字,他在社论中告诉党政核心分子:"现在最应该牺牲享受的是你们,因为将来最有资格享受牺牲的也是你们。"蒋经国的幕僚也看中了这八个字,写进文告当做口号,以蒋氏的地位,他的调子应该拔高,他把"享受牺牲"解释为"牺牲"的本身就是道德上的快乐。没过多久,台大的颜元叔教授发表文章,他以犀利无比的文笔把蒋氏版本的"享受牺牲"狠狠地挖苦了一番,他差一点没说出来这是骗局。他写了,报纸也登了,这可是踩虎尾捋虎须哪,可是"老虎"没有任何反应。那时蒋经国说一句话抵七千句,他的嘉言照例有人引用复述,惟有这八个字却从此消失了。

乡土文学的小说明星升起以后,随着出现理论诠释,我读了几篇,开始觉得不安,他们怎么不谈小说艺术，怎么专谈小说中反映的社会病态，他们怎么采取马列主义的观点，检视台湾二十年来的经济发展，有时还使用中共的词汇。冷战二十年，美国动员学术界的力量破解"共产符咒"，指出"马克思的学说已经落伍"，对资本主义的出路重新作出设计，乡土文学的理论家怎么完全没有受到影响，乡土文学何苦往三十年代的阴影里钻。小说这玩意儿，在很大的程度上你说它是什么它就是什么，你把乡土文学说成什么玩意了？

自一九五〇年以来，情报治安机关致力消灭共产党思想的影响，处处设防，时时消毒，自以为台湾是"世间惟一的干净土"，乡土文学的理论使他们大吃一惊，怎么"人间犹有未烧书"！

自一九五三年以来，国民政府推出一个又一个经济计划，国民所得年年增加，中国大陆的人民大众则陷入严重的贫困，隔海比赛，国民党人自认为是赢家。乡土文学的理论一出，二十年努力全是负数，我听见一位党官自叹："在'他们'眼里，'我们'原来是这副德行!"

一九七七年八月,小说作家、新闻学者彭歌发表论文《不谈人性何有文学?》,对乡土文学提出批驳,代表了相反的看法。紧接着诗人、文学教授余光中发表杂文《狼来了》,反映了外省籍反共人士的惊慌。在我看来,这两人都是文坛清流,一向与"八股"切割,他们的代表性是很自然的。后来知道,这两篇文章并无官方授意,他们是在一位作家请客的席上谈论现象,引起动机,请客的主人原是"本土"作家!

这两篇文章点燃了一桶火药,乡土文学得到了切入点,迅速扩大战场。彭歌本来是个"单干户",军方欣赏他的"义举",打算顺应形势,添风助火。政战系统对"工农兵"文学深有戒心,以乡土文学小说家的才能,如果挑战军人天职,揭露军中矛盾,扩大厌战心理,军中推行的政战教育可能前功尽弃。乡土文学的理论家矢言他们从未以"工农兵文学"为标题,确实没有,奈何有人提过乡土文学的题材可以扩大到"社会其他方面",引起某些人的戒备。

我那时还是《中国时报》主笔,那时幼狮文化公司期刊部的负责人痖弦出国进修,我去替他守摊子,照顾救国团创办的四个杂志,别人认为我总还有点用处。终于有一位资深作家来找我,他和军方关系密切,军方的影响力正不断增加(王昇日日升),他也成了文坛人士口中的新当权派,他在笑谈中也说自己是"台湾一霸"。

他问我对乡土文学论争的看法,我说自政府迁台以来,本省外省之间从未发生这样大的争执,此事非同小可。我说经国先生尊崇本土,倾听台籍人士发言,拉拢弥缝惟恐不及,乡土论战可能加深地域鸿沟,有一天政府追究责任,谁也承受不起,你老兄有什么免死金牌,亮出来给兄弟看看。他矢言大家都是自发自动。我说既然自发自动,我就不发不动,我是老牛破车,引擎熄火。

他怫然不悦,还是耐着性子提出"大义"来号召,我说这等事自发自动就是轻举妄动,时报的事你要找董事长余纪忠,幼狮的事你要找救国团的执行长宋时选,他们点头我才好办。"为何不在职务以外,自己以作家的身份独立发言呢?"那也要当局发布一个宣言,或者主持一次座谈,堂堂正正宣布政策,我再响应。他未赞一词,起身告辞。

几天以后,有人打电话给我,说是某某杂志邀请作家开会,我依约前往,那地方不像会议室,台上有讲桌,台下一排一排座位,像是上课的地方。"新当权派"的那一霸也来了,他安排我坐在第一排,他自己去坐最后一排,第一排只坐了我一个人,后面第二排起全是空位,大约七八排以后才坐了二十几个人,我坐在那里周身都不舒服。

然后台上来了一位军人,他穿着军便服,没戴符号领章,看不出军种和官阶。然后有一个作家上来说话,讲了一些什么福利之类,他也没介绍旁边站立的军人是谁,就下台去了。那位军人自动站到台中央讲话,他只说了一句:"乡土文学的事情你们注意一下。"注意和谐?注意压制?语焉不详,径自扬长而去,会议就散了,全部过程大概十分钟。"新当权派"走过来问我:"你听见了吧?"我问他:"听见了什么?"再无交集,各走各的路回家。

我很反感,但是我仍然得郑重报告老板,我参加了这样一个"会议"。救国团宋执行长恂恂如牧师,他的回应是:"大家骂来骂去,没什么意思!"理性的讨论才有意思?还是根本不必参与?"他人有心、予忖度之",宋先生已内定要做台湾省党部主任,他要的是人和,我据以作出解读。

《中国时报》编辑部在一层大楼内联合作业,各部门之间没有隔间,余董事长来编辑部的时候总是站着走来走去,举手投足都是指示,"眼波才动被人猜",他听了我的报告,向我挥了一下手,走开了。算了吧,别理他?你看着办好了?"他人有心、予忖度之",余老板行事风格特殊,蒋经国是他惟一的后台,他却十分轻视政战人马(所有跟政工系统作对的人都没有好下场，只有余先生圣眷日隆，事业蒸蒸日上）。何况以这样层级的人物、用这样的方式、向他传递这样的讯息，他不屑理会，我也作出自己的解读。

我自己能否在职位之外，以作家的身份参战呢，我到中央党部谒见一位副秘书长探听口气，他说"现在只能团结，不能分裂"。我该怎样解读这句话呢，如果乡土文学是在搞分裂，批判它就是维持团结，如果批判乡土文学足以造成分裂，隐忍包容就是维持团结。我察言观色，斟酌再四，不论党团显然都对新当权派的活动没有兴趣。

依不成文的"伙计守则"，我不能抬出老板来做挡箭牌，我只能把一切藏在心里，自己承担"新当权派"的压力，如果发生后果，我也得自己为自己的解读负责。这件事我想我是得罪了他们。

论战期间，双方都举行座谈会鼓潮造势，双方都广发英雄帖，我不参加，我坐在办公室里仔细读他们的新闻。批判乡土的座谈会未见"乡土作家"

出席,支持乡土的座谈会,彭歌和王文兴都到场,新闻报道说,彭歌、王文兴发言的时候,听众喧哗鼓噪,淹没了他们的声音,乡土派人士抓住麦克风长篇演说,然后把麦克风直接传给自己人,封杀反面的意见,彭歌愤而退席。我那时尚未听说"不对称战争",我惋惜这种作风难成大器。后来"立法委员"朱高正大闹"立法院",他跳上议事桌,踢掉麦克风,以少胜多,转弱为强,也许是跟这里一脉相承,发扬光大。

我的定力有限,还是忍不住写了一篇短文,我说乡土文学的作家、评论家如果对政治有异议、有抱负,还是去办政论杂志吧,去竞选县市长县市议员吧,大鸣大放说个痛快。这是一个互相猜疑的时代,何况国民党"一朝被蛇咬、三年怕草绳",政治上的异议通过文学创作的手法来图解,容易升高当局对所有文艺作品的敏感,增加作家处境的艰难。今天看有关论述,没见有人提到我这篇短文,言语造作必有业果,我总怀疑有几句话印在某几个人的心上，他们撤出文学阵地，投入美丽岛事件。

我定力有限，还是在茶余酒后别人议论纷纭的时候难以缄默。记得旧金山州立大学名教授许芥昱访问台湾，"纯文学出版社"创办人名作家林海音设宴招待，我有机会见识到许氏那一把有名的山羊胡子。席间无可避免地触及这个热门话题，我说乡土文学实际上是一种民怨，现在党政机构作风腐化，民怨很深。我说一九七七年的国民党和一九五〇年不同，那时他们念念"离此一步、即无死所"，今天他们都在阳明山买好了墓地，当年中央改造委员谦恭下士，今天一个干事目中无人。我说民怨的发泄不会到此为止，今天我们觉得王拓太过分，将来有一天会说还是王拓不错。主人有些着急了，高声问怎么办，我说我只有祷告，大家一笑而罢。远来的贵宾掏出刚刚收到的一叠名片，翻看我的名字。

论战期间，乡土作家都面色严肃，望之俨然，我没有办法对他们说什么，但是我知道怎样把意见传给他们,"传话"是人的天性。我惋惜乡土文学的理论没有自己的语言,现代主义理论家有全套语言,国民党的理论家有半套语言,乡土文学理论家没有(那时候还没有)。语言不是自动步枪,谁都可以拿来用,语言好比制服,"他们"穿了,"咱们"不能再穿。我说论战发生前,乡土文学理论如此诠释自己人的作品,倒很像是警备总部的构陷,小说家们居然没有人立即郑重否认,以致理论和作品绑在一起。64(后来胡秋原、徐复观、尉天聪几位大家出面辩解,对他们很有帮助,但是这时双方攻守互有奇正。恩怨纠结已深,难以刹住战车。)

我说文学作品的价值还是要看它含有多大的艺术成分,单单强调意识如何正确,题材如何真实,无法说服读者大众,五十年代的反共文学殷鉴不远。我说艺术"不为尧存、不为桀亡",陈映真、黄春明自有千秋,如果完全依附一时政策,政策成功了,作品固然报废,政策失败了,作品也殉葬。

国民党人和本土作家都宣示热爱台湾，我完全相信，可是谁热爱文学？我觉得十分悲凉。

我也有一些话传给批判者，我说乡土文学是国民政府三十年语文教育的成果，可以列入政绩。我说教数学，你教大代数他学到大代数，你教微积分他会微积分，教文学，你教写实主义他学会浪漫主义，你教三民主义他学会存在主义，可是没有教育，你什么也没有！"要是被敌人利用了怎么办？"一丛深色花，十户中人赋，朱门酒肉臭，路有冻死骨，四海无闲田，农夫犹饿死，这些诗都曾被政治利用，"富人要进天国比骆驼穿过针眼还难"，也曾被政治利用，你难道从此开除白居易、杜甫、郑板桥和耶稣？国民党也利用过陈胜、吴广、洪秀全啊。

我说话太多，七十年代我染上饶舌的坏习惯，我想不沾锅，实际上每一面锅都沾了，沾一下掉一块皮，我把每一边都得罪了，你选边站才有朋友。

一九七八年一月，王昇上将在国军文艺大会发表演说，正式对乡土文学拍板定性，那是我最后一次参加这个盛会，九月我就出国了。他的演说很精彩，他说"纯正的乡土文学没什么不对"，爱乡土是人的自然感情，乡土之爱扩大了就是国家民族之爱，"我们基本上应该团结乡土"。散会时我特地朝"新当权派"望了一眼，他眼皮沉沉下垂，好像打了通宵麻将没有和牌。

那年代，蒋经国说话一句抵七千句，王大将说话一句抵六千句，他说"团结乡土"，批判的文章立刻绝迹，乡土文学的支持者认为得胜了，其实王昇对乡土文学仅仅作了有条件的支持，当时乡土文学的主流样板并不符合他的条件。我揣度他们高层内部有过讨论，"党"的意见占了上风，"只能团结不能分裂！"王大将的演说使我想起新约里的彼拉多："我在众人面前洗手，使这罪不归于我。"

《中国时报》的人间副刊以"发展报道文学"为宗旨，刊出许多文章，不啻是乡土文学的异军。

这一招，联合报不能使用，高信疆在战术上绝对正确，余老板是九段高手，他支持高信疆，挡住警总的压力，向本土布下一颗棋子，亦有其战略上的意义。

论战平息后，王大将座前有一次座谈，座中有人批判副刊中的分离主义倾向，隐有所指。座谈是按次序一个个发言，谁也不能缄默，轮到我，我决心表明态度，以免裹入那种上纲上线的论述。我说今天政策决定了传播工具商业化，我们在报刊工作都是政策的动物，老板只对销路有兴趣，他的声望地位前途都建筑在销路的数字上。我说如果报纸每天行销一百万份，报老板随时可以和化公见面，如果哗啦一声，报纸的销路掉下三十万份，他要见化公就得预约排队。如果哗啦一声，再掉下三十万份，他也许只能见到化公的代表。我们的心里只能有销路，不可能有别的，报纸的市场在台湾，我们的心里只能有台湾，不可能有别处。副刊上登些本土文学，也无非吸引读者增加销路而已。我没忘记郑重加上一句:"除非情治单位另有资料!"最后我说,现在到了认真检讨"传播工具商业化"的时候了。

出乎意料之外,王大将说了一句"你讲得很好"。

## 与特务共舞

一九七〇年十一月,台北司法调查局逮捕"中广"副总经理李荆荪,十一天后,沈之岳局长约我见面。他很客气,我第一次正式见到第一层级的特务首长,二十年来,我一直处于细胞和外围分子的困扰之中,这一下子算是熬出了头!

这好像是一个很坏的开始,看起来我像是李荆荪案的关系人。他们注意我很久很久了,为什么让我在这样的时刻有这样一步发展呢,我忍不住要来个假设,我有"假设癖",这些假设都无法求证,"无解"就是大幸。

消息灵通的人士说,李副总"进去"以后,调查人员提出一些人的名字,要他一一作出分析,某人的性格怎样，思想怎样，交游和言行怎样。荆公认为国民党只用奴才，不用人才，以致许多人"压在阴山背后"。谁才是人才呢，我在"中广"受荆公赏识，调查人员大概没有漏掉我的名字，荆公偏爱，大概把我称赞了一番，当时沈局长创造调查局的现代史，吸纳人才，大破大立，他也许想测验我的"底细"。

他问我对调查局现在的工作有什么意见，调查局以后应该怎样做。这是何等事，岂容游离于组织之外的一个文人妄议？我不敢回答。大约一个月之后，他的新闻联络室主任请我吃饭，一位年轻英俊的联络官陪同，馆子里面有一个小小的房间，隔断杂音。联络官又把那两个问题提出来，我依然惶恐逊让。

我以为事情可以搪塞过去了。

又过了一些时候，广播圈里的一位朋友到我家串门子，带来一瓶洋酒，我只好请他吃饭，时间地点都约好了。当天上午，他打电话来说，有两位朋友也想参加,希望我同意,我只有欢迎。进了馆子,才知道一共五个客人,都是同行中出类拔萃的分子,他们抢先付了账,提出建议,以后每一个月或两个月聚会一次,轮流做东,这一次算他们发起,下一次轮到我,我只有答应。

他们在一家观光饭店里找到一个什么厅,面积宽大,中午生意冷清,只有我们一桌客人,上菜以后,连服务生也不见了。他们非常客气,点菜一定要我点头,我说话的时候,大家一致静听。下一次约会定在什么时候?如果我说没有时间参加,他们延期,即使一延再延,也耐心等候。这个聚会一直到一九七八年九月我出国为止,他们都是中生代精英,有才能有背景,前程远大,哪一个都比我强,怎么会这样迁就我?这叫做"不寻常的事"。

果然不寻常,有一天谈到我新买的房子,我说那一排公寓前院后院都没有围墙,住户想把前后的空地围起来,工程师说,依照建筑法规这样行不通,但是你们可以"违章",管区警员负责举报违章,你们得先使他"没看见"。于是里长挨家收集红包,去找警员商量,大家惟恐碰钉子,里长回来报告"他收下了",人人笑逐颜开,一排围墙立刻兴工完成。我说五十年代大家都穷,提起贪污咬牙切齿,现在七十年代老百姓有钱,行贿是一种乐趣,官员收贿是顺应民意。我说现在有人主张台湾要有反对党,其实反对党早就有了,"特种酒家"发挥反对党的功能,你在那里满足官员的酒色之欲,可以改变许多事情。……哪晓得几个星期以后,里长挨家拜访,他说管区警员神色慌张,上面来调查围墙的事了,住户要统一口径才好。……

蒋经国有一篇文章,题目是《风雨中的宁静》,他描述山间一条瀑布奔腾而下,瀑布后面有一个小小的洞窟,一对知更鸟在里面做窝,几只小鸟也孵出来了,瀑布看似凶险,其实好像布帘一样保障了他们的安全,蒋经国如此比喻国际变局下的台湾。我说这个知更鸟的意象太小太柔了,哪有中兴气象,我说想当年北伐完成,国民党中央颁布青年十二守则,党国元老戴传贤执笔写成"前言",那是何等气势!说到这里,我顺口"秀"了一下我受的党国教育,我立即把守则前言背诵出来:

> 总理立承先启后救国救民之大志,创造三民主义五权宪法之宏规,领导国民革命,兴中华,建民国。于今全国同胞皆能一德一心共承遗教者,斯乃我总理大智大仁大勇之所化,亦即中国列祖列宗天下为公大道大德之所感。今革命基础大立,革命主义大行,……

你看这段话里有多少"大",真是大气磅礴,大义凛然,大智大勇,大破大立,你看那时候的国民党多有志气,多有信心,当年的大鹏现在怎么变成了知更鸟!没过多久,蒋经国提出施政的大原则,他要"开大门,走大路,当大任,成大事"。

我一看,这是怎么了,莫非他们改变了做法,停止"引蛇出洞",开始吹箫引凤,言者无罪,集天下之智为己智,可能吗?我已骑虎难下,每次聚会,五架"窃听器"当面打开,我必须表示坦诚。

我想了又想，多年来一支笔在手，总希望哪一篇哪一段哪一句能影响当道，帮他们多积一粒沙那么小的德，提醒他们，少造一粒沙那么大的业，因果微妙，难测寸心，怎知得失！现在有这么一个明显有效的管道，我很难抗拒它的诱惑。

我决心继续探险。我说高雄附近有个地方叫"覆金鼎"，金鼎象征江山政权，上面怎可加上一个"覆"字？不久，蒋经国南巡，他和当地父老闲话风土，轻描淡写提了一句，覆金鼎可以改成"金鼎"。

我说红包象征吉祥，送红包收红包都习以为常，如果政府向习俗挑战，最好在官方文书中给红包改个名字，让它象征罪恶或耻辱。于是蒋经国跟记者们闲谈的时候说，红包要改称"臭包"。

谈到买房子，我说银行的房屋贷款限八年分期还清，这种规定向人民大众传递什么样的讯息？政府对将来有没有信心，难道台湾只有八年安定繁荣？如果八年以后中共占领台湾，你留着那些钱干什么？给中共接收？我说房屋贷款的期限应该放宽为二十年三十年，向欧美看齐，政府更要在国计民生方面强调长程计划，外商投资来盖大楼，合作计划说五十年以后怎样，七十年以后怎样，媒体报道要从这些地方着眼，大楼开工、施工、竣工、启用，大众要从电视新闻看见这些画面。我出国前，这两件事都实现了，我出国后，新闻局推出一句口号："明天会更好"。

我一面跟这些朋友例行餐叙，同时我跟调查局的关系也继续发展，沈局长对我说，外界一向觉得调查局很神秘，中共利用这种神秘的感觉把调查局妖魔化，其实调查局是堂堂正正的司法机关，除了工作机密，没有不可告人之处，他已经把设在新店的调查局本部变成青年学生旅行参观的一站，他也想使用传播媒体为调查局做些宣传，这是新闻联络室的业务，希望我从旁襄助。

后来那位年轻英俊的联络官送些文件给我看，大概是调查局的简介和过去发布的新闻稿之类，我说这样写已经很好，局长还想怎样改变呢？联络官说局长希望这些文件能提高文学水准，我说局本部发布的文稿不能太"文学"，文学修辞容易造成误解，我说文学应该是作家作出来的第二手传播，"二手传播"一词于焉产生。

后来联络官说，局长想拍一部纪录片，对外报道调查员训练成长的过程，由训练的内容延伸，显示调查局的任务和工作方法，各界人士尤其是青年学生，看了这部纪录片以后，可以知道调查局完全现代化了，他们要报效国家，这是一条光明大道，沈局长希望我能担任"编剧"。他们已做了一些准备工作，看过新闻局拍制的纪录片，其中有我参与。

纪录片由这位年轻的联络官担任导演，他文质彬彬，敏捷而含蓄，有学士学位，可说是新型调查员的代表，新闻界对他很有好感。为了编写脚本，我和他多次见面，得到许多指教。拍片期间，沈局长三次召我谈话，先是指示剧本的重点，第二次他提出一个问题,这部片子要不要有他的镜头?他想知道我这个外人的看法。第三次是陪他看毛片,这次经验很特殊。

地点在某处的制片厂,凡是制片厂,大概都在比较偏僻的地方。那条街我从未到过,我坐调查局派来的车子前往,车到街口我们下车步行,两旁都是台式楼房,每隔一段距离有一个调查员凭窗下看,手里拿着无线电话,好像向下一站通报我们的行踪。然后我们登上一栋二楼,房子很破。里面有银幕、有座位:像小型剧场。接待人员指定我坐在第二排第二个座位,等了一会。灯光熄,一个黑影走进来,坐在第一排第一个位子上,他是沈局长,这时另一个黑影突然坐在我的身旁,也就是沈局长的后面,他是一位调查员,然后是放映影片。

片子拍得很好,一流的专业水准,时间超过一个半小时,似乎太长。节奏也稍欠灵活。后来导演向我解释,这是因为各部门都要有些镜头辑入,无法照剪接的要求取舍。我知道我还有机会对着画面修改旁白,没有用心细看。放映完毕,灯光未亮,沈局长起身离去,坐在我身旁的调查员紧随其后。局长下楼以后,全场恢复照明,谁也没说一句话,我坐原车回家,一路上暗想:"伺候沈局长可真不容易啊!"

这部纪录片的用处很多,在调查员训练班,这是一页教学。在局本,这是款待参观人士的一个项目,在各地调查站,这是一件文宣,片头字幕有我的名字,我一度惹人另眼相看,处处沾光,不过我离开台湾的日子近了。

那时美国推行"双语教育",新移民的孩子不懂英文,学校得先用他的母语教他,这样中国孩子就需要中文教材和师资。新泽西州"西东大学"承联邦政府委托,成立"双语教程发展中心",远东研究院院长杨觉勇博士主持,他到台北物色一名中文编辑,小说家、画家王蓝介绍了我。王蓝字果之,此时已尊为"果老"。

那时流行的说法,"人生有三恨":一恨抗战八年没到过重庆，二恨胜利复员没到过北京，三恨反共抗俄没到过美国，我已三恨有其二，很想有一点弥补，我动了心。

人生果然如戏剧，许多线索平行发展而又相互缠绕。沈局长约集新闻工作者茶话，我也去。他邀人不多，大半是探访主任这一层次的从业员，会场也没有什么形式。沈局长闲话家常，谈笑风生，显示他的风趣和平易，他用"漫谈"的方式而自有重点，他强调（现在）调查局问案绝对没有"刑求"（用刑逼供），科学办案，一切讲证据，根本用不着刑求。他也一再说，有人认为调查局是个"黑店"，进来以后再也休想走出去，这些人大错特错，调查局的工作人员可以自由辞职，有些新进调查员还得到辅导转业。

各报都根据沈局长的谈话发布了消息。我并不是探访新闻的记者，他也要我亲耳听见，必有用意。

又过了几个月，新闻联络室主任打电话来，调查局这一届新进调查员的训练快结业了,他问我有没有时间参加他们的结业旅行。

他已经问过我三次了。我久闻沈局长仿照美国联邦调查局的风格改造调查局,新进调查员一律是大学毕业的青年,仪表足以与外交官和空军飞行官相比,必须品行端正,教养良好,志趣高,训练中发现瑕疵随时淘汰,训练的课程聘请第一流学者担任,这个样子的调查局是蒋经国时代的新风景,新希望,有缘一见也是眼福,他第一次问我的时候,我没有考虑,随口答应。

他第二次再问的时候我迟疑了一下,这一趟结业旅行为什么邀我参加?这些新锐将来难免担任秘密任务,我何必去看见他们,结业旅行由沈局长率领,第一级主管全部参加,我一路上要受多少拘束,这些念头一一闪过,只因为已经答应了邀请,难以反悔,还是说了一声"好"。

第三次再问,我的想法就复杂了,这样一件事,为什么要问我三次?他们岂是健忘之人?我想起修女出家，教会给她一段时间慎重考虑，前后三次问她是否改变主意，三诺之后百年定，再想退，就是叛教。我正在做出国的大梦，那时出境条件严苛，手续繁琐，一根线都能把你当蚂蚱拴住，我好容易从"中广"退休，好容易把幼狮文化公司的职位还给痖弦，老牛过窗棂，全仗一身干净，倘若再结尘缘，又是飞絮沾泥，我立刻婉转辞谢了。

申请出国的人要经过安全调查，我得找个机会说出我对特务机构的看法，争取他们的了解，这时，我们那个特殊的餐会对我非常重要。我一再拿特务当做话题，在我们那个餐桌上，这个话题太敏感了，同席的人显然没料到我敢碰，我已决心孤注一掷，神色泰然，笼中鸟要唱歌，听歌的人也许在笼子上加一把锁，也许打开笼门让我飞，我的话似褒似贬，由他们领受，得马失马，靠我的运气。

我陆陆续续说了许多话，总而言之，特务好比外科医生，手中有刀，手术台上没有细菌，没人喜欢外科医生，但是每一家医院都必须设置外科。有一个年轻人问他的父亲，你当初为什么要做外科医生，手有鲜血，面无表情，眼科有多好，端庄斯文，轻巧细致，心脏科有多好，结识一大群董事长总经理，增加对社会的影响力。我不知那位父亲是怎样回答的，我想最好的答案是，人类需要外科医生，而且需要最好的外科医生。

我不客气地说，当年特务素质很低，社会的观感是：一个人什么都不能做才去做特务，这些人好比庸医，医疗失误罄竹难书，但是也勉强维持了公众的健康。

我不客气地说，他们多少人受过日本特务的苦刑拷打，几番死去活来，多少人被中共追捕，三九寒天，山林荒野中昼伏夜出，留下终身痼疾，多少人的父亲被枪杀，把他的妻子儿女发配到边疆开荒，这是什么样的遭遇，这样的遭遇如何影响了他的人格和性情！五十年代，台湾靠这一批人支撑危局，他们如果发疯了，那可怎么办，皇天在上，后土在下，总算列祖列宗英灵未泯，总算中华文化种子未死，总算坚百忍以图成的"领袖"身教言教，他们办案时有些行为令人发指，可是总体来看，他们还算有节制，目的和手段之间还能分出本末体用，他们的罪恶本来可以更多。

三十年后浪前浪，我说今天在台湾做特务，他必须是第一流人才，他们干哪一行都会出色，但是他们选择了第一志愿。我顺口举例把自己分析了一下，像我这样一块料，做人作文都比人家慢一拍，斗智毫无胜算，我的生理构造有"麻烦症候群"，体能很弱，斗力是输家，别说是去当特务了，如果特务拿我做对象，也害他们浪费光阴，我实在不能为恶，不足为害，何况我已超过五十岁，常常觉得不耐烦，这表示我已停止成长，失去可塑性，今生一切都要到此为止了。

这样谈下去，无可避免有一天谈到党外的街头运动。我忍不住说，游行示威是群众表达意见的一种方式，他们哪里是造反？哪里就动摇了国本？土地是老百姓的，他们要站在上面叫一叫、跳一跳，何必一定把他们赶回家中关上门窗？当然，有些地方群众可以去，有些地方群众不能去，游行示威之前，照例有个组织发动的阶段，警备总部照例老早掌握了情况，这时可以通过中间人谈条件，游行示威由你，规矩范围由我，彼此约法三章，先小人后君子，那些民间领袖都有事业前途，参加示威的人都在安居乐业，他们并非亡命的暴民，几个人能赴汤蹈火？

我忍不住说，从一九四六年起，我就看见"咱们国民党"犯了一个错误，拿群众当敌人，双方断绝一切管道，静等着拉弓放箭。军队只受过作战训练，没受过镇暴训练，以作战的方式镇暴，反应过当，破坏太大。现在政府要立刻派人到美国考察学习，把他们镇暴的观念方法和装备搬来，重新训练治安部队，赶上时代（后来新闻报道说，政府派人到美国考察去了）。

这样谈下去，有一天我忍不住讲了一个故事，我说有一个人患了重病，送进医院，经过长期疗养,精神渐渐恢复,他对医生对护士的不满也天天增加,终于有一天,他躺在病床上,看见医生进门,抓起药瓶向医生投去,医生急忙躲闪,药瓶在门上撞碎了。护士大惊而医生大喜,他说这一掷力道不小,可见病人的体力恢复,也可见我的治疗完全奏效。

国民党人总是说,蒋氏父子治理台湾,尽心尽力,他们在大陆上从没对任何一省的人这样好,即使是浙江省,因此党人认为台湾人应该听话,这种想法太陈旧了。人性复杂幽深,因果关系岂是如此简单,何况现在已非"崇功报德"的时代,公认人民大众有权利喜新厌旧,反复无常,政治家为而不有,随时可以被遗忘,被曲解,被替代,他要从政就得"牺牲享受,享受牺牲",悲天悯人,为苍生作奉献,老天爷给他的报偿,只是海明威笔下那一副鱼骨头,也就是一页青史。

如果用专政暴力捍卫政权呢,咳,我说那倒是一个办法,可惜我们都老了,没有力气提起步枪冲上去，咳，我们的儿女也都不听话，政治信念不能遗传。我说"服食求长生，多为药所误"，南韩李起鹏辣手铁腕，咱们望尘莫及，最后王朝倾覆，李起鹏命令一家五口在客厅集合，他亲自开枪杀死妻子儿女，然后自杀，咳，我狠狠地说了一句："咱们也没那个种！"

　　回想起来，我当时也失去了控制，但是他们爱听，显然还有更多的期待，长年漫漫，独立、联俄、两岸谈判、——见肺见肝。我每次赴约都像教授上课或者像被告出庭，你得准备一些"说法"填塞时间，我不能缺席，不能沉默，因为我心中有贪有痴。我的出国手续已办到最后一步，等待出境许可，如果拿不到出境证，前功尽弃，拿到了出境证，那才是画龙点睛，我如果托任何人关说疏通，那就是"着相"，我从未把这个话题提上餐桌，他们也没任何人问我，他们每个人都知道我心上压着这么一块石头，看我怎样搬开。我相信每次餐会以后，他们写回去的报告一定影响最后的判决，我只能顺着他们的需求诚实"招供",讨好他们的上司,为我出境涂抹滑润剂。

他们几次把话题引到蒋经国传位的问题,看样子我若想走开,对这个话题就没法避开。我那时还能喝几杯陈年绍兴,黄汤下肚,舌片微麻,好,那就担当最大的风险,吐出"酒后真言"。那时盛传"蒋经国培植蒋孝武继位接班",我断言蒋家第三代不宜再执政了,因为人民会厌倦,从头算起,祖父在位三十二年,父亲将要在位十二年,父子相承可能四十五年,孙辈是难以为继了!

蒋介石总统连任五次,人民大众已经流露了幽默感,民间笑谈。中华民国行宪后第一任总统蒋中正,第二任总统于右任(我又来担任),第三任总统吴三连(吾第三次连任),第四任总统赵丽莲(照例连任),第五任总统任百年(做总统一直做到死)。我说民间称中山先生为国父,称蒋公为"国兄",称蒋经国总统为"国侄",称蒋孝武为"国孙",讽嘲之情溢于言表,第三代接班?大众完全没有心理准备。

我把蒋经国的才干度量谋略统驭大大称颂一番，我说当初那些跟他争位的人，吴国桢、陈诚、孙立人、周至柔，谁也都要差他一截。我甚至说，他有些地方比他的老太爷更杰出，他一样可以完成北伐抗战那样的大业，只是没有那样的机会罢了。那时数当代人物，没人敢说蒋介石位居第二，但是如果说他的儿子比他更好，我想是安全的，人人知道蒋经国很想走出他父亲的盛名笼罩，自创新局，他提出"大有为"的口号，台湾的篆刻家每人刻了一方印章献给他，印文全是"大有为"，联合开了一次展览（这些印章现在不知落到哪里去了）。

我说诗人书法家于还素写过一副对联："一身是胆终非虎，万里无云欲化龙。"大家认为写出蒋经国的局限，上一句说他主观条件不足，下一句说他客观环境不利，但是我说，经国先生现在还有一个千载难逢的良机，足以使他绕过蒋介石这座大山，站进历史舞台的强区，他可以解严，恢复平时状态，建立民主制度。

民主似乎是一个可怕的名词，国民党将因此失去政权。执政党要尽力延长执政的时间，那是理所当然，但是我说，你可以先用民主制度维持政权，一旦行到水穷处，你就在民主制度中坐看云起时，民主也可以使你取回政权。我说专制并不能使你永远握有政权，想想中国历代王朝"失国"，都与民主无关，结局如何悲惨！得国不易，失国更难，我特别一个字一个字地说：民主制度最大的用处，就是解决如何"失国"。

我发表了我受党化教育的独门心得，我说依照中山先生的设计，国民党最后要还政于民，这是三民主义的中国特色，如果抽去这个核心价值，国民党的军政训政就和苏共中共很难区分。有人说国民党的还政于民是假的，在警备司令看来它可以是假的，在中山先生它应该是真的，蒋公一直在这条路上走，他死在半路上，谁能断言他是假？我说历史发展到这一步，全看经国先生怎么做，如果他建立民主体制，让人民投票选择政府，大家都是真的，国父的理想终于实现，蒋公的人格浑然完整，经国先生的历史地位也巍然确立。

我说了一个小时，没人反问，没人打岔，没人咳嗽，没人动筷子，大厅内静如广播电台的发音室，坐在我对面的那位朋友，右手插进西装里抚摩左胸，好像心血管有点小毛病，我想他是操作衣袋里的袖珍录音机。我说完了，他们也没有任何评论，没有一句回应，任我如此这般放肆一番，好像与他们毫不相干。我究竟闯了大祸还是立了大功，一时茫然。

时间近了，我也辞穷了，我对他们说，我本是内战的残魂剩魄，来到国民党的残山剩水，吃资本家的残茶剩饭，三十年来看遍多少人为党国牺牲，也看遍多少人使党国为他牺牲，党国左手来右手去，以不足奉有余，我们是各有因缘莫羡人，纵然台下一条虫，我也是益虫，不做害虫，我们依然支持国民党，只有在国民党治下我才有做一条益虫的可能。(我这算是彻底交心了,你们饶了我吧!)

也许有关系,也许没关系,我领到出境证。

我在出入境管理处门口遇见一个熟人,他问我来做什么,我举起手中那张纸:"我来领贞节牌坊。"一时又是喜悦,又是辛酸,好像很充实,又像很空虚,台湾混了三十年,患得患失为了这张纸,也太没出息了。

回到家,我拿起电话,几乎想告诉果老,把西东大学的聘函退了,可是我还是打给旅行社买了机票。

时维一九七八年九月,起飞那天清早,定期聚餐的那五个朋友中间的一位请我吃早点,松山飞机场旁边开了一家观光级的豆浆店,精致雅洁。我们在那里坐定,他举起茶杯对我说:"我代表本单位给你送行,你可以出国。"好像出境证还不算数似的。他们从来无人表露另一种身份,突如其来我吃了一惊,立刻想起《三国演义》"闻雷失箸",我说:"怎么冒出来一个本单位,你吓了我一跳!"

我想起来治安当局花样多,我认识聋盲学校的一位教师,她曾把我的《开放的人生》译成点字当做教材,她出国的故事那才叫精彩,人已经坐在飞机里,又被广播器叫下来,没收了出境证和护照,治安人员欲擒故纵,只是要观察她拿到出境证以后的一言一行。

　　飞机平稳滑行,忽然窗框歪斜,圆山大饭店缩小成模型,机身转弯,我看见隐隐山峰水气淋漓,有如米芾的画。我觉得肚脐好痛,像是拉断了脐带,然后就是云天万里。"你可以出国",那位朋友没骗我,感谢同桌共餐的五位朋友,我想他们帮了忙,我更钦佩沈之岳局长,他老成谋国大开大阖。

　　愿上帝赐福给他们!

## 我和军营的再生缘

我到台湾以后,发愿跟军营绝缘,没料到有个声势浩大的军中文艺运动。

"文艺到军中去"的口号虽然提出甚早(一九五一),我并没有关心,直到"总政治作战部"成立国军文艺运动会,文艺界大点兵,我才躲不过去(一九六五)。我曾当面告诉主办人田原上校不想参加,田原面色凝重,一言未发,我没有照开会通知的规定报到,他派人把报到时应该领取的一切文件和赠品送到我家。田原是小说家,也是国立第二十二中学的学长,为人忠厚,他的"不言而教"我体会到了。

一九六五年四月,第一届"国军文艺大会"开幕，军中作家、社会作家加上"总政战部"的作业人员，共六百多人出席，蒋介石总统亲自颁布十二条纲要，宣示对文艺的战时要求。大会之后成立"国军新文艺运动辅导委员会"，聘请"社会文艺工作名流"八十三人为委员，我列名在内。选拔军中作家两百多人，成立九个小组，我参与散文组的活动。总司令部以下设辅导分会和地区联谊会，推动工作。设置"国军文艺金像奖"，辅以一般奖状奖章及补助金，鼓励官兵创作。定期邀请辅导委员到军中演讲座谈，讲授写作经验。委托文艺函授学校提供更多的机会，帮助军中的有志者学习。"总政战部"并规定各单位所需开支列入年度预算，办理成效列入年度考绩。

蒋介石总统一直把台湾当做战时社会，他对文艺有战时的要求，五十年代，他曾发出"战斗文艺"的号召，希望社会配合军中的需要，"中国文艺协会"没有基层组织，无法落实。现在他的理想纳入军中的行政系统来实行，希望由军中影响社会。这时蒋经国升任"国防部长",王昇以"总政战部"副主任兼执行官,正是蛟龙得云雨的时候,更难得实际主持此一运动的王大将不辞劳瘁,礼贤下士,一一攻破了"社会人士"对政工的心防。

还记得王大将第一次宴请辅导委员,每桌都有三两位政工官员作陪,他起立致词,他说辅导委员都是"我们"的老师,而"一日为师、终身是父"。我听了十分惊愕,这是克劳维兹兵法嘛!教人怎承受得起!虽然王大将在政工系统威望很高,那些政工官员听了还是神色黯然。那天我坐在赵友培教授旁边,当时也曾轻声进言,劝赵公以副主任委员身份说几句谦逊的话,他说这番话应该由"文协"的当家人陈纪滢来讲,纪老是第一顺位的副主任委员,可是纪老坐在第一席,传话很不方便,稍一迟疑,失去了时机。我想那天政工官员对我们这些"老百姓"的印象一定很坏,将来会有后果(此是后话休提)。

那时"文协"的领导班子,王蓝长于辞令,他已重拾画笔，经常带着画家出国展览。事后公开报告经过，他总是当着大官的面说，这次展览某厅某部帮了忙，某长某老解决了困难，到了外国，某部某局某会的驻外机构给了多少支持，当地侨胞对台湾有多么大的向心力，国际友人对台湾又有多么大的好感，所以画展空前成功！好像一切都是"他们"的功劳。大官听了开心，以后看到文艺二字也就放开眉头。那时政府万能，什么都管，要想推动文艺工作，你得涂一些滑润剂才行。果老年龄比较轻，容易放下身段，"文协"在走出"道公"的庇荫之后，多赖果老调和军政关系，可是那天他也没机会讲话。

那时候，蒋经国也挺客气。有一次他来讲话，他是"国防部长"，有上将官衔，他穿着便服，军乐队仍然演奏礼乐，全体肃立迎接。他上台以后立刻说，今天的仪式是为军人安排的，可是有很多位"社会的先生"在座，很不适合。我记得他晚上才来，军中干部自然全员就座，"社会的先生"多半回家去了，少数人临时接到通知留下，也不知他们是怎么选择的。蒋经国那天说些什么，我都忘记了，总之和文艺没有关系，事先也没有准备讲稿，好像东拉西扯，言不及义。他的口才很差，不过态度诚恳，很能赢得一般人的好感。

论演讲，王昇是一等一的上选，每一届"国军文艺大会"闭幕之前，他照例发表长篇演说，或批中共，或批台独，或批存在主义，他不看讲稿，但是句句到位，而且起承转合，辞充气沛。我有大兵习性，而今出乎其外，既能看热闹，又会看门道，我曾对一同开会的朋友说，化公是天才运动家，听完他的演讲，一个小时之内，你如果给我一把手枪，教我干什么我去干什么，可是超过一个小时就不行了。他听了哈哈大笑，反问一句："你到底是捧他还是骂他？"

在"总政战部"的调度之下，我参加了许多次演讲座谈，接受访问，担任金像奖征文的评审。文学写作无非是两个问题，一个是写什么，一个是怎么写,依"总政战部"的设计,他们决定写什么,我们只管怎么写,如果沿用中共的说法,也就是"领导出思想,作家出技术,群众出生活"。我是从这条道上熬出来的职业作家,虽然已经洗手,老把戏都还记得,在这个层次上可以使一把劲儿。

近人著作,对军中文艺运动多有负面的评论,我想起"平时与战时的矛盾"。那时世界的大局势是,冷战随时可能变成热战,海峡的小局势是,中共等待时机解放台湾,台湾经济繁荣,老百姓追求"生民之乐",可说是战时如平时,军队枕戈待旦,又可以说平时如战时。军队好比是"鱼",社会好比是"水",水中缺少鱼需要的养分,"总政战部"无法全面改造水质,退一步打算造一个鱼缸,自己订做饲料,外面流进来的水要过滤。王大将曾一再对我们朗读梁启超的诗:"诗界千年靡靡风,兵魂销尽国魂空。集中什九从军乐,亘古男儿一放翁!"声音十分恳切。他们需要几十个几百个现代的"陆游",他们的做法源于他们的战略思想,我无法提出更好的战略思想，也就无法提出更好的做法。

军营中写作的风气本来就普遍，以前士兵写作只能忙里偷闲，躲躲闪闪，国军文艺运动正式展开以后，写作可以堂而皇之，理直气壮，只要稍有成绩（比方说，作品在军营内部的报刊上发表了），长官特许不站卫兵，不出公差，不服劳役，期许你有更多更好的表现，倘若能在高级司令部主办的征文中抱个大奖回来，那就成了一时的宠儿。记得除了"总政战部"设立金像奖以外，海军有金锚奖，空军有金鹰奖，陆军有金狮奖，联勤有金驼奖，警备总部有金环奖（有人称之为手铐奖）。我多次担任评审，有缘遍读军中未成名作家的散文和小说。

我觉得未成名作家的文章可读性更高，里面含有生活的"原材"，由于未成名和已成名生活在不同的时空，已成名的作家尚未发现这些原材，这些新鲜粗糙的东西尚未经过作家们的因袭和复制，十分可贵，他们万事俱备，只欠表现技巧。每读这些作品，如闻深海遗珠，如见乱山璞玉，心中欢喜，但是也实在没有生花妙笔可以送给他们。每次随作家访问团深入军营，不免想起这些人来，或者只见过文稿、没见过名字，或者只记得面孔、不记得姓名，或者只记得笔名、不知道本名，猜想他们以后会怎样：半途而废？怀才不遇？还是有志竟成？

"总政战部"多次安排辅导委员和社会作家到军营访问，我随访问团两次到金门，一次到马祖，两次访问海军基地。访问团由当地最高长官接待，接风、送行、简报、欣赏晚会，都到场主持，一座将星煜煜。海军最讲究礼仪，请我们看操枪表演，接受仪队致敬，总司令宋长志上将甚至来听我的演讲。访问马祖的时候，恰巧"总政战部"主任蒋坚忍到马祖视察，他参与我们的活动，我们受到的礼遇更是水涨船高。

看"总政战部"的安排，这些访问活动好像是酬谢作家的贡献，或者也希望社会作家了解军人任务，增长战时意识，所以"联谊"高于一切。临别时我们都得到许多纪念品和当地土产，回台北后还收到他们拍下的照片，记得马祖寄来的照片，背后都有一个小小的名戳，刻着"俞允平摄"，后来俞先生调回台北编《文艺月刊》，大家对他一见如故。

我们去金门马祖，都要在飞机上或军舰上办出境入境的手续，虽然只是"总政战部"和出入境管理处双方官员一句对话，免除一切形式，我还是觉得很刺激，出境，入境，本来多少浪漫与哀愁！金马风景很好，但是谁也无心观赏，金马前哨离中国大陆很近，从望远镜看"准星尖上的祖国"，心潮比浪高，伏下我后来写《左心房漩涡》的远因。我当时最迫切的感受是，对岸继"三年灾害"之后搞"十年浩劫"，我的今世肉身幸而还能站在太武山上怅望千秋，我对来台湾以后所受的一切都原谅了！我内心的一切都化解了！

我是那种"向下看"的人，我的情感和兴味都在士兵，特别是那些驻地偏僻、苦修勤练的人，文学是他对生命的思索，对生活的玄想，使我想起自己流亡的时代。虽然军队的一切都进步了，有些气味、有些声音、有些线条颜色还是熟悉的，有些默契还是存在的，一步走进营房，恍如回到前生，我怎么也没想到我和军营还有这样一段未了之缘！

在最前线，我看见战士利用碉堡上的积土种植花草，碉堡门前用铁丝搭成的对空伪装网，也交错编织出各种图案，他们又种一些茑萝或牵牛花，使它攀附着铁丝网生长，季节到了，柔嫩的花蕾也许就倚在锋利的尖刺之旁。在碉堡里，我看见痖弦的诗集，赵友培的《答文艺爱好者》。

金门马祖都有战士们用双手凿成的坑道，外表是一座巍峨的山，汽车开进去四通八达，将士在里面运筹帷幄。坑道里，岩壁一望无尽，每一寸都是斧凿的痕迹，坑道潮湿，有些地方坑顶向下滴水，战士们也生了疥疮。坑道里储藏汽油和军米，他们永远先吃受潮发霉的米，新米存起来，等它发了霉再吃。

厨子不能和客人同时入席，服务业者不能和游客同时度假，即便是南飞的雁群，也在宿夜的时候派出守卫,担任警戒,所以军人……这是社会组织的遗憾,但是最大的遗憾是人们因此藐视军人。

虹影在她的小说里描写"三年灾害",那时家家挨饿,家长总是吃得最少,吃得最少的人最受尊敬。"人要吃饭"固然天经地义,正因为如此,"吃得最少"省下来给别人吃令人感动敬拜,两者并没有矛盾,任何国家社会都得维持这个价值观。那年代,前线官兵是"吃得最少的人",他们整齐的队形,严格的纪律,特殊的装备,艰难的任务,都象征荣誉,角声旗影,慷慨一呼,生命壮烈如疾雷闪电。一个国家是否有前途,要看这些对青年有多大吸引力。

我和军中文艺另有一段奇缘。

中央副刊的老编孙如陵,众人称为孙公,他编辑台上作业周到,但很少主动跟作家联系。有一天他打电话来:"你是不是有一个笔名叫孤影?"我说没有。"你可知道孤影是谁的笔名?"我不知道。几天以后,中央副刊开始连载"孤影"的一篇长文:

《一个小市民的心声》,考其时为一九七二年四月。连载期间,承办军中文艺运动业务的田原上校打电话问我:《一个小市民的心声》是你写的吗?我说不是。你可知道是谁写的?我不知道。

我这才细读这篇长文。孤影文笔明朗生动,博学鸿词,我所不及,为什么会和我联想在一起呢?我在《征信新闻报》(《中国时报》)写了十几年方块文章,围绕着几个大主题取材,其中之一是,我随着新闻发展,扫描社会的不安浮动,要求有守者容忍现状,珍惜未来,有为者投入体制,从事慢性的、局部的改革,而改革的第一步是"以身作则"。这个论点,"小市民"吸收了。我随手假设,断续举例,"小市民"也大体化用了……孤影不孤,他文中几处有我的影子。

中央副刊收到《小市民》的文章,稿末并未附有作者的真实姓名和通信地址,只因文章写得好,决定刊出。有些朋友一面读,一面怀疑是中央党部炮制的文宣,但立即断定党部没有这样的智慧。王昇上将赞赏这篇文章，联系《中央日报》出版抽印本，以"总政战部"的力量普遍推广，据说总量有一百万册，我若在此时出面"考证"一番，倒是可以小出风头，那样也就败人兴味，形同搅局。我保持沉默，后来孤影出面，他把版税完全捐给台大同学会的福利组织，如此这般，可说是一切圆满。

我自己并未看重我的那些意见，当时那样做文章，出于权宜之计。我们写的那种小专栏，惹是生非，蜚短流长，处处得罪有权有势的人，为了使他们还能容忍，我也有一些职业上的小秘诀，例如说，一连几天你的文章都让他惹气，明天你得有篇文章让他顺气，或者你昨天对某人发出恶声，今天最好对某人的上司来几句美言，他也就不便发作。在我的整体设计里，这些段落是安全瓣，类似一种零件，三言两语，点到为止，如同幼芽萌发，它们有机会植入园林，长成粗枝大叶，给台湾社会增加清凉，那也是一桩美事。

我接到王耀华上校的电话，王昇上将约见。我准时到他的办公室，孤影也来了，化公离座，亲手取出两件"荣誉状"，一份给我，一份给孤影，内文都说酬谢对军中文艺的贡献，都由"国防部参谋总长"署名，纸张印刷和款式比一般奖状考究。"荣誉状"发给孤影，当然因为他写了《小市民的心声》，为什么也发给我呢，而且是和他同时领受，再无第三者并列，大概王化公也终于听到或看到其中有我的贡献吧？……那次接触距离很近，我看见化公两颊深陷，嘴唇干燥，跟当时的京华冠盖相比，简直"面有菜色"，他是"最憔悴的上将"。他自奉甚俭，工作时间太长，每天早上读书一小时，有时一个上午到五个地方去听简报。

化公亲自主持过几次座谈，规模越来越小，每次总会通知我参加。他多次邀文艺作家餐叙，人数不多，也没把我排除。有一天晚上他只请了一桌客，而且只有八个人，我叨陪末座，他谈笑自如，没有冷场。席间我一度起身洗手，然后朝他的背走回，恰值他转过脸去，朝着空气放松一下神经，我的角度正好看见他一脸疲倦和不耐烦,他好像唰的一声换了一副表情,唰的一声再换回来。三军军官俱乐部大厅宽广,灯光没有全开,衬托出他的疲倦和寂寞。

我为之悚然,想起战国名将吴起的故事。吴起统兵作战,有一个大兵生疮化脓,十分痛苦,吴起用嘴替他把脓吸出来,消息传遍前方,也传到后方。有人向大兵的母亲道贺,他的儿子遇见好长官,做母亲的一听马上哭了,她说我的儿子没有命了,将军这样待他,他一定奋勇作战,死在战场上!他的儿子果然没有回来。

王化公是何等样人,他费这么大的精神,纡尊降贵跟我们应酬,像我这样一个人,究竟能为他做什么,他究竟要怎样使用我,我得怎样报答他,……我开始跟政战系统疏远,最后我出国,也没敢向他辞行。

王昇上将主导的军中文艺运动是空前绝后的一件"学案",内涵外延,丰满久远,并非一句"官方意识"可以了之，它确实造就了许多作家艺术家，但愿有人能罗列评点，开出完备的名单。它散播技术，有教无类，播种之功，无人可比。大军"偃武修文"（诗人钟鼎文这么说），大量增加阅读的人口，促进文学出版事业的繁荣。固然他目的在使文艺工具化，但"事实总是向相反的方向发展"，得到文学技术的人几个成为政治工具？李杜韩白岂甘终身写试帖诗？即使是陆游，他诗集中的孤愤和无奈才是强音。军中培养出来的诗人画家，一个一个"现代化"了，军中培养出来的音乐家戏剧家，一个一个"商业化"了，逯耀东教授称这种情形为"兵变"。

推动台湾文艺发展的人，并非只有张道藩、林海音、夏济安、齐邦媛、痖弦、叶石涛，还得加上一个王昇，他是照着革命模式成长的军人，任何国家的军队都不能缺少这样的型范。他想凝铸军魂，越界耕作文艺这块田地，也许犯了错误，可是并没有白费力气。历史总是呈现多轨或双轨的样相，五十年代，反共文学之外还有以女作家为主的私生活文学、人情味文学，六十年代，现代主义运动之外还有军中文艺运动，七十年代，乡土文学之外还有后现代，看似相反，最后都"化作春泥更护花"。

# 我与学校的已了缘

我想写一本书诠释赵友培教授的写作六要:观察、想象、体验、选择、组合、表现。读者对象锁定中等学校的学生,为了内容贴近中学生的经验,我想先找一个学校作一番实验。那时升学竞争激烈,教学内容扣紧考试,"名校"不会让我来搞这种不急之务,有些学校学生不以升学为目的,只以毕业为目的,他们才肯和我合作。

我找到育达商业职业学校。现在"育达"已是国际名校,那时(一九六一)育达的学生还没有洗净"五流学生"的污名,上学放学的路上,有些学生把书包反过来,不让路人看见育达二字。学生老师都无须面对大学入学考试的压力,患得患失之心甚小，学校当局主张"宽收慈教"，教师怎样教，学生怎样学，可以有较大的弹性。期末考试，教务处婉转劝说授课的教师，最好给学生暗示出题的范围，教师觉得这样也好，如果大部分学生只有三十分、四十分，学校固然难以交代，教师又何以自处？

育达学生很多，相形之下，教室很小，上课的时候，我和学生之间几乎没有距离。我一开口讲话，他们立即谈天，教室犹如茶馆，如果我停下来，他们也立刻没有声音了。教师怎样应付这个局面？有人站在讲桌后面盯住书本，神情不慌不忙，声音不高不低，他听不见学生说什么，学生也听不见他说什么，可是很奇怪，倘若他讲课的时候说出"马、吗、麻"，女生立刻一齐大声答应"哎！"表示自己升格为"妈"；如果教师说出"八、拔、罢"，男生立刻大声答应"嗯！嗯！"表示自己升格为"爸"，他们还是听得见，只是不听功课而已。老师必须保持警觉，以防落入陷阱，否则那就要看他的修养了。

这个奇怪的现象对我构成挑战,怎样使他们"听得见"我讲课呢,如果我现在讲话无法引起学生的注意,将来我写的书对他们怎会有吸引力?我要找出办法来。我下了一番工夫,每次上课之前,我把我要讲的话好好结构一下,我把课文分解了,大约每隔三分钟,在他们对我厌倦之前,穿插一些小幽默小掌故,维系他们的注意力,再采用声东击西、欲擒故纵、正言若反种种手段,引他们追逐捕捉,流连忘返。他们总算发觉我讲的话比他们自己同学讲的话更好听,教室的秩序大为改善。

当然,这样讲课十分辛苦,那时年轻,也没去想养生之道。幸而我设计的作文方法有效,愿意合作的学生不断增加,我心中大快,疲劳一扫而空。按照计划,我利用一学年的作文课把实验做完,提出辞职,然后我写出我的第一本书《文路》。王广亚校长办学有大志,那时求职的人多,工作机会少,他不能选择学生,可以选择教员,对汰换坏教员、延聘好教员很有办法，然而我不是能够和他一同筚路蓝缕的人。我感谢他给了我一方实验田，我也感谢那些可爱的学生，他们提供了许多实例。后来这本书一度成为中学生的最爱，也算是报偿了他们的美意。

王广亚校长最初办了一家补习班，最后办了一座大学。最初他申请参加职业学校联合招生，遭主办者白眼拒绝，后来当选为私立教育事业协会理事长。他由某些人眼中的学店老板，成为传记作家笔下教育界的巨人。

五十年代，捐产兴学的事时有所闻。后来政府规定私立学校必须登记为财团法人，学校财产由董事会管理，捐产兴学的人拉一些朋友担任董事，后来董事中有人暗中运作，大家投票把捐产的人排出去，他算是扫地出门了，这样的事也时有所闻。王校长恂恂然如可欺以其方，尽管家大业大，越来越复杂，但是始终一切都在掌握之中，了不起。

由王广亚成功，我想到那些在党政体制内一生尽瘁的人（以我亲见者而论）。像张道藩、黎世芬、刘真、龚弘，也许还可以加上姚朋，都是由升弧走到降弧，没有很好的落点，只有魏景蒙算是善始善终。成功的人生属于私人事业的经营者，王惕吾，余纪忠，成舍我，世代尊荣，流芳久远，即使是张其昀，也幸亏他有中国文化大学。平鑫涛如果留在台肥六厂做会计主任，一定可以升为厂长或总经理，可是那又怎样？六十年代年轻人看到了这一点，纷纷走出去自己创业，士别三日，掏出来的名片是某某公司董事长，电话簿中的中小企业本来薄薄一叠，后来单独印成厚厚一册。这恐怕也是台湾社会解组（或重组）的一个现象吧？

《文路》的体例仿照《爱的教育》，偏重记叙文、抒情文的写法。我想再写一本书，体例模仿夏丏尊的《文心》，内容专门讨论议论文。那时教育机关承袭"策论"遗风，升学考试的作文题全是议论，遇见抒情记叙，考生凭着"生活"多少可以写几句，你教他们议论，那得平素受过一点训练才可以过关。

我想换一个地方做实验,这一次,我到台北县立汐止中学,"小说组"同事蔡文甫在那里做教务主任,他替我作了安排。汐止中学的学生大部分想升学,他们很用功,常常问我"升学的时候考不考这个",我此行正是针对升学考试而来,但是他们心中疑惑。我把实验区限定在作文时间之内,我在正式上国文课的时候,完全和别的老师一样,抓紧字词解释、文言译白话、课文内容问答、作者生平介绍等等,直到他们能够背诵默写。作文便就不同了,我设计了一套教程,由简入繁,从造句到谋篇,专教议论。

这本书叫做《讲理》,书写完,我也离开了汐止。

那时候(一九六二),汐止还是穷乡,常有学生赤足涉水而来,进校门才穿上鞋子。午餐时分,常有学生躲在一旁独自打开饭盒,因为他只有番薯没有菜。学生纯朴,家长尊师,偶尔也有英才,校友中出了几位名人。

我到汐止教书的时候，蔡长本校长已连任十年，他一手带领这所学校的扩充与提高。他本是名将薛岳的幕僚，大陆撤退，只身来到台北，由政府安插进教育界，算是台湾战后的"政治校长"。他为"政治校长"争光露脸，展现办学所需要的各种德性，只是格局小。也正因为格局小，所以清廉耿介，小处从不随便。他以校为家，以学生为子弟。他在办公室的一端隔出小小房间，放下一床一几，那是他的寝室，办公室的墙上密密麻麻贴着毕业生的登记照，经常站在墙前浏览端详，思念他们的来影去踪，那是他的娱乐。他从不请客送礼，作茧自保。后来"政治校长"——汰换出局，当局还派他去创办三芝中学，在校长任内退休。

如果王广亚是奇迹，蔡长本是另一奇迹。

也算"善有善报"罢，我在汐止中学认识内子王棣华女士，那时她是事务处的职员。我本来立志独身，不意对她一见钟情，我们在一九六四年结婚,这年我三十九岁。像我这样一个流浪汉,婚姻对我发生的影响何等巨大!家事如麻,此处不能细表。

一九六二年,台北"国立艺术学校"成立夜间部,设广播科,急需找一个人去教广播剧,他们想到我。

那时住在台湾的人非常注意子女教育。国共内战发生以后陆续迁到台湾来的人(所谓外省人),丧失一切所有,他们深知他们能给子女留下的荫庇,只有教育。原来就居住在台湾的人(所谓本省人),受到土地政策的限制,无法再以田产传家,教育也就成了下一代惟一的出路。大专学校扩充太快,很难请到教师,洋博士洋硕士还没回来,土(本土)博士土硕士还没培养。到了二〇〇八年,一所小学,五十六位教师,有四名准博士,十名硕士,十八名准硕士,当年谁也没有这么丰富的想象力!我知道台大有一位教授到处兼课,由台北兼到高雄,分身乏术,他的秘诀是轮流请假,他常在下课的时候告诉助教:"我下个星期感冒",一时传为笑谈。这是我能到大专学校兼课的大背景。

那时兼课的收入很低,我每周三晚间到"艺校"上课,每次两小时,坐三轮车往返,中间在外面吃一顿宵夜,两节课的钟点费就花光了。学校实在穷,他必须照顾专任教员的基本生活,多多少少把兼任教师当做义工,前来兼课的人看系主任的面子,也多多少少能够"以义为利"。有一段时间,公私立大专学校都大量增聘兼课教师,减少财务负担,我有两个"本职",待遇都很好,我又一心想为青年学生做点什么,这是我能到"艺校"兼课的小背景。

上课以后,才知道学生并非我想象的那样年轻,他们多半早已投入职场,业余进修,他们省吃俭用披星戴月而来,当然都有上进心,可是他们也实在不在乎究竟学到多少东西,要紧的是拿到那张文凭。台湾是越来越重视文凭了,你能否得到你想要的职位,要看你有没有文凭,你以后能有什么样的发展,要看你有什么样的文凭。这也是大专增校增班的另一个原因。

毕竟是"社会人士"了,上课的时候很安静,我从"育达式"的战役中脱身,顿觉轻松自在。他们有人伏案疾书(一定不是作笔记),有人手执一卷(一定不是读广播剧本),我认同他们的做法,自己不听,也不妨碍别人听,他们都是君子。难免有人迟到,多半是美丽的女士,高跟鞋噔噔响,入座以后,啪的一声打开皮包,啪的一声关上皮包,手里多了一把小折扇,哗啦一声打开,摇将起来。

多年以后,我在职场中遇见一个人,他很有成就了,他说他在那段时间从夜间部毕业,从来没去听课,他花钱雇了一个年纪相仿的人替他对号入座,那人租了武侠小说,安安静静,心无二用,看来很老实很用功的样子。教务处派人点名,照例是拿着座次表,站在教室门口,察看有没有空位而已。考试之前,他把同学的笔记借来通宵苦读,也能及格。

"把同学的笔记借来!"他这一句话我听得最清楚,认真读书的学生还是有,夜间部为他存在,我也为他存在。后来艺校各科都出了很多杰出的人才。

第二学年开始前,艺校人事室写信来,要我提供专业著作和学历经历证件,他们要呈报"教育部",完成人事作业。我没有他们需要的东西,置之不理,他们停止续聘也就是了。教务处有一位职员来找我,他说没有学历只有著作也能教书,"教育部"对著作的认定宽松,稿子写好了没有出版,可以用原稿送审。他透露他经手的业务秘辛,某女士送审的著作是从图书馆里抄来的,手续完成以后,他从"教育部"的档案里把"著作"抽回来还给那位女士,以免后人发现。我一听这可新鲜,想起司马懿在"空城计"里的台词:"你是空城也罢,实城也罢,我是不进去了!"

"社会只允许一个人做一件事情",这句话好像有道理。一九六四年,世界新闻学校广播科也找我兼课，这时"中广"刚刚出版了我的《广播写作》，它是台湾第一本针对广播特性讨论写作技巧的专书，不过这本书对世界新闻学校好像没有什么意义，他们并未要我提出资料送审，据说因为"世新"是私立学校，教育部还没有给他们上紧发条。我去教书，出于代理科主任姚大中降格宠邀，形式上比艺校隆重，他是"中广"的资深同事，对我偏爱。

"世新"后来升格为学院，再升格为大学，英才遍天下，若论对新闻界的影响力，可以与政治大学、中国文化大学鼎足而三。我去教书的时候，"世新"尚在草创阶段，我得坐长途公车到木栅镇沟子口站下车，穿越公路，钻出一条隧道，进入校区，别人都说仿佛武陵人发现桃源，我倒觉得重温了抗战时期打游击的经验。上课的时候，"育达式的战役"重演，加上教室隔音不好，噪音交流，我简直声嘶力竭，真的成了"叫兽"。我仍使用育达战术，专科的学生程度比较高，我准备材料经营布局也得多费心思,"拥抱青年"原来这样痛苦!

天无绝人之路,班长听出兴趣来,这位"老大"有权威,他主动站起大喝一声,大约能维持十分钟的安静,十分钟后,他先发制人,听到哪个角落窃窃私语,他走过去制止。他是我在"世新"遇到的天使,我那时还不甚懂事,没有记住他的姓名,交个朋友。

我那时督课很严,期终考试有六个学生不及格,重修再考。有一个学生在考卷上诉苦,他家住台中,景况清寒,父母希望他早日毕业谋职赚钱,现在为了这一门课,他得再到台北租房子,增加全家的困难。"分数难道是老师从大陆上带来的吗?多给几分又有何妨?"我看了悚然一惊。还有一个学生在考卷上巧妙地"通知"我,他是某某人的儿子,言外之意显然。

我除了写作以外,对别的事没有恒心,姚大中走了,那位班长也毕业了,我也到此为止吧。可是"聚有时散有时",一九七〇年,世新的"广播科"

早已扩充为"广播电视科"了,科主任钱江潮请著名的节目主持人罗兰女士任教,罗兰很忙,希望我能暂时代她上课,我答应了,谁知"世新"给我们两人都发了聘书,都排了课程,这就叫"搞行政"。我又教了一学期,期终考试,我出了两道"发挥题",以问答的方式要考生表示意见,只要别留下空白,我都从宽给分,所有的考生统统及格。

另外我曾在台北国立政治大学新闻系兼课一学期(一九六四),在台北东吴大学夜间部兼课一学期(一九七六)。我教得最久的地方是中国文化学院夜间部大众传播系,系主任是"中央电影公司"总经理龚弘,党营的"中影"公司换了多少总经理,一直赔钱,龚总兼具魄力和创意,拍出来的片子既叫好又叫座,他有为有守,为每一部片子付出极大的心力,是我钦佩的人。我教了三年(一九六四——一九六六),不想再教,六九年他又把我聘回去,这时放洋留学的博士硕士纷纷回国,本土培养的硕士博士也年年增加,我能再度应聘,自己也很意外，这样教到一九七二年，前后七年。

龚总给我开的课程叫"报道写作"，我提出的教案是，报纸、杂志、广播、电视四种媒体各有特性，它们对作品各有不同的要求，文章适合于甲者未必适合于乙，媒体的特性有殊，作品的题材、结构、修辞技巧也各异。那时在台湾，这个观念好像是我第一个提出来，我一身兼具四种媒体的经验，我的教材放在"一种原料四种成品"上。那时台湾的新闻学重理论轻技术，一时还没有精细到这种程度，听讲的人未必领会，但是学界到底有不择土壤的泰山，他们把学生的笔记要去参阅，其中有些说法，像"小众传播"，像广播的"可听性"，电视的"可视性"，逐渐流行。我出版了一本小书，名叫《文艺与传播》，总算为这门学问添了几行注脚。

龚弘任"中央电影公司"总经理九年，以"健康写实"为经，制作影片三十五部，对当时僵化中的党营电影事业振衰起弊，对以后党营电影事业的活泼发展继往开来。那时"中影"公司内部小圈子很多，大家为既得利益墨守成规，龚总只有事必躬亲，打破层层包围，贯彻自己的意志，九年下来，"健康写实"的制片路线成功，他自己的健康却毁坏了，他辞去一切烦劳的职务，专心养病，我也兴尽而止。

我决心把书教好，可惜未能参加他们的课外活动，我工作时精神亢奋，闲暇时身心涣散，他们可能无法理解。我对大专学生的美好回忆来自救国团的暑期活动。

"中国青年反共救国团"成立以后（一九五二），利用暑假组训在学青年，起初叫做"暑期青年战斗训练"，后来改称"暑期青年活动战斗文艺营"，再改为"复兴文艺营"，把"中国青年反共救国团"这块招牌上的"反共"两个字也删掉了，政治气候的偷换，可以从这等小事略见痕迹。

一九六九年，诗人痖弦接任《幼狮文艺》月刊主编（后来升任期刊部总编辑，仍兼月刊主编）。

这份刊物是救国团对外的文艺窗口，痖弦成为暑假文艺活动的主办人，在他手中，《幼狮文艺》月刊洗尽党团色彩，内贯传统，外接新潮，俨然成为海外学人和域内青年的黏合剂。"复兴文艺营"也以焕发青年朝气、泯除偏见隔阂为特色，在反共文学和军中文艺运动之外别开生面，清楚地呈现了当局的新思维，也放射了痖弦的识见才华。

谢谢痖弦的慧眼，他年年安排我前往讲课，别处只请我讲散文，他也请我讲小说，有一次还要我担任戏剧组的组长，他承认我在小说和戏剧方面用过功。他长于标题命名，新诗组叫"李白组"，散文组叫"韩愈组"，戏剧组叫"关汉卿组"。文艺营使我思考整理既有的观念，认清诗、散文、小说、戏剧四种体裁一脉相生，连体互通，从此对文学有完整的领会。

复兴文艺营的营址轮流借用各大专学校，这时台湾的高等教育已具一流水准，置身校园之中和一流大学的一流学生一同捕捉云霄羽毛，念及我那一代青少年蹉跌憔悴，真是对他们又惊又羡，又怜又爱。那一段岁月正是我思念子女前途的时候，为青年写"人生三书"的构想成形。

　　痖弦多才，未尽其才。然而"工作成绩都是怀才不遇的人做出来的"，他一九六一年到复兴岗艺术学院讲授美学，而后历经《幼狮文艺》月刊主编，幼狮文化公司期刊部总编辑，复兴文艺营主任，联合副刊主编，《联合文学》月刊总编辑，直到二〇〇〇年退休，担任文学的守门人、领航员凡四十年。他本身是前卫诗人，但是他了解一国文学风尚不能排斥一人的创作才能，一人的创作才能也不能专擅一国文学的成就，气度甚为宽宏。他不仅是报社的一个职员而已，他是刊物的灵魂，文学的傧相，作家的守护神，双方缔结永久的关系。每一个成功的作家背后都有一个成功的编辑，他成全了、保护了许多作家，台湾的文学终于呈现国际水准和自己的特色，超越了三十年代的典范，他的贡献很大。

一九七六年一月，我从"中国广播公司"退休。一九七七年美国西东大学远东研究院寄来聘函，请"中国文艺协会"常务理事王果老代收（果老是介绍人）。"文协"宋总干事把这封信扣住了，他要弄权，半年以后，远东研究院杨觉勇院长打电话催促，原信这才出土。果老由总干事扣压信件，回想"文协"创办人张道公当年为作家服务的精神，慨叹"文协"之堕落。

这一年倒成就了我和《明道文艺》月刊的因缘。

明道中学汪广平校长创办《明道文艺》月刊，常到台北向文艺界借火取经。他胸怀大志，学校越办越好，也越办越赚钱，他的建校蓝图也楼宇连苑，扩大提高。第一步，他创办了《明道文艺》月刊，内容针对明道师生的需要，刊物对外发行，同时满足所有青年学生的需要，己立立人，超出了一位私立中学校长的思考。他接着兴办"全国学生文学奖"，设立现代文学馆，创立明道管理学院，都是我出国以后的事了。

汪广平校长做过国民党河北省唐山市县党部主任委员，我在秦皇岛听到他的政声。内战溃退期间，他带领河北的流亡学生，由湖南到广州，走过绝地、险地、苦地，最后在广州上船，仿佛和山东流亡学校同命。我来台湾两世为人，这些都是"前生"的事，忽然见面，彼此似有"夙缘"。谈起文艺界，别人对他吞吞吐吐，我有话直说，别人提意见包藏私人目的，我完全替刊物替学校设想，彼此相处十分愉快。他对我也古道热肠，情意深远。

细数台湾文艺刊物，《明道文艺》月刊是后出转精，由一九七六年创刊到今天，多次自我蜕变提升，完全超出当年台北文艺界的预期。三十多年以来，编辑大政一直由作家陈宪仁具体执掌，他既有才情，又有责任心，能独立发挥，也能上下配合，两任汪校长知人善任，而后人尽其才，当今之世，也堪称难得、难遇、难成、难忘。二〇〇八年八月起，陈宪仁改换跑道，放下自创刊号编至三八八期的《明道文艺》，改往明道大学中文系执教，从文坛到杏坛，陈宪仁又有新的空间可以发挥。

我早年失学，对校园自有一番迷恋。一九五四年，"教育部长"张其昀推出一项大胆的决定，那时大陆各省都有大专学生以个人身份流亡来台，"教育部"公布办法，准许这些人进台湾的大专学校"借读"。"教育部"对"最后一年"（一九四九）大专学生的肄业生没有名册存档，对学生自己提出来的证件又从宽认定，一时方便之门大开。

有一位年轻朋友，他是大陆时代某某独立学院的学生，他的院长带着大印逃到台湾，他去向院长申请肄业证明，顺便也替我弄了一张，劝我趁此机会一圆大学之梦，我在"中广"公司的工作刚刚稳定下来，读书和职业难以两全，我的父亲已老，弟弟妹妹还小，都不能赚钱。某一天夜间，父亲在"中广"公司大安宿舍门外的篮球场边召开家庭会议，那夜月色皎洁，父亲向弟弟妹妹宣布我的最后决定，我取出那张肄业证明书撕碎了。

二十多年以来,情不自已,时时和学校结缘,无非是一个"过屠门而大嚼"的手势。学校不是我能安身立命的地方,剩下的光阴有限,我该醒悟了!

# 我与文学的未了缘（上）

一九七六年一月，我从"中国广播公司"退休，这年我五十一岁。

依"中广"公司规定，年满六十五岁必须退休，服务满二十五年可以申请退休，我已符合后一项规定，无意久留。

公司当局想留下我来撰写"中广"的历史，新近成立的广播语文研究会，也希望我继续推动工作，建立节目的语文风格。这一手在情报界叫"榨柠檬"，挤干了再丢。他以含混的语气向我提起李荆荪的案子，仿佛认为这是我的弱点，更引起我的反感。

总稽核陈本苞提醒我，退休以后很难再找到第二职业，我说我以文学为职业，不再去找别的工作了。"你在'中广'也可以写稿子呀"，我得摆脱广播，追求进一步的成就，广播稿结构简单，语言浅白，题材庸俗，没法独立思考，个人也很难有完整的精神面貌。

"中广"公司是国民党的党营事业，中央党部突然规定员工的退休金打七折发给。这是台湾富裕的时候，也是党库充裕的时候，依国民党的论述，台湾的繁荣进步都是国民党的功劳，倘若如此，其中当然有党工的苦劳，这时军政各界都提高了职工的待遇和福利，惟有中央党部相反。

退休金的给付本来有一次付给和按月付给两种方式，这时中央附加规定，如果退休者已衰老或有心脏病糖尿病等不治之症，可以按月支领，中央期待他再领几年就死亡了事，否则一次了断，减轻日后的财务负担。

接近退休年资的人都打个寒噤。管钱的人一向"只算经济账，不算政治账"，但是没想到刻薄到这般程度,大家说"简直是谋财害命嘛!"当年信誓旦旦要"同舟共济、同体共生"的领袖,居然也批准了这个缺德的办法。

中央这种"弃老"的心态早就有了,"中广"来到台湾以后,跟"行政院"签下合约,"中广"负责政府的内外宣传,"行政院"支持"中广"的营运发展,根据合约,"中广"的员工都参加了政府的公教人员医疗健康保险,简称"公保"。不久中央党部开办党营事业工作人员的健康保险,命令"中广"纳入范围,保费按月在薪水内扣除,简称"党保",我们有了两个保险。起初,中央党部收款多,付款少,后来投保人老化,老人多病,退休和死亡也接踵而来,中央的支出慢慢增加,财务人员一拨算盘,立刻命令我们一律退出党保,专享公保。

党营事业的人事室主任齐集中央党部,恳切陈情,新的财务政策害了一辈子受党驱策的老牛老马,严重打击党工的忠心,还谈什么"党员以党为家",谈什么"立千万年不朽之根基"。"中广"人事室主任袁晙九(应未迟)更直言中央失信于党员,而"民无信不立"。无奈当时"中央财务委员会"的那个主任委员的眼光只是一个"账房",账面盈亏近在眼前,党国兴亡远在天边,他怎管得了那许多?

　　财务委员会为富不仁,党产累积超过新台币一千亿元(当时美元换台币一比四〇),用意在为国民党厚植根基,延续命脉。二〇〇〇年,国民党大选失利,民进党出而执政,以清算的方式追究党产的"不当所得",我难免想起我们那百分之三十的血汗。中央党部吐出许多产业归公,新任的账房"不算经济账、只算人情账",投资稳赔不赚的事业,贱卖地产,贵买房产,作风浪漫,动辄新台币几亿、十几亿元拱手让人,国民党自己闭门清查,发现党产实际上只剩下新台币五十亿元(美金约十六亿元),当年魏景蒙拼命中兴的"中国广播公司",黎世芬"流泪播种"的"中国电视公司",

龚弘积劳成疾的"中央电影公司",也都迫于形势,草草脱手。呜呼,我写这篇文章的时候,读到中央党部的预告:"党营事业归零",也就是全部脱手,这大概就是"刻薄成家、理无久享"了。

闲话休提,我神闲气足地退休了,挺胸昂首地退休了,中国大陆称离职为"下岗",我确实享受到卫兵交班的轻松。古人说辞职是恢复"故吾",我哪有故吾?我是得到"新我"。凭此一念,开启了我以后三十多年的文学创作。

回家闭门思过,我作了一番回顾与检讨。

我对报纸上的杂文专栏早已厌倦了,每天紧跟在新闻后面拣话题,思想越来越贫乏。我想起一个故事,有一个人在路边捡到一张钞票,从此他整天往地上看,二十年来,他捡到生锈的铁钉九千个,过期的奖券两千张,纽扣一千五百个,一分钱的硬币六百个,铅笔头五百个,玻璃瓶四百个……他的背驼了,眼睛也近视了,我觉得我也快成为那个人了。

我的杂文专栏算是很出色,狮子搏兔也全力以赴,余老板说我"有把工作做好的天性",我对人生的感悟、世相的观照,都零零碎碎宣泄了,没有时间蓄积、酝酿、发酵、蒸馏,大材小用,依小说家徐訏的说法,这是炒肉丝,用政论家杨照的话来说,这是制造日本筷子。久而久之,贪图小成小就,避难就易,执简弃繁,这个坏习惯我很久很久才革除。

在报刊写文章,晚上写成的稿子,第二天早晨就发表出来,没有"高栏"需要越过,久而久之,把写作看成一件很容易的事情,而且贪图急功近利,热衷短线操作,这种写作的坏习惯,我很久很久才革除。

小人物写小文章,对小市民谈论小事情,若是四平八稳,子曰诗云,难以引人注意(那是大人物写大文章的风格)。报纸对杂文的期许是争取读者,增加销路,我们总得有几句耸动听闻的话做"卖点",这几句话无须和你评论的事物相称,你只是借题发挥，或者为尖锐而尖锐，为辛辣而辛辣，读者已经看过新闻，他现在要看到的也只是你这几句话是否"过瘾"。职业的荣誉是很大的压力，令人身不由己，我们得在修辞上下功夫，大快人意而非褒贬得宜。后来革除这种坏习惯，我花了更久的时间。

六十年代，副刊上的杂文专栏写出最多的过激之词（在此之前，作者拘谨，在此之后，作者高雅）。过激之词对建立一个公平的、有理性的社会并无帮助。例如说，学校是不准读书的地方（林语堂），医生的听筒是骗人的东西（郭沫若），学医无用，不过是把病人医好再让帝国主义去杀掉（鲁迅），大丈夫不能流芳百世，理当遗臭万年（桓温），这些当年写在笔记本上的警句，我都扯下来丢进字纸篓里。莎士比亚说："生命是一个傻子说的笑话。"这句话至少不能概括全部莎剧。我为何要诱人这样思考呢，但是有时候球在脚边，不能不踢，顾不得球门旁边坐着一个孩子。我何堪再以此为业？更何堪以此名家？

《中国时报》的员工折旧率很快，虽说服务二十年可以退休，但是铁打的营房流水的兵，能一混二十年的人很少。我对《时报》意见很多，超出本分，大老陶百川先生说我"有正直之名"。余董事长统驭有术，他知道不可把我这样的人推出门外，而是要握在掌中。人在门外也许肆无忌惮，兴风作浪；人在掌中，任其贡献才能，消磨英年。我这个"小巫"在大巫之下，一步深、一步浅，熬到曲未终而人将散，我还是不能离开，江湖洗手，谈何容易，二十年蜚短流长，我得罪了很多人，需要《中国时报》这顶保护伞。没想到第二年有了出国的机会，更没想到这一去再也没回台湾，我可以离开《中国时报》了，我是辞职，不是退休。

人过中年，精力有限，难再维持广泛的兴趣，说得好是"由博返约"，说得不好就像飞机超载，必须一件一件往下丢行李。我首先放弃的是电影，接着放弃了文学理论，然后是放弃戏剧和音乐，终于我得放弃新闻评论，甚至放弃对新闻的关心。我就像艺坛大老马寿华所说，写秦篆、写汉隶、写钟鼎石鼓，最后能把行书写好就不错了。

我久已向慕"狭义的文学"，那就是通过"意象"来表现思想感情，除了修辞技巧，还具有形式美和象征意义。这是文学的本门和独门，倘若作品只炫示自己的思想，怎么样对哲学也逊一筹，倘若只以记述事实取胜，怎么样也输给历史，文学自有它不可企及不能取代的特性。

由五十年代到七十年代，我发表文章一直顺利，现在人生经验多一点，社会关系减一点，文学境界高一点，眼底美感添一点，经过党部挂帅，学院挂帅，本土挂帅和市场挂帅的锻炼，本领强一点，七十年代台湾物阜民丰，经济压力轻一点，风檐展书读、见贤思齐的心事重一点。我认为文章水准有三个层次，首先是"职业认可"，我在"中广"公司、《中国时报》都算好手，第二是"社会认可"，台湾各报馆各电台都愿意用我的稿子，最后是"历史认可",作品晋入选本,名字进入文学史。我走过前面两个阶段,面临第三个阶段的诱惑,我决心不计成败毁誉往前走,放弃了是个遗憾;努力过、失败了也是遗憾。这两种遗憾有很大的分别,我既然从小立志做作家,只有选择后一种遗憾,才可以对天地君亲师有个交代。

我已知道有酬世的文学,传世的文学。酬世文章在手在口,传世的文学在心在魂,作家必须有酬世之量,传世之志。

我已知道有卵生的艺术,有胎生的艺术。卵生自外而内,胎生自内而外,卵生计划写作、意志写作,胎生不能已于言,行其所不得不行。卵生时作家的人格可以分裂,胎生时作家的人格统一,卵生弄假成真,胎生将真作假。酬世者多卵生,传世者多胎生。

我已知道文学固然不能依附权力,也不能依附时潮流派,什么唯心唯物,左翼右翼,古典现代,都是花朵,文学艺术是花落之后的果实,果实里面有种子，花落莲成，不为尧存，不为桀亡，固然有花而后有果，可是也慎防做了无果之花。

我知道卑鄙的心灵不能产生有高度的作品，狭隘的心灵不能产生有广度的作品，肤浅的心灵不能产生有深度的作品，丑陋的心不能产生美感，低俗的心不能产生高级趣味，冷酷的心不能产生爱。一个作家除非他太不长进，他必须提升自己的心灵境界，他得"修行"。

如此这般，我为自己树起文学的标杆，我常默念《新约》一句话：我是"出重价赎回"的文学人口。

我知道政治控制文艺的时代过去了，经济控制文艺的时代继之而来，作家必须能过简朴的生活。感谢上帝，我妻棣华能同甘共苦，其实只有"共苦"，并未"同甘"，她并未能分享创作的快乐，她只担当作家的寂寞。当年有人警告她，你不可以嫁给作家，作家已经嫁给了文学，不能做好丈夫。也有人对她说，作家是研究人性的，而人性是不可以研究的，你对人性最好是难得糊涂，研究人性就不能做好丈夫。真是难得，她奋不顾身和我结婚，支持我搞文学。

我说过，中国文坛三十、四十年代文人相轻，有党派门户；五十、六十年代文人相害，侦察告密成风；七十、八十年代文人相忘，各自忙着赚钱。就在这"相忘"的年代，有几位人物注视着我。

哥伦比亚大学夏志清教授，研究评述中国现代文学的权威学者，六十年代台湾文学"学院挂帅"，他和他的兄长、台大教授夏济安一同发生了重要的影响。夏志清教授在他写给台湾文友的信里多次提到我的作品，后来我们在台北见了面，他当面指出一些缺点和优点，他把我的《哭屋》(《碎琉璃》中的一篇)介绍给香港中文大学主办的《译丛》，译成英文发表。

我到美国以后常和夏教授见面，许多年轻的学者都管他叫夏公，他平易近人，遇请必喧哗笑闹，言不及义，高潮迭起，绝无冷场，满座皆大欢喜，但是想在茶余酒后"偷"一点学问见识，绝无可能，数十年修为，常人难以做到。

许多人说夏公不失赤子之心，但是没提出具体事件，我这里倒有一条，也是在宴会之中，他以一贯的"天真"作风很夸张地说，"我捧谁谁就红"，当场举在座的潘琦君女士为例。琦君拉长了脸说："我从没红过，也从没黑过，没人捧我，我也不靠人家捧。"夏教授一向呼风唤雨，大家头一次看见有人当面顶撞他，都不知道说什么好。

没多久发生了另一件事。

那时大英百科全书每年出版一本"附册"，补充各科内容，其中有一条台湾文学，委托西东大学某教授执笔，这个执笔人每年都先向夏志清请教，这一年恰在"捧琦君"的茶话之后，夏公毫不迟疑地告诉他，"你写潘琦君好了"。

台北某大学的学生社团举办活动的时候，我认识了师大国文系杨昌年教授，他出入诗歌、小说、散文、戏剧四大门类，博中见精，受青年救国团倚重，大专青年爱戴。台湾的文学批评像打篮球，用西洋的规则，喊英文的口令，前辈文论多英文句法，杨昌年"种桃种李种春风"，中文简约精准，关键处每有《文心雕龙》和《诗品》笔意。由七十年代到九十年代，他屡次在演讲时、在接受访问时提到我的名字，他为散文欣赏写了专书，其中设立"寓言式的散文"，容纳我某一时期作品的特征。

说来不可思议，这一因缘竟延续到他的学生，台北师范学院语教系的张春荣教授，并且再延长到张教授的学生蔡倩如硕士。

张春荣是如此热爱"台湾时期"的新文学，他对我后期出版的书，每本都有恳切细密的评述，我读他有关修辞学的著述六种，他遍搜时人的佳句隽语，分类妥帖，点评中肯，我觉得他连续以修辞学的形式证明白话文学成熟了，谁也不能再说文言是绸缎，白话是粗布。他并非仅是"统统有奖"而已，他对时下作家鼓舞之中寓有匡正，肯定之中寓有鞭策，他对文学的爱是博爱，无党无我，惟精惟一，为末世文学注入活力，非仅我个人独受青睐。

蔡倩如读硕士学位，写毕业论文，他的指导教授就是杨昌年和张春荣，论文的题目就是王鼎钧的散文。这是第一次有人对我的作品作了全部的观察整理，并把我的理论和创作联系起来。

我酷爱在报纸副刊上发表文章，那时有几位副刊主编对我很支持，《中国时报》为高信疆，《联合报》为瘂弦，《中华日报》为蔡文甫，《青年战士报》为吴东权……那是文学副刊得时当令，那个时代已一去不返，最后无可避免，我们分离，我独自面对另一个时代。

感谢我的母亲，她很会说故事。感谢基督教会，他们提供一部非常好的文学读物，《圣经》。感谢张道藩先生创办了小说创作研究组，感谢赵友培先生，他是启蒙导师，感谢王梦鸥先生、李辰冬先生，帮助我成长。一个写文章的人，他还得感谢芸芸众生,感谢他遇见、他看到的人,有人得意忘形给他看,有人老谋深算给他看,有人悬崖勒马给他看,有人赴汤蹈火给他看,有人高风亮节给他看,有人蝇营狗苟给他看,有人爱给他看,有人死给他看。这一切人成全了他这个作家。

我感谢"中国广播公司",他是我文学江湖中的一片芦苇,星月之下,供我栖身。我感谢"中国电视公司",使我得见现代传播事业的百官之富,宫室之美,使我更了解受众的心理,用字更能到位,出语更能中的,选材更能宜时。呜呼,"前人地,后人收,还有后人在后头",我写这篇文章的时候,这两家公司都易主了!

我感谢《中国时报》,"江湖满地一渔翁",逐波鼓浪,网网不空,无穷计谋,无限精力,缔造报业帝国,右手握现实,左手抓历史,人杰形象,长在我心。一个机构并非一张团体合照,而是一座八阵图,这一认识成为日后无穷灵感的泉源。呜呼,死去原知万事空,我写这篇文章的时候,《中国时报》集团"一包袱"签约出售了!

　　我感谢那些"瞻之在前、忽焉在后"的特务,他们的任务培养我对文字的敏感,证明"字义并不在字典里,而是在人们的脑子里"。他们了解作家是什么样的动物,文学和政权总是同床异梦,作家和政客是两种人、两条路、两颗心,作家写作是交心,你交心给他,他也不要,他知道你交出一颗心、还有一颗心,再交出一颗心、也还有一颗心,如此这般,他们帮助我探求文学的深度,帮助我知道如何营造作品的多义和象征。他们从作品探求作家的潜意识,我写作时反方向构思,把意识变现成文学,他们像索隐派红学家那样解读作品,除了他们以外,再也没有谁这样重视我们写的东西。呜呼,后来他们也星散消失了。

　　我感谢世界上有文学,感谢我有机缘投入文学。感谢古代、现在、中国、外国,都有那么多好的作家、好的作品。感谢现在有那么多作家、读者和我同行，或者说我跟他们同行。文学之于我，如老蚕之茧，老蚌之珠，老僧之舍利，我不相信文学会死亡，如果文学该死，我也该死。

关于增助之缘，这篇文章一时无法说尽，也只能说到我离开台湾之前为止，毕竟我比较重要的作品都是以后完成的，还有无尽的支持者在我远适异国的日子里出现，缘未了，文章未完。

# 我与文学的未了缘（下）

　　台湾步入"读者养活作家"的时代，市场挂帅的利已见而弊未显，"趣味纯正"仍是大多数读者的首选，大体上还没有"劣币驱逐良币"，只是"零钱驱逐大钞"，通论不如漫谈，体系不如语录，大餐不如零食，后来有人归纳为"轻薄短小"。

　　法令规定，作家可以出版自己写的书，我很想自写、自印、自销，做一个自食其力的单干户。幼年时期，我见过隐士一样的自耕农，"日出而作，日入而息，凿井而饮，耕田而食，帝力何有于我哉！"诗人如此美化了他们。我心目中还有写《湖滨散记》的梭罗，他自己制造铅笔出售，我也没忘记郑板桥，他画竹画兰，"不使人间造孽钱"。

一九四九年我到台湾的时候，本土的成年人读日文，读古典汉文，没有读"的呢啊吗"的习惯，青少年还在国音注音符号的帮助下"学而时习之，不亦苦哉"。没有接受文学作品的能力，外来的"徙入者"压力大，心情坏，饱受现实煎熬，还是一叠白纸对他用处比较大。

再说大家也穷，没有余钱，我手边还有几本旧书，使我想起当年做一个读者也难。施翠峰译《哈里我是纯洁的》，九十四页，一九五二年出版，每册新台币五元，可以买五个山东大馒头，全家一饱。张爱玲《秧歌》，二一〇页，一九五四年出版，每册新台币七元，夫妇二人一家两天的菜钱。我还藏有一本当年的禁书，茅盾写的《世界文学名著讲话》，开明书局出版，二八五页，我从旧书摊偷偷摸摸买到，售价二十元，人人说"你真舍得"。

我必须记下，一九六八年，台湾的第四个"四年经济计划"完成了，民众的收入年年增加，一九七七年（我退休生效的这一年），每户平均所得新台币十二万元，邮政局的储蓄存款共计五百亿元，存户都是基层公教和小康人家。孩子们口袋里有了足够的零用钱，每逢星期天书店里挤满了男女学生。

我必须记下，一九六八年九月，台湾实施九年国民义务教育，小学毕业生不经考试，直接升入初中，从此青少年的教育程度全都提高了。省政府增设一百七十一所初中，七千六百九十八个班。到一九七〇年，台湾已有一千万人受过小学以上程度的教育，出现"全民阅读"的盛况。我们曾经应邀参观成衣加工出口，偌大的厂房里望不尽的缝纫机，缝衣的女工都是小姑娘，有人在缝纫机上摆着一本书，一个纽扣钉好以后，下一个纽扣对准针眼之前，她朝书本瞄上一眼，她看的那本书竟是钱穆的《国史大纲》。

有一个名词叫"版税屋"，作家可以用版税买房子。有没有人管小说家高阳的汽车叫"版税车"？他是第一个驾车送稿的作家。

出书既然有利可图，马上有人以盗印为业，照相制版的技术降低了盗印的成本，也缩短了他们作业的时间。读者反对盗印，却以买盗版书为乐，因为它便宜，这是经济行为与道德行为的矛盾。一本书如果畅销，它在发行后一个月之内就被盗印本逐出市场，作家和出版人都只是为盗印犯做马前卒，长此以往，台湾文学的发展必然因之迟缓，也许萎缩。

第一个炮打盗印业的英雄是小说家王蓝，他为了保卫长篇小说《蓝与黑》的版权挺身出战，我参加了他这一役。他在法院里头打官司保护自己的权益，在法院之外，他游说国民党部、"内政部"、"立法院"和新闻媒体，呼吁保护所有文艺作家的权益，他把主观的利益客观化。他是"制宪国大"的代表，口袋里装着"中华民国宪法"，那时公私集会大半邀请他发言，他当着台上大官大老的面，向会众诵读有关保护著作权的条文。他集新闻记者、抗日英雄、民意代表、小说作家、政党骨干于一身,熟悉运作技巧,加上口才和仪表出众,把这个冷问题炒热了。

说来好笑,那时候政府官员都忘了版权应该受到保护,中央党部居然有人表示,保护版权助长文学作品商业化,正确的办法是多设文艺奖,提高奖金,引导创作的方向。南部有一位作家跟盗印者对簿公庭,承办检察官认为翻印好书乃是一桩功德,予以"不起诉处分",于是盗印者拿着法院的文书四处宣传,自称"合法翻印"。万事起头难,难在改变大家的观念,王蓝在这方面是个先锋。

许多作家,包括我在内,也让自己的权利"睡眠"了,文章发表后拿到稿费,好像这就是全部的收益,出版单行本如果还有钱,那就是"外快",有时候书已上市,"外快"没有踪影,也可以"安之"而已,王蓝为版权奋斗,多少人笑他自我宣传。

我配合战役写了好几篇文章,出席有关会议助势,案件开庭审判,我到法院旁听,发现被告神态恐惧,知道事有可为。这一役的战果是,法院之内王蓝胜诉,法院之外,"内政部"答应修改著作权法,加重对盗印的处罚,中央党部允诺从中协调,早日完成立法手续,大家从"权利睡眠"中醒来,一个面团团和气生财的出版商,也辣手把盗印者送进监狱,连党国大老王云五都亲自率领警察去逮捕现行犯,他是商务印书馆的负责人。作家巡查大小书店,搜罗盗版。我和隐地也曾远征桃园莺歌等地,追究出售盗版书的书商。

那时著作人要享有著作权,先要经过政府审查认可,大家纷纷向"内政部"申请登记,这才发现手续诸多不便,要求仿照英美各国改为登记生效,这些愿望现在一一实现,其间又经过许多人持续努力,记得作家林海音、符兆祥都曾是重要角色。

春江水暖,形成文学市场的黄金十年,白银十年。有一位朋友劝我退休以后搞出版,他说,"你的书白纸印上黑字就是钱",一部稿子送到工厂排印,你开出两个月兑现的支票,你再把新书出版征求预约的广告送到报社，开给他一个月以后兑现的支票，广告登出来，读者四面八方向你的账户里汇钱，这笔钱够你付广告费，书印出来，你批给中盘商，再用他的钱付印刷费。"你看，这简直是无本生意嘛！"

在此之前，出版社给我出过八本书，手里握着自己的书，那种温软的感觉，像母亲的手掌抚摩你微微发烫的前额，我喜欢那种感觉。据说某些人手中握着钞票的时候有这种感觉，他们发财；有些人手中握着大印的时候有这种感觉，他们升官；有些人握着手枪的时候有这种感觉，他们从军作战；或者成为将军，或者成为枯骨。如果你握着书本有这样的感觉，那也就注定了你的命运。

以前那八本书销路很差，看相的人说，我得五十岁才会"成功"。我绝对无意提倡命相之学，生命中有此"插话"，聊资谈助而已。我告诉自己，岁月惊心，再不可有一日空过。

如果我开一家出版社……？我犹豫过。那年代作家和出版社的关系犹如怨偶,书难销,害出版人白费力气,作家总怀疑出版社的账目弄虚作假。出版社赚钱也真难,某人骑着脚踏车,沿街向书报摊收账,摆摊的退役军人扯住他的领带要打,恰巧我碰见了,走上前抬出警备总部压住他,我知道警总有人负责仲裁退役军人和一般民众的纠纷,怕退役军人受歧视,也防止退役军人欺负平民。出版赚钱这样辛苦,想要他和作家共安乐,恐怕也是希望他作圣贤。玩票写书,种种流言可以付之一笑,写书谋生就要另当别论。自己经营自己的书,一切自作自受,心安理得,倒也能断却许多烦恼,如果连连打出王牌,奠定基础,还可以给朋友尽一点心意,那有多好。

我想自己先为赚钱出几本书,安定生活,再清心寡欲写那未必净赚钱的书。《开放的人生》完稿,有九家出版社争取出版,小说家隐地创办的"尔雅"着了先鞭,我的事慢慢来,他退伍创业,应该优先。我的《碎琉璃》完成,小说组同学蔡文甫的

"九歌"列为第一批新书,我得给他壮胆,他手中有了"老盖仙"夏元瑜,台大教授叶庆炳,加上我,才投下资本。好吧,我还有明天。

顺便记下出版界的一则小掌故。某一出版社的老板S,对《碎琉璃》很有兴趣,我告诉他,这本书只能给"九歌"。文甫兄打算把这本书摆在第一批书的第一本,S告诉文甫,《碎琉璃》三个字不吉利,于是夏老的《万马奔腾》调上来,这年的生肖恰好是马。广告刊出后,S又来找我,认为《碎琉璃》没有得到重视,屈居第二,他预约我的下一本书,许以"好好的安排"。我说,如果有下一本,我要自己出版了。

"下一本"是《人生试金石》,我决定自己出版,试试水温。

《中国时报》的编译主任阎愈政经营"四季出版社",愿意代销我的作品,他是创报元勋,编译高手,业务天才,也有行政能力。他的个性很强,《中国时报》湮没了淘汰了多少英雄豪杰的个性,惟有这位"阎老西"不改本色,余老板长期倚重,三十年不衰。他在业余搞出版,也是帮一个朋友的忙,顺便也帮了我的忙。后来他的朋友递补了"国大代表",弃市肆而入庙堂,他们俩都退出了"四季"。

阎主任给我一些指导,我这个新手就上了路。

这时印刷术起了变革。本来印刷用铅字排版,打成纸型,灌以金属,称为凸凹版;新方法改用化学处理,做成一张很大的"底片",称为平板,卷筒印刷,速度较快。我要出书,马上有好几个朋友介绍印刷厂,这才知道台北市新近增加了许多家小型的工厂,多半是一间房子,一部机器,一个师傅,一个学徒,一个老板,这种"五一工厂"设在僻巷之内,昼夜开工。那时平版印刷若是超过四千份,字迹逐渐模糊,我得同时制三块底板,找三家工厂,同步赶印,以免新书脱市。我得昼夜监工督印,如果坐在家里等候出货,他就把我的底板取下来,装上别家的,因为别家催得紧。还有封面,还有装订，也都得步步盯紧。

　　我深夜出入僻巷，常与流氓、醉汉、娼妓、毒贩擦肩而过，看到台北市的另一样相。有一次我碰上两人争斗，亮出明晃晃的刀子，硬要我做见证，无奈我听不懂台语，扫了他们的兴，好像没斗起来。我当时暗想，希望你们的孩子也读我的书。这些"五一工厂"寿命很短，往往一次承印之后就关闭了，往来账目倒是清清楚楚。品质比较粗糙，读者不甚计较。后来他们中间有人做大生意，台湾经济起飞，常有这样的创业史。

　　到了七十年代，"徙入者"（一九四九年之后迁来的外省人）少者已长，长者已老，老者已死，"读史难知今日事，听歌不似少年声"。我常想起古代神话：穆王南征不归，一军尽化，君子为猿鹤，小人为虫沙。我想猿鹤虫沙都有后代，猿鹤的后代也许是虫沙，虫沙的后代也许是猿鹤，上一代只有抱紧教育。《开放的人生》这样的读物，总也不无小补吧。

我写《开放的人生》这年（一九七五），长子风扬十岁，女儿诗雅六岁，次子又扬一岁。"人遗子，金满籝，我教子，惟一经"，这一经不能是三字经，世路难行，我得写点什么留给他们。台湾人口大量增加，我看到满街满巷的孩子，我又想到这些孩子跟我的孩子是同学、同事、邻居、朋友，是合作的伙伴，竞争的对手，我的孩子既然生存在他们中间，我当然希望他们都善良、都有教养，我要爱自己的孩子，就必须爱所有的孩子，于是我把我写下来的东西公开给他们看，有一天，我希望这几本书能够在中国大陆发行，回馈那里的年轻人。

书能畅销，一方面由于主持者经营有方，另一方面也要作者对读者有爱心，作者的爱心读者有感应，能体会。我们只能偶尔吃馆子的菜，我们愿意永远吃母亲和妻子做的菜，无他，母亲和妻子爱你，馆子里的大师傅不爱你，他"打发"你。某作家对我说："读者真可怜，我写什么他看什么。"没过多久，情势逆转，他写什么读者"不"看什么。

当然,还有技巧。我出入广播和电视,领会了如何引起阅读的动机,满足读者的兴味,多年操练,语言文字的运用也得心应手了。美国有位音乐家倡议"不高也不低"的创作路线,是的,"不高也不低"。卑无高论,有人问我出版的意义是什么,我认为是"一张纸的价值大于一张纸",我相信这条路可以走出来。如此这般,赚钱没有问题,写作却大受影响,看样子搞出版就得放弃创作,大才如歌德,如米尔顿,未能同时兼顾从政与创作,如巴尔札克,如杰克·伦敦,未能同时兼顾经商与创作,我岂能同时做好这两件性质相反的工作,我没那样的本领。思来想去,我为文学已经付出那么多代价,好比由小沙弥到老和尚,即使西天无佛,也得修行到底。

好罢,我放弃开一家出版社的计划,"人生三书"的收入足以维持我一家的生活,这就够了,少赚一点钱,多留一点写作的时间。过河卒子不能后退,但是可以左右横行,我和隐地相识多年、心意相通，他诚笃忠厚，有古人的风义。我以文学生命作赌注，请尔雅做我和读者之间的管道，一念既决，万事底定。

隐地兄出名甚早，《自由青年》半月刊为读者介绍文学名著，魏子云，我，隐地都参与了。现代主义风行的时候，他写了一些出色的短篇小说，后来他投入编辑工作，先在《青溪杂志》初露才华，然后主编《书评书目》，《新文艺月刊》大展身手。他爱书，爱出版，爱作家，他后来成为一个出版家，此时已显现性向和风格。

隐地的经营理念很特别。市场挂帅的时代，出版人以作家为制造商，以读者为消费者，隐地始终以作家为朋友，以读者为知音。你本来和他不是朋友，你请他出书，彼此就变成朋友了，换一个地方，也许恰恰相反，本来是朋友，出书以后变成另一种关系。他身为出版人，却长期倡导维护作家的版权，他给作家签约，舍弃相沿已久的旧版本，另拟新条文。旧版本来自上海的出版商，据说还是三十年代的产物，许多条文对作家既藐视又苛刻，版权要永久让出，作家要找保证人，书没有人买，作家要赔偿损失。当年"左翼"批评出版商剥削，曾举此为证。隐地能为作家的利益缩小自己的空间，或者说他能把出版者的利益和著作人的利益视为一体，确有过人之处。

痖弦和田原，都曾和隐地一同推广新合约，然而结局不同。痖弦的上司发现出版合约的有效期只有十年，大吃一惊，十年以后，我们岂不是一本书也没有了？通知作者换约。田原负责出了一套"作家自选集"，田原去后，我收到出版者一封通函，要求作者签字放弃版税，并承认著作权为出版者所有。

细数往事，没有四个"四年经济计划"，没有九年一贯义务教育，没有保护著作权运动，可能没有隐地的尔雅出版社。没有隐地，就没有《左心房漩涡》、《黑暗圣经》、《关山夺路》，更没有最后这本《文学江湖》。如果这几本书能对社会有些许贡献，都要归功于种种因缘，而"近因"比"远因"更有决定性。

多年以来，尔雅约稿出书，结算版税，一直由他给每一个作家亲笔写信，他尊重作家的权益，一个诚字，一个信字，一点一画都不少。尔雅规模不大，崇尚"小而美"，始终使人觉得很亲切，九十年代以后，文学作品市场萎缩，他的出版社面不改色，一派文化人的细致从容。

我自己出版的几本书，委托"吴氏图书公司"总经销，这家公司的总经理吴登川，原在尔雅负责经理部门，经常见面，他自己创业，专搞发行。他是一位"君子商人"，果然"信义为立业之本"，迅速打下根基，树立名声，我出国以后，人走了，他的一杯茶还是热的。这也是尔雅因缘的延续。

《开放的人生》出版以后，一连十年都在"畅销书排行榜"上列名。我略知市场规则，我该一本又一本写成"励志系列"，把读者的胃口填满，把可赚的钱都赚到手，直到读者懒得再买再看，使别人一时难以为继。电视连续剧就是这个样子,自己开出来的路,自己走到尽头,然后封死,不给别家电视留下空隙。我不愿意这样做,只写了三本,我用这三本书赚来的钱支持日常生活的开支,另有所图。

我自己觉得我此一时期最重要的作品应该是《碎琉璃》,我一向勇于学习,评论家魏子云曾笑我"写什么像什么",《碎琉璃》一出,我有了自己的风格,如果一直留在台北,我想我会一直这样写下去,把我最重要的人生经验写出来。

励志小品偏重内容,内容被人辗转袭用,终有一天被掏空,《碎琉璃》的文学性比较高,写下去还可以再高,别人可以把素材拿去使用,"形式美"却是搬不走的"没奈何"。

没想到后来有机会出国,没想到全家移民,一去三万里、心肠非故时,生活况味由"深巷明朝卖杏花"变为"拣尽寒枝不肯栖",文章一转为《左心房漩涡》的秋声,再转为四部回忆录的涛音。

国外的生活安定以后,我结束自己的出版工作,没想到收摊子比摆摊子还要难,该收的钱收不回来,该付的钱必须支出,处理退书存书都是十分劳神的事情。隐地兄和登川兄为我办理一切善后,没有让我做一件事,付一分钱,此情未了,此缘未了,"世界无穷愿无尽,海天辽阔立多时"。

## 明日隔山岳　世事两茫茫

一九七二年六月，蒋经国出任"行政院长"。九月，他的次子蒋孝武出面创设"华欣文艺工作者联谊会"，职衔是"主任"，十位作家奉召担任理事，从旁辅佐烘托，我是其中之一。此一任命由资深作家尹雪曼打电话通知，事先没有酝酿咨商，这个团体也是自上而下组织的，此时还没有会员，理事来自官派，而非出于选举。

尹雪曼当时担任"退除役官兵辅导委员会"的参事，依当时的说法，退除役官兵辅导委员会是蒋经国政治资本的蓄水库，也是替官邸办差的"内务府"，蒋孝武涉足江湖的第一站，就由这个委员会安排。这个委员会所属的单位，都以"欣欣"作冠号，当时称退役军人为荣誉国民，简称"荣民"，欣欣向荣，这些单位都是为荣民而存在的，都和退役军人共荣。蒋孝武领导的这个新单位命名"华欣"，略示区隔，另开系统，显然是费了心思的。

既然是"退除役官兵辅导委员会"下面的一个团体，会员资格也就限定是退除役军人，这样对社会上已有的文艺团体不致构成压力。十位作家理事也"应该"都是退除役军人，他们的名字除了尹雪曼以外，我只记得小说家邓文来、司马中原，还有诗人彭邦桢。今天我特地买了尹雪曼的三大册回忆录，也没查到这十个人的名单，他对晚年的这一殊遇语焉不详。我是"退除役"系统以外的人，何以破格入选，至今没找到答案。

我们受命之初，除了尹雪曼、邓文来两位近水楼台，别人都没和蒋孝武见过面，我甚至没见过他的照片。第一次接近这位"少主"，倒像是经过设计，"华欣文艺工作者联谊会"正式成立之前，我奉命出席"退除役官兵辅导委员会"的辅导会议。

我一九四九年离开军中的时候，退除役制度尚未建立，我并没有退除役军人的身份，临时填表纳入建制。与会代表由世界各地云集，场面壮。其中多有国际上功成名就之士，足见二十年来深耕广植，成树成林。在会场里，我见到了蒋孝武。

那时他应该是二十七岁，形象如江南才子，文弱安静，并无蹈厉奋发之气。以貌取人，他的祖父英武，他的父亲厚重，他皮肤太白太嫩，下巴太瘦，使我想起施叔青在小说里怎样形容香港男孩："看上去有些薄幸。"自从他的哥哥孝文长年卧病以来，他是蒋家事实上的"长孙"，父祖对他期望很高，道路传言，蒋经国培养他做第三代接班人，可是他哪里像是治国的才器？再说父亲祖父年事已高，时间上也来不及了，他斩蛇起义，竟由我们这样十个人做从龙之臣，我心中闪过一丝凄凉。

我第一次接触"退除役文化"，极不喜欢会场的气氛和议事方式，我坐在会场里想我自己的心事。皇孙口含权力的魔戒出生，坠地并非呱呱，而是一手指天一手指地,"天下地上惟我独尊",一定很难伺候。"近王则多争",他周围又岂能众缘和谐,有人爱画小圈子,分派系,倾轧排挤是一定上演的戏码,兴也要斗,亡也要斗,不斗不亡,可是不斗也不兴,以蒋孝武之阅历秉赋,他又哪里知道如何维持平衡,如何保护善良,如何分辨忠谗?我想起谁留下的一句话:"所有的孩子都是贵族,所有的贵族都是孩子。"

另一个顾虑是,特务机构对蒋孝武身旁的人一定格外关心,特务的一双眼睛,我一想起来就体温下降,血压升高。当年他祖父的亲信都得加入特务组织,保持纯度,这个传统恐怕也要继续绵延的吧,我已四十七岁,人生中一切奇迹都已不会发生,我生命中应该出现的人都已出现,所有应该付出的热情幻想都已付讫,这时候来了一个蒋孝武,使我有造化弄人之感。

那时我在"中国广播公司"节目部上班,辅导会开会期间,我早晨六点钟赶到办公室处理急件,八点再去开会。每天黎明时分，新闻部派专人到几家大报去取刚出炉的报纸，我打开《中央日报》一看，有一条消息说，蒋经国"今天"上午召见十位作家，再看名单，正是我们十名理事，这件事情事先没人通知我，我略一沉思，当机立断，你既然不通知，我当然"不知道"，我的父亲住在南投女儿家，肠胃不适，我要探病去。我放下报纸，写了一张便条放在节目部主任杨仲揆的位子上，略作说明，转身离开"中广"，直奔火车站。

当天我再坐夜车赶回台北，第二天杨仲揆对我说："昨天上午邓文来开车来接你，我说你到南投去了，他连呼糟糕。"华欣那边有人向我解释，蒋经国接见的日程需要保密，所以没有头一天通知我，为什么单单对我保密？如果需要区分间隔，那又何必一并召见？我懒得把其中情由告诉蒋孝武争取他的谅解，我想的是《红楼梦》里什么人说过的话，这块宝玉也好，石头也好，我不要了，你们拿去玩吧！

退除役官兵的辅导会议开过,"华欣文艺工作者联谊会"正式成立,我去开会如仪。接着开第二次会议,订立组织章程,蒋孝武多次点名要我提供意见,尤其是讨论"理事是否可以兼任总干事"的时候,蒋孝武一定要我表态,别人只是冷冷地看我,他们似乎一切早有默契,只有我蒙在鼓里。我惟恐总干事的帽子套在我的头上,不再参加会议,有一次邓文来特别打电话来,强调蒋主任催促出席,我仍然托词坚辞。

　　联谊会办了一份文艺杂志,邓文来主编,我以作者的身份仍和他们时常联系。联谊会的办公室很小,分内外两间,我在"外间"常有机会碰见"蒋主任",他很客气,有时邀我到"内间"小坐,谈论杂志的内容,谈吐不俗。他抽烟,我看见他亲手把落在办公桌上的烟灰收拾干净。他曾捐出薪水救助贫病作家,他也曾替作家向政府争取稿费免征所得税,他的应酬尽量排在中午,晚上回家陪母亲吃饭。我觉得他的教养没有外界传说的那样坏。

不久发生了一件事，使我觉得我淡出华欣是做对了。

他请来一位名教授做副主任，然后出国开会，这位新到差的副主任代拆代行，下条子把退役军人出身的工作人员都开除了，另以受过大学教育的人补上来，其中多半是他的学生。失去工作的人哗然，联名向"退除役官兵辅导委员会"的主任委员赵聚钰告状请愿，一个新上任的副主管怎可如此轻举妄动，恐怕是经过蒋孝武的授意或同意吧，赵聚钰不便处理，拖到蒋孝武回来。

蒋孝武支持副主任的决定，同时安抚"原告"。他人有心，予忖度之，几位支薪办事的退役军人虽然颇有文名，所受的正式教育并不完整，如果蒋孝武决定换血重整，他应该亲自处理，何以自己躲开？而副主任受此重托，态度何以如此鲁莽，手法何以如此粗糙？基础未固，新人未旧，何以急着出重手整肃？实在令人百思不解。蒋孝武顶着退除役辅导委员会的招牌出山，如此鄙薄退役军人，他对他父亲的方略完全漠然。还有蒋孝武这样做,显然没有向赵聚钰"请示",六十二岁糖尿病缠身的父亲,把二十七岁不通世故的儿子,交给五十九岁的心腹,种种心情意愿他完全没有领会,如此不知分寸,难怪后来"江南命案"把他牵连在内(一九八四),他那时在"国家安全委员会"行走,大概也没有事事请示一把手汪老将军,那是他父亲托孤寄命的大臣。这年孝武三十九岁,再过四年他就没有父亲了。

后来"华欣文艺工作者联谊会"升格为"华欣文化事业中心",十理事功未成身先退,新班底新业务新办公厅,拉到许多值钱的广告,包制政府部门高成本的宣传节目,很像是一般商营的传播公司。我很纳闷,蒋家培养子弟,如何可以让他与民争利起家?如果希望他做一番事业,应该给他一个基金会,让他帮助别人,累积声望,看来他的老太爷也糊涂一时。

"华欣"的生意火红,他的一位亲信兴致冲冲地告诉我,他们打算把"标准教科书"的印刷生意抢过来,这是一只生金蛋的母鸡。那时中小学教科书有四门功课由"国立编译馆"统编,由九家书店包印,所有中小学一律采用,的确是一宗稳赚不赔的大生意。不知怎么我听了有点心疼孝武,我冲口说,这种家喻户晓的钱蒋孝武不能赚,将来每个学生家长给孩子买书,人人想起每一本书蒋孝武抽走了几元几角几分钱,蒋孝武在全民心目中会留下什么样的形象?那人像是很忠心,他表示"我今天就去告诉孝武",他用一半是威胁、一半是开玩笑的语气拖了个尾巴:"我要告诉他,这些话都是你说的!"他这句话使我发觉蒋孝武身旁并无诤友。

　　那年代,国民党内营求追逐的人以公共汽车的乘客自况,他们称追随中山先生从事革命运动的人为"搭头班车",追随蒋介石参加北伐抗战的人"搭二班车",到了蒋经国时代已是"末班车"了,至于蒋孝武,大概是收班之前的"区间车",并非由起点驶到终站,而是在全线之中行经其中一段。

虽然这样说，蒋孝武依然热得烫人，改善现况的人要骑马找马，蒋孝武门前可以接近多少权贵，满足现况的人用心自保，公子在父亲前提起谁的名字，谁的吉凶祸福也许添了变数，官场中人到底不是乘客，他没有一定的终站，随时可以换车。

我对"华欣"的态度大概要引起某些人的猜度，没有谁跟我谈论蒋孝武，可是该来的总是要来，终于我听到一句话："跟蒋孝武做事是一条绝路。"我立刻反击，"对我也许是绝路，对你老兄是金光大道。"他愕然，我说我拙于应付复杂的环境，总是弄得关系很僵硬，我"中广"失败可以到"时报"混一混，我在"时报"失败可以到"中国电视"混一混，如果我在蒋孝武那里失败了，那就是得罪了整个国民党系统，还有何处可以容身？你老兄精明干练，蒋孝武一定欣赏你提拔你，将来蒋孝武继大位掌大权，那就是你老兄蛟龙得云雨的时候。他听了半信半疑而去。

以后蒋孝武舍弃"华欣"，去主持对大陆广播，我和他的左右再无交集，只是每年还收到他的贺年片，固然是秘书作业，收件人的名单是他核定的。贺年片的尺寸不大，我曾看见某报的社长把它夹在随身携带的日记本里，"偶然"露出来让别人看见。一九七八年我离开台湾，"更隔蓬山一万重"，就算他是台湾上空一颗明星，我站在脚尖上也只见云雾了。

　　数算在台湾的那些日子，我的生命中还有一个余波。

　　诗人痖弦要到美国进修，当时他担任台北幼狮文化事业公司期刊部总编辑，统领三个杂志：《幼狮文艺》、《幼狮月刊》和《幼狮学报》，也编印文学丛书。

　　"幼狮"属于蒋经国手创的青年救国团，那时救国团的主任是李焕，执行长是宋时选，李焕因辅佐蒋经国执政而深入党务，宋时选成为救国团实际上的负责人。宋氏赞成痖弦进修，但是他要痖弦找一个代理人方可成行，痖弦连举两人，宋氏都予以否决，于是痖弦想到我，宋先生的反应是"他肯来吗？"

事后回想，救国团人才济济，何需外求，宋氏显然是借此机缘，扩大物色可用之人。我因为自己少年失学，总是鼓励别人多读一点书，痖弦资质，十倍于我，万事俱备，只欠一个高等学位，如今"只要我一点头，他就进了威斯康辛大学的校门"，成人之美，如此轻易，我一时忘其所以，竟答应去替他看守摊位，为期一年。

那时我承"中国文艺协会"值年常务理事王蓝介绍，已和美国西东大学远东研究院院长杨觉勇博士见面，他以助理研究员的名义聘我去编写中文教材，我完全没有设想，一年以后，如果痖弦延期回国，那怎么办，痖弦回来了，救国团不放我走，那又怎么办。

其实西东大学的聘函已经寄来了，比我的预期大大提前，聘函寄到"中国文艺协会"由"果老"王蓝转交，文协总干事把这封信扣住了，他要弄权。半年以后，杨觉勇院长打电话催促，原信这才出土。果老由总干事扣压信件，回想"文协"创办人张道公当年为作家服务的精神，慨叹文协之堕落，可是痖弦留学成行，也由此"因缘具足"，痖弦到底是有福之人。

那时蒋介石总统已去世（一九七五），"副总统"严家淦继位，到一九七八年任满，蒋经国是下届"总统"惟一人选，他手创的救国团行情节节高涨，宋时选执行长是蒋家近亲，影响力大于一般近臣，我到"幼狮"上班，赢得许多人刮目相看，"文协"扣压信件的人也许后悔多此一举。

我在幼狮公司布达代理任命的当场直言无隐："我来替痖弦站岗，只有一年。"以后每隔一两个月，我总要在会报中找机会重复这句话，遇上棘手的事情，我会推诿"等痖弦回来再说吧"。我处处刻意做成活扣。宋执行长在外面开会赴宴，有人找他谈文艺方面的事情，他总是告诉对方"王鼎钧到我们那里去了，这件事可以先找他谈谈"。他带我出席救国团的大小会议,当面向别人介绍:"我们对王先王虽无重金,却是礼聘",好像是要打一个死结。今天回想,我好像和他斗心眼儿,实在对不起他。

那时我已从"中国广播公司"退休,"中广"黎世芬总经理因筹办"中国电视公司"得罪了王昇,正刻意向李焕倾斜,他教亲信请我吃饭,说是商量如何编写一本新的"中广"历史。我对来使说,我很了解黎先生的心思,他对"中广"的贡献很大,很想以"中广史"的名义留下详细的记述,无意和以前两任总经理并列,也就是"往事"从简,近事求详。"不幸"我以前伺候过董显光和魏景蒙,他们也有许多贡献,我不能把"中广"史写成黎总的功业史。"依你看谁来执笔才合适呢",我说这件事要找黎先生栽培提拔的人来做,士为知己者死,他可以各为其主。来使知道黎总并不怎么照顾我,以为我有怨词,我赶紧声明:"黎总有为有守,我很敬佩,凡是对他不利的话我绝不说,凡是对他不利的事我绝不做,天鹅临死唱一支歌,乌鸦临死撒一泡屎,我做天鹅,不做乌鸦。"

为了让他放心,我重申"我是过客,不是归人",幼狮的那把椅子只坐一年,决不流连。他认为人在江湖,身不由己,我一年以后很难脱身。我说常言道没有走不了的客人,他说救国团也没有留不住的客人,我们俩打赌,后来我赢了,随即匆匆出国,也没找他讨赌债。

那时我在《中国时报》已经边缘化,余老板突然约我进入他个人的小办公室内谈话,那时大理街的办公大楼已经很大,他这个办公室的空间却是极小,却也不厌其小,通常奉召入内的只是独自一人,私密的性质很高。他送我一支派克金笔,然后说:"以后人间副刊可以跟幼狮文艺合办一些事情。"人间副刊由高信疆主编,我连算是一个作者都很勉强,此事何以单独交给我办?我与信疆的关系恐将因此紧张起来,我厌倦这样的游戏。二十年晓风残月,余先生的父权形象对我已无魅力,我也许早已进入第二反抗期,我坦率表明,我和幼狮约定只待一年,但求无过,他高声回应一句:"没有啊!"好像怪我说谎,我保持沉默,多言无益,最后他会知道我是诚实的。

这是我跟余先生最后一次单独见面,以余氏之英明,应该发现我不堪再用,我写出"鱼不能以饵维生,花不能以瓶为家",也自知此地不宜再留。出国前夕,他送我五千美金做路费,我拜而受之,留下一句:"这笔钱就当做余先生发给我的退休金吧。"以后的事果然如此。

虽然信誓旦旦只有一年,我朝九晚五很少迟到,除非到外面开会,从不缺席,进了办公室埋头工作,不到别的单位去串门子联络感情,别人看来我哪里像个点水蜻蜓?要别人了解你很难,我是怕三大期刊有什么言差语错,担待不起。

那时《幼狮文艺》由朱荣智、黄武忠合编,《幼狮月刊》由沈谦、那思陆合编,《幼狮学报》由廖玉蕙主编,他们后来都成了名家。美术编辑黄力智诚恳笃实，可信可托，后来对我有长期协助，天赐良缘，他和期刊部的"秘书小姐"张泠成为佳偶。在幼狮的那段日子，他们都还年轻，虽说七十年代意识形态松绑，还是外弛内强，鼓舞年轻人的冒险精神，驱使他们去踩地雷，这种事我鄙而不为，我愿陪伴他们顺利度过这一段尴尬岁月。他们编务自主，我先读原稿，后看清样，工作仍然繁重，幼狮一年，我的近视眼加深了五十度。

这三大期刊都预先锁定读者对象，《幼狮文艺》针对中学生，《幼狮月刊》针对大学生，《幼狮学报》是教授和学人的园地。我代班期间，宋执行长指示针对小学生出刊《幼狮少年》，这份刊物要彩色印刷，要有大量的插图和照片，文章要活泼，要满足少年人的趣味，对幼狮来说，他的构想很"前卫"，很能"突破"。

为了办新刊物，公司聘周浩正做主编，孙小英做编辑，刘俐、詹宏志都还是学生，课外也来打工，他们改变"老青年"端庄朴素的形象，端出

"新少年"活泼快乐的品牌,期刊部顿时五彩缤纷,"红杏枝头春意闹",我得以分享更多的青春朝气。这时《幼狮月刊》像校园,《幼狮文艺》像花园,《幼狮少年》像乐园,大受学生欢迎,销数一路蹿升,幼狮公司上下"人逢喜事精神爽",我也沾光不少。

幼狮跟学校有密切关系,我也因此常常出入校园,我坐在万国戏院对面那间危楼上,窗外的风声雨声好像都是大群学生的笑声读书声。我一步踏进办公室,英气扑面而来。期刊部之外,经理部的李本轩副理,幼狮广播电台的吕令魁台长,幼狮通讯社的齐治平社长,救国团主办学生活动的叶荫总干事,也处处照顾我这个新人。执行长宋时选先生人称"宋公",诚恳和蔼,他的风格很吸引我,拿他和李焕相比,李似军师,宋似牧师,李似中医,宋似西医,见李如读《三国演义》,见宋如读《镜花缘》,忆李如忆华山,忆宋如忆泰山。如果李实际主持一切,我不敢进幼狮,进来以后也许真的出不去，我和宋因此有缘，也因此缘分甚浅，我感谢也惭愧。

我这年五十一岁，见过多少老油条，老狐狸，老官僚，老江湖，那些人面目诡异，语言暧昧，使我苦于周旋，幼狮期刊部成了我的世外桃源。宋执行长想留下我继续工作，我实在累了！他告诉我"社会需要我，总胜过我需要社会"，想要别人了解你千难万难，我怎能告诉他，我需要痖弦这个朋友，并不需要救国团，社会需要我好好地写文章，并不需要我围绕在大人物身旁猜谜斗牌消耗余年。水深江湖阔，我操舟弄潮，耗尽锐气，丧失自信，我对宋公说："恨不早遇十年。"

感谢痖弦言而有信，一九七七年初夏他如期归来，我到飞机场去接他，热烈握手之后我对他说："从今天起我就不到幼狮上班了。"感谢宋公宽宏大量，未予深究，如果他哼一声，我的出国梦还哪里做得成？他一念之仁，成全了我以后三十年的文学生活。

成行有日，我也没去向他面报行期。那时首长们有一惯例，你若出国辞行，他会送一张支票"以壮行色"，一般行情是美金三千元，这笔债无论如何不能再欠，我还债的能力太低，难道今生真能变牛变马？我除了向《中国时报》请假，其他那些结了缘的机关一概没去打扰。

　　幼狮之遇是我在台湾最后一首小词，调寄《如梦令》，小令短促，适可而止，以后台湾政治生态变化，宋公是君子，守常应变，想见一番辛苦。他是虔诚的基督徒，我也只有进教堂祈祷，闭上眼。只见水晶体如电视节目突然中断了的荧光幕。

# 王鼎钧台湾时期文学生活大事记
## （一九四九年至一九七八年）

### 做过的事

◆ 一九四九年五月二十六日
  上海撤守，随上海军械总库乘船到基隆
◆ 一九四九年
  担任台北军械总库监护连文书
◆ 一九五〇年二月一日
  《大华晚报》创刊，耿修业任社长，电邀为副刊"淡水河"撰稿人
◆ 一九五〇年二月
  担任《扫荡报》校对、助理编辑（七月停刊）
◆ 一九五〇年二月
  《畅流半月刊》创刊，吴裕民主编，电邀为文艺版

撰稿人

◆ 一九五〇年三月二十四日

出席各报副刊编者作者联谊会

◆ 一九五〇年五月四日

出席"中国文艺协会"成立大会，列名发起人

◆ 一九五〇年五月

《自由青年》旬刊创刊，后改为月刊，吕天行主编，面邀为撰稿人

◆ 一九五〇年八月

参加暑期青年文艺研习会（两星期）

◆ 一九五〇年九月

《大道半月刊》创刊，吴圣展主编，应邀为撰稿人

◆ 一九五〇年九月

担任"中广"公司节目部资料管理员

◆ 一九五一年二月

担任"中国广播公司"节目部编撰

◆ 一九五一年三月

参加"文协"小说创作研究组（六个月）

◆ 一九五一年八月

《民族报》、《全民日报》、《经济时报》，三报出"联合版"，为副刊写"饮苦茶斋"小专栏

◆ 一九五二年三月二十六日

《广播杂志》创刊，匡文炳主编，应邀为撰稿人

◆ 一九五二年

萧铁主编《公论报》副刊，面邀为撰稿人

◆ 一九五二年

撰写《公论报》副刊民间闲话专栏（一九五三年四月停）

◆ 一九五二年四月

《中国语文月刊》创刊，发行人赵友培，主编朱啸秋，应邀为撰稿人

◆ 一九五三年五月

"中国语文学会"成立，为创会会员之一

◆ 一九五三年八月

为道公口述资料作记录

◆ 一九五四年一月

《军中文摘》改名《军中文艺》,受聘为编辑委员
- 一九五四年三月十七日

  萧铁病逝,参加治丧
- 一九五四年四月

  参加张道藩《三民主义文艺论》发表会
- 一九五四年四月

  任《公论报》副刊主编(至一九五五年)
- 一九五四年八月

  随"青年写作协会"访问金门
- 一九五五年九月

  参加"小说写作研究讲座"听讲(二十二个月)
- 一九五五年九月十六日

  《征信新闻报》"人间"副刊创刊,徐蔚忱主编,应邀为撰稿人
- 一九五六年七月

  任《广播杂志》主编(至一九六四年)
- 一九五七年九月

  出席海军总部举行之文学艺术作家座谈会

◆ 一九五八年
参观东西横贯公路施工情形
◆ 一九五八年一月
兼任《征信新闻》撰述委员
◆ 一九五八年六月二十四日
作家刘非烈逝世，参加治丧
◆ 一九五八年九月
"文协"办理文艺研习班，应邀讲课
◆ 一九五八年十二月
兼任台北市德育商职国文教员（一年）
◆ 一九五八年十二月
随"文协"访问团访问金门
◆ 一九五九年六月
随"文协"访问团往马祖访问
◆ 一九五九年十月
《亚洲文学》创刊，王临泰主编，应邀任编辑委员
◆ 一九五九年十一月
参加"中宣会"举办之"制止盗印恶风"座谈

◆ 一九六〇年五月四日

获"中国文艺协会"文艺奖章

◆ 一九六〇年六月

参观八七水灾重建工程

◆ 一九六〇年十二月

"中国文艺协会"出版《文艺生活》杂志，与余光中同为编辑

◆ 一九六一年二月

兼台北市育达商联国文教员（一年）

◆ 一九六一年八月

兼任《中国语文月刊》主编（至一九六三年）

◆ 一九六二年

"国立艺术专科学校"夜间部兼任讲师（一学期）

◆ 一九六二年八月

台北县立汐止中学国文教员（一年）

◆ 一九六三年五月

参加"中国文协"金门访问团

◆ 一九六三年九月

世界新闻专科学校兼任讲师（一学期）
- 一九六四年九月

  世界新闻专科学校兼任讲师（一学期）
- 一九六四年九月

  国立政治大学新闻系兼任讲师（一学期）
- 一九六四年十月二十五日

  《台湾日报》创刊，受聘写方块专栏"长短调"（至一九六五年二月）
- 一九六四年十一月

  中国文化学院大众传播系兼任讲师（至一九六六年）
- 一九六四年十一月

  任"中国文艺协会"文艺创作研究班讲座
- 一九六五年二月

  《征信新闻报》主笔（至一九八〇年）兼人间副刊主编（至一九六七年十月）
- 一九六五年四月

  参加第一届"国军文艺大会"，蒋介石总统出席大

会并颁布十二条纲要
- 一九六五年六月六日

  台湾省教育厅举办儿童文学写作班担任讲座
- 一九六五年八月

  担任"国防部国军新文艺运动"辅导委员，国军文艺金像奖评审委员（至一九八〇年）
- 一九六六年三月

  "中国广播公司"节目部资料组长
- 一九六六年六月四日

  中山学术文化基金会设文艺奖，任文艺作品审查委员（至一九七八年）
- 一九六六年十月二十四日

  参加亚洲广播公会第三届年会
- 一九六七年五月

  当选"中国文艺协会"理事
- 一九六七年七月二十八日

  "中华文化复兴运动委员会"成立，列名发起人
- 一九六七年十月三日

出席亚洲广播公会华语节目研讨会

◆ 一九六七年十月

当选"中国语文学会"理事

◆ 一九六七年十一月

获中山文艺创作奖散文奖

◆ 一九六八年二月

担任"国立编译馆"国民小学国语教科书编辑委员

◆ 一九六八年四月

担任"中国文化复兴运动推行委员会"文艺促进会委员

◆ 一九六八年五月二十七日

参加第一次"全国文艺会谈"

◆ 一九六八年十一月

当选"中国语文学会"理事

◆ 一九六九年五月

当选"中国广播事业协会"研究组长

◆ 一九六九年八月

担任"救国团"举办之复兴文艺营讲座（至一九七

七年)
- 一九六九年八月
  担任中国文化学院大众传播系兼任讲师(至一九七二年)
- 一九六九年八月
  任"中国语文学会"语文研究中心新闻文学研究部主任
- 一九六九年十月
  当选"中国语文学会"理事
- 一九六九年十二月
  担任新时代儿童创作展览评审(至一九七五年)
- 一九七〇年四月
  担任"中国文化复兴运动推行委员会"研究委员
- 一九七〇年六月十六日
  出席第三届亚洲作家会议
- 一九七〇年九月
  世界新闻专科学校兼任讲师
- 一九七〇年十二月

借调担任"中国电视公司"编审组长(九个月)

◆ 一九七一年二月八日
参与推动严惩盗印,出席文化局保障作家版权座谈会

◆ 一九七一年三月二十六日
获"中国广播事业协会"奖状

◆ 一九七一年四月
任"中华文化复兴运动委员会台北市分会文艺研究促进委员会"委员

◆ 一九七一年六月
担任"教育厅"儿童文学写作班讲座

◆ 一九七一年七月
任"中国广播公司国内广播部"专门委员兼编审组长

◆ 一九七二年六月
任"中国广播公司国内广播部"专门委员兼制作组长

◆ 一九七二年七月

任暑期复兴文艺营讲座（至一九七七年）
- 一九七三年二月

  担任儿童文学创作研习会讲座（至一九七七年）
- 一九七二年九月二十八日

  华欣文艺工作者联谊会成立，为十名理事之一
- 一九七三年三月

  获"教育部"文化局社会建设服务奖
- 一九七三年三月

  参加大专院校文艺教育问题论战（六个月）
- 一九七三年十月

  当选"中国语文学会"理事
- 一九七三年十一月

  当选"中国文艺协会"文艺论评委员会主任
- 一九七四年八月

  兼台北市教育局儿童文学教师研习会讲师
- 一九七四年十一月

  任"国家文艺基金会"审议委员（至一九七六年）
- 一九七五年三月二十九日

《明道文艺》月刊创刊，发行人汪广平，主编陈宪仁，应邀为撰稿人
- 一九七五年五月
  兼任正中书局编审部评审委员（一年）
- 一九七五年五月
  当选"中国文艺协会"理事
- 一九七五年八月
  任第三届儿童文学创作研习会讲座
- 一九七五年八月
  任"救国团"复兴文艺营驻营讲座
- 一九七五年十一月
  当选"中国语文学会"理事
- 一九七六年一月
  自"中广"公司退休
- 一九七六年三月二十九日
  "文化复兴运动委员会"主办文艺研究班，应邀演讲
- 一九七六年七月

获"国防部"荣誉纪念状
- 一九七六年八月

  任台北市教育局儿童文学教师研习会讲师
- 一九七六年九月

  代理幼狮文化公司期刊部总编辑（一年）
- 一九七七年七月

  代暑期复兴文艺营主任
- 一九七七年八月二十九日

  参加第二次"全国文艺会谈"
- 一九七七年十月

  "教育部"在各大专院校举办文艺讲座，应邀授课
- 一九七七年十一月

  吴三连先生文艺奖基金会成立，受聘为评审委员
- 一九七八年一月

  当选"中国语文学会"理事
- 一九七八年五月

  任"中华文化复兴运动委员会文艺研究促进委员会"委员

◆ 一九七八年五月
当选"中国文艺协会"理事
◆ 一九七八年七月
"教育部"委托"中国语文学会"办理儿童文学创作奖,担任评审
◆ 一九七八年七月
任吴三连先生文艺奖评审委员
◆ 一九七八年九月二十八日
赴美担任西东大学双语教程中心中文主编

**有影响的事件**

◆ 一九四八年二月二十日
《中华日报》发行北部版
◆ 一九四九年一月
"中国广播公司"离南京迁台北
◆ 一九四九年三月
《中央日报》发行台湾版,耿修业主编副刊

◆ 一九四九年
　禁止收听大陆电台广播
◆ 一九四九年五月
　《民族报》创刊
◆ 一九四九年五月二十日
　台湾地区宣布戒严（共二十八年）
◆ 一九四九年六月十五日
　新台币发行
◆ 一九四九年七月
　台湾《扫荡报》出刊
◆ 一九四九年八月五日
　美国国务院发表美中关系白皮书，声明放弃台湾
◆ 一九四九年八月十七日
　共军占领福州
◆ 一九四九年九月一日
　台湾省保安司令部成立
◆ 一九四九年九月十六日
　共军占领平潭岛

- 一九四九年九月十九日
  共军占领漳州
- 一九四九年十月一日
  中华人民共和国成立
- 一九四九年十月十四日
  共军占领广州
- 一九四九年十月十七日
  共军占领厦门
- 一九四九年十月二十四日
  共军攻金门，国军大捷
- 一九四九年十一月
  孙陵主编《民族报》副刊
- 一九四九年十一月
  《自由中国》半月刊创刊
- 一九四九年十一月
  张道藩任"中广"公司董事长，董显光任总经理
- 一九四九年十一月十一日
  中共华东局潜台间谍案，新闻记者五人判刑

◆ 一九四九年十二月

国民政府迁台北

◆ 一九四九年十二月

冯放民（凤兮）接编《新生报》副刊

◆ 一九四九年十二月

"烟台联中流亡学生澎湖冤案"成立，杀七人，牵连一百多人

◆ 一九五〇年一月二十七日

"行政院"颁布反共保民总体战略纲要

◆ 一九五〇年二月

美国出现麦卡锡反共运动（至一九五四年）

◆ 一九五〇年二月

中共宣布全国解放

◆ 一九五〇年二月

作家、教授虞君质被捕

◆ 一九五〇年三月

蒋介石总统复行视事

◆ 一九五〇年三月

公布"台湾省戒严期间新闻杂志管制办法"
◆ 一九五〇年三月十一日
台中工委会案,七人处死
◆ 一九五〇年四月
"中华文艺奖金委员会"成立(一九五六年十二月结束)
◆ 一九五〇年四月十日
"立法院"修订戡乱时期惩治叛乱条例
◆ 一九五〇年四月三十日
共军占领海南岛
◆ 一九五〇年五月
新台币出笼
◆ 一九五〇年五月十九日
共军占领舟山
◆ 一九五〇年六月
林效文叛乱案,牵涉名记者多人被捕
◆ 一九五〇年六月十日
国防部参谋次长吴石案,枪决六人

◆ 一九五〇年六月十三日

"行政院"颁布戡乱时期检肃匪谍条例

◆ 一九五〇年六月二十五日

韩战爆发,美国第七舰队协防台湾

◆ 一九五〇年九月

徐蔚忱主编《中华副刊》

◆ 一九五〇年九月六日

苏联间谍汪声和案公布,杀四人,囚十一人

◆ 一九五〇年九月九日

基隆中学支部案判决,杀七人,囚十二人

◆ 一九五〇年十月

《征信新闻》创刊

◆ 一九五〇年十一月

《自立晚报》副刊主编吴一飞被捕

◆ 一九五〇年十一月十六日

潜台"匪谍"自首办法公布

◆ 一九五〇年十二月一日

台湾省保安司令部公布订定"台湾省戒严期间广播

无线电收音机管制办法"
- ◆ 一九五一年
作家寇世远被捕
- ◆ 一九五一年
作家叶石涛被捕
- ◆ 一九五一年一月十日
"人民导报"案，枪决一人
- ◆ 一九五一年一月二十九日
"行政院"公布"军事机关审判刑事案件补充办法"
- ◆ 一九五一年二月
台美换文成立联防互助协定
- ◆ 一九五一年二月十五日
新闻记者李建章叛乱案，捕十五人
- ◆ 一九五一年四月七日
国防部发表告文艺界人士书，倡导军中文艺运动
- ◆ 一九五一年五月
《文艺创作》月刊创刊（共出版六十八期）
- ◆ 一九五一年六月二十八日

破获"中共中央社会部潜台匪谍案",逮捕一〇六人(内有国立二十二中老同学迟绍春、王孝敏),处死十八人(迟判死刑,王判感化)

◆ 一九五一年
初经强烈台风

◆ 一九五一年七月
"中国美术协会"成立

◆ 一九五一年七月二十五日
台湾省政府颁布管制书刊进口令

◆ 一九五一年九月
"国防部"公布"共匪"及"附匪"分子自首办法,检举"匪谍"奖励办法

◆ 一九五一年九月十五日
蒋介石总统召见"文协"五理事

◆ 一九五一年九月二十九日
中共推行"知识分子改造运动"

◆ 一九五一年十月二十二日
台湾省东北部强烈地震

◆ 一九五一年十二月二十四日

　流落香港调景岭之反共人士集体入境居留台湾

◆ 一九五二年一月一日

　蒋总统发表文告，推行反共抗俄总动员

◆ 一九五二年二月一日

　中共推行"三反运动"及"五反运动"

◆ 一九五二年三月

　张道藩任"立法院长"

◆ 一九五二年三月

　"立法院"修正出版法

◆ 一九五二年四月

　文星书店开张（至一九六八年四月结束）

◆ 一九五二年四月九日

　公布施行"出版法"

◆ 一九五二年四月二十二日

　李友邦处死刑

◆ 一九五二年五月

　"文协"两周年大会选举发生争执

◆ 一九五二年六月一日

文坛月刊创刊,发行人穆中南,主编朱啸秋

◆ 一九五二年八月五日

台湾与日本双边和约签订

◆ 一九五二年十月三十一日

中国青年反共救国团成立

◆ 一九五二年十一月

胡适回国之行

◆ 一九五三年

《公论报》记者陈其昌被捕

◆ 一九五三年一月

四年经济计划开始

◆ 一九五三年三月

史达林死亡

◆ 一九五三年四月十日

吴国桢辞台湾省主席,俞鸿钧继任

◆ 一九五三年六月

《中华日报》记者熊琰光案,六人判死

◆ 一九五三年七月

韩战结束

◆ 一九五三年八月

"行政院"颁布检肃"匪谍"联保办法

◆ 一九五三年八月

国军入越部队自富国岛撤回台湾

◆ 一九五三年八月一日

青年写作协会成立

◆ 一九五三年九月十六日

"联合版"正名《联合报》,林海音主编副刊

◆ 一九五三年九月二十日

蒋介石总统召见"中国文艺协会"理事赵友培与李辰冬

◆ 一九五三年十月

《自立晚报》记者田士林被捕

◆ 一九五三年十一月

"内政部"制订"战时出版品禁止或限制登载事项"

◆ 一九五三年十一月

蒋介石《民生主义育乐两篇补述》出版
◆ 一九五四年
军中文艺奖金设立
◆ 一九五四年二月
胡适回国开国民大会
◆ 一九五四年二月十日
《公论报》记者高庆丰案,二人判死
◆ 一九五四年三月二十九日
《幼狮文艺》月刊创刊
◆ 一九五四年六月
梁寒操任"中广"董事长,魏景蒙任总经理
◆ 一九五四年八月
"文协"发起文化清洁运动
◆ 一九五四年十一月
中共发起运动批判胡适
◆ 一九五四年十一月五日
"内政部"制订"战时出版品禁止或限制登载事项"
◆ 一九五四年十二月二日

台美共同防御条约签订
- 一九五五年

国民党命令全体党员"自清"
- 一九五五年一月十八日

共军攻占一江山岛
- 一九五五年二月七日

大陈岛国军撤退
- 一九五五年五月

始订民族舞蹈节
- 一九五五年五月十七日

中共逮捕胡风,整肃胡风集团,两千多人受牵连
- 一九五五年六月

保安司令部制订"前在大陆被迫附匪分子办理登记办法"
- 一九五五年七月二十一日

"教育部中华基金委员会"设置文艺奖金
- 一九五五年十一月四日

"行政院"公布"动员时期无线电广播收音机管制

办法"

◆ 一九五六年三月四日

"国防部总政治部"公布今年军中文艺奖金征稿办法

◆ 一九五六年五月

"教育部"决定大专院校联合招生

◆ 一九五六年七月

"中华文艺奖金委员会"停办(十二月正式结束)

◆ 一九五六年九月

《文学杂志》创刊,夏济安主编(四十八期)

◆ 一九五六年十一月

匈牙利抗暴

◆ 一九五六年十一月

"台湾省政府"疏迁台中

◆ 一九五七年

第二期四年经济计划开始

◆ 一九五七年一月

"国防部"公告"戡乱时期台湾地区入境出境管理

办法"
- 一九五七年一月十四日
《新生报》记者宋瑞临案,十八人被捕
- 一九五七年三月
新闻记者林振霆被捕,牵连记者五人入狱
- 一九五七年四月
《文友通讯》问世(共出版十六次)
- 一九五七年四月二十七日
中共中央发动整风运动
- 一九五七年五月四日
"戡乱时期匪谍交付感化办法"公布
- 一九五七年六月
蒋介石《苏俄在中国》一书出版
- 一九五七年六月
"中华民国笔会"在台北复会(六八年受邀为会员)
- 一九五七年六月八日
中共发动"反右"
- 一九五七年八月

周至柔任台湾省主席
◆ 一九五七年十月
中共展开"大跃进"运动
◆ 一九五七年十一月
《公论报》总主笔倪师坛被捕,判刑七年
◆ 一九五七年十一月
《文星杂志》创刊(一九六五年十二月停刊)
◆ 一九五八年
美国金赛博士出版《女性性行为》
◆ 一九五八年
《联合报》记者林震霆判刑二十五年
◆ 一九五八年四月
胡适任"中央研究院"院长
◆ 一九五八年五月
"台湾省警备总部"成立
◆ 一九五八年六月
"行政院"院长俞鸿钧辞职,陈诚继任
◆ 一九五八年六月二十八日

政府公布实施修订后的出版法
◆ 一九五八年六月二十八日
蒋公公布实施出版法修正案
◆ 一九五八年八月
八二三金门炮战爆发
◆ 一九五八年八月
中共中央正式推行人民公社
◆ 一九五八年十月
幼狮文化事业公司成立
◆ 一九五九年
中国大陆发生三年自然灾害（至一九六一年）
◆ 一九五九年四月十三日
蒋梦麟发表"台湾的人口问题"呼吁推行节育
◆ 一九五九年八月
八七水灾发生
◆ 一九五九年八月二日
中共发动"反右倾"
◆ 一九六〇年

"国立艺术学校"改制为专科学校

◆ 一九六〇年一月一日

《征信新闻》更名《征信新闻报》

◆ 一九六〇年三月

珍宝岛事件发生,中苏东北边境军事冲突

◆ 一九六〇年五月

东西横贯公路通车(三四八公里又一百米)

◆ 一九六〇年六月

《大华晚报》首次举办中国小姐选举

◆ 一九六〇年六月十八日

美国总统艾森豪威尔访问台湾

◆ 一九六〇年九月

《自由中国》半月刊发行人雷震被捕

◆ 一九六一年

第三期四年经济计划开始,"经济起飞"

◆ 一九六一年七月

朱啸秋创办《诗散文木刻》出版

◆ 一九六一年七月二十六日

《公论报》记者张建生被捕
- 一九六一年八月
第一次阳明山会谈举行
- 一九六一年九月
参加"中国文艺协会"海军访问团,访问海军基地三天
- 一九六一年十二月十七日
《公论报》记者许一君被捕,下落不明
- 一九六二年
台湾发生霍乱
- 一九六二年二月
美国介入越南战争
- 一九六二年二月二十四日
胡适逝世
- 一九六二年三月
《新文艺》(革命文艺改版)创刊
- 一九六二年九月
郭良蕙长篇小说《心锁》出版

◆ 一九六二年九月二十一日

世界卫生组织宣布台湾为无疫区

◆ 一九六二年十月十日

台湾电视公司开播

◆ 一九六二年十一月

黄杰出任"台湾省主席"

◆ 一九六二年十一月二十四日

中华文化研究所开学（一九六三年九月改称中华文化学院，并成立夜间部）

◆ 一九六三年三月

熊岭、梅逊创办大江出版社

◆ 一九六三年四月

骆学良（马各）接编联合副刊，林海音离职

◆ 一九六三年四月

"文协"开除郭良蕙会籍

◆ 一九六三年六月

平鑫涛主编联合副刊

◆ 一九六三年六月

嘉新文化基金会成立,设置文艺奖
- 一九六三年九月

  台北市报业评议会成立,推行新闻自律
- 一九六三年十二月

  陈诚辞"行政院长",严家淦继任
- 一九六四年四月

  《台湾文艺杂志》创刊
- 一九六四年六月二十日

  民航公司班机台中失事,五十七人罹难
- 一九六四年九月

  台大教授彭明敏被捕
- 一九六四年十月

  中共举行第一次原子弹爆炸
- 一九六四年十一月

  金门守军发起"勿忘在莒"运动
- 一九六五年

  第四期四年经济计划开始
- 一九六五年一月

蒋经国出任"国防部长"
- 一九六五年三月

  美国派地面部队参加越南战争
- 一九六五年三月五日

  陈诚逝世
- 一九六五年七月

  黎世芬任"中广"总经理
- 一九六五年九月

  中山学术文化基金会成立
- 一九六六年

  《新生报》记者沈源璋被捕，狱中自杀
- 一九六六年

  《新生报》副总编辑单建周涉案坠楼死亡
- 一九六六年

  新闻局设置出版物金鼎奖
- 一九六六年五月十六日

  中共发动文化大革命（至一九七六年结束）
- 一九六六年八月

水牛出版社成立
- 一九六七年七月一日
《青溪杂志》创刊（主编：魏子云）
- 一九六七年
《新生报》副刊主编童常（尚经）被捕，判死刑
- 一九六八年三月四日
作家柏杨被捕
- 一九六八年四月
隐地主编《青溪杂志》（至一九七二年三月）
- 一九六八年五月
台湾省正式推行家庭计划
- 一九六八年六月
作家陈映真被捕
- 一九六八年六月八日
制作人崔小萍被捕
- 一九六八年六月十二日
张道藩逝世
- 一九六八年九月

推行九年国民义务教育
◆ 一九六八年九月一日
《征信新闻报》更名《中国时报》
◆ 一九六九年三月
王庆麟（痖弦）接编《幼狮文艺》月刊
◆ 一九六九年六月
蒋经国担任"行政院副院长"
◆ 一九六九年七月七日
《文艺月刊》出版
◆ 一九六九年十月
"中国电视公司"开播
◆ 一九七〇年四月二十三日
"行政院"颁布台湾地区戒严时期出版物管制办法
◆ 一九七〇年十一月十七日
报人李荆荪被捕，判无期徒刑
◆ 一九七一年三月
"中央"决定电视公司以三家为限
◆ 一九七一年三月十九日

李敖被捕
◆ 一九七一年三月二十八日
"道藩文艺图书馆"成立（重庆南路）
◆ 一九七一年六月
李荆荪被控起诉
◆ 一九七一年六月十五日
蒋介石发表演说提出庄敬自强慎谋能断处变不惊
◆ 一九七一年七月十五日
美国国务卿基辛格秘密访问中国大陆
◆ 一九七一年十月
中华电视台开播
◆ 一九七一年十月二十五日
台湾失去联合国席位
◆ 一九七二年二月二十一日
美国总统尼克松访问中国大陆
◆ 一九七二年四月
隐地主编《新文艺月刊》（至一九七三年十一月）
◆ 一九七二年四月四日

《中央副刊》发表孤影《一个小市民的心声》
- 一九七二年六月
  蒋经国任"行政院长"
- 一九七二年六月三日
  英美法俄签柏林协定,冷战结束
- 一九七二年九月
  隐地主编《书评书目》杂志(至一九七六年七月)
- 一九七三年一月
  越战谈判停火
- 一九七三年二月
  美国与中共发表联合公报互设办事处
- 一九七三年三月
  美军退出越南
- 一九七三年四月
  邓小平复出
- 一九七三年七月
  蒋经国推动十项经济建设计划
- 一九七四年五月一日

"国家文艺基金管理委员会"成立
◆ 一九七五年四月
　蒋中正逝世，严家淦继任
◆ 一九七五年四月
　蒋经国当选国民党主席
◆ 一九七五年四月二十九日
　越共占领西贡，越南总统杨文明投降
◆ 一九七五年七月二十日
　隐地创办"尔雅出版社"
◆ 一九七六年二月十二日
　美国《世界日报》创刊
◆ 一九七六年七月二十八日
　唐山大地震发生
◆ 一九七六年九月
　《联合报》设立文学奖
◆ 一九七六年九月九日
　毛泽东逝世
◆ 一九七六年十月

中共"四人帮"被捕
- ◆ 一九七七年六月

《中国时报》设置文艺奖
- ◆ 一九七七年八月

乡土文学论战展开
- ◆ 一九七七年十月

王庆麟（痖弦）主编联合副刊
- ◆ 一九七七年十一月十九日

中坜民众因选举发生暴动
- ◆ 一九七八年五月

蒋经国就任"总统"，谢东闵为"副总统"